KB181223

사일런트 페이션트

*THE SILENT PATIENT*

Copyright © Alex Michaelides 2019
All rights reserved.

Korean translation copyright © 2019 by Hainaim Publishing Co., Ltd.
Korean translation rights arranged with Roders, Coleridge and White Ltd.
through EYA(Eric Yang Agency)

이 책의 한국어판 저작권은 EYA(Eric Yang Agency)를 통한
Roders, Coleridge & White Ltd.사와의 독점계약으로 ㈜해냄출판사에 있습니다.
저작권법에 의하여 한국 내에서 보호를 받는 저작물이므로 무단전재와 복제를 금합니다.

The Silent Patient

# 사일런트 페이션트

알렉스 마이클리디스 장편소설    남명성 옮김

해냄

부모님께 바칩니다

하지만 그녀는 왜 말하지 않는가?

___에우리피데스, 〈알케스티스〉

# 차례

# 프롤로그

## 앨리샤 베런슨의 일기

### 7월 14일

왜 이걸 쓰고 있는지 모르겠다.

그건 거짓말이다. 어쩌면 이유를 알고 있지만 스스로 인정하고 싶지 않을 뿐.

이걸, 내가 지금 쓰고 있는 걸 뭐라고 불러야 할지조차 모르겠다. 일기라고 부르자니 조금 가식적인 것처럼 느껴진다. 뭔가 말할 게 있는 건 아니다. 안네 프랑크는 일기를 썼다. 나랑은 다른 사람이었다. '일지'라고 부르는 건 왠지 지나치게 학구적인 것처럼 들린다. 마치 반드시 매일 써야만 하는 것 같은 느낌인데, 그러고 싶지는 않다. 혹시 귀찮은 일과가 된다면 절대 계속 쓰지 않을 것이다.

그냥 이름을 붙이지 말아야 할지도 모르겠다. 그냥 가끔 끼적이는 이름 없는 노트. 그 편이 낫다. 일단 이름을 붙이면 그 대상 전체를 보지 못하고 왜 중요한지도 모르게 된다. 극히 작은 부분인 빙산의 일각에 불과한 말에만 초점을 맞추는 것이다. 나는 언어에 대해 한 번도 편하게 느껴본 적이 없다. 늘 그림 속에서 생각했고 나 스스로를 이미지로 표현했다. 그러니 가브리엘이 아니었다면 아마 절대로 이걸 쓰지 않았을 것이다.

나는 최근 몇 가지를 두고 우울해진 참이다. 잘 감추고 있다고 생각했지만 가브리엘은 알아차렸다. 모든 걸 알아차리는 사람이니 당연하리라. 그는 그림이 어떻게 되어가느냐고 물었고, 나는 별로라고 대답했다. 그는 내게 와인 한 잔을 내밀었고, 나는 그이가 요리하는 주방에 자리를 잡고 앉았다.

나는 가브리엘이 주방에서 움직이는 모습을 지켜보는 걸 좋아했다. 그이는 품위가 넘치는 요리사였고 발레를 하는 것처럼 우아하게 체계적으로 움직였다. 나는 요리만 하면 엉망진창이었다.

"말해봐." 그이가 말했다.

"할 말 없어. 그냥 가끔 머릿속이 뒤엉키는 것뿐이야. 마치 진창을 뚫고 걷고 있는 것 같아."

"글을 좀 적어보지그래? 뭔가 기록을 남기면 도움이 될 수도 있으니까."

"그래, 그럴 것 같아. 해볼게."

"그냥 말만 하지 말고, 여보. 쓰라고."

"쓸게."

그이는 계속 잔소리를 했지만 나는 꼼짝도 하지 않았다. 그러면서 며칠이 지나자 그이는 글을 쓰라면서 이 작은 노트를 주었다. 검은색 가죽 표지에 두껍고 하얀 백지가 묶인 노트. 나는 첫 번째 페이지를 손으로 어루만지면서 부드러운 감촉을 느꼈다. 그리고 연필을 뾰족하게 갈고 글을 쓰기 시작했다.

물론 그이의 말이 옳았다. 이미 기분은 나아지고 있다. 이런 글을 쓰는 것이 일종의 해방감을 주었고, 노트는 배출구이자 나를 표현할 수 있는 공간이 되어주고 있다. 아마도 치료와 비슷할 것이다.

가브리엘은 말하지 않았지만 나를 걱정하고 있는 것이 분명했다. 그리고 솔직히 말하자면(아마 솔직하게 말하겠지만) 내가 이 일기를 쓰겠다고 동의한 진정한 이유는 내가 정상이라는 걸 증명해 그이를 안심시키려는 것이었다. 그이가 날 걱정한다는 생각을 참아낼 수 없다. 그이가 조금이라도 걱정하길 원치 않았고, 그이를 불행하게 만들거나 그이에게 고통을 안기고 싶지 않았다. 나는 가브리엘을 진정으로 사랑한다. 그이는 의심할 여지가 없는 내 인생의 연인이다. 나는 그이를 완전하고도 완벽하게 사랑했고, 이따금 그 사랑에 압도되는 것 같은 위협을 느꼈다. 가끔 드는 생각은……

아니, 그런 건 쓰지 않겠다.

이 글은 내게 예술적 영감을 주는 생각과 이미지들, 내게 창조적 영향을 미친 것들에 대한 즐거운 기록이 될 것이다. 긍정적이고 행복하고 평범한 생각들만을 기록할 것이다.

미치광이 같은 생각은 허락할 수 없다.

# 1부 침묵의 여인

볼 수 있는 눈, 들을 수 있는 귀가 있는 사람이라면 인간이 비밀을 지킬 수 없다고 확신할지도 모른다. 입이 침묵한다고 해도 손가락이 재잘거린다. 온갖 구멍에서 배신이 흘러나온다.

_지크문트 프로이트, 『프로이트 정신분석학 입문』

1

   남편을 죽였을 때 앨리샤 베런슨은 서른세 살이었다.

   두 사람은 7년째 결혼생활을 하고 있었다. 두 사람 모두 예술가였는데 앨리샤는 화가였고 가브리엘은 유명한 패션 전문 사진가였다. 가브리엘은 스타일이 독특해서 거의 굶주린 것 같은 모습의 여자를 절반은 벌거벗은 모습으로, 이상하고도 노골적인 각도로 촬영하곤 했다. 그가 죽은 뒤 남긴 사진들의 가격이 천문학적으로 뛰어올랐다. 솔직히 말해서 내가 보기에 그의 작품은 겉만 번드르르하고 천박했다. 앨리샤의 가장 좋은 작품들이 갖고 있는 감정적인 특징이 없었다. 나는 앨리샤 베런슨이 화가로서 세월의 시험마저도 견뎌낼지 알 만큼 예술에 조예가 깊지 못하다. 그녀의 재능은 늘 그녀의 악명에 가려질 테니 어차피 객관적으로 예측하기는 어려울 것이다. 게다가 나는 선입견을 갖고 있다고 비판을 받을 수도 있다. 내가 제시할 수 있는 건 그저 내 생각에 불과한 의견을 내는 것뿐이다. 그리고 나에게 앨리샤는 일종의 천재였다. 기술적 기교 외에도 그녀의 그림들은 보는 사람들의 관심을 붙잡아(거의 목을 낚아채는 수준이다) 마치 바이스로 죄는 것처럼 움켜쥐는 비상한 능력을 갖고 있다.

가브리엘 베런슨은 6년 전에 살해당했다. 당시 마흔네 살이었다. 8월 25일이었는데, 다들 기억하겠지만 그해 여름은 이상하리만치 더워서 최고 온도 기록을 몇 번이나 갈아치웠다. 그가 죽은 날은 그해 가장 더운 날이었다.

인생의 마지막 날 가브리엘은 일찍 일어났다. 새벽 5시 15분에 차 한 대가 그와 앨리샤가 살고 있는 런던 북서부 햄스테드 히스에 있는 집으로 와서 그를 쇼디치에 있는 촬영장으로 데려갔다. 그는 옥상에서 모델들과 《보그》에 실릴 사진을 찍으며 하루를 보냈다.

앨리샤가 무엇을 했는지는 별로 알려지지 않았다. 그녀는 전시회를 앞두고 있었는데 일정도 맞추지 못하고 있었다. 아마도 정원 끝에 있는, 최근에 작업실로 개조한 별채에서 그림을 그리며 하루를 보냈을 것이다. 어쨌든 가브리엘은 촬영이 늦게까지 이어졌고 밤 11시가 되어서야 집에 돌아왔다.

30분 뒤 두 사람의 이웃인 바비 헬만은 여러 차례의 총성을 들었다. 바비는 경찰에 신고했고, 11시 35분에 하버스톡 힐 경찰서에서 순찰차 한 대가 출동했다. 순찰차는 3분도 지나지 않아 베런슨 부부의 집에 도착했다.

현관문은 잠겨 있지 않았다. 집 전체가 칠흑 같은 어둠에 싸여 있었고, 전등 스위치는 모두 작동하지 않았다. 경찰관들은 복도를 지나 거실로 들어섰다. 플래시로 실내를 비추자 빛줄기가 이리저리 내부를 비추었다. 앨리샤는 벽난로 옆에 서 있었는데, 플래시 불빛에 하얀 드레스가 귀신처럼 보였다. 앨리샤는 경찰이 온 걸 알아차리지도 못하는 듯했다. 기묘하고 겁에 질린 표정으로 얼어붙은 것처럼(얼음으로 조각한 사람 같았다) 움직이지 못하고 있었다. 마치 뭔가 보이지 않는 공포와 마주하고 있는 것처럼.

총 한 자루가 바닥에 떨어져 있었다. 그 옆 어둠 속에 가브리엘이 꼼짝도 하지 않고 앉아 있었는데, 발목과 손목이 의자에 철사로 묶인 상태였다. 처음에 경찰관들은 그가 살아 있다고 생각했다. 그저 의식을 잃은 것처럼 머리가 한쪽으로 약간 기울어져 있었다. 그러다가 플래시로 비춰보니 가브리엘은 얼굴에 여러 차례 총상을 입은 상태였다. 잘생긴 얼굴은 피투성이로 더럽혀진 흔적만 시커멓게 남은 채 아예 사라져버리고 말았다. 뒤쪽 벽에 두개골과 뇌수의 파편들, 그리고 피가 흩뿌려져 있었다.

사방이 피였다. 벽에도 튀었고 바닥에 깔린 나무들 틈을 따라서 시커먼 개울처럼 흘렀다. 경찰관들은 가브리엘의 피라고 생각했다. 하지만 양이 너무 많았다. 그 순간 플래시 불빛 속에서 뭔가가 빛났다. 앨리샤의 발 앞에 칼이 한 자루 떨어져 있었다. 다시 불빛을 비춰보니 앨리샤가 입은 하얀색 드레스가 피에 덮여 있었다. 경찰관 한 명이 앨리샤의 양팔을 붙잡고 불빛 쪽으로 돌려보았다. 양 손목의 혈관을 가로질러 깊은 상처가 나 있었다. 생긴 지 얼마 되지 않은 상처에서 많은 양의 피가 흘러나오고 있었다.

앨리샤는 자신의 목숨을 구하려는 시도에 저항했다. 그녀를 제압하는 데 경찰관 세 명이 필요했다. 그녀는 몇 분 떨어진 거리에 있는 '왕립 자유 병원'으로 옮겨졌는데 그곳으로 이동하던 중에 쓰러져 정신을 잃었다. 피를 많이 흘렸지만 목숨은 건졌다.

다음 날 그녀는 병원의 일인용 병실에 누워 있었다. 경찰이 그녀의 변호사가 동석한 가운데 심문을 했다. 앨리샤는 심문 내내 아무 말도 하지 않았다. 창백한 입술에는 핏기가 보이지 않았다. 가끔 입을 씰룩거렸지만 아무 말도 하지 않았고 아무 소리도 내지 않았다. 어떤 질문에도 답하지 않았다. 그녀는 아무 말도 하지 않을 생각이었다. 가브리엘을 살해했다는 의심을 받았을 때도 아무 말을 하지 않았다. 체포당하는 순간에도 입을 다문 채 죄가 없다고 부인하지도, 그렇다고 자백하지도 않았다.

앨리샤는 다시는 입을 열지 않았다.

그녀의 계속되는 침묵은 평범한 가정의 비극적 이야기를 뭔가 훨씬 더 큰 것으로 바꾸어놓았다. 미스터리이자 수수께끼가 된 이 사건은 이후로 몇 달 동안이나 신문 헤드라인을 장식하면서 대중의 상상력을 사로잡았다.

앨리샤는 계속 입을 다물고 있었지만 한 가지는 드러냈다. 그림이었다. 그녀는 병원에서 퇴원해 재판을 앞두고 자택에 구금되었을 때 그림을 그리기 시작했다. 법원이 지정한 정신과 간호사에 따르면 앨리샤는 거의 먹지도 자지도 않는다고 했다. 그녀는 오로지 그림만 그렸다.

앨리샤는 새 그림을 그리기 시작할 때 대개 몇 주 심지어 몇 달을 보내면서 끝없이 스케치를 하고 이렇게 저렇게 구도를 바꿔보고 색깔과 소재에 대해서 실험을 하곤 했다. 그렇게 오랜 구상의 시간을 보낸 뒤에도 한 번의 붓질마다 공을 들여서 힘겹게 작품을 탄생시키곤 했다.

하지만 이제 그녀는 철저하게 창작 과정을 바꾸었다. 이번 그림은 그녀의 남편이 살해된 뒤 며칠 만에 완성해냈다.

그리고 대부분의 사람들에게 이런 일은 그녀를 비난하기에 충분한 근거를 제공했다. 가브리엘이 죽자마자 작업실로 되돌아갔다는 사실은 놀라운 정도의 무감각함을 드러내 보였기 때문이다. 양심의 가책이라고는 찾아볼 수 없는 소름 끼치는 냉혹한 살인자의 모습이었다.

그럴 수도 있다. 그러나 잊지 말아야 할 것은 앨리샤 베런슨은 살인자일지는 몰라도 동시에 예술가라는 점이었다. 그녀가 붓을 들고 자신의 복잡한 감정을 캔버스에 표현해야만 했으리라는 사실은 완벽하게 이해할 수 있었다. 적어도 나는 그랬다. 이번에 그림이 그렇게 쉽게 그려졌다는 사실도 놀라운 일은 아니었다. 슬픔을 쉽다고 표현할 수 있다면.

그림은 자화상이었다. 그녀는 캔버스의 왼쪽 아래 구석에 옅은 파란색으로 그리스어 제목을 붙였다.

한 단어였다.

알케스티스.

## 2

알케스티스는 그리스 신화 가운데서 가장 슬픈 종류의 사랑 이야기 속 주인공이다. 알케스티스는 아무도 나서지 않을 때 기꺼이 목숨을 희생하고 남편인 아드메토스를 대신해 죽음을 맞는다. 심란한 자기희생의 신화가 어떻게 앨리샤의 상황과 연결되는지는 분명하지 않았다. 제목이 뭘 암시하는지에 대한 진짜 의미는 한참 동안 알 수 없었다. 그러던 어느 날 진실이 밝혀지고⋯⋯.

하지만 아직은 너무 이르다. 이야기가 너무 앞서 나가고 있다. 이야기를 처음부터 시작해 벌어진 일들이 스스로 이야기하게끔 해야 한다. 나는 사건들에 색을 입히거나 왜곡하지 않을 것이고 그 어떤 거짓말도 하지 않을 것이다. 단계별로 천천히 조심스럽게 진행할 것이다. 하지만 어디서 시작해야 한단 말인가? 나 자신을 소개해야겠지만 어쩌면 아직 이를지도 모르겠다. 어쨌거나 나는 이 이야기의 주인공이 아니다. 이건 앨리샤 베런슨의 이야기이다. 그러니 나는 그녀로부터, 그리고 알케스티스로부터 이야기를 시작해야만 할 것이다.

자화상인 그림은 앨리샤가 살인이 벌어지고 난 뒤 집에 있는 작업실에서 이젤과 캔버스를 앞에 두고 손에 붓을 든 채 서 있는 모습을 묘사하고 있다. 벌거벗은 채. 그녀의 몸은 가차 없을 정도로 상세하게 표현이 되어 있다. 붉은색 긴 머리칼이 깡마른 어깨 위로 흘러내리고, 반투명처럼 보이는 피부 속에서 푸른색 혈관이 드러났으며, 양쪽 손목에는 흉터가 생생하게 보였다. 앨리샤는 손으로 붓을 쥐고 있다. 붓에서는 붉은 물감이 떨어지고 있다. 아니, 피일까? 그림을 그리는 모습을 포착한 것이지만 그림 속 캔버스는 텅비어 있고 그녀의 표정 또한 마찬가지로 비어 있다. 그녀는 고개를 어깨 너머로 돌려 똑바로 우리를 보고 있다. 입을 벌리고 입술이 벌어진 채로. 말을 못하는 사람처럼.

재판이 진행되는 동안 소호 거리에서 화랑을 운영하며 앨리샤의 대리인 역할을 하는 장 펠릭스 마틴은 알케스티스를 전시하겠다는 논쟁의 여지가 있는 결정을 내렸고, 많은 사람들은 그를 선정적이고 섬뜩하다면서 매도했다. 하지만 작가가 남편을 죽여 현재 재판을 받고 있다는 이유로 화랑의 오랜 역사에서 처음으로 입구 밖에 사람들이 길게 줄을 섰다.

나는 화랑 옆 성인용품점의 붉은색 네온 불빛 옆에서 다른 호색한 예술 애호가들과 줄을 서서 차례가 오길 기다렸다. 우리는 느릿느릿 한 사람씩 안으로 들어섰다. 일단 화랑에 들어선 사람들은 마치 박람회장에서 귀신의 집을 흥분한 채 통과하는 사람들처럼 무리지어 그림으로 몰려갔다. 마침내 사람들의 맨 앞에 서게 된 나는 알케스티스를 마주하고 섰다.

나는 그림을, 앨리샤의 얼굴을 뚫어져라 바라보며 그녀의 눈가에 어린 표정을 해석하고 이해하려고 애썼다. 하지만 초상화는 나를 무시했다. 앨리샤는 내 시선을 맞받아 바라보았다. 아무 표정 없는 가면 같은 얼굴은 읽을 수도 꿰뚫어볼 수도 없었다. 그녀의 표정으로는 죄를 지었는지 결백한지 알아낼 수 없었다.

다른 사람들은 쉽게 읽어냈다.

"사악한 것." 내 뒤에 선 여자가 속삭였다.

"그렇지?" 함께 온 사람이 맞장구를 쳤다. "냉혹한 년이에요."

조금은 부당하다는 생각이 들었다. 앨리샤가 유죄인지는 아직 밝혀지지 않은 상태였다. 그러나 사실 결론은 뻔했다. 타블로이드 신문들은 그녀를 처음부터 범죄자로 단정했다. 요부라든가 수컷을 잡아먹는 독거미 또는 괴물이라고 불렀다.

상황은 더할 나위 없이 간단했다. 앨리샤는 가브리엘의 시체 옆에 혼자 있었다. 총에서는 그녀의 지문만 검출되었다. 그녀가 가브리엘을 죽였다는 사실은 의문의 여지가 없었다. 하지만 왜 남편을 죽였는지는 여전히 수수께끼였다.

언론에서는 살인 사건을 두고 논쟁이 벌어졌고 신문과 라디오, TV의 아침 토론 프로그램들마다 온갖 이론들이 난무했다. 앨리샤의 행동을 설명하고 비난하고 정당화하기 위해서 전문가들이 동원되었다. 그녀는 분명히 가정 폭력의 희생자였을 것이고 너무 괴롭힘을 당하다가 결국에는 폭발하고 만 걸까? 다른 이론에서는 섹스를 하던 중에 시작한 장난이 잘못된 거라고도 했다. 남편이 묶인 채 발견되지 않았던가? 다른 이들은 진부하게도 질투에 사로잡힌 앨리샤가 살인을 했다고도 했다. 다른 여자가 있었던 걸까? 하지만 재판에 나온 가브리엘의 형은 그가 헌신적인 남편이며 아내를 깊이 사랑하는 사람이라고 했다. 그럼, 돈 문제는 어떨까? 앨리샤는 남편의 죽음으로 얻을 것이 없었다. 아버지의 유산을 받은 그녀가 오히려 재산이 더 많았다.

그런 식으로 끝없는 추측이 이어졌지만 앨리샤의 살해 동기와 그 뒤에 이어지는 침묵에 대한 답은 없었고 질문만 더 많이 생겼다. 앨리샤는 왜 입을 열지 않는 걸까? 그것이 무슨 의미일까? 그녀가 뭔가를 숨기고 있을까? 누군가를 보호하는 걸까? 만일 그렇다면 누구지? 이유는?

그 당시 나는 모두가 그렇게 앨리샤에 관해 이야기하고 글을 쓰고 논쟁을 벌이는 동안 그런 난장판처럼 시끄러운 움직임 속에 빈 공간이 존재한다고 생각했던 기억이 난다. 그건 침묵이자 수수께끼였다.

재판이 진행되는 동안 판사는 앨리샤가 고집스럽게 입을 다물고 있는 상황을 좋지 않게 보았다. 앨버스톤 판사는 결백한 사람들이라면 자신의 무고함을 큰 목소리로 여러 차례에 걸쳐 주장하는 경향이 있다는 점을 지적했다. 앨리샤는 침묵을 지키는 것뿐 아니라 뉘우치는 기색을 전혀 드러내지 않았다. 재판 내내 눈물 한 방울 흘리지 않은 그녀는(이 사실은 언론에 크게 알려졌다) 눈도 꿈쩍하지 않을 정도로 냉철했다. 얼어붙은 것처럼.

피고 측은 심신미약을 이유로 항변하는 것 말고는 달리 방법이 없었다. 앨리샤가 오래전부터 정신적인 문제를 겪고 있으며 어릴 적부터 그랬다는 거였다. 판사는 이런 주장의 대부분을 증거가 없다며 일축했지만, 결국에는 임페리얼 컬리지의 법정신의학 교수이자 북런던의 정신질환 범죄자 감호 병원인 '그로브'의 치료 책임자 라자루스 디오메디스 교수의 의견에 동요하고 말았다. 디오메디스 교수는 앨리샤가 입을 열지 않는다는 것이 그녀가 극심한 정신적 고통을 겪는 증거라면서 그에 알맞은 처벌이 이루어져야 한다고 주장했다.

이 말은 정신과 의사들이 대놓고 말하기 싫어하는 뭔가를 말할 때 사용하는 방식이었다.

디오메디스는 앨리샤가 미쳤다고 말하고 있었다.

앞뒤가 맞는 설명은 그것이 유일했다. 도대체 왜 사랑하는 남자를 의자에 묶고 바로 앞에서 얼굴에 총을 쐈겠는가? 그러고도 후회의 기색 없이 해명도 하지 않은 채 입도 열지 않는다? 미친 것이 당연했다.

그래야만 했다.

결국 앨버스톤 판사는 심신미약이라는 주장을 받아들였고 배심원들에게 자신의 의견을 따르도록 권고했다. 앨리샤는 나중에 그로브에 입원하게 되었는데, 판사에게 막대한 영향을 끼친 증언을 했던 바로 그 디오메디스 교수의 관리를 받게 되었다.

만일 앨리샤가 미치지 않았다면 그 말은 그녀의 침묵이 그저 연기일 뿐이고 배심원단에게 보여주기 위한 행동이었다는 것인데, 그렇다면 계획은 성공한 셈이었다. 그녀는 장기 징역을 모면했고 덧붙여서 만일 병에서 완전히 회복한다면 몇 년 안에 석방될 가능성도 있었다. 지금쯤이면 슬슬 회복하는 척할 때가 된 것일까? 가끔 몇 마디를 내뱉고, 그러다가 더 자주 말을 하는 것이다. 그러면서 조금씩 일종의 후회하는 말을 늘어놓는다면? 하지만 아니었다. 몇 주가 지나도 여러 달이 흘러도, 그리고 여러 해가 지났음에도 여전히 앨리샤는 입을 열지 않았다.

그저 침묵만이 흐를 뿐이었다.

그렇게 추가적으로 밝혀지는 내용이 없자 실망한 언론은 결국 앨리샤 베런슨에 대한 관심을 끊었다. 그녀는 잠깐 유명세를 탔던 다른 살인자들 무리에 합류했다. 우리는 그들의 얼굴은 기억하지만 이름은 기억하지 못한다.

우리 모두가 그런 것은 아니다. 나를 포함해 어떤 사람들은 앨리샤 베런슨의 미스터리와 그녀의 계속되는 침묵에 여전히 관심을 쏟고 있다. 나는 심리상담가로서 앨리샤가 가브리엘의 죽음을 둘러싸고 극심한 정신적 충격을 겪은 것이 분명하다고 생각했다. 그리고 지금 지속되는 침묵은 그런 충격을 드러내 보여주고 있는 것이다. 자신이 저지른 행동을 받아들일 수 없었던 그녀는 마치 고장 난 자동차처럼 털털거리는 소리와 함께 멈춰버린 것이다. 나는 그녀가 다시 움직이도록 돕고 싶었다. 앨리샤가 자신의 이야기를 들려주고 치유하고 낫는 걸 돕는 것이다. 그녀를 고치고 싶었다.

자화자찬으로 들리지 않았으면 좋겠지만, 나는 앨리샤 베런슨을 돕는 일에 특별히 적임자라는 생각이 들었다. 나는 법의학 심리상담가로 사회에서 가장 큰 피해를 입거나 상처받기 쉬운 사람들과 일한 경험이 많았다. 그리고 앨리샤의 이야기에 관한 뭔가가 개인적으로 가깝게 다가왔다. 사건의 처음부터 나는 그녀에게 깊은 공감을 느꼈다. 안타깝게도 나는 사건이 벌어졌을 때 브로드무어 정신병원에서 일하고 있었다. 그러니 앨리샤를 치료한다는 건 운명의 뜻하지 않은 간섭이 없었더라면 내게는 쓸데없는 환상일 수밖에 없었다.

앨리샤가 입원하고 거의 6년이 지났을 때 그로브에 법의학 심리

상담가 자리가 났다. 구인광고를 보는 순간 달리 방법이 없다는 걸 알았다. 나는 직감을 따랐고, 그 자리에 지원했다.


# 3

내 이름은 테오 파버다. 마흔두 살이다. 그리고 나는 정신에 문제가 있었기에 심리상담가가 되었다. 진실은 그렇지만 일자리를 잡으려고 면접을 볼 때 왜 심리상담가가 되었느냐는 질문에는 그렇게 말하지 않았다.

"왜 심리 치료에 관심을 갖게 된 거죠?" 인디라 샤르마는 올빼미 같은 안경의 테 너머로 나를 응시하며 물었다.

인디라는 그로브에서 일하는 심리상담 부장이었다. 50대 후반에 매력적인 둥근 얼굴이고, 칠흑 같은 긴 머리에 잿빛 머리가 조금씩 섞여 있었다. 그녀는 살짝 웃어 보였다. 마치 이건 쉬운 질문이자 준비 운동이며 이제 좀 더 어려운 공이 날아올 거라면서 안심시키는 것 같았다.

나는 망설였다. 다른 면접관들이 나를 바라보는 걸 느낄 수 있었다. 시선을 유지해야 한다고 생각하는 동시에 미리 준비해둔 대답을 기억해냈다. 10대 시절 보육원에서 시간제로 일하던, 동정을 얻어낼 수 있는 이야기였다. 그리고 그런 경험을 통해 심리학에 관심이 생겼고, 그래서 대학원에 진학해 심리 치료를 공부하게 되었다는 그런 식의 이야기였다.

"아마도 사람들을 돕고 싶었던 것 같습니다." 나는 어깨를 으쓱했다. "사실 그게 전부였죠."

말 같지도 않은 소리였다.

물론 사람들을 돕고 싶었다는 건 사실이다. 그러나 그건 두 번째 목표였다. 특히 공부를 시작할 때는 그랬다. 진정한 동기는 순수하게 이기적이었다. 나는 스스로를 돕기 위한 탐색에 나섰던 것이다. 정신 건강과 관련된 학문 분야에 속한 대부분의 사람들도 마찬가지리라 믿는다. 우리는 스스로 상처를 입었기 때문에 이런 직업에 끌렸다. 스스로를 치료하기 위해서 심리학을 공부한다. 이런 점을 인정할 준비가 되었느냐 여부는 또 다른 문제다.

인간으로서 우리는 가장 초기 몇 년 동안은 기억이 존재하기 전의 공간에서 산다. 우리는 우리가 이런 태고의 안개 속에서 인격이 완전하게 형성된 상태로 솟아났다고 생각하길 좋아한다. 마치 바다 거품에서 완벽한 모습으로 태어난 아프로디테처럼. 하지만 뇌 발달에 대한 연구가 쌓인 덕분에 실제로는 그렇지 못하다는 걸 알고 있다. 우리는 절반쯤 형성된 뇌를 갖고 태어난다. 성스러운 그리스의 신이라기보다는 질척거리는 진흙 덩어리에 가깝다. 정신분석 전문의 도널드 위니캇은 "아기 따위는 존재하지 않는다"고 말한 바 있다. 인간의 성격은 고립된 상태에서 만들어지는 것이 아니고 다른 이들과의 관계에서 생겨난다. 우리는 보이지 않고 기억할 수 없는 힘에 의해 모양을 갖추고 완성된다. 말하자면 우리 부모에 의해서.

이 말이 무서운 데는 명백한 이유가 있다. 기억이 형성되기도 전인 시절에 우리가 어떤 고통과 학대를 받았는지 무슨 치욕을 겪었는지 누가 알겠는가? 우리의 성격은 우리가 미처 알지도 못하는 사이 형성된 것이다. 내 경우를 보면 나는 초조하고 두렵고 불안해하면서 자랐다. 이런 식의 불안감은 내가 태어나기도 전부터 나와는 별개로 존재한 듯했다. 그러나 나는 그런 상황이 아버지와의 관계에서 비롯된 것 같다는 의심을 하고 있다. 아버지 주변에서 나는 절대로 안전하지 못했다.

아버지는 예측할 수 없이 제멋대로 분노를 드러내곤 했는데 그 어떤 온화한 분위기라도 언제 터질지 모르는 지뢰밭으로 바꾸어놓을 수 있었다. 악의 없는 말이나 단순한 반대의 목소리에도 분노를 터뜨렸고, 그렇게 폭발이 이어지면 도무지 피할 수 없었다. 아버지가 고함을 지르며 날 잡으러 위층으로 올라올 때면 집이 흔들렸다. 침대 밑으로 미끄러져 들어가서 벽에 달라붙었다. 나는 먼지투성이 공기를 마시면서 벽돌이 날 집어삼켜 내가 사라지길 기도하곤 했다. 하지만 아버지의 손이 날 붙잡아서 끌어내면 나의 운명을 마주해야만 했다. 아버지의 풀어낸 허리띠가 공기를 가르는 소리를 내며 내 몸을 때릴 때마다 나는 옆으로 뒹굴었고 살은 불에 타는 것처럼 아팠다. 그러다가 매질은 시작과 마찬가지로 갑자기 끝났다. 나는 화난 어린아이가 내버린 인형처럼 바닥에 던져지곤 했다.

나는 내가 왜 그런 분노를 자아내게 된 것인지, 아니 내가 그럴 만한 행동을 하기는 했는지 도저히 알 수 없었다. 어머니에게 아버지가 왜 늘 내게 화를 냈는지 물었다.

어머니는 절망적으로 어깨를 으쓱해 보이면서 말했다. "내가 어떻게 알겠니? 네 아버지는 완전히 미친 사람인데."

아버지가 미쳤다는 어머니의 말은 농담이 아니었다. 만일 요즘 정신과 의사가 아버지를 만났더라면 인격 장애라는 진단을 내렸을 것이다. 아버지가 살아 있던 시절에는 치료가 필요하지 않던 질병이었다. 그 결과 내 유아기와 청소년기는 히스테리와 육체적 폭력에 지배를 당해야만 했다. 위협, 눈물 그리고 깨진 유리들.

행복한 순간도 있었다. 대개는 아버지가 집을 떠나 있을 때였다. 아버지가 출장으로 한 달 동안 미국에 가 있던 어느 해 겨울이 생각난다. 30일 동안 어머니와 나는 아버지의 감시하는 눈길 없이 집과 정원을 자유롭게 누볐다. 그해 12월 런던에 아주 큰 눈이 내려서 우리 집 정원은 뽀드득거리는 두껍고 하얀 카펫에 뒤덮였다. 엄마와 나는 눈사람을 만들었다. 무의식중에 그랬는지는 몰라도 우리는 집을 비운 아버지와 비슷한 모습으로 눈사람을 만들었다. 나는 눈사람에 아빠라는 이름을 붙였다. 배를 커다랗게 만들고 눈 대신 두 개의 검은 돌멩이를, 근엄한 눈썹 대신 두 개의 나뭇가지를 경사진 모습으로 붙였는데, 무시무시할 정도로 아버지와 비슷했다. 우리는 눈사람에게 아버지의 장갑과 모자, 그리고 우산을 주어 우리의 환상을 완성했다. 그런 다음 눈뭉치로 맹렬하게 눈사람을 공격하면서 장난꾸러기 아이들처럼 킥킥거렸다.

그날 밤 엄청난 눈보라가 몰아쳤다. 어머니는 잠자리에 들었고 잠든 척하고 있던 나는 몰래 정원으로 나가서 떨어지는 눈발 아래 섰다. 양손을 쭉 뻗어 눈송이를 붙잡아 손가락 끝에서 사라지는 모습을 지켜보았다. 즐겁기도 하고 절망스럽기도 했는데 어느 정도 진실을 말하자면 표현할 수가 없었다. 어휘력이 너무 제한적이고 내 말솜씨로는 제대로 드러낼 수 없는 기분이었다. 왠지 녹아내리는 눈송이를 붙잡는 일이 마치 행복을 잡는 것 같았다. 뭔가를 소유한다는 행동이 금세 아무것도 아닌 것이 되어버렸다. 그러고 있으니 집 외부에 세상이 있다는 생각이 들었다. 광대하고 상상할 수 없을 정도로 아름다운 세상. 지금 당장은 내 손이 미치지 않는 세상. 그 기억은 이후로도 오랜 동안 계속 머리를 맴돌았다. 주위를 둘러싼 고통은 잠깐의 자유를 더욱 환한 모습으로 불타오르게 만들었다. 아주 작은 불빛이 어둠에 싸여 있었다.

살아남을 수 있는 유일한 희망은 달아나는 것임을 깨달았다. 육체적으로뿐만 아니라 정신적으로도 멀리 달아나야만 했다. 그래야만 안전할 수 있을 터였다. 그리고 마침내 열여덟 살이 되었을 때 나는 대학에 안전하게 숨을 수 있을 정도의 성적을 얻어냈다. 나는 서리에 있는 교도소나 다름없는 집을 떠났고 자유로워졌다고 생각했다.

하지만 틀린 생각이었다.

그때는 몰랐지만 이미 늦어버린 뒤였다. 나는 아버지를 내면화했고 받아들였고 내 무의식 깊이 묻었다. 아무리 멀리 달아나도 내가 가는 곳마다 아버지를 데려갔다. 지옥과 가혹한 분노의 합창이 나를 따라왔고 아버지의 목소리가 들렸다. 내가 쓸모없고 부끄럽고 실패작이라고 소리를 질러댔다.

32

대학 시절 첫 학기, 처음 추운 겨울이 되자 머릿속 목소리는 너무 심각해졌고 날 마비시키다시피 장악했다. 두려움에 움직일 수 없게 된 나는 밖에 나갈 수도 사람을 만날 수도 친구를 사귈 수도 없었다. 집에서 한 발자국도 벗어나지 못한 셈이었다. 희망이 없었다. 나는 패배했고 덫에 갇혔다. 궁지에 몰렸다. 빠져나갈 길이 없었다.

유일한 해결책이 떠올랐다.

약국마다 돌아다니며 진통제 파라세타몰을 샀다. 의심을 사지 않기 위해서 한 번에 두어 상자씩만 샀다. 하지만 걱정할 필요는 없었다. 내게 관심을 두는 사람은 없었다. 나는 전혀 보이지 않는 사람이 된 느낌이었다.

내 방은 추웠고 진통제 상자를 뜯는 곱은 내 손이 굼떴다. 알약을 전부 삼키는 일은 엄청나게 힘들었다. 하지만 씁쓸한 알약을 하나씩 모두 삼켰다. 그런 다음 불편하고 좁은 침대로 올라갔다. 눈을 감고 죽음을 기다렸다.

하지만 죽음은 찾아오지 않았다.

죽음 대신 배 속이 뒤틀리는 혹독한 고통이 찾아왔다. 몸을 웅크리고 구토를 하며 위액과 절반쯤 소화된 알약들을 게워냈다. 어둠 속에 누운 채 배 속이 불타는 것같이 고통스럽다고 느꼈던 시간이 마치 영원처럼 인식되었다. 그 순간 어둠 속에서 천천히 뭔가를 깨달았다.

죽고 싶지 않았다, 아직은. 제대로 살아보지도 않고는 안 되었다.

그 경험은 흐릿하고 불분명하지만 일종의 희망을 주었다. 어쨌든 그 사건은 내가 혼자서는 해결할 수 없다는 점을 알게 해주었다. 도움이 필요했다.

도움을 찾았다. 도움은 대학교의 상담 서비스가 내게 추천해준 심리상담가 루스라는 사람을 통해 나타났다. 루스는 머리가 하얗고 포동포동 살이 찐 데다 왠지 할머니처럼 보이는 사람이었다. 그녀는 공감하는 웃음을 지어 보이곤 했다. 내가 믿고 싶어 하는 그런 웃음이었다. 처음에 그녀는 많이 말하지 않았다. 내가 이야기를 하면 그냥 들었다. 나는 어린 시절에 관해서, 집에 관해서, 부모에 관해서 말했다. 고통스러운 이야기를 상세히 설명할 때도 나는 아무 느낌이 없었다. 마치 손목에서 떨어져나간 손처럼 나는 내 감정들과 단절되어 있었다. 나는 고통스러운 기억과 자살 충동에 대해 이야기했다. 하지만 아무 느낌도 없었다.

하지만 나는 가끔 고개를 들어 루스의 얼굴을 보았다. 놀랍게도 내 이야기를 듣는 그녀의 눈에 눈물이 고여 있었다. 이해하기 어렵겠지만 그건 루스의 눈물이 아니었다.

내 눈물이었다.

그때 나는 이해하지 못했다. 하지만 상담 치료는 그렇게 이루어진다. 환자는 스스로 받아들일 수 없는 감정들을 상담가에게 넘겨주는 것이다. 그러면 상담가는 환자가 느끼기 두려워하는 모든 걸 받아들여 환자 대신 느낀다. 그런 다음 상담가는 아주 서서히 환자의 감정을 다시 되돌려준다. 루스가 내 감정을 나에게 되돌려준 것처럼.

루스와 나는 여러 해에 걸쳐 계속 만났다. 루스는 내 인생의 상수로 남았다. 그녀를 통해서 나는 다른 인간과 맺는 새로운 종류의 관계를 받아들였다. 비난과 분노, 폭력이 아닌 서로에 대한 존중, 솔직함, 친절에 근거를 둔 관계였다. 나는 서서히 내면이 변화하고 있음을 느꼈다. 공허함과 두려움이 줄고 좀 더 감정을 느낄 수 있었다. 끔찍한 내면의 합창은 절대로 완벽히 사라지지 않았지만 내게는 이제 그에 맞설 루스의 목소리가 있었기에 신경이 덜 쓰였다. 결과적으로 내 머릿속 목소리들은 점점 조용해졌고 가끔은 사라져 들리지 않기도 했다. 가끔은 평화롭고, 심지어 행복하기도 했다.

심리 상담은 말 그대로 내 인생을 구했다. 더 중요한 건 심리 상담이 내 인생의 질을 바꿔놓았다는 점이었다. 대화 치료는 바뀐 내 자신의 중심이 되었다. 어렵게 말하자면 심리 상담은 나를 정의했다.

그게 바로 내 직업이라는 걸 알 수 있었다.

대학 졸업 후 나는 런던에서 심리상담가 공부를 했다. 교육을 받는 중에도 나는 계속 루스를 만났다. 그녀는 내가 가는 길을 지지하고 격려해주었지만 내가 선택한 일에 현실적이 될 것을 경고하기도 했다.

"그렇게 쉬운 일이 아니야." 그녀는 그렇게 표현했다.

그녀 말이 옳았다. 내 손을 더럽히면서 환자들을 대하는 건 알고 보니 편안함과는 거리가 멀었다.

처음 정신과 병동을 방문했을 때가 기억난다. 내가 도착한 지 몇 분도 지나지 않아서 환자 한 명이 바지를 내리더니 내 앞에서 쪼그리고 앉아 대변을 보았다. 대변 덩어리에서 악취가 풍겼다. 그 뒤로 이어진 사건들은 그만큼 속이 뒤집히지는 않았지만 거의 비슷하게 극적이었다. 실패한 자살 시도로 엉망이 되거나 자해하려고 한다든가 흥분과 슬픔을 자제하지 못하고 드러내는 환자들. 모두가 내가 견딜 수 없을 정도였다. 하지만 그런 일이 벌어질 때마다 나는 어떻게든 그때까지 사용하지 않았던 회복력을 발휘해냈다. 일은 점점 쉬워졌다.

정신과 병동이라는 이상하고 새로운 세상에 사람이 얼마나 빠르게 적응하는지 보면 참 이상하다. 점점 더 광기가 편안하게 느껴진다. 게다가 다른 사람들의 광기뿐 아니라 나 자신의 그것까지도. 우리는 모두 각자 다른 방식으로 미쳤다고 나는 믿었다.

그런 이유로 그리고 그런 식으로 나는 앨리샤 베런슨에 관심을 두게 되었다. 나는 운이 좋은 사람에 속했다. 어린 나이에 성공적인 상담을 받은 덕분에 심리적인 암흑의 벼랑 끝에서 돌아 나올 수 있었다. 하지만 내 마음속에서 다른 이야기가 영원히 가능성을 품고 남아 있었다. 나는 결국 미쳐버릴지도 몰랐다. 그리고 앨리샤처럼 시설에 갇힌 채 말년을 마감하게 될 것이다. 하느님의 가호가 없다면……

인디라 샤르마가 내게 왜 심리상담가가 되었느냐고 물었을 때 이렇게 말할 수는 없었다. 면접을 보는 중이었기 때문이기도 했지만, 그렇지 않더라도 나는 어떻게 행동해야 하는지 잘 알았다.

"결국 훈련을 받으면 심리상담가가 될 수 있다는 걸 믿게 되었습니다. 처음 의도가 어쨌거나 말이죠." 내가 말했다.

인디라는 점잖을 빼며 고개를 끄덕였다. "그래요, 바로 그렇죠. 옳은 말씀입니다."

면접은 잘 진행되었다. 브로드무어에서 일한 경력이 도움이 되었다고 인디라가 말했다. 그 경험은 내가 극심한 심리적 고통에 대처할 수 있다는 사실을 보여주었다. 나는 그 자리에서 취업 제안을 받았고 바로 받아들였다.

한 달 뒤 나는 그로브로 출근했다.


# 4


나는 1월의 차가운 바람 속에 그로브에 도착했다. 도로를 따라 헐벗은 나무들이 해골처럼 서 있었다. 하늘은 눈이 곧 올 것처럼 무거운 구름으로 하얗게 덮여 있었다.

출입문 밖에 서서 주머니 속 담배로 손을 뻗었다. 일주일 넘게 담배를 피우지 않았다. 이번에는 정말로 끊겠다고 다짐한 터였다. 하지만 벌써 포기하고 있었다. 담배에 불을 붙이며 스스로에게 화가 났다. 심리상담가들은 담배를 해결하지 못한 중독으로 보는 경향이 있다. 제대로 된 상담가라면 극복하고 정복했어야 마땅했다. 담배 냄새를 풍기면서 걷고 싶지 않아서 박하사탕 두 개를 입에 넣고 담배를 피우면서 발을 굴렀다.

몸이 떨렸다. 하지만 솔직히 말해 추위보다는 긴장한 탓이었다. 나는 의심을 품고 있었다. 브로드무어에서 함께 일한 상사는 내가 실수하는 거라면서 거침없이 말했다. 그는 내가 그만두는 바람에

전도가 유망했던 내 앞길이 막혔다는 식으로 말했고, 그로브에 관해 특히 디오메디스 교수에 대해 얄보듯 말했다.

"정통파가 아니잖아. 집단 관계 작업을 많이 했지. 푸크스와도 잠깐 연구한 적이 있고. 1980년대에는 하트퍼드셔에서 일종의 대안 치료 공동체를 운영했어. 그런 식의 치료 모델은 경제적으로 지속이 불가능하지. 특히 요즘은……." 그는 잠시 머뭇거리더니 목소리를 낮춰 말을 이었다. "겁을 주려는 건 아니야, 테오. 하지만 그쪽에서 사람들을 자르고 있다는 소문을 들었네. 자네는 6개월 내에 자리를 잃을지도 몰라. 진짜 다시 생각해보지 않을 텐가?"

나는 머뭇거렸지만 그저 공손하게 보이려는 의도였을 뿐이다. "네, 괜찮습니다."

그는 고개를 흔들었다. "내가 보기에는 자진해서 경력을 망치는 거야. 하지만 결심을 했다면……."

나는 상사에게 앨리샤 베런슨에 관해서, 그녀를 치료하고 싶다는 의지에 대해서 말하지 않았다. 상대방이 이해할 수 있는 말로 설명할 수도 있었다. 앨리샤와 일하게 된다면 책을 내거나 뭔가를 발표할 수도 있을 것이다. 하지만 그럴 필요가 없다는 걸 알았다. 상사는 그래도 내가 실수를 하는 거라고 말할 것이다. 어쩌면 그의 말이 옳을 수도 있다. 그리고 이제 확인을 해보려는 참이었다.

나는 담배를 비벼 끄고 긴장을 푼 다음 안으로 들어섰다. 그로브는 에지웨어 병원에서 가장 오래된 구역에 자리를 잡고 있었다. 병원이 원래는 빅토리아 시대의 붉은 벽돌 건물이었는데 오랜 세월에 걸쳐 주변을 둘러싸며 생겨난 더 크고 대개는 더 흉한 증축

구역과 부속 건물들 때문에 왜소하게 보였다. 그로브는 이 병원 단지의 중심에 있었다. 위험한 재소자들에 대한 유일한 단서는 담장 위에 줄지어 올라앉아 마치 맹금류처럼 노려보고 있는 CCTV들이었다. 출입구를 들어서면 친근하게 보이기 위해 온갖 노력을 다한 공간이 나타났다. 커다란 파란색 소파가 보이고 아이들 솜씨처럼 보이는 환자들의 어설픈 미술 작품들을 테이프로 벽에 붙여두었다. 내가 보기에 격리용 정신 병동보다는 유치원에 가까웠다.

키가 큰 사내가 내 옆에 나타났다. 날 향해 씩 웃어 보이고는 손을 내밀었다. 그는 자신을 정신과 수간호사인 유리라고 소개했다.

"그로브에 오신 걸 환영합니다. 환영 행사 같은 건 없는 것 같군요. 그냥 제가 맞이하겠습니다."

유리는 잘생기고 체격도 탄탄했고 30대 후반으로 보였다. 검은 머리에 기하학적인 무늬의 문신이 목을 기어올라 옷깃 위쪽까지 새겨져 있었다. 그에게서는 담배 냄새와 함께 지나치게 달콤한 애프터셰이브 로션 냄새가 났다. 외국 억양이 섞여 있기는 했지만 완벽한 영어를 구사했다.

"7년 전에 라트비아에서 이주했습니다. 처음 왔을 때는 영어를 한마디도 못했죠. 하지만 1년 만에 유창하게 되었습니다."

"정말 대단하군요."

"별것 아닙니다. 영어는 쉬운 언어니까요. 라트비아어를 한 번 배워보셔야 해요." 그는 웃더니 허리띠에 매달려 쨍그랑거리는 열쇠 뭉치로 손을 뻗었다. 그러고는 한 묶음의 열쇠를 떼어내 내게 내밀었다. "개인 공간으로 가시려면 이것들이 필요할 겁니다. 그리고 병동으로 갈 때는 비밀번호를 알아야 합니다."

"열쇠가 많군요. 브로드무어에서는 열쇠가 이보다는 적었거든요."

"네, 그렇죠. 최근에 보안 수준을 상당히 높였습니다. 스테파니가 온 다음에 말이죠."

"스테파니가 누구죠?"

유리는 대답하지 않았다. 하지만 접수처 책상 뒤쪽 사무실에서 나오는 여자를 향해 고갯짓을 해보였다. 여자는 카리브인으로 40대 중반에 짧은 단발머리를 모나게 자른 모습을 하고 있었다.

"스테파니 클라크예요. 그로브의 관리를 맡고 있어요."

스테파니는 의문스러운 느낌이 드는 웃음을 지어 보였다. 그녀와 악수를 나누던 나는 그녀가 유리보다 더 강하게 내 손을 움켜잡았지만 덜 환영하고 있다는 걸 알아차렸다.

"병동 책임자로서 안전을 가장 중요하게 여기고 있어요. 환자, 그리고 의료진의 안전 모두요. 여러분이 안전하지 않으면 환자들도 안전하지 못합니다." 그녀는 내게 작은 장치를 건네주었다. 개인용 긴급 경보기였다. "항상 이걸 갖고 다니세요. 그냥 사무실에 두면 안 됩니다."

나는 네, 그러겠습니다 하고 말하고 싶은 걸 참았다. 편하게 지내고 싶다면 스테파니가 하는 말을 잘 지키는 편이 좋았다. 과거에도 나는 우두머리 행세를 하는 병동 책임자들에게 그런 식의 작전을 구사했다. 대립을 피하고 그들의 레이더를 회피하는 것이다.

"만나서 반갑습니다, 스테파니." 나는 웃으며 말했다.

스테파니는 고개를 끄덕였지만 웃음을 되돌려주지는 않았다.

"유리가 당신 사무실로 안내해줄 겁니다."

그녀는 두 번 다시 눈길을 주지 않고 돌아서서 걸어갔다.

"따라오십시오." 유리가 말했다.

나는 유리와 함께 병동 입구로 갔다. 커다란 강화 철문이었다. 문 옆에는 금속탐지기가 있고 경비원이 지키고 서 있었다.

"어떻게 하는지 아실 겁니다." 유리가 말했다. "뾰족한 물건은 안 됩니다. 무기로 사용될 수 있는 것들도요."

"라이터도 안 됩니다." 내 몸수색을 하던 경비원이 주머니에서 라이터를 꺼내며 꾸짖는 듯한 표정을 지으며 덧붙였다.

"미안합니다. 갖고 있다는 걸 잊었어요."

유리는 따라오라며 손짓했다. "사무실을 보여드리죠. 다른 사람들은 모두 공동체 회의에 간 터라 지금은 상당히 조용합니다."

"제가 가도 될까요?"

"공동체 모임에요?" 유리는 놀란 것처럼 보였다. "우선 사무실부터 가보고 싶지 않으세요?"

"나중에 가도 됩니다. 어느 쪽이나 괜찮겠죠?"

그는 어깨를 으쓱했다. "원하는 대로 하시죠. 이쪽입니다."

유리는 서로 연결되어 있는 복도를 따라 길을 안내했다. 가끔 잠긴 문이 막고 있었다. 문이 쾅 닫히는 소리와 자물쇠 속에서 열쇠가 돌아가면 빗장이 풀리는 소리가 연이어 들렸다. 우리는 천천히 움직이고 있었다.

지난 몇 년 동안 건물 유지에 큰돈을 들이지 않았다는 건 분명해 보였다. 벽에 바른 페인트가 일어나고 케케묵은 곰팡내와 썩어가는 냄새가 복도에 스며들어 있었다.

유리는 한 닫힌 문 밖에서 멈추더니 고개를 끄덕였다. "이곳에 있습니다. 들어가시죠."

"좋아요, 고맙습니다."

나는 머뭇거리며 마음의 준비를 했다. 그러고는 문을 열고 안으로 들어섰다.

# 5

공동체 모임이 열리는 긴 사각형의 방에서는 높은 철창을 통해 붉은 벽돌 벽이 내려다보였다. 공기 중에 흐르는 커피 향이 유리의 애프터셰이브 로션이 남긴 냄새와 섞였다. 30명 정도 되는 사람이 원형으로 둘러앉아 있었는데, 대부분 차나 커피가 담긴 종이컵을 손에 들고 하품하며 잠을 깨려고 최선을 다하고 있었다. 일부는 커피를 모두 마시고 빈 컵을 주물럭거리다가 구겼다가 다시 폈다가 조각조각 찢고 있었다.

공동체 모임은 하루에 한 번에서 두 번 모였다. 행정적인 회의와 집단 치료 과정의 중간 정도 되는 분위기였다. 병동 운영이나 환자를 다루는 일 등을 주제로 토의했다. 공동체 모임은 디오메디스 교수가 즐겨 말하는 대로 환자들이 치료에 참여하고 스스로 그들의 복지에 책임감을 느낄 수 있도록 격려하려는 시도였지만 그런 식의 집단 치료가 늘 먹히는 건 아니었다. 집단 치료에 대한 디오메디스의 경력은 그가 온갖 종류의 모임을 좋아하며 가능한 한 집단으로 진행하는 작업을 독려한다는 걸 의미했다. 그는 구경꾼이 있을 때 가장 행복한 사람이라고 말할 수도 있을 터였다. 나를 맞이하기 위해 환영의 의미로 양손을 뻗으면서 일어나 손짓하는 그를 보며 연극 연출자 같은 느낌을 주는 사람이라고 생각했다.

"테오, 왔군. 이리 와 함께 합시다."

그는 그리스 억양이 살짝 섞인 말투를 사용했지만 거의 알아차릴 수 없었다. 영국에 30년 이상 살면서 그리스 억양이 거의 사라지고 없었다. 그는 잘생겼고 60대임에도 훨씬 젊어 보였다. 그리고 짓궂은 젊은이 같은 태도를 보여주었는데 정신과 의사라기보다는 점잖지 못한 삼촌처럼 보였다. 그렇다고 해서 환자들에게 헌신을 하지 않는다는 건 아니었다. 아침에 청소부들보다 먼저 출근했고 야간 근무를 하는 직원들이 주간 근무자들로부터 업무를 넘겨받은 이후에도 퇴근하지 않았다. 가끔은 사무실에 있는 소파에서 밤을 보내기도 했다. 두 번 이혼한 디오메디스는 자신의 세 번째이자 가장 성공적인 결혼은 그로브와 했다고 말하길 좋아했다.

"여기 앉게." 그는 자기 옆에 놓인 빈 의자를 가리켰다. "앉아, 앉으라고."

나는 시키는 대로 했다.

디오메디스는 요란하게 날 소개했다. "우리의 새로운 심리상담가 테오 파버 선생을 소개하겠습니다. 여러분도 우리 작은 가족에 합류하는 테오 선생을 함께 환영해주길 바라며……"

디오메디스가 말하는 동안 나는 둘러앉은 사람들을 살피며 앨리샤를 찾았다. 하지만 어디에도 그녀는 보이지 않았다. 완벽하게 정장을 갖춰 입고 넥타이를 맨 디오메디스 교수를 제외하고 나머지 사람들은 대부분 반팔 셔츠나 티셔츠 차림이었다. 누가 환자이고 누가 의료진인지 구분하기는 쉽지 않았다.

몇몇 얼굴은 눈에 익었다. 크리스티안이 그 가운데 한 명이었다. 그와는 브로드무어에서 알던 사이였다. 럭비를 즐기는 정신과 의사로 코가 찌그러졌고 검은 수염을 길렀다. 얻어맞은 것 같았지만 잘생긴 얼굴이었다. 그는 내가 브로드무어에서 일하기 시작한 뒤 금세 그곳을 떠났다. 별로 마음에 들지 않는 사내였지만 엄밀히 말하자면 함께 오래 일해보지 않았기 때문에 나는 그를 잘 몰랐다.

면접에서 만났던 인디라는 기억이 났다. 그녀가 날 향해 웃어주어서 기뻤다. 오직 그녀만이 우호적인 표정을 짓고 있었다. 환자들은 대개 무례할 정도로 믿지 못하겠다는 표정으로 나를 노려보았다. 그들을 비난할 생각은 없었다. 그들이 겪었던 육체적, 정신적, 성적 학대는 혹시 그들이 나를 신뢰하게 된다고 해도 그러기까지 오래 기다려야 한다는 뜻이었다. 환자들은 모두 여자였다. 그리고 대부분 주름살과 흉터로 용모가 거칠었다. 그들 모두는 힘든 삶을 겪었고 공포에 시달렸으며, 결국 스스로 정신병이라는 무인지대로 달아나 숨어버렸다. 그들의 여정은 각자의 얼굴에 새겨져 있어 모르고 지나칠 수 없었다.

하지만 앨리샤 베런슨은? 그녀는 어디 있는 거지? 나는 둥글게 앉은 사람들을 둘러봤지만 여전히 그녀를 찾을 수 없었다. 그 순간 깨달았다. 나는 그녀를 똑바로 보고 있었다. 앨리샤는 바로 맞은편, 원의 반대쪽에 앉아 있었다. 그녀가 보이지 않았기 때문에 찾지 못했던 거였다.

앨리샤는 의자에 앉은 채 몸을 앞으로 숙이고 있었다. 지나치게 차분한 상태임이 분명했다. 차가 가득 찬 종이컵을 들고 있었는데, 손이 떨리면서 차가 조금씩 바닥으로 흘러내리고 있었다. 나는 반대편으로 걸어가 그녀의 컵을 똑바로 세워주고 싶은 걸 꾹 참았다. 그녀는 완전히 정신을 놓고 있었기 때문에 내가 그런다고 해서 알아차릴 것 같지도 않았다.

나는 앨리샤가 그렇게 끔찍한 상태일 거라고는 생각하지 못했다. 한때 아름다운 여인이었던 흔적은 남아 있었다. 깊고 푸른 눈. 완벽한 대칭인 얼굴. 그러나 너무 말랐고 지저분해 보였다. 붉은색의 긴 머리칼은 지저분하게 엉킨 채 어깨 위에 늘어져 있었다. 손톱은 이로 물어뜯어 엉망이 되어 있었다. 양쪽 손목에는 희미해진 흉터가 보였다. 알케스티스 초상화 속에 충실하게 그려냈던 흉터와 같았다. 그녀의 손가락은 쉬지 않고 떨었다. 리스페리돈과 다른 강력한 항정신병 약을 포함해서 계속 먹고 있는 여러 가지 약들 때문인 것이 분명했다. 벌어진 입에서 침이 흐르고 있었는데, 침을 주체하지 못하고 흘리는 것은 약물의 또 다른 불행한 부작용이기도 했다.

나는 디오메디스가 날 보고 있는 걸 알아차렸다. 앨리샤로부터 관심을 거두고 그를 바라보았다.

"나보다야 자네가 자네를 더 잘 소개할 수 있겠군, 테오." 디오메디스가 말했다. "몇 마디 인사를 해주겠나?"

"감사합니다." 나는 고개를 끄덕였다. "정말 보탤 말이 전혀 없습니다. 그저 여기로 오게 되어 아주 행복하다는 것 말고는요. 긴장되지만 아주 기쁘고 기대가 큽니다. 그리고 여러분 모두와 잘 알 수 있게 되기를 바랍니다. 특히 환자분들요. 저는……."

그 순간 갑자기 문이 벌컥 열리면서 내 말이 끊겼다. 처음에는 헛것을 보는 줄 알았다. 뾰족한 나무 꼬챙이 두 개를 손에 든 거인이 방으로 쳐들어와 머리 위로 높이 쳐들고 창처럼 날리려고 했다. 환자 한 사람이 눈을 가리더니 비명을 질렀다.

혹시나 창들이 우리 몸을 꿰뚫는 것은 아닌가 싶었는데, 창들은 둥글게 앉은 사람들 한가운데 바닥으로 내동댕이쳐졌다. 그 순간 보니 꼬챙이들은 창이 아니라 두 개로 부러진 당구 큐대였다.

검은 머리에 40대 터키인으로 보이는 거대한 몸집의 환자가 소리를 질렀다. "아, 열 받네. 큐대가 자꾸 부러지는데 도대체 왜 안 바꿔주고 지랄이야."

"나쁜 말은 안 돼요, 엘리프." 디오메디스가 말했다. "일단 이렇게 늦게 모임에 나타난 당신을 참여시키는 것이 옳은지를 결정하고 나서야 큐대 문제를 논의할 준비가 될 것 같군요." 그는 장난꾸러기처럼 고개를 돌리더니 내게 질문을 했다. "어떻게 생각하나, 테오?"

나는 눈을 깜박이고 잠시 뜸을 들이고서야 겨우 목소리를 낼 수 있었다. "저는 공동체 모임에 참석하는 시간의 범위를 존중하는 것이 중요하다고 생각합니다만……."

"당신이 지각한 것처럼 말인가?"

둘러앉은 사람들 가운데 맞은편에서 누군가 말했다. 고개를 돌려보니 말한 사람은 크리스티안이었다. 그는 자기 농담에 감탄하며 웃었다.

억지로 웃음을 지어 보인 뒤 엘리프에게 다시 고개를 돌렸다. "저 말이 지당합니다. 저도 오늘 아침에는 지각했거든요. 그러니까 어쩌면 우리가 함께 배워볼 수 있는 교훈인 셈이죠."

"무슨 말을 하는 거야?" 엘리프가 말했다. "그건 그렇고 빌어먹을 당신 누구야?"

"엘리프, 좋은 말을 써야죠." 디오메디스가 말했다. "안 그러면 말을 못하게 할 거예요. 앉아요."

엘리프는 그냥 서 있었다. "큐대는 어떻게 할 건데요?"

그 질문은 디오메디스를 향한 것이었다. 그런데 교수는 나를 보며 내가 대답하기를 기다리고 있었다.

"엘리프, 당신이 당구 큐대 때문에 화가 났다는 건 잘 알겠어요." 내가 말했다. "누군지 몰라도 그걸 망가뜨린 사람도 마찬가지로 화가 났을 겁니다. 그 말은 이런 병원에서 누구든 화가 나면 어떻게 해야 하는지의 문제를 생각해보게 합니다. 계속 그 문제를 생각하면서 우선은 분노에 관해 이야기하면 어때요? 앉으시겠어요?"

엘리프는 눈을 굴리더니 자리에 앉았다.

인디라는 고개를 끄덕였고, 만족한 것 같았다. 우리는 분노에 관해 이야기를 나누었고, 인디라와 나는 환자들로 하여금 각자 화가 날 때의 기분에 관해 토론하도록 이끌었다. 내 생각에 우리는 함께 잘 진행해나간 것 같았다. 디오메디스가 지켜보면서 내 행동을 평가하고 있는 것이 느껴졌다. 그는 만족한 듯 보였다.

앨리샤를 흘깃 바라보았다. 놀랍게도 그녀는 나를 바라보고 있었다. 아니, 최소한 내 쪽을 보고 있었다. 표정은 모호하고 흐릿했다. 마치 눈으로 초점을 맞추고 보려고 몸부림치는 것 같았다.

만일 누군가 망가진 이 사람이 한때 멋졌던 앨리샤 베런슨이라고 말한다면, 그녀를 아는 사람들이 말했던 것처럼 눈이 부시고 매혹적이고 원기가 왕성했던 바로 그녀라고 한다면, 나는 그저 믿을 수 없다고 말했을 것이다. 그리고 바로 그 순간 나는 그로브로 온 것이 옳은 결정이었다는 걸 알게 되었다. 모든 의심은 사라졌다. 나는 앨리샤가 내 환자가 될 때까지 무슨 일이 있어도 멈추지 않겠다고 결심했다.

허비할 시간이 없었다. 앨리샤는 길을 잃었다. 그녀는 사라지고 말았다. 하지만 나는 그녀를 찾아낼 것이다.


# 6


디오메디스 교수의 사무실은 병원에서 가장 오래되고 낡은 구역에 있었다. 구석에는 거미집이 보이고 복도에는 제대로 작동하는 조명도 몇 개 안 되었다. 문을 두드리고 조금 기다렸더니 안에서 그의 목소리가 들렸다.

"네."

손잡이를 돌리자 문이 삐걱 소리를 내며 열렸다. 문이 열리자마자 방 안에서 냄새가 훅 풍겼다. 병원의 다른 곳과는 냄새가 달랐다. 소독약이나 표백제 냄새가 아니었다. 그보다는 묘하게도 극장의 오케스트라 피트에서 나는 냄새 같았다. 나무와 현악기, 활, 광택제, 왁스 냄새였다. 약간의 시간이 지나 어두운 실내에 눈이 적응하고 나서야 벽에 업라이트 피아노가 놓여 있는 걸 발견했다. 병원에는 어울리지 않는 물건이었다. 20여 개의 금속 보면대가 어둠 속에서 반짝였고 탁자 위에는 악보가 잔뜩 쌓여 있었다. 서류들이 불안하게 쌓여 하늘로 올라가고 있었다. 다른 탁자 위에는 바이올린이 놓여 있고, 그 옆에는 오보에와 플루트가 있었다. 그리고 그 옆에는 하프가 보였다. 아름다운 나무 프레임에 수없이 많은 현이 달린 거대한 악기였다.

나는 입을 떡 벌린 채 바라보았다.

디오메디스는 웃었다. "악기들이 왜 있나 싶지?"

그는 자기 책상에 앉아서 낄낄대고 있었다.

"전부 교수님 겁니까?"

"그래. 내 취미가 음악이야. 아니, 그건 거짓말이겠군. 음악은 내 열망이지."

그는 극적인 모습으로 손가락으로 하늘을 가리켰다. 교수는 활기가 넘치는 방식으로 말했다. 말을 할 때마다 손을 폭넓게 사용해 자신이 하는 말을 강조했는데 마치 보이지 않는 오케스트라를 지휘하는 것 같았다.

"나는 원한다면 누구나 참여할 수 있는 비공식 음악 모임을 운영하고 있네. 의료진과 환자가 모두 참여할 수 있지. 내가 볼 때 음악은 가장 효과적인 치료 도구야." 그는 잠시 말을 멈추었다가 경쾌하게 뮤지컬이라도 하듯 읊어댔다. "'음악은 야만의 가슴을 어루만지는 매력을 가졌다'고 하지. 자네도 동의하나?"

"옳으신 말씀입니다."

"흠." 디오메디스는 잠시 나를 바라보았다. "악기를 다룰 줄 아나?"

"어떤 악기요?"

"아무 거나. 트라이앵글로 시작할 수도 있지."

나는 고개를 흔들었다. "음악에는 소질이 없어서요. 어렸을 때 학교에서 리코더는 좀 불었습니다. 그게 전부죠."

"그럼 악보는 읽을 줄 아나? 그러면 좀 도움이 되거든. 좋아, 어떤 악기든 골라보게. 내가 가르쳐주지."

나는 다시 웃으며 고개를 저었다. "제가 꾸준하지 못해서 걱정입니다."

"그래? 글쎄, 심리상담가로 관계를 잘 구축해나가려면 꾸준함이 필요한 덕목이지. 사실 나는 젊었을 때 음악가가 될지 신부가 될지 의사가 될지 결정하지 못했네." 디오메디스는 웃었다. "그런데 지금 세 가지를 모두 하고 있어."

"정말 그러신 것 같군요."

"그건 그렇고." 그는 말을 멈추는 기색도 없이 주제를 바꾸었다. "면접 때 자네로 결정한 건 내 의지였네. 말하자면 내가 캐스팅 보트였던 거지. 자네를 적극 추천했어. 왜 그런지 아나? 난 자네에게서 뭔가를 봤네, 테오. 자네는 나를 떠오르게 해. 누가 알겠나? 세월이 흐르면 자네가 이곳을 운영하게 될지." 그는 한참 동안 자신이 한 말을 생각하더니 한숨을 내쉬었다. "물론 이곳이 그때까지 있으면 말이야."

"이곳이 오래가지 못할 거라는 말씀이십니까?"

"누가 알겠어? 환자는 너무 적고 직원은 너무 많으니. 혹시 경제적으로 독자 운영이 가능할지 건강보험공단과 긴밀하게 협조하면서 연구를 해보고 있기는 하네. 그 말은 우리가 끝없는 관찰과 평가를 받고 감시를 당한다는 뜻이야. 그런 상황에서 '우리가 어떻게 치료 사업을 해낼 수 있겠습니까?' 자네는 그렇게 물어볼 수도 있을 거야. 위니캇이 말했던 것처럼 불타는 건물에서는 아무도 치료를 행할 수 없네." 고개를 흔드는 디오메디스는 갑자기 자기 원래 나이로 보였다. 지치고 피곤해 보였다. 그는 목소리를 낮추더니 음모를 꾸미는 것처럼 속삭였다. "내가 보기에 행정 관리자인 스테파니 클라크는 그들과 작당을 하고 있어. 어차피 보험공단에서 월급을 받는 여자니까. 그 여자 조심하라고. 내 말이 무슨 뜻인지 곧 알게 될 걸세."

내 생각에는 디오메디스가 조금 편집증적인 것 같았지만 어쩌면 이해할 수도 있을 것 같았다. 틀린 말을 하고 싶지는 않았기에 당장은 외교적으로 입을 다물고 있기로 했다. 그런 다음에…….

"여쭤볼 것이 있습니다. 앨리샤에 관해서요."

"앨리샤 베런슨?" 디오메디스는 나를 이상하다는 듯 바라보았다. "그 여자, 뭐?"

"지금까지 그 여자에게 어떤 치료 기법을 사용했는지 궁금합니다. 지금 개인적으로 치료를 받고 있나요?"

"아니야."

"이유가 있습니까?"

"시도를 했었는데, 포기했네."

"왜죠? 누가 맡고 있습니까? 인디라요?"

"아니야." 디오메디스는 고개를 저었다. "사실 앨리샤는 내가 직접 보고 있네."

"그렇군요. 어떻게 된 겁니까?"

디오메디스는 어깨를 으쓱했다.

"앨리샤는 내 사무실에 오기를 거부했고, 그래서 내가 그 여자 방으로 갔네. 치료를 하는 동안 그녀는 그냥 침대에 앉아서 창밖을 내다보기만 했어. 물론 말하기를 거부했지. 심지어 나를 보려고 하지도 않았네." 그는 짜증을 내며 양손을 들어올렸다. "그래서 전부 시간 낭비일 뿐이라고 생각하게 된 거야."

나는 고개를 끄덕이며 말했다. "그렇다면…… 다른 사람이 맡게 된다면……."

"그래서?" 디오메디스는 궁금해하면서 나를 바라보았다. "계속 해보게."

"가능하지 않을까 합니다. 앨리샤는 교수님을 권위주의적인 존재로 경험했습니다. 아마도 처벌을 예상하지 않았을까요? 그녀가 아버지와의 관계가 어땠는지 알 수는 없습니다만……."

디오메디스는 살짝 웃으며 내 이야기를 들었다. 마치 재미난 이야기에 귀를 기울이며 마지막으로 결정적인 부분을 기대하는 것 같았다. "하지만 자네가 생각하기에 더 젊은 사람이라면 그녀가 더 쉽게 입을 열 수 있으리라는 건가? 어디 보자…… 자네 같은 사람? 자네가 그녀를 도울 수 있을 거라고 생각하는 건가, 테오? 앨리샤를 구해낼 수 있어? 말을 꺼내게 할 수 있다고?"

"구하는 건 모르겠습니다만, 그녀를 돕고 싶습니다. 시도를 해보겠습니다."

디오메디스는 웃었다. 여전히 즐거운 생각이 드는 모양이었다.

"자네가 처음은 아니야. 앞으로도 계속 이어지겠지. 앨리샤는 입을 다물고 있는 세이렌일세, 이 친구야. 우리를 바위 쪽으로 유혹하지. 치료를 해보겠다는 우리의 야망은 바위에 부딪혀 산산이 조각나는 거야." 그는 다시 웃었다. "앨리샤는 내게 실패라는 소중한 교훈을 가르쳤네. 어쩌면 자네도 같은 교훈을 배울 필요가 있는지도 모르지."

나는 도전적으로 그와 눈길을 주고받았다. "물론 제가 성공하지 못한다면 그렇겠죠."

디오메디스는 웃음을 삼켰고 대신 뭔가 읽기 어려운 표정을 지었다. 그는 한참 말이 없더니 결단을 내렸다.

"그럼 결과를 보자고. 우선 자네는 앨리샤를 만나야겠군. 아직 앨리샤에게 자네를 소개하지 못했지?"

"그렇습니다."

"그럼 유리에게 자리를 만들어달라고 하게. 나중에 내게 보고를 해주고."

"좋습니다." 나는 흥분을 숨기려고 애썼다. "그러겠습니다."

# 7

상담실은 작고 좁은 직사각형 모양이었다. 교도소의 방처럼 아무것도 없었다. 아니, 오히려 더 단순할지도 몰랐다. 닫힌 창문을 창살이 가로막고 있었다. 작은 탁자 위에 놓인 밝은 분홍색 휴지 상자가 어울리지 않는 신나는 분위기를 자아내고 있었다. 아마도 인디라가 가져다 놓았을 것이다. 크리스티안이 환자들에게 휴지를 건네는 장면은 상상이 되지 않았다.

나는 낡고 색이 바랜 두 개의 팔걸이의자 가운데 하나에 앉았다. 시간이 흘렀다. 앨리샤는 나타날 생각을 하지 않았다. 혹시 안 오는 건가? 어쩌면 그녀는 날 만나길 거부했는지도 몰랐다. 그녀는 그럴 수 있는 완벽한 권리를 갖고 있다.

조급해지고 불안하고 긴장한 나는 자리를 박차고 일어나 창문으로 걸어갔다. 철창 사이로 밖을 내려다보았다.

안뜰은 상담실보다 3층 아래였다. 테니스장만 한 크기의 안뜰은 높은 붉은 벽돌 벽에 둘러싸여 있었다. 벽은 기어오르기에는 너무 높았지만 그럼에도 누군가는 분명히 기어오르려고 시도해봤을 터였다. 환자들은 원하거나 원하지 않거나 매일 오후 밖으로 몰려나가서 30분 동안 신선한 공기를 마셨다. 이렇게 추운 날씨에 나가기 싫어하는 환자들을 비난할 수는 없었다. 어떤 환자들은 혼자 서서 혼잣말을 중얼거리거나 가만히 있지 못하는 좀비처럼 목적지도 없이 앞뒤로 어슬렁거렸다. 또 다른 환자들은 몇 명씩 옹송그린 채 모여서 이야기를 하고 담배를 피우고 논쟁을 벌였다. 목소리와 고함 소리, 그리고 이상하게 흥분이 담긴 웃음이 위쪽에서 내려다보고 있는 나를 향해 떠올랐다.

처음에는 앨리샤를 알아보지 못했다. 그러다가 그녀를 찾아냈다. 그녀는 안뜰 제일 구석, 벽에 붙어서 혼자 서 있었다. 동상처럼 전혀 움직이지 않았다. 유리가 안뜰을 가로질러 그녀에게로 걸어갔다. 그는 몇 걸음 떨어진 곳에 서 있는 간호사에게 뭔가 말했다. 간호사가 고개를 끄덕였다. 유리는 앨리샤에게 조심스럽고 느리게 다가갔다. 마치 예측이 불가능한 짐승에게 다가가는 것 같았다.

너무 자세하게 설명할 필요는 없다고 유리에게 말해두었다. 그저 앨리샤에게는 새로 온 심리상담가가 만나보고 싶어 한다고 말하라고 했다. 내가 면담을 요구하는 것이 아니라 부탁하는 것처럼 표현을 해달라고 유리에게 부탁했다. 앨리샤는 유리의 말을 듣는 동안 꼼짝도 하지 않고 서 있었다. 하지만 그녀는 고개를 끄덕이지도 좌우로 흔들지도 않았고, 유리가 하는 말을 들었는지조차 알 수 없었다. 잠깐 동안 서서 기다리던 유리는 돌아서서 그녀와 멀어졌다.

자, 끝났군. 나는 속으로 생각했다. 앨리샤는 오지 않을 것이다. 빌어먹을, 이걸 예상했어야 했는데. 모든 일이 시간 낭비였다.

그런데 그 순간 놀랍게도 앨리샤가 앞으로 발길을 내디뎠다. 살짝 비틀거리던 그녀는 유리를 따라 발을 끌며 안뜰을 가로질러 걸어갔다. 두 사람의 모습은 내가 있는 곳 창문 아래로 사라졌다.

그러니까 그녀가 오는 것이다. 나는 불안함을 억누르고 마음의 준비를 했다. 나는 머릿속 부정적인 목소리를 잠재우려고 애썼다.

아버지의 목소리는 내가 이 직업에 맞지 않는다고 말했다. 내가 쓸모없는 사기꾼이라고 했다.

닥쳐, 닥쳐, 닥치라고…….

잠시 후 문을 두드리는 소리가 났다.

"들어오세요."

문이 열렸다. 앨리샤는 복도에 유리와 함께 서 있었다. 그녀를 바라보았지만 그녀는 나를 보지 않았다. 눈길은 여전히 바닥을 향하고 있었다.

유리는 나를 보고 자랑스럽게 웃었다. "모셔왔습니다."

"네. 나도 봐서 압니다. 안녕하세요, 앨리샤."

앨리샤는 대답이 없었다.

"들어오지 않겠어요?"

유리는 그녀를 밀기라도 할 것처럼 앞으로 몸을 숙였지만 실제로 몸에 손을 대지는 않았다.

대신 이렇게 속삭였다. "얼른요. 들어가서 의자에 앉아요."

앨리샤는 머뭇거렸다. 그녀는 유리를 바라보더니 결심했다. 그녀는 살짝 비틀거리면서 방 안으로 걸어 들어왔다. 그러고는 고양이처럼 아무 소리도 내지 않고 떨리는 손을 무릎 위에 얹은 모습으로 의자에 앉았다.

문을 닫으려고 했지만 유리가 떠나질 않았다.

나는 목소리를 낮추고 말했다. "이제 내가 알아서 할게요, 고맙습니다."

유리는 걱정스러운 표정이었다. "하지만 앨리샤가 1 대 1로 상담하잖아요. 교수님 지시대로 하자면……."

"내가 전부 책임질게요. 전혀 걱정할 것 없어요." 나는 개인용 긴급 경보기를 주머니에서 꺼내 보였다. "자, 이걸 갖고 있어요. 하지만 이게 필요하지는 않을 겁니다."

나는 앨리샤를 바라보았다. 그녀가 내 말을 들었는지조차 알 수 없었다.

유리는 어깨를 으쓱해 보였다. 못마땅한 것이 틀림없었다. "혹시 제가 필요할지도 모르니까 문밖에서 대기하겠습니다."

"그럴 필요는 없지만, 어쨌든 고맙습니다."

유리가 떠나자 나는 문을 닫았다. 경보기를 탁자에 올려놓았다. 앨리샤 맞은편에 앉았다. 그녀는 고개를 들지 않았다. 한참 동안 그녀를 자세히 살펴보았다. 얼굴에 표정이라고는 없었다. 약물에 취한 가면 같았다. 그 아래에 뭐가 있을지 궁금했다.

"만나겠다고 해줘서 감사합니다." 대답을 기다렸다. 대답하지 않으리라는 걸 알았다. "당신이 날 아는 것보다 내가 당신에 대해 더 많이 아니까 내가 유리하군요. 당신은 유명한 사람이라서 말이죠. 화가로 유명한 걸 말하는 겁니다. 나는 당신 작품을 아주 좋아합니다." 아무 반응이 없었다. 나는 자세를 살짝 고쳐 앉았다. "디오메디스 교수님에게 혹시 우리 둘이 이야기를 나눌 수 있을지 부탁드렸고, 교수님이 고맙게도 이렇게 자리를 마련해주셨습니다. 만나겠다고 동의해주셔서 감사합니다."

나는 눈 깜박임이나 고갯짓, 찡그린 얼굴처럼 뭐든 상대방 이야기를 들었다는 식의 행동을 기대하며 망설였다. 하지만 아무것도 없었다. 상대가 무슨 생각을 하는지 추측하려 애썼다. 어쩌면 약에 너무 취해 아무 생각이 없을 수도 있다. 나는 오래전 날 상담했던 루스를 생각했다. 그녀라면 어떻게 했을까? 루스는 인간이 서로 다른 부분으로 이루어졌다고 말하곤 했다. 일부는 좋고 일부는 나쁜데 건강한 정신은 이렇게 섞인 상태를 견뎌내면서 좋고 나쁜 것을 동시에 곡예를 하듯 다룬다고 했다. 정신 질환은 정확히 말하자면 이런 식의 통합이 결여된 상태였다. 결국 환자는 스스로 받아들일 수 없는 부분과의 연결이 끊기고 만다는 것이다. 만일 내가 앨리샤를 돕게 된다면 우리는 앨리샤가 의식의 가장자리 너머에 꽁꽁 숨겨둔 부분들을 찾아내야만 했다. 그런 다음 그녀의 정신 속 풍경에 속한 다양한 점들을 서로 이어야 했다. 그러고 나서야 우리는 앨리샤가 남편을 죽인 밤에 벌어진 끔찍한 사건의 경위를 알아낼 수 있을 터였다. 느리고 고된 과정이 될 터였다.

대개 환자와 상담을 시작할 때는 급한 분위기가 아니기에 미리 정해둔 치료 계획 같은 건 없는 편이다. 보통은 여러 달에 걸쳐 대화를 하는 것으로 시작한다. 이상적인 상황에서라면 앨리샤가 자신에 대해, 삶과 어린 시절에 대해 내게 이야기할 것이다. 나는 이야기를 듣고 정확하고 도움이 되는 해석을 뽑아낼 때까지 천천히 그림을 그려나간다. 이번 경우에는 대화가 없을 것이다. 듣는 일도 없다. 내가 필요한 정보는 비언어적인 실마리, 이를테면 나의 역전이(앨리샤가 치료 과정 동안에 내게 불러일으키게 될 감정들)와 내가 앨리샤가 아닌 다른 곳에서 얻어낼 것들로부터 수집하게 될 터였다.

다른 말로 하면 나는 앨리샤를 도울 계획을 세웠지만 실제로 어떻게 실행해야 할지는 모르고 있었다. 이제 나는 결과물을 내놓아야 했다. 디오메디스에게 나 자신을 증명하기 위해서도 결과가 필요했지만 훨씬 더 중요한 것은 앨리샤에 대한 내 의무를 다하기 위해서였다. 그녀를 돕기 위해서였다.

약에 취해 몽롱한 채 입 주위로 침을 흘리고 지저분한 나방처럼 손가락을 흔들면서 맞은편에 앉아 있는 앨리샤를 보면서 나는 갑작스럽고 기대하지 않았던 슬픔이 쓰리게 느껴지는 경험을 했다. 그녀가, 그리고 그녀 같은 사람들이, 상처 입고 길을 잃은 우리 모두가 무척 안타깝게 느껴졌다.

물론 앨리샤에게는 아무 말도 하지 않았다. 그러는 대신 루스라면 했을 행동을 했다.

우리는 그냥 아무 말도 없이 앉아 있었다.

## 8

책상 위에 앨리샤의 파일을 펼쳤다. 디오메디스가 스스로 내준 것이다.

"내가 작성한 기록을 꼭 읽어보게. 도움이 될 거야."

교수가 기록한 내용을 힘겹게 읽고 싶은 생각은 없었다. 나는 디오메디스의 생각은 이미 알고 있었다. 나는 내가 어떻게 생각하는지를 알아내야 했다. 하지만 그럼에도 공손하게 받아들였다.

"감사합니다. 정말 큰 도움이 될 겁니다."

내 사무실은 작은데다 별다른 가구도 없이 건물 깊숙한 곳 비상 계단 옆에 숨어 있었다. 창밖을 내다보았다. 마당에 작은 찌르레기 한 마리가 기력도 없이 희망도 품지 않은 듯 얼어붙은 풀밭 한 구석을 부리로 쪼아대고 있었다.

몸이 떨렸다. 실내가 얼어붙을 것처럼 추웠다. 창문 아래에 있는 조그만 라디에이터가 고장 난 상태였다. 유리가 수리를 해보겠다고 말했지만 기껏해야 스테파니에게 말하거나 그마저도 하지 못하면 공동체 모임에서 논의할 터였다. 갑자기 부러진 당구 큐대를 새로 구해달라며 싸움을 벌이던 엘리프에게 깊은 공감이 갔다.

별 기대도 없이 앨리샤의 파일을 살펴보았다. 필요한 정보의 거의 대부분은 온라인 데이터베이스에 있었다. 하지만 디오메디스는 다른 나이 든 의료진처럼 손으로 쓰는 보고서를 더 좋아했고(스테파니가 그러지 말라고 잔소리하는 걸 무시하면서) 계속 그렇게 했다. 그 결과 모서리가 접힌 서류철이 내 앞에 놓여 있었다.

나는 디오메디스가 쓴 어느 정도 구식이 된 심리 분석적 해석을 무시하며 책장을 획획 넘겼고, 간호사들이 작성한 앨리샤의 일별 행동에 대한 보고서에 집중했다. 보고서를 주의 깊게 모두 읽었다. 나는 사실과 숫자, 상세한 내용을 원했다. 내가 무슨 일을 하게 될 것인지 어떤 상황을 다루어야 하는지, 그리고 혹시 뭔가 놀랄 만한 일이 기다리고 있는지 정확히 알아야 했다.

파일에는 별 내용이 없었다. 처음에 입원했을 때 앨리샤는 손에 넣을 수 있는 거라면 뭐든 이용해서 손목을 긋는 자해를 두 번이나 저질렀다. 초기 6개월 동안은 2인 관찰 상태(두 명의 간호사가 항상 지켜보는 걸 의미한다)를 유지했고 시간이 흐름에 따라 결국 1인 관찰로 완화되었다. 앨리샤는 환자나 의료진에게 반응을 보이려는 의지가 전혀 없었고 혼자 틀어박혀 고립된 상태로 지냈다. 다른 환자들도 대개는 그녀를 혼자 내버려두었다. 말을 걸어도 대답하지 않고 대화를 시작하는 법이 전혀 없다면 사람들이 잊어버리는 존재가 되고 만다. 앨리샤는 빠른 속도로 배경에 녹아들었고 보이지 않는 존재가 되었다.

딱 한 번의 사고가 있었다. 앨리샤가 입원하고 몇 주 뒤 식당에서 벌어진 일이다. 엘리프가 자기 자리를 빼앗았다면서 앨리샤에게 시비를 걸었다. 정확히 어떻게 된 일인지는 알 수 없지만 두 사람의 대립은 금세 격화되었다. 앨리샤가 폭력적으로 변했다. 그녀는 접시를 깨뜨려 날카로운 부분으로 엘리프의 목을 찌르려고 했다. 앨리샤는 제압당한 뒤 진정제를 맞고 격리되었다.

왜 그 사건이 내 관심을 끌었는지 정확히 알 수 없었다. 하지만 왠지 그 사건이 마음에 걸렸다. 나는 엘리프에게 접근해 사건에 관해 물어보기로 했다. 노트를 한 장 찢어내고 펜으로 손을 뻗었다. 대학생 시절에 생긴 오래된 습관이었다. 생각을 가지런히 정리하기 위해서 펜과 종이를 준비했다. 나는 글로 쓰지 않고는 의견을 정리하는 데 늘 어려움을 겪었다.

떠오르는 아이디어와 목표를 휘갈겨 쓰면서 공격 계획을 궁리했다. 앨리샤를 도우려면 그녀를, 그리고 그녀와 가브리엘과의 관계를 이해해야 했다. 앨리샤는 그를 사랑했을까? 증오했나? 앨리샤는 왜 살인에 관해서, 그리고 다른 어떤 일에 관해서도 입을 열길 거부하는 걸까? 아직은 답을 알 수 없었다. 지금까지는 의문만 존재했다.

단어를 하나 쓰고 밑줄을 그었다. 알케스티스.

자화상이 왠지 중요하다는 걸 알았다. 그리고 그것이 이 수수께끼를 푸는 데 중요하리라는 걸 이해했다. 그 그림은 앨리샤가 내놓은 유일한 소통이며 유일한 증언이었다. 그림은 내가 아직 알아차리지 못한 뭔가를 말하고 있었다. 화랑을 다시 방문해 그림을 한 번 더 봐야겠다고 생각했다.

다른 단어 하나를 썼다. '유년기.' 가브리엘이 살해당한 일을 이해하려면 앨리샤가 그를 죽인 날 밤에 벌어진 일들 말고도 훨씬 더 과거의 일을 알아야 했다. 앨리샤가 남편을 쏜 그 몇 분 동안 벌어진 일들의 씨앗은 아주 오래전에 뿌려진 것일 수도 있다. 살의에 도달하는 분노나 누군가를 죽이게 되는 분노는 현재 시점에서 생겨나지 않는다. 그런 감정은 기억보다 이전에 속하는 곳, 아주 어린 유년기 세상에서 학대와 혹사를 당하는 가운데 오랜 세월에 걸쳐 생겨나고 결국에는 폭발한다. 가끔은 엉뚱한 상대를 향해 폭발하기도 한다. 나는 앨리샤가 유년기에 어떻게 자랐는지를 알아내야 했고, 만일 그녀가 말할 수 없거나 말하지 않는다면 대신 말해줄 수 있는 누군가를 찾아야 했다. 살인이 벌어지기 전에 앨리샤를 알고 있던 사람, 그녀의 과거를 이해할 수 있도록 날 도와줄 사람, 그녀가 누구였고 어떻게 하다가 이렇게 망가졌는지 아는 사람이 있어야 했다.

파일 속에는 앨리샤의 가장 가까운 친척이 그녀의 고모(리디아 로즈)로 그녀는 앨리샤의 어머니가 자동차 사고로 죽은 뒤 앨리샤를 키웠다고 했다. 앨리샤 역시 함께 교통사고를 당했지만 살아남았다. 그 정신적 충격이 틀림없이 어린 소녀에게 깊은 영향을 주었을 것이다. 나는 리디아가 그 사고에 관해 내게 말해줄 수 있기를 바랐다.

그 외에 연락할 수 있는 유일한 사람은 앨리샤의 변호사인 맥스 베런슨이었다. 맥스는 가브리엘 베런슨의 형이었다. 그는 두 사람의 결혼생활을 상세히 지켜볼 수 있는 완벽한 위치의 사람이었다. 맥스 베런슨이 내게 솔직히 이야기를 해줄지는 다른 문제였다. 청하지도 않았는데 심리상담가가 앨리샤의 가족에게 연락을 한다는 건 아무리 좋게 본다고 해도 비정상적이었다. 왠지 디오메디스가 허락하지 않을 것 같았다. 거절당할 경우를 생각해 아예 허락을 구하지 않는 편이 낫겠다고 마음먹었다.

돌이켜 생각해보니 이것이 내가 앨리샤를 대하면서 처음으로 직업윤리를 배반한 일이었다. 이후에 벌어질 일들을 위한 불행한 선례를 만든 거였다. 그 정도에서 멈췄어야 했다. 하지만 그때는 이미 멈추기에 늦은 상태였다. 여러 가지 면에서 내 운명은 그리스의 비극처럼 이미 결정되어 있었다.

나는 전화기로 손을 뻗었다. 앨리샤의 파일에 있는 연락처를 이용해 사무실에 있는 맥스 베런슨에게 전화를 걸었다. 여러 번 벨이 울리더니 누군가 전화를 받았다.

"엘리엇, 배로, 베런슨 법무법인입니다." 심한 감기에 걸린 직원이 전화를 받았다.

"베런슨 씨 부탁합니다."

"누구신지 물어봐도 될까요?"

"테오 파버라고 합니다. 그로브 정신병원에서 일하는 심리상담가입니다. 혹시 베런슨 씨와 제수씨에 관해 이야기를 나눌 수 있을까요."

잠깐 아무 소리도 나지 않다가 상대방이 대답했다. "아, 알겠습니다. 그런데 베런슨 씨는 주말까지 사무실에 나오지 않으실 예정입니다. 에든버러에 의뢰인을 만나러 가셨거든요. 전화번호를 남겨주시면 돌아오신 뒤에 연락을 드리도록 하겠습니다."

전화번호를 남기고 전화를 끊었다.

파일 속에 있는 다음 전화번호인 앨리샤의 고모 리디아 로즈에게 전화를 걸었다.

벨이 울리자마자 누군가 전화를 받았다. 나이 든 여자의 목소리는 헐떡거렸고 사뭇 짜증이 나 있었다.

"네? 뭐죠?"

"로즈 부인이십니까?"

"누구세요?"

"조카분인 앨리샤 베런슨에 대해 질문이 있어 전화 드렸습니다. 저는 심리상담가로 일하고 있는……."

"꺼져, 새끼야." 여자는 전화를 끊었다.

나는 얼굴을 찌푸렸다.

좋지 않은 시작이었다.

# 9

미칠 것처럼 담배가 피우고 싶었다. 그로브에서 나오면서 코트 주머니에서 담배를 찾았지만 보이지 않았다.

"뭘 찾고 있습니까?"

돌아섰더니 바로 뒤에 유리가 있었다. 다가오는 소리를 듣지 못했기 때문에 아주 가까이에 서 있는 그를 보고 조금 놀랐다.

"간호사실에서 찾았습니다." 유리는 씩 웃으며 내 담뱃갑을 내밀었다. "아마 주머니에서 빠진 모양이죠."

"고맙습니다." 담배를 받아서 하나를 피워 물고는 유리에게 담배를 권했다.

"안 피웁니다. 피우지만 담배는 아니에요." 유리는 고개를 흔들며 웃었다. "술을 한잔하셔야 하는 모습이군요. 가시죠. 제가 한잔 사죠."

망설여졌다. 본능적으로 거절해야 한다는 생각이 들었다. 직장 동료와는 한 번도 가까이 지내본 적이 없었다. 게다가 유리와 내가 공통점이 있을 거라는 생각은 별로 들지 않았다. 하지만 그는 병원의 다른 누구보다 앨리샤에 대해 더 잘 알 수도 있었다. 게다가 어쩌면 그의 통찰력이 도움이 될 수도 있었다.

"그러죠." 내가 말했다. "좋습니다."

우리는 역 근처에 있는 '술 취한 양'이라는 술집에 갔다. 어둡고 음침한 곳으로 상태가 좋지 않은 곳이었다. 노인네들이 절반쯤 마신 술잔을 앞에 두고 꾸벅거리며 졸고 있었다. 우리는 맥주를 두

잔 시킨 다음 안쪽 테이블에 앉았다.

유리는 길게 맥주를 들이켜더니 입가를 닦았다. "어때요? 앨리샤에 대해서 말해주세요."

"앨리샤?"

"그녀를 어떻게 찾았죠?"

"내가 그녀를 찾았는지 잘 모르겠군요."

유리는 놀리는 듯한 표정을 날 보더니 웃었다. "앨리샤가 발견되기를 원하지 않나요? 하긴 그렇긴 하죠. 그녀는 숨어 있으니까요."

"당신은 그녀와 친하잖아요. 그건 알 수 있습니다."

"그녀를 특별하게 돌보고 있습니다. 아무도 나만큼 그녀를 잘 알지 못하죠. 디오메디스 교수님마저도 말입니다."

유리의 목소리에는 자만심이 묻어 있었다. 어떤 이유에서인지 그런 태도가 짜증스러웠다. 진짜로 앨리샤를 잘 알고 있는 건지, 아니면 그저 허풍을 떠는 것인지 알 수 없었다.

"그녀의 침묵에 대해서 어떻게 생각합니까? 그게 무슨 의미라고 생각해요?"

유리는 어깨를 으쓱했다. "내 생각에 그녀는 말할 준비가 되지 않은 것 같습니다. 준비가 되면 얘기할 겁니다."

"무슨 준비요?"

"진실에 대한 준비죠, 친구."

"진실이란 뭐죠?"

유리는 머리를 한쪽으로 살짝 기울이더니 나를 유심히 바라보았다. 그의 입에서 나온 질문에 나는 깜짝 놀랐다.

"결혼했나요, 테오?"

고개를 끄덕였다. "했습니다."

"네, 그럴 줄 알았습니다. 나도 한 번 결혼했었죠. 우리는 라트비아에서 이리로 이민을 왔습니다. 하지만 아내는 나처럼 적응하지 못했어요. 노력을 하지 않았습니다. 알잖아요, 영어를 안 배운 거죠. 어쨌거나, 상황이…… 나는 행복하지 않았어요. 하지만 그걸 부정하고, 스스로 거짓말을 하면서……." 유리는 술을 한 모금 마시고는 말을 마무리했다. "그러다 사랑에 빠진 겁니다."

"헤어진 부인하고 사랑에 빠졌다는 건 아니겠죠?"

유리는 웃더니 고개를 저었다. "아니죠. 나랑 가까운 데 사는 여자였습니다. 아주 아름다운 여자였는데, 첫눈에 반했습니다. 길거리에서 처음 봤어요. 말을 걸려고 용기를 내기까지 아주 오래 걸렸습니다. 뒤를 따라가곤 했거든요……. 가끔은 지켜보기도 했습니다. 알지도 못하는 사이면서요. 그 여자 집 밖에 서서 지켜봤죠. 여자가 창문에 나타나기를 바라면서요." 그는 웃었다.

유리의 이야기가 불편한 느낌을 주기 시작했다. 맥주를 모두 비우고 시계를 들여다보면서 유리가 알아채기를 바랐지만 그는 눈치를 채지 못했다.

"하루는 말을 걸려고 했습니다. 하지만 나한테 관심을 보이지 않더라고요. 몇 번 시도를 했는데, 한다는 말이 괴롭히지 말라는 거였습니다."

그 여자를 비난할 수 없다는 생각이 들었다. 나는 그만 일어서려고 했지만 유리는 이야기를 멈추지 않았다.

"받아들이기가 아주 어려웠습니다. 분명히 우리가 함께할 운명이라고 확신했거든요. 그녀는 내 가슴을 찢어놓았고 난 화가 많이 났어요. 아주 미쳐버렸어요."

"그래서 어떻게 됐죠?" 나도 모르게 궁금해졌다.

"아무 일도 없었어요."

"아무 일도? 그럼 부인이랑 그냥 살았다는 겁니까?"

유리는 고개를 저었다. "아뇨, 아내랑은 끝났어요. 하지만 그 여자한테 빠지니까 인정을 하게 되더군요. 아내와의 관계에 대한 진실을 마주한 거죠. 솔직해지려면 용기와 오랜 시간이 필요하기도 합니다."

"그렇군요. 그럼 당신은 앨리샤가 자신의 결혼생활의 진실을 마주할 준비가 아직은 되지 않았다고, 그런 말을 하고 있는 건가요? 어쩌면 맞을 수도 있겠군요."

유리는 어깨를 으쓱했다. "그리고 지금 나는 헝가리에서 온 멋진 여자와 결혼 약속을 한 상태입니다. 그녀는 목욕탕에서 일해요. 영어도 잘합니다. 괜찮은 한 쌍이죠. 우린 좋은 시간을 보내고 있어요."

나는 고개를 끄덕이고는 다시 시계를 들여다보았다. 그리고 코트를 집었다. "가봐야겠군요. 아내를 만나기로 했는데 늦었어요."

"그러시죠, 이름이 뭐죠? 당신 부인 이름요?"

왠지 말해주기가 싫었다. 유리가 아내에 관해 아무것도 몰랐으면 했다. 하지만 그건 바보 같은 생각이었다.

"캐서린, 아내 이름은 캐서린입니다. 하지만 난 캐시라고 불러요."

유리는 묘한 웃음을 지어 보였다. "내가 충고 하나 하죠. 집에 있는 부인에게 가세요. 집에 있는, 당신을 사랑하는 캐시에게 가요. 그리고 앨리샤는 그냥 두세요."


## 10

사우스뱅크에 있는 국립극장 카페에서 기다리고 있는 캐시를 만나러 갔다. 그곳은 리허설을 끝낸 출연자들이 모임을 갖곤 하는 곳이다. 캐시는 카페 안쪽에 동료 여배우 두 명과 함께 수다에 푹 빠져 있었다. 내가 다가가자 세 사람은 나를 쳐다보았다.

"귀가 간지럽지 않았어, 자기?" 캐시가 내게 키스하며 말했다.

"왜?"

"내가 친구들에게 당신 얘기를 했거든."

"이런, 나 그냥 가야 하나?"

"바보 같은 소리. 앉아. 딱 시간 맞춰 왔어. 이제 막 우리가 어떻게 만났는지 얘기하던 참이었거든."

나는 자리에 앉았고 캐시는 이야기를 이어갔다. 캐시가 들려주기 좋아하는 이야기였다. 그녀는 가끔 나를 향해 고개를 돌리고 웃었다. 마치 나를 이야기에 포함시키는 것처럼. 하지만 형식적인 태도였을 뿐이다. 왜냐하면 이건 내 이야기가 아니라 그녀가 주인공인 이야기였기 때문이다.

"바에 앉아 있는데 드디어 어떤 사람이 나타난 거야. 그런 사람을 찾지 못할 거라고 희망을 버린 상태였는데 말이야. 그 남자가 걸어오는데, 내가 꿈꾸던 남자더라고. 늦긴 했지만 아예 만나지 못하는 것보다는 낫지. 나는 스물다섯 살이면 결혼할 줄 알았어, 알아? 서른이면 아이 둘에 작은 강아지에 빚으로 산 큰 집이 있을 줄 알았지. 하지만 지금 서른세 살이나 되었는데 상황이 계획대로 돌아가고 있지는 않네."

캐시는 깜찍한 미소를 지으며 말하더니 여자들에게 윙크를 해보였다.

"당시에는 대니얼이라는 오스트레일리아 남자랑 사귀고 있었어. 하지만 그 남자는 금방 결혼하거나 아이를 갖고 싶어 하지 않았고, 그래서 나는 시간을 낭비하고 있다는 걸 알았지. 그런데 우리가 어느 날 밤에 데이트를 하고 있는데 갑자기 일이 벌어졌어. 천생연분인 사람이 나타난 거지." 캐시는 나를 보더니 웃으며 눈을 굴렸다. "애인이랑 같이 말이지."

이야기의 이 부분은 관객들의 공감을 유지하기 위해 조심스럽게 다루어야만 했다. 캐시와 나는 처음 만났을 때 둘 다 다른 사람과 사귀고 있었다. 이중배신은 관계를 맺는 데 아주 매력적이거나 순조로운 시작은 아니다. 특히 서로의 애인이 소개를 해주었다면 더욱 그렇다. 메리앤과 대니얼은 어떤 이유에서인지 서로 아는 사이였는데 자세한 건 기억나지 않았다. 메리앤이 대니얼의 룸메이트와 데이트를 했다던가, 아니면 그 반대였나 그랬던 것 같았다. 어떤 식으로 캐시와 내가 소개를 받았는지는 정확히 기억나지 않지만 처음 캐시를 본 순간은 확실히 기억하고 있다. 전기 충격을 받는 것 같았다. 그녀의 길고 검은 머리와 꿰뚫어보는 듯한 녹색 눈, 그리고 입이 기억났다. 그녀는 아름답고 고상했다. 천사였다.

이야기를 하던 캐시는 이 대목에서 잠시 멈추고 웃더니 내 손을 잡았다. "기억해, 테오? 우리가 어떻게 이야기했는지? 당신이 심리학자가 되려고 공부하고 있다고 말했지. 그래서 내가 나 정신병 있어요. 그러니까 천생연분이네요, 라고 했잖아."

이 말에 여자들이 크게 웃었다. 캐시 역시 웃더니 나를 바라보았다. 그녀의 진지하고 근심스러운 눈이 내 눈을 탐색하듯 보았다.

"미친 건 아니었지만…… 자기…… 진짜로 첫눈에 반한 건 맞잖아. 안 그래?"

그 말이 내 신호였다. 나는 끄덕이며 캐시의 뺨에 입을 맞추었다. "물론 그렇지. 진정한 사랑이지."

내 말에 캐시의 친구들이 수긍한다는 표정을 지었다. 하지만 나는 연기를 하는 것이 아니었다. 캐시의 말이 옳았다. 우리는 첫눈에 반했다. 사실은 욕망이었지만. 그날 저녁 나는 메리앤과 함께 있었지만 캐시에게서 눈을 뗄 수 없었다. 나는 그녀가 대니얼과 활발하게 대화하는 모습을 멀리서 지켜보고 있었다. 그런데 그 순간 그녀가 지랄하지 마, 라고 말하는 입 모양을 보게 되었다. 그들은 싸우고 있었다. 두 사람 모두 흥분한 것 같았다. 대니얼이 돌아서더니 나가버렸다.

"오늘 말이 없네." 메리앤이 말했다. "왜 그래?"

"아냐."

"집에 가자, 그럼. 나 피곤해."

"좀 더 있다가." 나는 한 귀로 듣고 한 귀로 흘리고 있었다. "한잔 더 하자."

"난 지금 가고 싶어."

"그럼 가."

메리앤은 불쾌한 표정으로 나를 째려보더니 재킷을 챙겨서 나가버렸다. 다음 날 다투게 될 걸 알았지만 신경 쓰지 않았다.

나는 바에 있는 캐시에게로 갔다. "남자친구가 돌아오나요?"

"아뇨, 그쪽은요?"

나는 고개를 저었다. "안 올 겁니다. 한잔 더 할래요?"

"좋아요, 그러죠."

그래서 우리는 술을 한 잔씩 더 시켰고, 바에 서서 이야기를 나누었다. 내가 심리치료를 공부하는 이야기를 했던 걸로 기억한다. 그리고 캐시는 자기가 배우 학교에 잠깐 다녔다는 이야기를 했다. 그녀는 학교에 오래 머물지 못했다. 1학년이 끝날 무렵 에이전트를 만나 계약을 했고 그때부터 계속 전문적으로 연기를 하고 있었다. 나는 왜 그런지 이유도 모른 채 그녀가 어쩌면 상당히 훌륭한 배우일 거라는 상상을 했다.

"공부는 나랑 안 맞았어요." 캐시가 말했다. "난 학교를 나와서 하고 싶었어요."

"뭘요? 연기?"

"아니, 인생을 사는 거요." 캐시는 고개를 기울이고 짙은 눈썹 아래 에메랄드 같은 녹색 눈으로 장난스럽게 나를 바라보고 있었다. "테오, 어떻게 그렇게 참아가면서 공부를 할 수 있어요?"

"아마도 나는 학교를 그만두고 '인생을 살기'를 원하지 않나 보죠. 어쩌면 나는 겁쟁이겠죠."

"아뇨, 만일 당신이 겁쟁이였다면 여자친구랑 집에 갔겠죠." 캐시는 웃었다. 놀라울 정도로 짓궂게 보이는 웃음이었다.

그녀를 붙잡고 거칠게 키스하고 싶었다. 전에는 그렇게 압도적인 육체적 욕망을 느껴본 적이 한 번도 없었다. 그녀를 가까이 끌어당겨서 입술을 느끼고 그녀 몸의 열기를 내 몸으로 느껴보고 싶었다.

"미안해요." 캐시가 말했다. "그렇게 말하면 안 되는 건데. 난 늘 머릿속에 떠오르는 대로 말하는 사람이에요. 말했잖아요. 조금 미친 것 같다고."

캐시는 자신이 미쳤다는 식의 이야기를 아주 자주 했다. "난 미쳤어"라든가 "내가 돌았지" 또는 "내가 제정신이 아니야"라고. 하지만 나는 절대로 그 말을 믿지 않았다. 너무 쉽게 너무 자주 웃었기 때문에 그녀도 내가 겪었던 종류의 어둠을 겪었다고는 믿을 수 없었다. 캐시는 행동이 자연스럽고 가벼웠다. 삶에서 기쁨을 얻었고 인생을 통해 끝없이 즐거워했다. 자신의 주장에도 그녀는 내가 아는 모든 사람 가운데 가장 덜 미친 사람이었다. 그녀 주위에 있으면 나도 제정신에 가까워지는 것 같았다.

캐시는 미국인이었다. 그녀는 맨해튼의 어퍼웨스트사이드에서 나고 자랐다. 어머니가 영국인이어서 이중국적을 갖고 있기는 했지만 조금도 영국인다운 면은 없었다. 그녀는 매우 뚜렷하게 영국인답지 않았다. 말하는 방식만 그런 것이 아니라 세상을 보는 방식이나 세상을 대하는 걸 보면 그랬다. 자신감과 윤택함이 넘쳤다. 캐시 같은 사람은 한 번도 만나본 적이 없었다.

우리는 술집을 나와 택시를 잡았다. 기사에게 내 아파트 주소를 말했다. 우리는 이동하는 짧은 시간 동안 아무 말도 하지 않았다. 집에 도착하자 그녀는 가볍게 내 입술에 입을 맞추었다. 나는 자제력을 잃고 그녀를 끌어당겼다. 우리는 내가 현관문 열쇠를 더듬거리며 찾을 때까지 키스를 멈추지 않았다. 그리고 집에 들어서자마자 옷을 벗고 침실로 들어가 침대에 쓰러졌다.

그날 밤은 내 인생에서 가장 에로틱하고 행복한 밤이었다. 여러 시간 동안 캐시의 몸을 탐닉했다. 우리는 새벽이 될 때까지 밤새 관계를 맺었다. 온통 하얀색이었던 기억이 난다. 커튼 끄트머리로 번지던 하얀 햇빛, 하얀 벽, 하얀 침대 시트, 그녀의 눈 속 흰 부분과 치아와 피부. 나는 사람의 피부가 그렇게 투명하고 빛나는지 전혀 알지 못했다. 상아색 피부 표면 바로 아래로 마치 하얀색 대리석에 보이는 실 같은 무늬처럼 가끔 푸른색 핏줄이 보였다. 캐시는 동상이었다. 그리스의 여신처럼 내 손길 아래서 살아났다.

우리는 서로를 끌어안고 누워 있었다. 날 보는 캐시의 눈이 너무 가까운 나머지 초점이 맞지 않았다. 나는 흐릿한 녹색 바다를 보고 있었다.

"어떻게 해?" 그녀가 말했다.

"뭘?"

"메리앤은 어쩌지?"

"메리앤?"

살짝 웃음이 스쳤다. "자기 여자친구."

"아, 그래. 그렇지." 나는 어쩔 줄 몰라 망설였다. "메리앤에 대해서는 나도 모르겠어. 대니얼은?"

캐시는 눈을 굴렸다. "대니얼은 잊어버려. 난 벌써 잊었으니까."

"진짜 잊었어?"

캐시는 내게 키스하는 것으로 대답했다.

캐시는 떠나기 전에 샤워를 했다. 그녀가 샤워하는 동안 메리앤에게 전화를 걸었다. 따로 만나서 얼굴을 보고 이야기하고 싶었다. 하지만 그녀는 전날 밤 일로 화가 나서 그냥 전화로 이야기하자고 우겼다. 메리앤은 내가 헤어지자고 말할 걸 예상하지 못했다. 하지만 나는 최대한 점잖게 헤어지자고 말했다. 그녀는 울기 시작했고 이성을 잃고 화를 냈다. 전화를 끊었다. 잔인한 건 맞았다. 그리고 불친절했다. 그 통화를 자랑스럽게 생각하지는 않는다. 하지만 그렇게 하는 것만이 진실한 행동인 것 같았다. 지금도 내가 달리 어떻게 할 수 있었는지는 모르겠다.


처음으로 제대로 데이트를 할 때 캐시와 나는 큐 왕립식물원에서 만났다. 캐시의 생각이었다.

캐시는 내가 그런 곳이 처음이라고 하자 깜짝 놀랐다.

"농담이겠지. 식물원에 한 번도 가본 적이 없다고? 엄청나게 큰 공간에 온갖 열대지방의 난초들을 모아두고 아주 덥게 해두어서 마치 오븐 속 같다고. 내가 드라마 학교에 다닐 때는 툭하면 가서 따뜻한 곳에서 놀곤 했어. 자기 일 끝나면 거기서 만나면 어때?" 그러더니 그녀는 갑자기 자신이 없는 듯 머뭇거렸다. "혹시 너무 멀어서 좀 그런가?"

"자기를 위해서라면 왕립식물원보다 더 먼 곳도 갈 수 있어."

"바보." 그녀는 내게 키스했다.

내가 도착했을 때 캐시는 입구에서 기다리고 있었다. 엄청나게 큰 코트를 입고 스카프를 두른 모습이 신난 아이처럼 보였다.

"이쪽이야, 얼른 따라와."

그녀는 얼어붙은 진흙 바닥을 지나 열대지방의 식물이 가득한 커다란 유리 건물로 가더니 문을 밀어서 열고 안으로 들어섰다. 그녀 뒤를 따라가던 나는 갑작스레 높아진 온도, 그리고 열기와 맞닥뜨렸다. 목도리와 코트를 벗었다.

캐시가 웃었다. "봤지? 말했잖아, 사우나 같다고. 대단하지 않아?"

우리는 코트를 들고 손을 잡은 채 길을 따라 이국적인 꽃들을 구경하며 돌아다녔다.

캐시와 함께 있는 것만으로 익숙하지 않은 행복을 느꼈다. 그렇지만 뭔가 비밀의 문이 열린 것 같았고 캐시는 온기와 빛과 색깔이 넘치는, 파랗고 빨갛고 노란 색종이 가루가 눈부시게 날리는 가운데 수백 종류의 난초가 있는 마법의 세상으로 가는 문턱 너머에서 나를 부르고 있었다.

내 몸이 열기 속에서 가장자리부터 부드러워지며 녹아내리는 것이 느껴졌다. 마치 거북이가 오랜 겨울잠을 마치고 햇빛 속으로 기어 나오면서 눈을 껌벅이고 잠을 깨는 것 같았다. 캐시가 날 위해 그렇게 해주었다. 그녀는 삶으로 날 초대해주었고 나는 두 손으로 그 초대장을 붙잡았다.

그래, 이거야. 그렇게 생각했던 기억이 난다. 이게 바로 사랑이야.

나는 이런 느낌은 과거에 경험해본 적이 없다는 걸 확실하게 알았다. 과거의 연애 경험은 짧고 모든 면에서 만족스럽지 못했다. 학생일 때 나는 용기를 내고 술을 꽤나 마신 후에야 캐나다 출신 사회학과 학생인 메러디스와 첫 경험을 했다. 그녀는 날카로운 금속 치아교정기를 끼고 있었고 키스를 하면서 내 입술에 상처를 냈다. 그 뒤로 평범한 관계들이 줄곧 이어졌다. 내가 고대했던 특별한 관계는 한 번도 찾아내지 못했다. 나는 내가 너무 상처를 입어서 친밀한 관계를 맺는 것이 불가능하다고 믿었다. 그러나 이제 캐시의 전염성 있는 웃음소리를 들을 때마다 내 몸 전체를 흥분의 물결이 훑고 지나갔다. 일종의 삼투를 통해서 나는 그녀의 젊은이다운 윤택함과 남의 눈을 신경 쓰지 않고 즐거워하는 법을 빨아들였다. 나는 캐시의 제안과 온갖 변덕을 받아들였다. 나라는 존재는 사라지고 없었다. 나는 새로운 내가, 캐시의 영감으로 태어난 두려움 없는 사내가 마음에 들었다. 우리는 시도 때도 없이 섹스를 했다. 나는 끝도 없이 욕정에 사로잡혔고 갑자기 그녀를 탐하곤 했다. 끊임없이 그녀를 만져야 했다. 그보다 더 가까워질 수는 없을 정도였다.

그해 12월에 캐시는 켄티시 타운에 있는 내 원룸으로 이사했다. 습기가 차고 두꺼운 카펫이 깔린 지하실 원룸에는 창문이 있었지만 바깥 경치는 보이지 않았다. 처음 함께 보낸 크리스마스에 우리는 제대로 한 번 해보기로 했다. 우리는 전철역 근처 상점에서 트리를 산 다음 시장에서 산 온갖 장식품과 조명으로 장식을 했다.

솔잎과 나무 향, 촛불이 타던 냄새를, 그리고 캐시의 눈이 트리에 매달린 조명처럼 반짝반짝 빛을 내며 날 바라보던 걸 생생하게 기억한다. 나는 아무 생각 없이 말했다. 그냥 말이 저절로 나왔다.

"결혼해줄래?"

캐시는 나를 빤히 보았다. "뭐?"

"사랑해, 캐시. 나랑 결혼해줄래?"

캐시는 웃었다. 그러더니 기쁘게도 "그래"라고 말해주었다.

다음 날, 우리는 함께 외출했고 캐시는 반지를 골랐다. 그리고 현실적인 상황이 내게 다가왔다. 우리는 약혼한 것이다.

별나게도 처음 생각난 사람은 부모님이었다. 캐시를 부모님에게 소개하고 싶었다. 내가 얼마나 행복한지, 그리고 마침내 내가 탈출했음을, 그래서 자유롭다는 것을 보여주고 싶었다. 그래서 우리는 기차를 타고 서리로 갔다. 하지만 그건 좋지 않은 생각이었다. 처음부터 불행한 운명이었다.

아버지는 특유의 적대감으로 날 맞았다. "끔찍해 보이는구나, 테오. 너무 말랐어. 머리는 너무 짧고. 죄수라도 된 것 같군."

"고마워요, 아버지. 저도 만나서 반갑네요."

어머니는 평상시보다 더 우울한 것 같았다. 더 말이 없고 마치 그곳에 존재하지도 않는 것처럼 왠지 더 작아진 것 같았다. 아버지는 존재감이 더 커졌고 쌀쌀맞고 웃지도 않으면서 우리를 노려보았다. 아버지는 내내 캐시에게서 차갑고 어두운 눈빛을 거두지 않았다. 불편한 점심식사였다. 부모님은 캐시를 좋아하는 것 같지도, 우리를 보고 특별히 행복해하는 것 같지도 않았다. 나는 내가 왜 놀랐는지 알 수 없었다.

점심 식사를 마치고 아버지는 서재로 사라졌다. 그리고 다시는 모습을 드러내지 않았다. 작별인사를 하던 어머니는 지나치게 오래, 너무 친근하게 나를 안았다. 서 있는 모습이 불안했다. 절망적일 정도로 슬펐다. 캐시와 함께 집을 나섰을 때에야 내 몸의 일부는 그곳을 떠나지 않은 채 남아 있음을 알았다. 아이인 채로 영원히 그곳에 갇힌 것이다. 나는 길을 잃고 희망을 잃은 느낌에 눈물이 쏟아질 것 같았다. 그 순간 언제나 그렇듯 캐시가 날 놀라게 했다. 그녀는 양팔을 벌리고 나를 끌어안았다.

"이제 이해하겠어." 그녀는 내 귀에 속삭였다. "전부 이해했어. 이제 자기를 더욱더 사랑해."

캐시는 더 이상 설명하지 않았다. 그럴 필요가 없었다.


우리는 4월에 유스턴 스퀘어 근처 작은 등기소에서 결혼했다. 부모님은 초대하지 않았다. 그리고 예배도 보지 않았다. 종교 절차는 빼자고 캐시가 우겼다. 그러나 나는 결혼식이 진행될 때 몰래 기도를 올렸다. 이런 기대를 하지 못했는데 과분한 행복을 허락해주신 하느님께 감사했다. 이제 모든 걸 더 확실하게 볼 수 있었고, 하느님의 크신 계획을 이해했다. 하느님은 내가 어린 시절, 외롭고 두려워할 때 나를 버린 것이 아니었다. 그분은 캐시를 소매 속에 숨겨두고 계시면서 마치 손이 재빠른 마술사처럼 그녀를 내보이려고 기다리고 계셨다.

나는 우리가 함께 보낸 모든 시간 동안 고마움과 겸허함을 느꼈다. 그런 사랑을 얻다니 내가 얼마나 운이 좋고 믿을 수 없을 정도로 복을 받았는지, 그런 일이 얼마나 흔치 않은 것인지 다른 사람들은 얼마나 행복하지 못한지 깨달았다. 내 환자들 대부분은 사랑받지 못했다. 앨리샤 베런슨도 그랬다.

캐시와 앨리샤보다 더 서로 다른 여자들은 상상할 수 없을 터였다. 캐시는 빛, 온기, 색깔, 웃음을 떠올리게 했다. 앨리샤를 생각하면 오직 깊은 곳과 어둠, 슬픔만 떠올랐다.

침묵만이 생각났다.

## 2부 불꽃놀이

표출되지 않은 감정은 절대로 사라지지 않는다.
산 채로 묻혔다가 한참 뒤에 끔찍한 방식으로 나타난다.

_지크문트 프로이트

# 1

## 앨리샤 베런슨의 일기

### 7월 16일

내가 비를 갈망하게 될 거라고는 생각도 하지 못했다. 열기가 몰아닥친 지 4주째. 마치 내구성 시험이라도 하는 것 같다. 매일 전날보다 더 더운 것 같다. 영국 같지가 않다. 그리스나 어딘가의 외국처럼 느껴진다.

햄스테드 히스에서 이걸 쓰고 있다. 공원 전체가 마치 해변이나 전쟁터라도 되는 것처럼 얼굴이 벌겋고 거의 벌거벗은 몸들이 담요 위나 벤치, 풀밭을 온통 점령하고 있다. 나는 그늘에 있는 나무 아래 앉아 있다. 이제 6시가 되어 시원해지기 시작했다. 낮게 뜬 태양은 금빛 하늘에서 빨갛게 보인다. 이런 햇빛 속에서는 그늘이 더

진해지고 색깔들도 더 선명해지면서 공원이 다르게 보인다. 풀밭에 마치 불이 붙은 것처럼 보이고 내 발 아래에서도 불꽃이 깜박거린다.

이리로 오는 도중에 신발을 벗고 맨발로 걸었다. 그랬더니 어렸을 때 밖에서 놀던 때가 기억났다. 올해처럼 더웠던 어느 여름날(엄마가 죽었던 여름)에 폴과 자전거를 타고 야생 데이지가 드문드문 보이는 금빛 들판을 달리면서 버려진 집들, 유령이 나온다는 과수원을 찾아가 놀던 기억이 났다. 내 기억 속에서는 그해 여름이 영원히 존재한다. 엄마, 그리고 엄마가 입었던 여러 가지 색깔의 옷들. 엄마답게 가늘고 섬세한 노란색 끈들이 잔뜩 달린 옷들. 엄마는 작은 새처럼 몸이 너무 말랐다. 엄마는 라디오를 켜고 나를 안고 라디오에서 나오는 팝송에 맞춰 춤을 추었다. 엄마에게서 늘 샴푸와 담배, 니베아 핸드크림 그리고 옅은 보드카 냄새가 나던 걸 기억한다. 엄마는 그때 몇 살이었을까? 스물여덟? 스물아홉? 그때 엄마는 지금 나보다 젊었다.

이상한 생각이다.

이리로 오다가 길에서 작은 새가 나무뿌리 옆에 누워 있는 걸 봤다. 둥지에서 떨어진 것이 분명했다. 움직이지 않는 걸 보고 날개가 부러진 것이 아닌가 궁금했다. 손가락으로 새의 머리를 부드럽게 찔러보았다. 반응이 없었다. 새를 손가락으로 뒤집었다. 그랬더니 새의 아랫부분이 먹힌 채 사라졌고 텅 빈 몸속에는 구더기들이 가득했다. 통통하고 하얗고 미끈거리는 구더기들…… 꿈틀거리고 뒤틀며 몸부림치는…… 속이 뒤집혔다. 토할 것 같은 생각이 들었다. 너무 더럽고 구역질이 났다. 죽을 만큼.

그 모습을 머릿속에서 지울 수가 없다.


## 7월 17일

8번가에 에어컨이 있는 카페 '델 아르티스타'에서 열기를 피했다. 카페 실내는 추울 정도로 시원해 마치 냉장고에 들어간 것 같다. 창가에 있는 좋아하는 자리에 앉아 아이스커피를 마셨다. 때로는 책을 읽거나 스케치를 하거나 글을 적기도 했다. 대개는 멍하니 앉아 시원함을 호사스럽게 즐겼다. 계산대에 서서 일하는 아름다운 아가씨는 지겨워 보였는데, 자기 전화기를 쳐다보거나 시간을 확인하거나 주기적으로 한숨을 내쉬었다. 어제 오후에는 한숨이 특별히 길었다. 문을 닫기 위해 내가 가기를 기다리고 있다는 걸 깨닫고 마지못해 일어섰다.

이런 더위에 걷는 건 마치 진흙을 헤치고 움직이는 것 같다. 하도 더우니까 두드려 맞다가 몸이 지친 것 같았다. 우리는, 영국은 이런 날씨에 대비가 되어 있지 않다. 가브리엘과 나는 집에 에어컨을 설치하지 않았다. 누가 그런 걸 설치하겠는가? 하지만 에어컨 없이는 잠들 수 없었다. 밤이 되면 우리는 이불을 걷어차고 어둠 속에서 벌거벗은 채 땀에 흠뻑 젖었다. 창문을 열어두었지만 바람이라고는 느껴지지 않았다. 그저 움직이지 않는 뜨거운 공기뿐.

어제는 선풍기를 사서 침대 아래쪽에 있는 옷장 위에 설치했다.

가브리엘은 바로 투덜거렸다. "너무 시끄러워. 이래서 어떻게 잠을 자겠어."

"어차피 못 자잖아. 적어도 사우나에 누워 있는 것보다는 나을 거야."

가브리엘은 툴툴거리더니 먼저 잠들어버렸다. 선풍기 소리를 들으며 누워 있었다. 선풍기에서 나는 조용한 윙 소리가 좋았다. 눈을 감고 선풍기 소리 속으로 사라질 수 있었다.

선풍기를 들고 집 안을 돌아다녔다. 움직일 때마다 플러그를 뽑아서 다시 꽂아야 했다. 오늘 오후에는 선풍기를 정원 끝에 있는 작업실로 가져갔다. 선풍기를 틀면 그나마 견딜 만했다. 그러나 작업을 제대로 할 수 없을 만큼 여전히 너무 더웠다. 일정은 지체되고 있었지만 신경을 쓰기에는 너무 더웠다.

그래도 약간의 돌파구를 찾기는 했다.

마침내 예수를 그린 그림에 뭐가 문제인지 알아냈다. 왜 생각과 다른지. 십자가에 매달린 예수의 모습을 담은 구도는 문제가 아니었다. 문제는 그림이 전혀 예수를 닮지 않아서였다. 예수와 비슷하지도 않았다. 예수의 실제 모습이 어땠는지는 모르지만. 왜냐하면 그건 예수가 아니었기 때문이다.

그건 가브리엘이었다.

지금까지 모르고 있던 걸 믿을 수 없었다. 왜 그랬는지 그럴 의도도 없으면서 나는 십자가 위에 가브리엘을 매달았던 것이다. 내가 그린 건 그의 얼굴이오, 그의 몸이었다. 미친 짓 아닌가? 그러니 나는 항복할 수밖에 없었다. 그리고 그림이 요구하는 걸 하는 수밖에 없었다.

나는 이제 알고 있다. 어떤 그림을 그릴 때 계획이 있거나 결과가 미리 정해져 있다면 그 작업은 절대로 이루어지지 않는다는 것을. 그런 경우 작품은 무산되고 생명을 잃는다. 하지만 만일 진정으로 관심을 기울이고 진정으로 깨닫는다면 가끔은 올바른 방향을 가리키는 속삭임 같은 목소리를 듣게 된다. 그리고 만일 신뢰의 행동으로 굴복을 선택하면 기대하지 못했던 곳, 내가 의도하지 않았던 곳, 하지만 강렬하게 살아 있고 눈부시게 아름다운 곳으로 안내를 받는다. 그리고 그 결과물은 나와는 독립적이며 자기만의 생명력을 갖게 된다.

나는 알지 못하는 존재에 굴복하는 걸 두려워하는 것 같다. 나는 내가 어디로 가는지 알고 싶다. 스케치를 수없이 많이 하는 것이 바로 그런 이유였다. 결과물을 통제해보려는 노력이었다. 그러니 아무런 생명력을 갖지 못하는 것이 이상할 것도 없었다. 눈앞에서 벌어지는 상황에 진정으로 반응하고 있지 않기 때문이었다. 눈을 뜨고 봐야 했다. 삶을 단순히 내가 원하는 방식대로가 아니라 실제로 벌어지는 대로 인식해야 했다. 이제 그림이 가브리엘의 초상화인 걸 알았으니 돌아갈 수 있었다. 새로 시작할 수 있다.

그이에게 포즈를 취해달라고 요구할 것이다. 남편은 오랫동안 날 위해 모델이 되어준 적이 없다. 남편이 좋아했으면 좋겠다. 그리고 신성모독 같은 거라고 생각하지 않았으면 좋겠다.

남편은 가끔 그런 식으로 웃기게 행동한다.

## 7월 18일

오늘 아침 걸어서 언덕 아래의 캠던 시장에 갔다. 오래전 어느 날 오후 가브리엘이 잃어버린 젊은 시절을 찾는다면서 함께 갔던 날 이후로 오랜만이었다. 가브리엘은 10대일 때 그곳에서 친구들과 함께 밤새 춤추고 술 마시고 이야기를 나누며 놀았다고 했다. 그들은 새벽에 시장에 가서 상인들이 좌판을 세우는 걸 구경하고 캠던 록 근처 다리 위에서 어슬렁거리는 자메이카 출신 흑인 상인들한테서 마리화나를 사려고 했다. 하지만 내가 가브리엘과 갔을 때는 마약상들은 없었다.

"여기엔 이제 없나 보군." 가브리엘은 실망하며 말했다. "살균 처리한 관광객 명소가 되어버린 거야."

하지만 시장이 변한 것이 아니라 가브리엘이 변했다는 사실이 문제인 것은 아닐까. 그곳에는 여전히 열여섯 살짜리들이 우글거렸는데 그들은 수로 양쪽에 팔다리를 벌리고 앉아 함께 뒹굴며 햇빛을 즐기고 있었다. 사내아이들은 말아 올린 반바지에 윗도리를 벗었고 여자애들은 비키니나 속옷만 입고 있었다. 어디나 벗은 사람들이었고, 그들의 살은 벌겋게 타고 있었다. 모두의 성적 에너지와 삶에 대한 허기, 참을 수 없는 갈증이 확연히 드러났다. 갑자기 가브리엘이 필요했다. 그의 몸과 단단한 다리, 두툼한 허벅지가 내 다리 위에 겹쳐지길 바랐다. 섹스를 할 때면 나는 늘 가브리엘을 향한, 우리 둘 사이에 존재하는 결합을 향한 만족할 수 없는 갈망을 느꼈다. 그건 뭔가 나보다 큰, 우리보다 큰 존재로 말로 표현할 수

88

없는 신성한 무엇이었다.

갑자기 내 옆 포장도로 위에 앉아서 날 노려보고 있는 노숙자 한 명이 보였다. 양복바지 허리춤을 끈으로 둘렀고 신발은 테이프로 둘둘 말아서 고정한 모습이었다. 피부는 온통 빨갛게 까졌고 얼굴에는 울퉁불퉁 뾰루지가 나 있었다. 갑자기 슬픔과 혐오감이 밀려들었다. 그의 몸에서 땀과 오줌으로 퀴퀴한 악취가 풍겼다. 순간적으로 사내가 내게 말을 건다는 생각이 들었다. 그러나 그는 그저 속삭이듯 혼자서 욕을 하고 있었다. 뭐가 "좆같다"거나 다른 것이 "좆같다"고 했다. 지갑에서 잔돈을 꺼내 사내에게 주었다.

그런 다음 다시 언덕을 천천히 한 걸음씩 걸어서 집으로 돌아왔다. 오르막길이 더 가팔라 보였다. 찌는 듯한 더위 속에서 영원처럼 긴 시간이 걸렸다. 왜 그런지 노숙자 사내에 대한 생각을 멈출 수 없었다. 동정심뿐 아니라 왠지 말할 수 없는 다른 감정도 있었다. 일종의 두려움. 사내가 아기가 되어 어머니의 품속에 있는 모습이 떠올랐다. 사내의 어머니는 자신의 아이가 미치광이가 되어 더럽고 냄새를 풍기면서 길거리에 쭈그리고 앉아 쌍욕을 내뱉으며 인생을 끝내리라는 걸 상상이나 했을까?

어머니를 생각했다. 어머니는 정신병자였을까? 그래서 그랬던 걸까? 나를 왜 어머니의 노란색 미니의 조수석에 앉히고 붉은 벽돌 벽으로 차를 몰았던 걸까? 나는 늘 즐거운 카나리아색 그 차를 좋아했다. 내 그림물감 속에 든 것과 같은 노란색. 이제 나는 사용할 때마다 그 색깔이 싫고, 죽음을 생각한다.

어머니는 왜 그랬을까? 아마도 절대 알 수 없겠지. 자살이라고 생각하곤 했다. 이제 생각하니 살인을 의도한 거였다. 왜냐하면 나도 차에 타고 있었기 때문이다. 가끔 나는 내가 희생자가 될 뻔했다는 생각을 한다. 어머니는 스스로 목숨을 끊으려던 것이 아니라 날 죽이려던 거였다. 하지만 말 같지도 않은 생각이다. 어머니가 왜 나를 죽이려고 했겠는가?

언덕을 걸어서 올라가는데 눈에 눈물이 고였다. 어머니나 나를 위해서, 심지어 불쌍한 노숙자 사내를 위해서 우는 것이 아니었다. 우리 모두를 위해 울고 있었다. 모든 곳에 고통이 존재했지만 우린 그저 눈을 감고 있을 뿐이었다. 우리 모두가 두려워한다는 것이 진실이다. 우리는 서로를 두려워하고 있다. 나는 나 자신을 두려워하고 내 속의 어머니를 두려워한다. 어머니의 광기가 내 핏속에 있을까? 그런 걸까? 나도 혹시⋯⋯.

아니야. 그만. 이제 그만⋯⋯.

그것에 관해서는 쓰지 않겠다. 절대로.


## 7월 20일

어젯밤 가브리엘과 함께 외식하러 나갔다. 우리는 금요일이면 대개 외식을 한다. 가브리엘은 "데이트하는 날"이라고 바보 같은 미국식 억양으로 말하곤 했다.

가브리엘은 늘 자신의 감정을 대수롭지 않게 생각하고 '지나치게 감상적'이라고 생각되는 건 뭐든 비웃었다. 자신이 냉소적이고 감상적이지 않다고 생각하기를 좋아했다. 그러나 사실 그는 아주 로맨틱한 사내였다. 말은 그렇게 하지 않지만 마음이 로맨틱했다. 행동은 말보다 더 크게 말한다고 하지 않는가? 그리고 가브리엘의 행동은 나로 하여금 진정으로 사랑받는다고 느끼게 만든다.

"어디로 가고 싶어?" 내가 물었다.

"세 번 안에 맞혀봐."

"아우구스토?"

"단번에 맞혔네."

아우구스토는 동네에 있는 이탈리아 식당으로 바로 길만 내려가면 있다. 특별한 것은 없는 곳이지만 내 집처럼 편안했고, 우리는 그곳에서 자주 행복한 저녁 시간을 보냈다. 우리는 8시쯤 갔다. 열린 창문 옆에 앉았는데, 에어컨이 작동하지 않아 바람도 불지 않고 뜨겁고 습한 공기 속에서 차갑고 쌉쌀한 화이트와인을 마셨다. 자리가 끝날 때 나는 꽤나 취했고 우리는 정말 아무것도 아닌 일에 잔뜩 웃었다. 우리는 식당 밖에서 키스를 했고 집에 돌아와서는 섹스를 했다.

다행스럽게도 가브리엘은 적어도 침대에 있을 때만은 선풍기에 대한 생각을 바꾸었다. 나는 선풍기를 바로 앞쪽에 놓았고 우리는 차가운 바람 속에 서로 끌어안은 채 누워 있었다. 가브리엘은 내 머리를 쓰다듬고 내게 키스했다.

"사랑해." 그는 속삭였다.

나는 아무 말도 안 했다. 그럴 필요가 없었다. 가브리엘은 내가 어떤 기분인지 알고 있으니까.

하지만 내가 어리석고 눈치 없게도 그림의 모델이 되어줄 수 있는지 묻는 바람에 분위기를 망치고 말았다.

"당신을 그리고 싶어." 내가 말했다.

"또? 전에 그렸잖아."

"그건 4년 전이야. 다시 그리고 싶어."

"이런." 가브리엘은 의욕이 없어 보였다. "어떤 그림을 생각하고 있는데?"

나는 망설이고 나서 예수 그림을 생각하고 있다고 말했다. 가브리엘은 일어나 앉더니 숨이 막힐 것처럼 웃었다.

"그러지 마, 앨리샤."

"뭘?"

"잘 모르겠어, 여보. 난 아닌 것 같아."

"왜 안 돼?"

"왜 그렇게 생각해? 십자가에 매달린 나를 그린다고? 사람들이 뭐라고 하겠어?"

"언제부터 사람들이 하는 말을 신경 썼어?"

"신경 안 써. 대부분 상황에서는 그렇지. 하지만 사람들은 당신이 날 그런 식으로 본다고 생각할지도 몰라."

나는 웃었다. "당신이 신의 아들이라고 생각하지 않아. 그런 뜻이라면 말이야. 그저 이미지일 뿐이야. 그냥 그림을 그리다가 구성을 하다 보니 그러는 거지. 그런 식으로 생각하는 게 아니야."

"글쎄, 생각 좀 해봐야겠어."

"왜? 이건 당신이나 우리 결혼생활에 대한 해석이 아니야."

"그럼 뭐야?"

"내가 어떻게 알아?"

가브리엘은 내 말을 듣고 웃더니 눈을 굴렸다.

"좋아. 될 대로 되라지. 당신이 원하는데. 한 번 해보자고. 그림이야 당신이 잘 아는 거니까."

그 말은 그다지 내 생각을 지지하는 것으로 들리지는 않았다. 하지만 나는 가브리엘이 나를, 내 재능을 믿는 걸 안다. 그이가 없었다면 나는 절대로 화가가 되지 못했을 것이다. 만일 그이가 나를 놀리고 격려하고 괴롭히지 않았더라면 나는 대학을 졸업한 뒤 장 펠릭스와 벽에 그림을 그리던 괴로운 몇 년을 절대로 견뎌내지 못했을 것이다. 가브리엘을 만나기 전에 나는 길을, 어떻게 보면 내 자신을 잃은 상태였다. 20대 시절 약에 취해 파티에서나 만나던 친구들은 그립지 않았다. 그들은 늘 밤에만 나타났다. 그리고 새벽이 되면 햇빛을 피해 달아나는 뱀파이어들처럼 사라졌다. 가브리엘을 만났을 때 그들은 어디론가 사라졌고 나는 그걸 알아차리지도 못했다. 나는 그들이 더는 필요하지 않았다. 이제 남편이 있으니 아무도 필요하지 않았다. 가브리엘은 내게 세상 전부였고, 그건 우리가 만난 날부터 그랬다. 나는 그이가 무슨 짓을 하든 무슨 일이 벌어지든 그를 사랑할 것이다. 나를 얼마나 화나게 하든, 그이가 얼마나 지저분하고 엉망으로 굴든, 아무리 생각이 없고 이기적이라고 해도 상관없었다. 나는 그이를 있는 그대로 받아들일 것이다.

죽음이 우리를 갈라놓을 때까지.

## 7월 21일

오늘 가브리엘이 작업실에 와서 모델이 되어주었다.

"이번에도 며칠이나 작업할 수는 없어." 가브리엘이 말했다. "얼마나 오래 해야 하는 거지?"

"제대로 그리려면 한 번으로는 안 될 거야."

"그냥 같이 있는 시간을 많이 만들려는 거 아니야? 만일 그런 거면 서문은 생략하고 침대로 갈까?"

나는 웃었다. "다 그리고 그럴 수도 있지. 당신이 잘 해주고 너무 움직이지 않으면."

가브리엘을 선풍기 앞에 서게 했다. 그의 머리칼이 바람에 날렸다.

"어떤 표정을 지어야 해?"

가브리엘이 포즈를 잡았다.

"그런 거 아니야. 그냥 당신 모습이면 돼."

"고뇌에 찬 표정을 바라는 거 아니었어?"

"예수가 고뇌했는지 모르겠네. 나는 그렇게 생각하지 않아. 얼굴 찡그리지 마. 그냥 서 있어. 움직이지 말고."

"당신 시키는 대로 해야지."

가브리엘은 20분가량 서 있었다. 그러더니 피곤하다며 자세가 흐트러졌다.

"그럼, 앉아. 하지만 말은 하지 마. 얼굴 그리고 있거든."

가브리엘은 내가 작업하는 동안 의자에 조용히 앉아 있었다. 그의 얼굴을 그리는 일은 즐거웠다. 좋은 얼굴이었다. 강해 보이는 턱과 높이 솟은 광대뼈, 우아한 코. 조명을 받으며 앉아 있는 모습은 마치 그리스 조각상 같았다. 일종의 영웅처럼.

하지만 뭔가 잘못되었다. 뭔지 알 수 없었다. 어쩌면 내가 너무 몰아붙인 것인지도 몰랐다. 눈의 색깔이 아니라 모양을 제대로 그릴 수 없었다. 내가 처음으로 가브리엘한테서 알아차렸던 것은 그의 반짝이는 눈이었다. 눈의 홍채 속에 작은 다이아몬드가 박힌 것 같았다. 하지만 지금은 무슨 이유에서인지 잡아낼 수 없었다. 어쩌면 그저 내 기량이 부족해서인지도 몰랐다. 아니면 가브리엘이 내가 그림으로 잡아낼 수 없는 뭔가를 갖고 있는 것인지도 몰랐다.

여전히 눈은 생명력 없이 죽어 있었다. 스스로 짜증이 났다.

"젠장." 내가 말했다. "잘 안 되네."

"쉬어야 할 때인가?"

"그래. 쉬는 시간이야."

"우리 섹스해도 돼?"

그 말에 웃음이 나왔다. "좋아."

가브리엘이 내게 달려들더니 키스했다. 우리는 작업실 바닥에서 섹스를 했다. 그러는 내내 나는 가브리엘의 초상화 속 생명 없는 눈을 보고 있었다. 그 눈이 나를 바라보며 내게 깊이 새겨졌다. 고개를 돌려야만 했다.

하지만 그 눈이 여전히 날 보고 있다는 걸 느낄 수 있었다.

## 2

앨리샤와 만난 걸 보고하기 위해 디오메디스를 찾아갔다. 그는 사무실에서 악보를 정리하고 있었다.

"그래." 그는 고개를 들지 않았다. "어떻게 됐나?"

"사실은 말씀드릴 것이 없습니다."

디오메디스는 약간 놀란 듯한 표정을 지어 보였다.

나는 망설였다. "그녀를 조금이라도 치료하려면 앨리샤가 생각하고 느낄 수 있어야 합니다."

"당연하지. 그럼 자네가 걱정하는 건······?"

"약물에 잔뜩 취해 있는 사람과 뭘 해보는 건 불가능합니다. 앨리샤는 한 길 물속에 있는 것 같습니다."

디오메디스는 얼굴을 찌푸렸다. "그렇게까지는 생각해보지 않았네. 앨리샤가 정확히 약을 얼마나 복용하고 있는지는 나도······."

"유리에게 확인해봤습니다. 리스페리돈 16밀리그램이에요. 말 한 마리에 쓸 양입니다."

디오메디스는 눈썹을 치켜세웠다. "그건 정말 많은 양이군그래. 그 정도면 줄여도 되겠어. 알겠지만 크리스티안이 앨리샤를 맡은 팀의 팀장일세. 그 친구에게 이야기해야 해."

"교수님이 말씀해주시는 편이 더 나을 것 같습니다."

"흠." 디오메디스는 의심스러운 눈길을 보냈다. "자네하고 크리스티안은 전에 알던 사이 아닌가? 브로드무어에서?"

"아주 잠깐이죠."

디오메디스는 잠시 침묵하더니 책상 위 설탕 묻힌 아몬드를 담은 작은 접시로 손을 뻗고는 내게도 한 개를 권했다.

나는 고개를 저었다.

그는 아몬드 하나를 입에 넣더니 나를 보며 우물거렸다. "말해보게. 크리스티안과 자네 사이는 괜찮은 건가?"

"이상한 질문이군요. 그건 왜 물으시죠?"

"왠지 적대감이 있는 것 같아서."

"저는 그렇지 않습니다."

"하지만 그쪽은 있다?"

"그분한테 물어보셔야죠. 저는 크리스티안과 문제없습니다."

"흠, 어쩌면 내가 혼자 그렇게 생각한 모양이군. 하지만 뭔가가 있다는 느낌이라…… 잘 살피고 있도록 해. 어떤 식이든 적대감이나 경쟁심은 일하는 데 방해가 돼. 자네 두 사람은 서로 경쟁하는 것이 아니라 협조를 해야 하네."

"잘 알고 있습니다."

"그럼 크리스티안을 이 논의에 포함시켜야겠군. 자네는 앨리샤의 감각이 돌아와야 한다는 거지, 좋아. 하지만 감정이 세지면 위험도 세진다는 걸 기억해야 해."

"누구에 대한 위험이죠?"

"물론 앨리샤지." 디오메디스는 나를 향해 손가락을 흔들어 보였다. "우리가 그녀를 이곳에 처음 데려왔을 때 자살 충동이 엄청났다는 걸 잊지 말게. 앨리샤는 스스로 목숨을 끊으려고 수도 없이 시도했어. 그런데 약물이 그녀를 안정시키고 있는 거야. 살아 있게 도와준다는 거지. 만일 약물의 양을 줄이면 스스로의 감정에 압도당해 어떻게 대처하지 못할 가능성이 매우 높아. 그런 위험을 감당할 준비는 되어 있나?"

나는 디오메디스의 말을 심각하게 받아들였다. 그럼에도 고개를 끄덕였다. "그런 위험을 우리가 감수해야 한다고 믿습니다, 교수님. 그러지 않으면 그녀에게 닿지 못할 겁니다."

디오메디스는 어깨를 으쓱해 보였다. "그럼 자네를 대신해서 크리스티안에게 이야기를 해야겠군."

"감사합니다."

"그 친구가 어떤 반응일지 보자고. 정신과 의사들은 자기 담당 환자에게 간섭하는 걸 싫어하는 경우가 있으니까. 물론 지시를 내리면 그만이지만 나는 그런 식으론 일하지 않아. 조심스럽게 얘기를 꺼내보겠네. 그 친구가 뭐라고 하는지 알려주지."

"말할 때 제 얘기는 하지 않는 편이 나을 수도 있습니다."

"그렇군." 디오메디스는 묘한 표정으로 웃었다. "잘 알았어. 말하지 않겠네."

그는 책상에서 작은 상자를 꺼냈다. 뚜껑을 밀어서 열자 줄지어든 시가가 보였다. 그가 하나를 권했지만, 나는 고개를 흔들었다.

"담배 안 피우나?" 그는 놀란 것 같았다. "담배 피우는 줄 알았는데."

"아뇨, 아닙니다. 가끔씩 그냥 담배는 피웁니다만…… 끊으려고 노력하고 있습니다."

"그래, 그래야지." 그는 창문을 열었다. "자네 그 이야기 아나? 상담가라면 담배를 피울 수 없는 이유 말이야. 담배를 피우면 제정신이 아니라는 말이기 때문이지." 그는 웃으면서 시가 하나를 입에 물었다. "여기 있는 우리 모두는 조금씩 미친 것 같아. 사무실에 이런 문구가 걸려 있는 거 아냐? '여기서 일한다고 미칠 필요는 없다, 하지만 도움은 된다.'"

디오메디스는 또 웃었다. 그는 시가에 불을 붙이고 한 모금 빨아들인 다음 밖으로 연기를 내뿜었다. 나는 부러워하며 그를 바라보았다.

# 3

점심을 먹은 뒤 빠져나갈 곳을 찾으며 복도를 돌아다녔다. 밖으로 몰래 나가서 담배를 피우고 싶었지만 비상구 옆에서 인디라에게 들키고 말았다. 그녀는 내가 길을 잃은 것으로 생각했다.

"걱정 말아요, 테오." 그녀는 내 팔을 잡더니 웃으며 말했다. "여기서 방향을 알게 될 때까지 나도 몇 달 걸렸어요. 출구 없는 미로 같죠. 여기서 10년을 일했는데도 아직도 가끔 길을 잃는다니까."

그녀는 싫다고 말하기도 전에 나를 데리고 차를 마시러 위층 '어항'으로 올라갔다.

"물을 좀 올릴게요. 정말이지 끔찍한 날씨 아니에요? 그냥 얼른 눈이 내리고 끝나버리면 좋겠는데…… 눈은 아주 강력한 상상력을 제공하는 상징 같지 않아요? 모든 걸 깨끗하게 지워버리죠. 환자들이 눈에 대해서 뭐라고들 하는지 알아요? 한 번 들어봐요. 재미있으니까."

그녀가 가방에 손을 넣더니 랩으로 싼 두툼한 케이크 한 조각을 꺼내는 바람에 나는 깜짝 놀랐다. 그녀는 케이크를 내 손에 억지로 쥐어주었다.

"먹어봐요. 호두 케이크예요. 어젯밤에 만들었어요. 당신 먹으라고."

"아, 감사합니다만……."

"이러면 안 된다는 걸 알지만 어려운 환자를 대할 때 상담하면서 케이크 한 조각을 주면 늘 결과가 좋더군요."

나는 웃었다. "그렇겠죠. 제가 어려운 환자인가요?"

인디라는 웃었다. "아뇨, 그렇지만 케이크가 어려운 의료진에게도 통한다는 걸 알게 되었죠. 그런데 당신은 어려운 의료진도 아니긴 해요. 약간의 설탕은 분위기를 확 바꿔주거든요. 예전에는 케이크를 만들어서 식당에서 나눠주곤 했는데 스테파니가 외부 음식 반입에 대해 건강과 안전이 어떻다느니 난리를 쳤거든요. 누가 보면 내가 무슨 쇠톱이라도 몰래 들여온다고 생각했을 거예요. 하지만 여전히 몰래 조금씩 케이크를 만들어요. 독재국가에 대한 반항이랄까. 먹어봐요."

권유가 아니라 명령이었다. 한 입 깨물었는데 맛이 좋았다. 호두 맛이 느껴지면서 쫄깃하고 달콤했다. 입이 가득 차서 말하면서 손으로 입을 가렸다.

"이걸 먹으면 환자들이 당연히 기분이 좋아지겠네요."

인디라는 웃음을 터뜨렸고 기분이 좋아 보였다. 왜 내가 그녀를 좋아하는지 깨달았다. 그녀는 일종의 어머니 같은 차분함을 뿜어 냈다. 예전에 날 상담했던 루스를 떠오르게 했는데, 인디라가 화를 내거나 짜증내는 걸 상상하기 어려웠다.

인디라가 차를 내리는 동안 실내를 둘러보았다. 간호사실은 늘 정신병동의 중추이자 심장이다. 의료진은 그리로 와서 다른 곳으로 이동하며 병동을 하루하루 운영한다. 모든 실질적인 의사 결정이 이루어지는 곳이기도 하다. '어항'은 간호사들이 간호사실을 부르는 이름이다. 사방 벽이 강화유리로 되어 있어 적어도 이론적으로는 의료진이 휴게실에 있는 환자들을 항상 볼 수 있다. 실제로는 환자들이 가만히 있지 못하고 밖을 돌아다니면서 안쪽을 들여다보며 우리를 지켜보곤 했기 때문에, 끊임없이 감시를 받는 쪽은 오히려 우리다. 작은 공간에 부족한 의자들은 그나마 서류를 타이핑하는 간호사들이 차지하고 있다. 그래서 다른 사람들이 대개 방 한가운데 서 있거나 책상에 엉거주춤 기대고 있어서 사람이 몇 명이 있든 상관없이 실내는 늘 붐비는 느낌을 준다.

"여기 있어요." 인디라가 차가 든 머그잔을 내밀었다.

"감사합니다."

크리스티안이 느긋하게 걸어 들어와 내게 고개를 끄덕여 보였다. 그에게서는 언제나 씹고 있는 페퍼민트 껌 냄새가 강하게 풍겼다. 브로드무어에서 함께 일할 때는 그가 담배를 많이 피웠던 것이 기억났다. 담배는 그나마 몇 안 되는 우리 사이의 공통점이었다. 그 이후 크리스티안은 담배를 끊고 결혼하여 딸을 한 명 얻었다. 그가 어떤 종류의 아버지일지 궁금했다. 특별히 정이 넘치는 사람일 것 같지는 않았다.

그는 내게 차가운 웃음을 보냈다. "이렇게 자네를 다시 만나다니 재미있군, 테오."

"좁은 세상입니다."

"정신 건강과 관련된 의미에서 세상은 좁지." 크리스티안은 마치 자신은 다른, 더 큰 세상에서 살고 있다는 것처럼 말했다.

그런 세상이 무엇일지 상상하려 애를 써보았다. 그러면 체육관 이나 럭비 운동장에서 스크럼을 짜고 있는 모습밖에는 떠오르지 않았다.

크리스티안은 잠시 나를 쳐다보았다. 그가 대답을 궁리할 때 상 대방을 기다리게 하면서 때로는 한참 동안 말을 하지 않는다는 걸 잊고 있었다. 브로드무어에서 그랬던 것처럼 이곳에서도 짜증이 났다.

"자네는 별로 좋지 않은 순간에 팀에 합류했군." 결국 크리스티 안이 말했다. "다모클레스의 칼이 그로브 위에 매달려 있거든."

"그 정도로 상황이 안 좋다고 보십니까?"

"시간문제일 뿐이야. 보험공단에서 조만간 이곳을 폐쇄할 테니 까. 그러니까 궁금한 건, 자네가 여기서 뭘 하고 있느냐는 거지."

"그게 무슨 말이죠?"

"자, 쥐들은 가라앉은 배에서 탈출하는 법이야. 애써 기어오르지 않는다고."

나는 크리스티안이 숨김없이 공격하는 데 놀랐다. 미끼를 물지 않겠다고 마음먹었다. 나는 어깨를 으쓱했다. "그럴 수도 있죠. 하지만 난 쥐가 아니에요."

크리스티안이 대답하기도 전에 우리는 어마어마하게 나는 큰 소리에 펄쩍 뛰었다. 엘리프가 유리 반대편에서 두 주먹으로 유리를 두들기고 있었다. 얼굴을 유리에 대자 코가 짓눌리고 얼굴이 뒤틀려서 거의 괴물처럼 보였다.

"이 빌어먹을 것 안 먹을 거야. 이 좆같은 약이 너무 싫다고……."

크리스티안이 유리에 있는 작은 창을 열더니 구멍에 대고 말했다. "지금은 그런 이야기를 의논할 때가 아니에요, 엘리프."

"내 말은 더 이상 약 안 먹겠다는 거야. 빌어먹을, 약 먹으면 어지럽고……."

"지금은 이야기하지 않겠어요. 나랑 상담 일정을 잡아요. 유리에서 물러나 주세요."

엘리프는 얼굴을 찡그리더니 잠시 고심했다. 그러더니 코를 댔던 부분에 희미하게 둥근 김이 서린 흔적을 남겨둔 채 돌아서서 육중하게 걸어갔다.

"특이한 환자로군요." 내가 말했다.

크리스티안이 툴툴거렸다. "골치야."

인디라가 고개를 끄덕였다. "불쌍한 엘리프."

"왜 여기 들어오게 된 거죠?"

"두 사람을 죽였어." 크리스티안이 말했다. "자기 엄마랑 여동생. 잠자는 사이에 목을 졸랐어."

유리 너머로 지켜보았다. 엘리프는 다른 환자들에게 합류했다. 그녀는 다른 환자들보다 훨씬 덩치가 컸다. 환자들 가운데 한 명이 약간의 돈을 엘리프의 손에 건넸고 그녀는 돈을 주머니에 집어넣었다.

그 순간 방 끝 쪽에 앨리샤가 창가에 혼자 앉아서 밖을 내다보는 모습이 보였다. 잠시 그녀를 바라보았다.

크리스티안이 내 시선을 따라가더니 말했다. "아, 그런데 말이야. 디오메디스 교수님과 앨리샤에 대해서 이야기를 좀 했어. 리스페리돈을 좀 줄여보면 어떨지 보고 싶더군. 그래서 하루에 5밀리그램으로 처방을 줄였어."

"그렇군요."

"듣자니 앨리샤랑 상담을 했다기에 알고 싶어 할 수도 있을 것 같아서."

"네."

"변화에 어떻게 반응하는지 면밀히 관찰할 예정이야. 그건 그렇고 다음부터 내 처방에 문제가 있다는 생각이 들면 직접 나에게 오라고. 나 몰래 디오메디스를 찾아가지 말고." 크리스티안은 나를 노려보았다.

나는 그를 향해 웃어 보였다. "아무 데도 몰래 찾아가지 않아요. 직접 당신한테 말하는 것도 문제없고요, 크리스티안."

불편한 침묵이 이어졌다. 크리스티안은 마치 무슨 결심을 한 것처럼 고개를 끄덕였다. "앨리샤가 경계성 인격 장애인 거 알아? 심리 치료에 반응하지 않을 거야. 시간만 낭비하는 거라고."

"말을 안 하는데 경계성인 걸 어떻게 알아요?"

"말하지 않을 거야."

"거짓말로 저런다고 생각합니까?"

"그래, 솔직히 말하자면 그래."

"만일 미친 척하는 거라면 경계성인 걸 어떻게 아는 거죠?"

크리스티안은 짜증이 나는 것 같았다.

내가 대답하기 전에 인디라가 끼어들었다. "미안한 말이지만 경계성처럼 포괄적인 용어가 특별히 도움이 될 것 같지는 않네요. 그렇게 부른다고 해서 우리에게 아주 유용한 정보가 되는 것도 아니잖아요." 그녀는 크리스티안을 바라보았다. "크리스티안과 내가 자주 의견을 달리하는 환자예요."

"그럼 선생님은 앨리샤에 대해서 어떻게 느끼시죠?" 내가 물었다.

인디라는 잠시 내 질문을 깊이 생각했다. "그녀를 향해서는 나도 모르게 모성애가 생기더군요. 그게 내 역전이었죠. 그녀가 내게서 모성애를 끌어냈어요. 누군가 그녀를 보살펴야 할 거라는 느낌을 받았어요." 인디라는 내게 웃어 보였다. "그런데 이제 그녀에게 누군가 생겼어요. 당신 말이에요."

크리스티안은 짜증스럽다는 듯 웃어 보였다. "제가 둔해서 죄송합니다만, 말을 안 하는데 앨리샤가 어떻게 상담의 덕을 볼 수 있다는 겁니까?"

"말하는 것만이 치료는 아니에요." 인디라가 말했다. "안전한 공간, 감정을 누를 수 있는 환경을 제공하는 거죠. 당신도 이미 알고 있겠지만 대부분의 의사소통은 대화가 아니에요."

크리스티안은 나를 향해 눈을 굴렸다. "행운이 함께하길 바라네. 자넨 행운이 필요할 거야."

# 4

"안녕하세요, 앨리샤." 내가 말했다.

약의 복용량을 줄인 지 겨우 며칠 지났을 뿐이지만 앨리샤는 이미 눈에 띄게 달라졌다. 몸의 움직임이 좀 더 부드러웠다. 눈은 더 맑아졌고 흐릿한 시선도 사라졌다. 마치 다른 사람인 것 같았다.

앨리샤는 유리와 함께 문가에 서서 망설였다. 그녀는 나를 완전히 처음 보는 것처럼 노려보며 받아들이고 가늠하고 있었다. 어떤 결론을 내리고 있는지 궁금했다. 아마도 안전하다고 판단했는지 그녀가 방으로 걸어 들어왔다. 앉으라고 하지도 않았는데 자리에 앉았다.

나는 유리에게 가라고 고갯짓을 했다. 그는 잠깐 생각하더니 문을 닫고 나갔다.

나는 앨리샤의 맞은편에 앉았다. 잠시 침묵이 흘렀다. 밖에서 비가 추적추적 내리는 소리만 들렸고, 빗방울이 창문을 두드렸다.

결국 내가 입을 열었다. "기분이 어때요?"

대답은 없었다. 앨리샤는 나를 노려보았다. 등잔 같은 눈은 깜박이지도 않았다.

나는 입을 열었다가 다시 다물었다. 말을 꺼내 텅 빈 공간을 채우려는 충동을 이겨내기로 마음먹었다. 그러는 대신 입을 다문 채 그냥 거기에 앉아서 뭔가 다른 것, 언어가 아닌 것, 이런 식으로 함께 앉아 있어도 괜찮다는 것, 내가 그녀를 해치지 않으리라는 것, 그녀가 날 믿을 수 있을 거라는 사실만으로 의사소통이 되기를 바랐다. 앨리샤가 조금이라도 말을 하도록 하려면 그녀의 신뢰를 얻어내야만 했다. 그러려면 시간이 걸릴 터였다. 하룻밤에 이루어지는 건 없다. 빙하처럼 천천히, 그러나 움직일 것이다.

우리가 침묵 속에 앉아 있는 사이 관자놀이 부분이 지끈거리기 시작했다. 두통의 시작이었다. 숨길 수 없는 징조였다. 루스가 내게 해주던 말이 기억났다.

"좋은 상담가가 되기 위해서 환자의 감정을 받아들일 수 있어야 해. 하지만 그 감정에 매달려서는 안 된단다. 그건 네 감정이 아니고, 네게 속하지도 않은 것들이야."

다른 말로 하면 지금 머릿속이 쿵쾅거리는 건 내 고통이 아니었다. 그건 앨리샤의 것이었다. 그리고 이렇게 갑작스럽게 밀려오는 슬픔과 죽고 싶은, 정말 죽고 싶은 생각도 마찬가지로 내 감정이 아니었다. 모두 앨리샤의 감정이었다. 나는 그 자리에 앉아 앨리샤를 위해 느꼈다. 머리가 지끈거렸고 배 속은 뒤틀렸다. 몇 시간은 지난 것 같았다. 결국 50분이 모두 지났다.

나는 시계를 들여다보았다. "이제 끝내야 합니다."

앨리샤는 고개를 숙이고 자기 무릎을 내려다보았다. 나는 망설였다. 신중함을 제어할 수 없게 되어버렸다. 목소리를 낮추고 마음에서 우러나온 말을 했다.

"돕고 싶어요, 앨리샤. 내 마음을 믿어줘야 합니다. 정말이지 나는 당신이 제대로 볼 수 있도록 돕고 싶습니다."

내 말에 앨리샤가 고개를 들었다. 그녀는 나를 정면으로 노려보았다.

당신은 날 도울 수 없어. 그녀의 눈이 소리쳤다. 널 봐. 자기 자신도 돕지 못하는 주제에. 당신은 많은 걸 알고 현명한 척하지만, 당신은 내 대신 여기 앉아 있어야 해. 미친 놈. 사기꾼. 거짓말쟁이. 거짓말쟁이…….

그녀가 나를 노려보는 동안 나는 상담 시간 내내 무엇이 날 괴롭혔는지 알게 되었다. 말로 표현하기는 어렵지만 심리상담가는 자신이 인식하는 정신적 고통에 재빠르게 젖어든다. 불안감이나 두려움 또는 광기가 존재한다면 상대방의 육체적 행동이나 대화 그리고 잠깐의 눈빛에서도 알아낼 수 있다. 바로 그런 점이 신경에 거슬렸다. 그렇게 오래 약물을 복용했는데, 그렇게 많은 짓을 저지르고 참아낸 앨리샤의 파란 눈은 여름날처럼 맑고 구름 한 점 없었다. 그녀는 미치지 않았다. 그렇다면 어떻게 된 거지? 그녀 눈에 보이는 표정은 뭐지? 뭐라고 설명해야 옳은 걸까? 그건…….

내가 생각을 마치기도 전에 앨리샤가 의자에서 펄쩍 뛰어올랐다. 그녀는 양손을 동물의 발톱처럼 내뻗으며 내게 몸을 던졌다. 움직이거나 피할 시간조차 없었다. 그녀가 날 덮치면서 내 몸의 균형이 깨졌다. 우리는 바닥에 쓰러졌다.

내 뒷머리가 쿵 소리를 내며 벽에 부딪혔다. 앨리샤는 내 머리를 연거푸 벽으로 밀어붙였고 날 할퀴고 때리고 긁어대기 시작했다. 온 힘을 다해 간신히 그녀를 밀쳐냈다.

나는 허둥지둥 바닥을 기어 탁자에 손을 뻗었다. 더듬거리며 경보기를 찾았다. 내 손가락이 경보기를 붙잡는 순간 앨리샤가 내게 뛰어올라 경보기가 손에서 떨어졌다.

"앨리샤……."

그녀의 손가락들이 내 목을 단단히 움켜쥐고 조르고 있었다. 경보기를 더듬으며 찾았지만 손이 닿지 않았다. 그녀의 손이 더욱 깊숙이 파고들자 숨을 쉴 수 없었다. 다시 한 번 경보기를 향해 돌진했다. 이번에는 간신히 경보기가 손에 들어왔다. 버튼을 눌렀다.

즉시 날카로운 경보음이 귓속을 채우며 귀가 먹먹해졌다. 멀리서 문이 열리고 유리가 지원을 요청하는 소리가 들렸다. 앨리샤가 끌려가며 내게서 떨어지자 목을 조르던 손이 풀렸다. 나는 숨을 몰아쉬었다.

앨리샤를 제압하는 데 간호사 네 명이 필요했다. 그녀는 몸부림을 치고 발길질을 하며 뭔가에 홀린 괴물처럼 싸웠다. 사람이 아니라 뭔가 기괴한 야생동물 같았다. 크리스티안이 나타나 그녀에게 진정제를 주사했다. 앨리샤는 의식을 잃었다.

마침내 침묵이 찾아왔다.

## 5

"따끔할 겁니다."

유리는 어항에서 피가 나는 내 상처들을 치료하고 있었다. 그는 소독약 통을 열어 솜에 묻혔다. 소독약 냄새가 나를 학교의 양호실로 돌아가게 했고, 운동장에서 싸우고 생긴 상처와 벗겨진 무릎, 할퀸 팔꿈치에 대한 기억들을 소환했다. 양호 선생님의 보살핌을 받던 따뜻하고 포근한 느낌이 기억났다. 반창고를 붙이고 용감했다는 칭찬으로 받았던 알사탕. 그 순간 살갗에 닿는 소독약의 따끔한 느낌에 나는 갑자기 쉽게 치료할 수 없는 상처를 입은 현재 시간으로 되돌아왔다. 몸을 움츠렸다.

"앨리샤가 빌어먹을 망치로 내 머리를 때린 것 같은 기분이군요."

"타박상이 끔찍해요. 내일 혹이 날 겁니다. 지켜봐야 할 것 같아요." 유리가 고개를 흔들었다. "절대로 앨리샤와 단둘이 있도록 두면 안 되는 거였는데."

"내가 선택권을 주지 않았잖아요."

그는 투덜거렸다. "그렇긴 했죠."

"'거봐라'라고 말하지 않아서 고마워요. 그러기 쉽지 않은데 고맙게 생각합니다."

유리는 어깨를 으쓱했다. "그런 말은 할 필요 없죠, 교수님이 대신 말해주실 거니까. 교수님이 사무실에서 보자고 합니다."

"이런."

"교수님 얼굴을 보니 난 가고 싶지 않더군요."

나는 얼른 일어섰다.

유리는 조심스럽게 나를 바라보았다. "서두르지 말아요. 천천히 해요. 준비가 되었는지 생각하고. 혹시라도 어지럽거나 두통이 있으면 알려주세요."

"괜찮아요. 진짜."

엄밀히 말해서 정말 그렇지는 않았지만 겉보기처럼 끔찍한 느낌은 아니었다. 긁힌 상처에서 피가 났고 앨리샤가 조른 목 주위에 시커멓게 멍이 들었다. 어찌나 손가락을 깊이 박아 넣었는지 피가 그리로 몰렸을 정도였다.

디오메디스 교수의 사무실 문을 두드렸다. 나를 보더니 교수의 눈이 커졌다. 그는 혀를 찼다.

"이런, 이런. 상처를 꿰매야 하나?"

"아뇨, 물론 그렇지 않습니다. 괜찮아요."

디오메디스는 믿을 수 없다는 표정을 지어 보이더니 안으로 나를 데려갔다. "들어오게, 테오. 앉아."

다른 사람들은 이미 와 있었다. 크리스티안과 스테파니는 서 있었고, 인디라는 창가에 앉아 있었다. 공식 만찬 같은 느낌이었고 혹시 내가 해고당하는 것이 아닌가 궁금했다.

디오메디스는 자신의 책상 뒤에 앉아 있었다. 그는 내게 남은 빈 의자에 앉으라는 몸짓을 해보였다. 나는 앉았다. 그는 잠시 아무 말도 없이 나를 바라보며 무슨 말을 해야 할지, 또는 어떻게 말해야 할지 고민하는 듯 손가락으로 책상을 두드렸다. 그러나 마음을 정하기도 전에 스테파니에게 선수를 빼앗겼다.

"이건 불행한 사고입니다. 극히 불행한 일이죠." 스테파니는 내게 고개를 돌렸다. "물론 우리 모두는 선생님이 다치지 않은 걸 다행이라고 생각해요. 하지만 그렇다고 해서 온갖 의문이 제기되고 있다는 사실이 바뀌는 건 아닙니다. 앨리샤와 단둘이서 뭘 하고 있었던 겁니까?"

"제 실수입니다. 제가 유리에게 가달라고 했습니다. 모든 책임은 제게 있습니다."

"누구 지시로 그런 결정을 내린 거죠? 만일 두 사람 중 누구든 심각하게 다치기라도 했다면⋯⋯."

디오메디스가 끼어들었다. "너무 호들갑 떨지 맙시다. 다행히 아무도 다치지 않았으니." 그는 아무것도 아니라는 듯 내게 손짓을 해보였다. "좀 긁혔다고 해서 군법회의에 부칠 것도 아니고."

스테파니는 얼굴을 찡그렸다. "농담할 때가 아닙니다, 교수님. 심각한 일이라고요."

"누가 농담을 한다는 건가?" 디오메디스는 내게 고개를 돌렸다. "난 매우 심각해. 말해보게, 테오. 어떻게 된 일인가?"

모두의 눈이 내게로 쏠리는 걸 느꼈다. 나는 단어를 신중하게 골라 디오메디스 교수에게 설명했다. "앨리샤가 절 공격했습니다. 그게 전부입니다."

"그건 명백한 거지. 하지만 이유가 뭐지? 별다른 이유가 있지는 않았겠지?"

"네. 의식적으로 그런 것은 아닙니다."

"무의식적으로는?"

"글쎄요, 앨리샤가 일정 수준에서 제게 반응을 보인 것은 분명합니다. 저는 그것이 그녀가 얼마나 의사소통을 원하고 있는지 우리에게 보여주는 것이라고 믿습니다."

크리스티안이 웃었다. "그걸 의사소통이라고 하는 건가?"

"네, 그렇습니다. 분노는 강력한 의사소통입니다. 좀비처럼 아무 생각 없이 멍하니 앉아 있는 다른 환자들은 이미 포기한 사람들입니다. 앨리샤는 포기하지 않았습니다. 그녀가 보여준 공격은 스스로 직접적으로 표현하지 못하는 뭔가를 우리에게 말해줍니다. 자신의 고통과 절망, 고뇌 말입니다. 그녀는 제게 자기를 포기하지 말라고 말하고 있었습니다. 아직은."

크리스티안이 눈을 굴렸다. "좀 덜 시적으로 해석하자면 앨리샤는 복용하는 약이 줄면서 정신이 나간 겁니다." 그는 디오메디스에게 고개를 돌렸다. "제가 이런 일이 벌어질 거라고 말했잖습니까, 교수님. 저는 약을 줄이는 일에 대해 경고를 했습니다."

"진짜입니까, 크리스티안?" 내가 말했다. "난 약을 줄이자는 것이 당신 아이디어인 줄 알았는데요."

크리스티안은 눈을 한 번 굴리는 것으로 내 말을 무시했다. 그는 하나부터 열까지 정신과 의사라는 생각이 들었다. 그들은 좀 더 생물학적이고 화학적이고 다른 무엇보다 실용적인 접근법을 선호했다. 이를테면 식사 때마다 앨리샤에게 알약을 잔뜩 먹이는 식이다. 크리스티안의 가늘게 뜬 쌀쌀맞은 눈길은 나에게 내가 기여할 수 있는 건 아무것도 없다고 말하고 있었다.

하지만 디오메디스는 내게 사려 깊은 눈길을 보냈다. "열의가 꺾이지 않았군. 무슨 일이 있었지?"

나는 고개를 흔들었다. "오히려 힘을 얻었습니다."

디오메디스는 만족하는 표정으로 고개를 끄덕였다. "좋아. 나도 동의하네. 자네에게 그렇게 강렬한 반응을 보였다는 건 분명히 조사해볼 가치가 있어. 나는 자네가 계속 시도해야 한다고 생각하네."

이 대목에서 스테파니는 더 이상 참지 않았다. "그건 당연히 말도 안 되는 이야기입니다."

디오메디스는 스테파니의 말이 들리지 않는다는 듯 계속 말을 이었다. 그는 계속 나를 보고 있었다. "자네는 앨리샤의 입을 열 수 있다고 생각하나?"

내가 대답하기도 전에 뒤에서 목소리가 들렸다. "하실 수 있을 겁니다."

인디라였다. 그녀가 있다는 사실을 거의 잊고 있었다.

"그리고 어떻게 보면 앨리샤는 말하기 시작한 겁니다." 인디라가 말했다. "그녀는 테오를 통해 의사소통을 하고 있습니다. 테오 선생님이 그녀의 지지자인 거죠. 이미 말하고 있는 겁니다."

디오메디스는 고개를 끄덕였다. 그는 잠시 생각에 잠긴 것 같았다. 무슨 생각을 하는지 알 수 있었다. 앨리샤 베런슨은 유명한 환자이고 보험공단과 거래에 사용할 수 있는 강력한 도구였다. 만일 우리가 그녀에게서 드러낼 만한 진전을 만들어낸다면 그로브를 폐쇄 위험에서 구해내는 데 좋은 패를 쥐게 될 것이다.

"결과를 보려면 얼마나 걸릴까?" 디오메디스가 물었다.

"그건 대답을 드릴 수 없습니다." 내가 말했다. "그건 교수님께서도 저만큼 잘 아실 겁니다. 시간이 필요한 만큼 걸리겠죠. 6개월. 1년. 어쩌면 더 길 수도 있습니다. 몇 년일 수도 있고요."

"6주 주겠네."

스테파니는 일어서더니 팔짱을 꼈다. "제가 이 병원의 관리자입니다. 도저히 허락할 수……."

"내가 그로브의 치료 책임자야. 이걸 결정할 사람은 나지, 당신이 아니란 말이지. 여기 인내심 강한 상담가들이 어떤 식이든 부상을 당한다면 모두 내가 책임을 지면 돼." 디오메디스가 내게 윙크를 해보이며 말했다.

스테파니는 더는 아무 말도 하지 않았다. 그녀는 디오메디스를 노려보더니 나를 노려보았다. 그러고는 돌아서서 나가버렸다.

"이런, 세상에." 디오메디스가 말했다. "자네, 스테파니를 적으로 만든 것 같군. 아주 불행한 일이야." 그는 인디라와 웃음을 주고받더니 내게 심각한 표정을 지어 보였다. "6주야. 내 감독을 받으면서 말이지. 알겠나?"

나에겐 동의하는 것 말고는 달리 선택지가 없었다. "알겠습니다."

"좋아."

크리스티안이 일어섰다. 짜증이 난 것이 확연했다. "앨리샤는 6주든 6년이든 입을 열지 않을 겁니다. 시간 낭비라고요."

그는 걸어 나갔다. 크리스티안이 어째서 내가 실패할 거라고 확신하는지 궁금했다. 그러나 그런 생각을 하자 성공해야겠다는 결심이 더욱 굳어졌다.


6


녹초가 된 기분으로 집에 도착했다. 복도의 전구가 사라졌는데도 습관적으로 나도 모르게 스위치를 켰다. 전구를 새로 교체해야 한다고 생각했지만 늘 잊었다.

캐시가 집에 없는 건 금방 알 수 있었다. 너무 조용했다. 캐시는 조용히 있지를 못했다. 시끄러운 사람은 아니었지만 그녀의 세상은 소리로 가득 차 있었다. 전화에 대고 이야기하거나 대사를 외거나 영화를 보거나 노래를 하고 콧노래를 흥얼거리고 나는 한 번도 들어본 적 없는 밴드의 음악을 들었다. 하지만 지금은 아파트가 묘지처럼 조용했다. 이름을 불러보았다. 이것 역시 습관이었다. 아니면 나쁜 짓을 하기 전에 아내가 집에 없는지 확인하고 싶은 죄책감 때문인지도 몰랐다.

"캐시?"

대답이 없었다.

나는 더듬거리면서 어둠 속 거실로 들어섰다. 불을 켰다.

익숙해지기 전까지 새 가구가 그렇듯 실내의 모습이 내 눈길을 사로잡았다. 새 의자들, 새 쿠션들, 한때 흑과 백이었던 실내는 새로운 색깔인 빨강과 노랑이 되어 있었다. 캐시가 좋아하는 꽃인 분홍색 백합이 꽂힌 꽃병이 탁자 위에 놓여 있었다. 꽃이 풍기는 강한 사향 냄새가 공기를 탁하게 만들어 숨 쉬기가 어려웠다.

몇 시지? 8시 30분이었다. 아내는 어디 갔지? 리허설에 갔나? 캐시는 로열셰익스피어극단에서 새로 제작하는 〈오셀로〉에 참여하고 있었는데, 그다지 잘 진행되고 있지 않았다. 끝없이 진행되는 리허설에 극단이 타격을 입고 있었다. 아내는 평상시보다 눈에 띄게 피곤하고 창백하고 마른 몸으로 감기와 싸우고 있었다.

"빌어먹을, 항상 몸이 아파." 아내는 말했다. "진이 다 빠졌어."

사실이었다. 매일 밤 끔찍한 모습으로 리허설에서 돌아오는 아내의 귀가 시간은 점점 늦어졌고 집에 돌아오면 하품을 하며 곧장 침대로 뛰어들곤 했다. 그러니 아무리 빠르다고 해도 앞으로 몇 시간은 집에 돌아오지 않을 가능성이 컸다. 나는 위험을 무릅쓰기로 마음먹었다. 숨겨둔 곳에서 마리화나 단지를 꺼내 마리화나 담배를 말기 시작했다.

나는 대학생 때부터 마리화나를 피웠다. 첫 번째 학기 때 신입생 파티에서 친구도 없이 혼자 있다가 처음 피우게 되었다. 주변의 잘생기고 자신감 넘치는 젊은이들 가운데 누구하고든 대화를 시작해야 한다는 두려움에 마비가 되어버린 상태였다. 파티에서 빠져나가려고 궁리하던 중에 옆에 서 있던 여학생이 내게 뭔가를 내밀었다. 피어오르는 검은 연기에서 향긋하고 톡 쏘는 듯한 냄새를 맡고서야 그냥 담배가 아니라는 걸 알았다. 거절하기에 너무 소심했던 나는 건네받은 마리화나를 입술로 가져갔다. 제대로 단단히 말지 못해서인지 느슨해지며 끝 부분이 풀리고 있었다. 끄트머리 부분이 젖은 데다 여자의 립스틱에 빨갛게 얼룩진 모습. 담배랑은 다른 맛이었다. 더 짙고 더 원초적이고 더 이국적이었다. 짙은 연기를 삼키고 기침을 참으려고 애썼다. 처음에는 그저 발놀림이 조금 가벼워지는 것 같은 느낌이 전부였다. 섹스와 마찬가지로 마리화나도 실제 가치보다 부풀려서 다들 법석을 떠는 것이 분명했다. 그러더니 1분 정도가 지나자 뭔가가 벌어졌다. 뭔가 믿을 수 없는 일이었다. 거대한 행복감의 물결에 푹 젖는 것 같았다. 안전하다는 느낌이 들고 느긋한 기분, 아무런 걱정이 없는 상태가 되었다. 철부지가 된 것 같았고 다른 사람들의 눈길이 신경 쓰이지 않았다.

아주 마음에 들었다. 오래 지나지 않아 나는 매일 마리화나를 피웠다. 마리화나는 내 최고의 친구이자 창조적 자극, 그리고 위안이 되었다. 끝없이 마리화나를 말고 혀로 침을 바르고 불을 붙였다. 마리화나를 마는 종이의 부스럭거리는 소리와 따스한 황홀경을 생각만 해도 취할 수 있었다. 중독의 근원이 무엇인지에 대해서는 여러 가지로 생각해볼 수 있었다. 유전일 수도, 화학적 작용일 수도, 정신적인 것일 수도 있었다. 그러나 마리화나는 나를 위로하는 것 이상의 그 무엇이었다. 결정적으로 마리화나는 내가 감정을 경험하는 방식을 바꾸었다. 나를 사랑하는 아이처럼 품에 안고 안전하게 지켜주었다. 다른 말로 하면 마리화나는 나를 담아주었다.

정신분석학자 W. R. 비온은 아기의 고통을 보살펴주는 어머니들의 능력을 '담아주기(containment)'라고 정의한 바 있다. 아기 시절이 행복한 시간이 아니라는 걸 기억해야 한다. 오히려 공포의 시간이다. 아기일 때 우리는 이상하고 이질적인 세상에 갇힌 채 제대로 볼 수도 없고 끊임없이 자신의 몸에 관해서 놀라며, 허기와 방귀, 배변 활동에 불안을 느끼고 스스로의 감정에 압도당하게 된다. 우리는 말 그대로 공격을 받는 것이다. 우리는 어머니가 우리의 괴로움을 달래주고 우리 경험을 이해해주기를 바란다. 어머니가 그렇게 해줌으로써 우리는 자신의 육체적 정신적 상황을 관리하는 방법을 천천히 배운다. 그러나 우리가 스스로를 담아낼 수 있는 능력은 어머니가 우리를 담아내는 능력에 직접적으로 달렸다. 어머니가 자신의 어머니로부터 담아내기를 한 번도 경험하지 못했다면 자신도 모르는 걸 어떻게 우리에게 가르칠 수 있겠는가? 스스로 담아내는 법을 한 번도 배우지 못한 사람은 살아가는 내내 불안한 감정으로 홍역을 치르게 된다. 비온은 그런 감정을 이름 모를 두려움이라고 적절하게 명명했다. 그런 사람은 이런 채울 수 없는 담아내기를 외부에서 공급받을 방법을 찾게 된다. 이런 식의 끝없는 불안을 '완화'하기 위해서 술이나 마리화나를 필요로 하게 되는 것이다. 내가 마리화나에 중독된 것은 이런 이유 때문이었다.

나는 상담 중에 마리화나에 대해서 자주 말했다. 끊어야 한다는 생각에 고민했고 끊는다는 생각만 해도 왜 그렇게 두려운지 궁금했다. 루스는 강제나 통제는 결코 좋은 결과를 가져올 수 없으며, 그러므로 억지로 마리화나 없이 살기보다는 지금 내가 마리화나에 의존하고 있으며 그만둘 의지가 없거나 끊을 수 없다는 사실을 스스로 인정하는 것이 더 나은 출발점이라고 말했다. 루스는 마리화나가 내게 주는 이득은 여전히 존재하며 유용성이 사라지는 날이 오면 아마도 쉽게 끊을 수 있을 것이라고 주장했다.

루스가 옳았다. 캐시를 만나 사랑에 빠졌을 때 마리화나의 존재는 희미해졌다. 나는 자연스럽게 사랑에 취했고 인위적으로 좋은 기분을 만들어낼 필요가 없었다. 캐시가 마리화나를 피우지 않는 것이 도움이 되었다. 그녀의 주장에 따르면 마리화나를 하는 사람들은 의지가 약하고 게으르며 느린 화면 속에서 산다고 했다. 바늘로 찌르면 엿새나 있다가 "아야"라고 말한다는 것이다. 나는 캐시가 내가 사는 아파트로 들어오던 날 마리화나를 끊었다. 그리고 루스가 예언했던 대로 안정이 되고 행복해지자 나쁜 버릇은 장화에 들러붙었던 마른 진흙처럼 너무나도 자연스럽게 떨어져나갔다.

아마도 뉴욕으로 이사 가는 캐시의 친구 니콜의 환송 파티에 가지 않았더라면 다시는 마리화나에 손을 대지 않았을 것이다. 캐시는 연기를 하는 친구들에게 둘러싸여 있었고 나는 혼자 남아 있었다.

형광 핑크색 안경을 쓴 땅딸막한 사내가 팔꿈치로 날 찌르더니 말했다. "한 모금 할래요?"

그의 손가락 사이에 끼워져 있는 마리화나를 거절하려던 참에 뭔가가 날 막았다. 뭐였는지는 확실히 알 수 없었다. 순간적인 기분? 아니면 이런 끔찍한 파티에 날 억지로 끌고 와서 날 혼자 버려둔 캐시에 대한 무의식적인 공격? 주위를 둘러봤지만 캐시는 어디에도 보이지 않았다. 빌어먹을. 결국 나는 마리화나를 입술로 가져가 빨아들였다.

그렇게 느닷없이 나는 출발점으로 돌아왔다. 마치 전혀 끊었던 적이 없었던 것처럼. 중독은 마치 충직한 개처럼 그 오랜 시간을 끈기 있게 나를 기다리고 있었다. 나는 무슨 짓을 했는지 캐시에게 말하지 않았고, 아예 머릿속에서 지워버렸다. 사실 나는 기회를 기다리고 있었고, 6주 뒤 기회는 저절로 찾아왔다. 캐시는 니콜을 만나러 일주일 동안 뉴욕에 갔다. 캐시가 없어 외롭고 지루했던 나는 유혹에 지고 말았다. 아는 마리화나 판매상이 없던 나는 학생 때 하던 식으로 했다. 캠던 타운 시장으로 간 것이다.

역에서 나오니 공기 중에 향내와 양파를 튀기는 노점의 냄새와 뒤섞인 마리화나 냄새를 맡을 수 있었다. 캠던 록에 있는 다리까지 걸어갔다. 그곳에서 어색하게 선 채 다리 이쪽저쪽으로 터덜터

덜 오가며 끝없이 밀려오는 관광객과 10대들에게 이리저리 밀리고 있었다. 사람들을 자세히 살펴보았다. 다리에 진을 치고 지나는 사람에게 말을 붙이는 마리화나 판매상은 보이지 않았다. 못 보고 지나칠 수 없는 밝은 노란색 재킷을 입고 사람들 사이를 순찰하는 경찰관 두 명은 볼 수 있었다. 경찰관들은 다리를 벗어나 기차역 쪽으로 멀어졌다. 그 순간 옆에서 낮은 목소리가 들렸다.

"풀 사러 왔나, 친구?"

내려다보니 작은 사내가 서 있었다. 처음에는 어린애인 줄 알았는데 그 정도로 가냘프고 마른 몸이었다. 하지만 험한 지형의 도로 지도처럼 주름이 지고 흉터가 있는 얼굴은 마치 너무 급하게 나이를 먹은 소년 같았다. 앞니가 두 개 없어서 말할 때 살짝 휘파람 소리가 났다.

"풀?" 그는 재차 말했다.

나는 고개를 끄덕였다.

사내는 따라오라는 듯 내게 고갯짓을 해보이더니 사람들 사이를 뚫고 모퉁이를 돌아 뒷골목으로 향했다. 그러고는 낡은 술집으로 들어갔고 나는 사내를 따라 들어갔다. 실내는 우중충하고 엉망인 곳으로 토사물과 오래 묵은 담배 연기의 악취가 풍겼다.

"맥주 사." 사내는 바 곁을 지나가며 말했다.

키가 작은 사내는 바 너머를 간신히 볼 수 있을 정도였다. 나는 마지못해 사내에게 작은 잔으로 맥주를 사서 건넸다. 사내는 잔을 받아서 테이블 구석에 올려놓았다. 나는 사내의 맞은편에 앉았다. 사내는 슬쩍 주위를 둘러보더니 테이블 아래로 손을 뻗어 셀로판

종이로 싼 작은 봉지를 건네주었다. 나는 약간의 현금을 건넸다.

집에 돌아와서 봉지를 뜯었다. 사기를 당한 건 아닌가 하는 생각도 조금 있었지만 익숙한 톡 쏘는 냄새가 코끝에 맴돌았다. 금색 줄무늬가 있는 작은 녹색 싹들이 보였다. 오래전에 헤어진 친구를 다시 만날 수 있다는 생각에 가슴이 뛰었다.

그때부터 나는 몇 시간이고 아파트에 혼자 있게 되고 캐시가 금방 돌아오지 않는다는 확신만 있으면 언제나 마리화나를 피웠다.

그날 밤 피곤하고 절망한 채 집으로 돌아왔을 때 캐시가 리허설로 늦는 걸 알게 된 나는 재빨리 마리화나를 말았다. 화장실에서 창문을 열어두고 마리화나를 피웠다. 하지만 너무 많이, 그리고 너무 빨리 피웠는지 마치 미간을 얻어맞은 것처럼 강한 느낌이 밀려왔다. 몽롱해진 나는 걷는 것이 어렵게 느껴져 마치 당밀 속을 헤치며 움직이는 것 같았다. 늘 하듯이 피운 흔적을 제거했다. 방향제를 뿌리고 이를 닦고 샤워를 했다. 그리고 조심스럽게 거실로 향했다. 그리고 소파에 푹 파묻혔다.

TV 리모컨을 찾았지만 보이지 않았다. 그러다가 캐시가 커피 탁자에 올려놓은 채 열어둔 노트북 뒤에서 리모컨을 찾아냈다. 집으려고 손을 뻗었지만 너무 취한 나머지 노트북을 쓰러뜨리고 말았다. 얼른 노트북을 세우는 과정에서 화면이 다시 켜졌다. 캐시가 이메일 서비스에 로그인을 해둔 상태였다. 왜 그랬는지 나는 화면을 뚫어져라 바라보았다. 나는 꼼짝 못하고 주시하고 있었고, 캐시의 받은메일함이 마치 뻥 뚫린 구멍처럼 나를 노려보고 있었다. 고개를 돌릴 수 없었다. 내가 뭘 읽고 있는 건지 눈치를 채기도 전에 온갖 종류의 것들이 튀어나왔다. '섹시하다'거나 '하고 싶다'는 식의 이메일 제목들. 그리고 BADBOY22라는 주소의 상대가 보낸 여러 통의 이메일들.

그때 멈췄어야 했다. 그때 일어서서 다른 곳으로 가버렸더라면. 하지만 나는 그러지 않았다.

그리고 가장 최근 이메일을 클릭해 열어보았다.

---

제목 : RE : 나의 귀여운 년

보낸 사람 : Katerama_1

받는 사람 : BADBOY22

버스 타고 있어. 당신이랑 너무 하고 싶어. 내 몸에서 당신 냄새가 나. 음탕한 년이 된 것 같아! 뽀뽀 쪽쪽.

나의 아이폰에서 보냄

---

제목 : RE : re: 나의 귀여운 년

보낸 사람 : BADBOY22

받는 사람 : Katerama_1

너 음탕한 년 맞아! ㅋㅋ 이따 볼까? 리허설 끝나고?

---

제목 : RE : re: re: 나의 귀여운 년

보낸 사람 : Katerama_1

받는 사람 : BADBOY22


좋아. 8:30? 9? 쪽쪽.


나의 아이폰에서 보냄

---

제목 : RE : re: re: re: 나의 귀여운 년

보낸 사람 : BADBOY22

받는 사람 : Katerama_1


좋아. 내가 끝날 때 봐. 문자할게.

---


방금 뭘 봤는지 이해하려고 했지만 나는 여전히 취한 상태였고, 뭘 본 건지조차 확실히 알 수 없었다. 현실인가? 아니면 마리화나에 너무 취해서 장난인데 오해하고 이해하지 못하는 건가?

나는 억지로 다른 이메일을 더 읽었다.

또 다른 이메일.

결국 나는 캐시가 BADBOY22에게 보낸 이메일을 전부 읽었다. 일부는 야하다 못해 추잡하기까지 했다. 어떤 것들은 더 길고 뭔

가를 털어놓는 내용으로 감정적인 걸로 봐서 술에 취해 쓴 것 같았다. 아마도 내가 잠든 뒤 늦은 밤에 쓴 듯했다. 나는 내가 침실에서 잘 때 캐시는 거실에 나와 누군지 모를 놈에게 친근한 이메일을 쓰고 있는 모습을 상상했다. 누군지 모르지만 캐시와 잠자리를 갖는 놈.

시간은 깜짝 놀랄 정도로 빠르게 흘러갔다. 나는 어느새 마리화나 기운에 취해 있지 않았다. 오히려 두려웠고 고통스러울 정도로 정신이 맑았다.

배 속에서 뒤틀리는 것 같은 고통이 느껴졌다. 노트북을 옆으로 집어던졌다. 화장실로 뛰어 들어갔다.

변기 앞에 무릎을 꿇고 구역질을 했다.

7

"지난번과는 상당히 다른 느낌이네요." 내가 말했다.

대답은 없었다.

앨리샤는 내 맞은편 의자에 앉아서 고개를 창문 쪽으로 살짝 돌리고 있었다. 등을 빳빳하게 똑바로 세운 채 완벽할 정도로 꼼짝도 하지 않았다. 첼로 연주자처럼 보였다. 아니면 군인이거나.

"지난번 상담이 어떻게 끝났는지 생각하고 있어요. 당신이 물리적으로 날 공격하고 제압했을 때 말이에요."

대답이 없었다. 나는 머뭇거렸다.

"일종의 시험으로 그랬던 건가요? 내가 어떤 사람인지 보려고? 내가 쉽게 겁내는 사람이 아니라는 걸 당신이 아는 것이 중요해요. 난 당신이 내게 뭘 던지든 받아낼 수 있습니다."

앨리샤는 창문 창살 너머의 잿빛 하늘을 바라보고 있었다. 나는 잠시 기다렸다.

"당신에게 해야 할 말이 있어요, 앨리샤. 난 당신 편이라는 겁니다. 바라건대 언젠가 그 점을 믿어줬으면 좋겠어요. 물론 신뢰를 쌓는 데는 시간이 필요해요. 예전에 날 상담했던 분은 친밀함을 쌓으려면 대답을 듣는 경험이 반복되어야 한다고 말하곤 했어요. 그런 일은 하룻밤에 벌어지는 것이 아니죠."

앨리샤는 눈도 깜박거리지 않고 수수께끼 같은 눈빛으로 나를 쳐다보았다. 시간이 흘렀다. 상담 치료라기보다는 인내심 테스트처럼 느껴졌다.

어느 방향으로도 진전이 없는 것 같았다. 어쩌면 아예 희망이 없는 것인지도 몰랐다. 크리스티안이 쥐들은 가라앉는 배에서 탈출하는 법이라며 지적했던 말이 옳았다. 물에 가라앉고 있는 난파선에 기어올라 돛대에 몸을 묶고 있는 나는 도대체 무슨 짓을 하고 있는 것인가?

대답은 내 맞은편에 앉아 있었다. 디오메디스가 말한 대로 앨리샤는 침묵하는 세이렌이었고, 나를 파멸로 유혹하고 있었다.

갑자기 절망감이 느껴졌다. 앨리샤에게 소리치고 싶었다. 뭔가 말해봐. 뭐라도. 입이라도 열어.

하지만 입 밖으로 소리를 내지는 않았다. 그러는 대신 심리 상담의 정석을 깨뜨렸다. 부드럽게 단계를 밟아가는 건 그만두고 곧장 본론으로 들어갔다.

"당신의 침묵에 대해 말하고 싶군요. 그 의미에 대해서요…… 어떤 느낌인지. 그리고 특히 왜 당신이 말하기를 그만두었는지도."

앨리샤는 날 보지 않았다. 내 얘기를 듣고는 있는 걸까?

"여기 당신과 함께 앉아 있으면 머릿속에 어떤 그림이 계속 떠올라요. 주먹을 입으로 깨물고 소리 지르고 싶은 걸 참으면서 비명을 삼키는 어떤 사람의 그림이죠. 처음 상담을 일로 시작했을 때 우는 것이 무척 힘들다는 걸 알게 되었던 날이 기억납니다. 나는 압도당한 채 홍수에 쓸려 내려갈까 봐 겁이 났습니다. 어쩌면 당신이 그런 기분일지도 모르겠군요. 그렇기 때문에 충분히 시간을 갖고 당신이 홀로 홍수 속에 버려지지 않으리라는 안전한 느낌과 신뢰를 확보하는 것이 중요합니다. 내가 당신과 함께 헤엄을 칠 겁니다."

침묵.

"나는 스스로 관계를 중시하는 상담가라고 생각합니다. 그게 무슨 뜻인지 압니까?"

침묵.

"그건 내가 프로이트가 몇 가지는 틀렸다고 생각한다는 겁니다. 나는 프로이트가 생각했던 것처럼 상담가가 애초에 진정한 '빈 서판'이라고는 믿지 않아요. 우리는 고의는 아니지만 스스로 온갖 종류의 정보를 흘립니다. 양말의 색깔이라든지, 아니면 앉는 모양이나 말하는 방식으로 말이죠. 여기 당신과 함께 앉아 있는 것만으로도 나는 나 자신에 대해서 엄청나게 많은 걸 밝히고 있습니다. 내 모습을 안 보이게 하려고 최선의 노력을 하면서도 내가 누군지 보여주고 있는 거죠."

앨리샤가 고개를 들었다. 나를 노려보던 그녀의 턱이 살짝 기울었다. 이의가 있다는 표정인 걸까? 마침내 그녀의 관심을 끌었다. 나는 앉은 자세를 바꾸었다.

"요점은 이거죠. 그래서 우리가 뭘 할 수 있느냐? 우리는 그런 사실을 무시하고 부정하며 이 상담 치료가 오직 당신에 관한 것인 척할 수도 있겠죠. 아니면 이 상담 치료가 양쪽으로 오가는 도로라는 사실을 인식한 상태에서 진행하는 겁니다. 그러면 우리는 진정으로 뭔가를 얻어내기 시작할 겁니다."

나는 손을 들었다. 그리고 결혼반지를 향해 고갯짓을 해보였다.

"이 반지가 뭔가를 말해주지 않나요?"

앨리샤의 눈길이 매우 천천히 반지를 향해 움직였다.

"이건 내가 유부남이라는 걸 말해줍니다. 내게 아내가 있다는 걸 당신에게 말해주죠. 우리는 거의 9년을 함께 살았습니다."

대답은 없었지만 그녀는 계속 반지를 바라보고 있었다.

"당신은 7년 정도 결혼 생활을 하지 않았습니까?"

대답은 없었다.

"나는 아내를 매우 사랑합니다. 당신은 남편을 사랑했습니까?"

앨리샤의 눈이 움직였다. 그녀의 눈길이 내 얼굴에 꽂혔다. 우리는 서로를 응시했다.

"사랑은 온갖 종류의 감정을 포함하지 않나요? 좋은 것, 나쁜 것. 나는 아내를 사랑해요. 아내의 이름은 캐시입니다. 하지만 가끔은 화도 납니다. 가끔은…… 나는 아내를 증오해요!"

앨리샤는 내 얼굴에서 눈을 떼지 않았다. 나는 전조등 앞에서 몸이 굳어버린 채 눈을 돌리지도 움직이지도 못하는 토끼가 된 느낌이었다. 탁자 위에 놓인 경보기는 손을 뻗으면 잡을 수 있었다. 나는 경보기를 보지 않으려고 혼신의 노력을 다했다.

계속 말해서는 안 되었다. 입을 다물어야 했다. 하지만 멈출 수 없었다. 나는 어쩌지 못한 채 말을 이었다.

"그리고 내가 아내를 증오한다고 해서, 내 전부가 그녀를 증오한다는 뜻은 아닙니다. 나의 일부가 증오하는 거죠. 동시에 두 가지 자아를 유지하는 이야기를 하는 겁니다. 당신의 일부는 가브리엘을 사랑했어요. 일부는 그를 증오했죠."

앨리샤는 고개를 흔들었다. 아니야. 잠깐의 움직이었지만 확실했다. 마침내 응답을 한 것이다. 갑작스런 전율이 찾아왔다. 그때 멈춰야 했는데 나는 그러지 않았다.

"당신의 일부는 그를 증오했어요." 나는 다시 한 번 단호하게 말했다.

앨리샤는 재차 머리를 흔들었다. 그녀는 눈빛으로 날 태울 것처럼 노려보았다. 점차 화를 내고 있다는 생각이 들었다.

"그건 사실이에요, 앨리샤. 그렇지 않으면 남편을 죽였을 리 없잖아요."

앨리샤가 갑자기 펄쩍 뛰듯 일어섰다. 나에게 달려드는 거라고 생각해 내 몸이 굳었다. 하지만 내게 달려드는 대신 앨리샤는 돌아서서 문으로 향했다. 그녀는 두 주먹으로 문을 두드렸다.

열쇠 돌아가는 소리가 들리고 유리가 문을 활짝 열었다. 앨리샤가 바닥에서 내 목을 조르고 있지 않아 다행스러워하는 것처럼 보였다. 앨리샤는 유리를 옆으로 밀치고 복도로 뛰어나갔다.

"차분하게 천천히 가요, 앨리샤." 유리는 나에게 고개를 돌렸다. "괜찮은 겁니까? 무슨 일이죠?"

대답하지 않았다. 유리는 이상한 표정을 지어 보이더니 사라졌다. 나는 홀로 남았다.

멍청이. 나는 속으로 생각했다. 멍청한 놈 같으니, 무슨 짓을 한 거야? 앨리샤를 너무 멀리, 너무 강하게, 너무 급하게 몰아붙였어. 끔찍할 정도로 전문가답지 못했어. 빌어먹을 정도로 서툰 짓이었다는 건 말할 것도 없고. 그녀가 아니라 나 자신의 상태에 대해서 너무 많은 걸 밝혀버렸잖아.

그러나 그건 앨리샤가 상대방을 위해 하는 행동이었다. 그녀의 침묵은 거울과 같았다. 상대방을 거울처럼 비춰 보여준다.

그리고 그건 가끔은 보기 흉한 모습이다.

8

캐시가 노트북을 열어둔 채로 둔 것은(무의식적으로 그랬다고 해도) 자신이 바람피우는 걸 내가 알기를 바랐기 때문이라는 의심을 품는 건 굳이 심리상담가가 아니어도 할 수 있다.

이제 나는 알게 되었다. 그리고 알고 있다.

전날 밤부터 나는 아내에게 말을 하지 않았다. 그녀가 집에 돌아왔을 때는 자는 척했고 아침에 아내가 일어나기 전에 아파트를 나왔다. 나는 아내를 피하고, 나 자신을 피하고 있었다. 나는 충격을 받은 상태였다. 나 스스로를 바라보지 않으면 나 자신을 잃게 될 터였다. 정신 차려. 나는 마리화나를 말면서 낮게 뇌까렸다. 창문을 열고 마리화나를 피운 다음 적당히 몽롱해진 상태에서 주방으로 가 와인을 한 잔 따랐다.

술잔을 들어 올리려는 순간 손에서 미끄러졌다. 떨어지는 술잔을 잡으려고 했지만 오히려 탁자에 떨어지며 박살이 나는 술잔의 파편들 속으로 손을 밀어 넣는 결과가 되면서 손가락에서 살이 한 조각 떨어져 나가고 말았다.

갑자기 사방으로 피가 튀었다. 피가 팔을 타고 흘러내리고 깨진 유리잔에 묻고 탁자 위에서 화이트와인과 뒤섞였다. 키친타월을 간신히 뜯어내 손가락을 단단히 싸매 지혈했다. 손을 머리 위로 들어 올렸더니 피가 작은 시냇물처럼 나뉘어 팔을 타고 흘러내리면서 살갗 속의 핏줄 무늬를 흉내 냈다. 캐시가 생각났다.

다급한 순간이 되어 동정이나 안도감, 누군가 키스를 통해 기분이 나아지도록 해줄 사람이 필요할 때 내가 손을 내밀 상대는 캐시였다. 캐시가 날 보살펴주기를 바랐다. 캐시에게 연락할까 생각했지만 그런 순간에도 문이 빠른 속도로 쾅 소리와 함께 닫히면서 캐시가 손이 닿지 않는 곳으로 멀어지는 장면이 떠올랐다. 캐시는 떠났다. 나는 그녀를 잃었다. 울고 싶었지만 울 수 없었다. 나는 진흙과 분뇨에 뒤덮인 채 문 안쪽에 갇힌 신세였다.

"젠장." 나는 되풀이해 말했다. "빌어먹을."

정신이 돌아와 시계가 째깍거리는 소리가 들렸다. 왠지 소리는 더 커진 것 같았다. 시계 소리에 집중하고 빙빙 도는 머릿속을 정리하려고 애썼다. 째깍, 째깍, 째깍. 하지만 머릿속 합창 소리는 점점 커졌고 잦아들려고 하지 않았다. 캐시는 바람을 피우려고 작정한 거야. 벌어질 일이었고 피할 수 없었어. 나는 아내가 만족할 만큼 좋은 사람이 아니었던 거야. 난 쓸모없고 추하고 하찮은 존재야. 아내는 결국 나에게 지칠 수밖에 없었어. 아내는 내게 과분해. 나는 아무것도 누릴 자격이 없는 놈이야. 그런 식으로 계속되는 생각은 점점 더 끔찍한 생각이 되어 나를 때렸다. 나는 아내를 전혀 알지 못했다. 내가 본 이메일들은 내가 낯선 사람과 살고 있다는 사실을 웅변하고 있었다. 이제 나는 진실을 보았다. 캐시는 나를 구원하지 않았다. 그녀는 그 누구도 구원할 능력을 갖고 있지 않았다. 그녀는 존경받을 주인공이 아니었다. 그저 겁에 질리고 엉망진창이 되어버린 여자로, 바람을 피우는 거짓말쟁이였다. 내가 쌓아올린 우리의 모든 것, 우리의 희망과 꿈들, 좋아하는 것들과 싫어하는 것들, 미래에 대한 우리의 계획들까지 모든 것이 신화에 불과했다. 그렇게도 안전하고 착실하게 보였던 삶이 이제 마치 한줌 바람 앞에 놓인 카드로 쌓아올린 집처럼 한순간에 무너져 내리고 말았다.

내 머릿속은 오래전 대학생 시절의 차가운 방으로 돌아갔다. 감각을 잃은 손으로 서툴게 파라세타몰의 포장지를 찢던 그 순간. 그때와 똑같은 멍한 기분이 지금 나를 짓눌렀고, 그때처럼 몸을 웅크리고 죽고 싶었다. 어머니를 생각했다. 어머니에게 연락할 수 있을까? 절망에 빠져 누군가 필요한 순간에 어머니에게 의지할 수 있을까? 떨리는 목소리로 전화를 받을 어머니를 떠올렸다. 어머니의 목소리가 얼마나 떨릴지는 아버지의 기분, 그리고 어머니가 술을 마시고 있는지 여부에 따라 다를 것이다. 어머니는 내 말에 공감하며 들어줄 수도 있지만 어머니의 생각은 다른 곳에 있을 것이고 아버지와 아버지의 기분에만 주의를 기울일 것이다. 그런 어머니가 어떻게 나를 돕겠는가? 물에 빠져 죽어가는 쥐가 다른 쥐를 어떻게 살린단 말인가?

나가야 했다. 이곳, 백합 냄새가 코를 찌르는 아파트에서는 숨을 쉴 수 없었다. 바람을 좀 쐬어야 했다. 숨을 쉬어야 했다.

아파트를 나섰다. 주머니에 손을 찔러 넣은 채 고개를 숙였다. 빠른 발걸음으로 목적지도 없이 길거리를 돌아다녔다. 머릿속으로는 끝없이 우리의 관계를 한 장면씩 기억해내고 검토하고 뒤집어보고 원인을 찾고 있었다. 화해하지 않고 지나간 서로의 다툼과 어디 갔다 왔는지 알 수 없었을 때와 툭하면 늦던 일들을 떠올렸다. 그러나 소소하게 친절을 베풀던 행동들도 기억났다. 기대하지도 않았던 곳에 아내가 남겨두었던 사랑의 메모, 진정한 사랑임이 분명해 보이는 달콤했던 순간들. 어떻게 이런 일이 가능하지? 지금까지 내내 연기를 하고 있던 건가? 날 사랑하기나 했던 걸까?

아내의 친구들을 만났을 때 살짝 의심이 갔던 일이 기억났다. 친구들은 모두 배우였다. 시끄럽고 자아도취에 빠져 있고 치장을 잔뜩 했으며 자기 자신과 내가 모르는 사람들에 대해서 끝없이 이야기를 했다. 갑자기 나는 학교로 되돌아가서 다른 아이들이 노는 모습을 보며 혼자 운동장 구석에서 맴돌던 때로 돌아갔다. 나는 캐시가 그들과는 전혀 다르다고 스스로를 설득했다. 그러나 캐시도 분명히 그들 가운데 한 명이었다. 만일 내가 캐시를 처음 만났던 날 밤에 친구들과 함께 있었더라면 그들 때문에 아내에게 집중하지 못했을까? 그럴 것 같지 않았다. 우리 만남은 그 무엇도 방해할 수 없었다. 캐시를 본 순간부터 내 운명은 정해져 있었다.

난 어떻게 해야 하지?

물론 아내와 이야기를 해야 했다. 내가 본 모든 것을 아내에게 말해야 했다. 아내는 부정하는 반응을 보일 테고, 희망이 없다는 걸 알게 되면 진실을 인정하고 굴복한 다음 회한에 사로잡힐 것이다. 그리고 내게 용서를 구할 것이다. 그렇지 않은가?

그러지 않는다면? 혹시 나를 경멸한다면? 웃어버리고 돌아서서 떠나버린다면? 그럼 어쩌지?

우리 두 사람 사이에서 잃을 것이 많은 사람이 나라는 사실은 명확해 보였다. 캐시는 살아남을 것이다. 아내는 스스로 자신이 매정하다고 말하길 좋아했다. 그녀는 몸을 일으켜 몸에 먼지를 털어내며 우리 관계 모두를 잊을 터였다. 하지만 나는 아내를 잊을 수 없을 것이다. 어떻게 내가? 캐시가 없으면 나는 과거에 견디고 있던 그 텅 비고 외로운 존재로 되돌아갈 터였다. 다시는 캐시와 같은 사람을 만날 수 없을 것이고, 다른 인간을 향한 깊은 감정에 대한 경험이나 연결을 가져보지 못할 것이다. 캐시는 내 인생 하나뿐인 사랑이었고, 내 인생 자체였다. 그리고 나는 그녀를 포기할 준비가 되어 있지 않았다. 아직은. 그녀가 나를 배신했다고 해도 나는 아직 그녀를 사랑했다. 아니면 내가 미쳐버린 것인지도 몰랐다.

새 한 마리가 머리 위에서 날카롭게 지저귀며 날 놀라게 했다. 멈춰 서서 주위를 둘러보았다. 생각보다 먼 곳까지 와 있었다. 깜짝 놀란 나는 내 발길이 날 어디로 데려갔는지 확인했다. 나는 루스의 집 현관에서 몇 구역 떨어진 곳에 와 있었다.

그럴 생각도 없이 무의식중에 괴로운 시절 나를 상담했던 상담가에게로 향한 것이다. 과거에도 이런 적은 무척 많았다. 루스의 집에 가서 벨을 누르고 도움을 요청할까 고민했다는 것은 내가 얼마나 마음이 상했는지를 보여주는 증거였다.

그러지 못할 것은 뭔가? 갑자기 그런 생각이 들었다. 전문가답지 못하고 매우 부적절한 행동이지만 나는 절망한 상태였고 도움이 필요했다. 나도 모르는 사이에 나는 루스의 집 녹색 문 앞에서 초인종으로 손을 뻗어 누르는 내 손을 바라보고 서 있었다.

한참 대답이 없었다. 복도에 불이 켜지더니 루스가 안전용 쇠사슬을 걸어둔 채 현관문을 열었다.

루스는 문틈으로 밖을 내다보았다. 나이가 더 들어 보였다. 이제 80대가 되었을 것이다. 내 기억보다 더 작고 약해 보였고 약간 구부정해진 것 같았다. 연한 분홍색 잠옷 위에 회색 카디건을 걸친 모습이었다.

"네?" 루스는 긴장한 듯 말했다. "누구세요?"

"안녕하세요, 루스?" 나는 빛 속으로 얼굴을 내밀었다.

나를 알아본 루스는 놀라움을 감추지 못했다. "테오? 이런 세상에……." 그녀의 눈길은 내 얼굴에서 서툴게 임시로 붕대를 감은 손가락으로 향했다. 붕대에서 피가 배어나오고 있었다. "괜찮니?"

"괜찮지 않아요. 들어가도 돼요? 저, 이야기를 좀 해야 할 것 같아요."

루스는 걱정스러워하는 표정일 뿐 망설이지는 않았다. 그리고 고개를 끄덕이더니 쇠사슬을 풀고 문을 열었다. "당연하지, 들어오렴."

나는 안으로 들어섰다.


# 9

루스는 나를 거실로 안내했다.

"차 한 잔 마시겠니?"

거실은 내가 늘 기억하고 있던 그대로였다. 깔개, 두툼한 커튼, 벽난로 위 선반에서 째깍거리는 은색 시계, 팔걸이의자, 색 바랜 파란색 소파. 금세 안도감이 느껴졌다.

"솔직히 말씀드리면 뭔가 더 독한 걸 마셔야겠어요."

루스는 잠깐 꿰뚫어보는 듯한 눈길을 보냈지만 뭐라고 하지는 않았다. 그리고 내가 예상했던 것처럼 거절하지도 않았다.

루스는 셰리주 한 잔을 따라서 내게 건넸다. 나는 소파에 앉았다. 습관적으로 내가 상담을 받을 때 늘 앉던 소파의 가장 왼쪽 끝에 앉아서 팔걸이에 한쪽 팔을 올렸다. 손가락 아래 천이 나를 포함한 많은 환자들이 긴장해서 문지르는 바람에 닳아 있었다.

셰리주를 한 모금 마셨다. 따뜻하고 달콤했고 약간 느글거리기도 했지만 루스가 내내 나를 지켜보고 있다는 사실을 알고 있기에 그냥 삼켰다. 나를 지켜보고 있는 것이 분명했지만 무겁거나 불편한 눈길은 아니었다. 나는 셰리주를 모두 마시고 술잔이 빌 때까지는 입을 열지 않았다.

"술잔을 들고 여기 앉아 있으니 이상한 기분이네요. 선생님은 환자들에게 마실 걸 권하지 않는다는 걸 알고 있으니까요."

"넌 더 이상 내 환자가 아니야. 그냥 친구지. 그리고 네 모습을 보니 넌 지금 친구가 필요한 것 같구나." 루스는 부드럽게 말했다.

"그렇게 끔찍해 보이나요?"

"걱정스럽게도 그래. 그리고 뭔지 심각한 일일 테고. 그렇지 않았다면 이런 식으로 불쑥 찾아오지도 않았겠지. 밤 10시에 그럴 리 없을 테니."

"맞아요. 달리 아무 선택도 할 수 없는 기분이었어요."

"무슨 일이니, 테오? 뭐가 문제야?"

"어떻게 말씀드려야 할지 모르겠어요. 어디서부터 시작해야 할지 모르겠습니다."

"처음부터 말하면 어때?"

고개를 끄덕였다. 숨을 한 번 쉬고 시작했다. 벌어진 모든 일을 루스에게 말했다. 다시 마리화나를 피우게 되었다고, 그리고 어떻게 집에서 몰래 피웠는지도 말했다. 그리고 마리화나를 피우고 어떻게 하다가 캐시의 이메일을 보고 그녀가 바람피우는 걸 알게 되었는지도 말했다. 나는 숨도 쉬지 않고 말을 쏟아냈다. 내 가슴속에서 꺼내고 싶었기 때문이다. 마치 고해성사를 하는 기분이었다.

루스는 내가 말을 끝맺을 때까지 끼어들지 않고 귀를 기울였다. 그녀의 표정을 읽는 것은 어려웠다.

마침내 그녀가 말했다. "이런 일이 벌어지다니 정말 유감이구나, 테오. 캐시가 너에게 얼마나 큰 의미인지 잘 알아. 네가 얼마나 아내를 사랑하는지 말이야."

"네, 제가 사랑하는……."

캐시의 이름을 입에 담을 수 없어 말을 멈추었다. 목소리가 떨렸다. 루스가 눈치를 채고 화장지 상자를 내게 내밀었다. 상담 치료를 할 때 루스가 화장지를 건네주면 화가 나곤 했다. 루스가 날 울게 만들려고 한다고 생각했으니까. 그녀의 계획은 대부분 성공했다. 그러나 오늘 밤은 아니었다. 오늘 밤 내 눈물은 얼어붙었다. 저수지는 얼어붙어 있었다.

나는 캐시를 만나기 전 오랫동안 루스와 상담을 하고 있었고, 캐시와의 관계가 시작된 뒤로도 3년 동안 상담을 이어갔다. 내가 캐시를 처음 만났을 때 루스가 내게 해준 조언을 기억하고 있다.

"연인을 선택하는 것은 상담가를 선택하는 것과 아주 많이 닮았단다. 우리는 스스로에게 물어봐야만 해. 이 사람이 내게 솔직할까? 비난에 귀 기울이고, 실수를 인정하고 불가능한 일은 약속하지 않을 사람인 걸까?"

당시에 그 이야기를 캐시에게 털어놓았더니 그녀는 약속을 하자고 했다. 그래서 우리는 서로 거짓말은 절대로 하지 않기로 맹세했다. 가식적으로 행동하지 말고 언제나 진실하자고.

"어떻게 된 거죠?" 내가 말했다. "뭐가 잘못된 걸까요?"

루스는 망설이다가 입을 열었다. 그녀의 말에 나는 깜짝 놀랐다.

"나는 그 대답을 네가 알고 있을지도 모른다고 생각해. 네 스스로 인정할 수만 있다면 말이야."

"모르겠어요." 나는 고개를 저었다. "모르겠습니다."

나는 화가 나서 입을 다물었다. 하지만 갑자기 캐시가 그 많은 이메일을 쓰는 모습이 떠올랐다. 그리고 두 사람이 얼마나 열정적이었고 감정에 충만해 있었는지도. 캐시는 마치 이메일을 쓰면서 그 남자와의 관계가 은밀하다는 점에 흥분하는 것 같았다. 캐시는 거짓말로 빠져나가는 일을 즐기고 있었다. 그건 마치 연기와도 같았다. 무대 위가 아니었을 뿐.

한참 만에 내가 말했다. "아마 아내는 지루했던 것 같아요."

"왜 그런 말을 하지?"

"아내는 재미있는 일이 필요했거든요. 드라마 같은 거요. 늘 그랬습니다. 꽤 오랫동안 불평하고 있었어요. 우리가 더 이상 재미있게 지내지 않는다는 거였어요. 저는 늘 스트레스를 받고 있고 너무 열심히 일하고 있다고요. 최근에는 그런 일로 싸우기도 했어요. 아내는 **불꽃놀이**라는 말을 여러 차례 사용했습니다."

"불꽃놀이?"

"그런 게 없다는 거죠. 우리 사이에."

"아, 알겠군." 루스는 고개를 끄덕였다. "우리 예전에도 이런 이야기를 나눈 적이 있었어. 그렇지 않니?"

"불꽃놀이요?"

"사랑 말이야. 우리가 사랑을 불꽃놀이로 자주 착각한다는 이야기를 했어. 극적이고 역기능도 있는 것처럼. 하지만 진짜 사랑은 아주 조용하고 아주 고요해. 긴박하게 진행되는 드라마의 관점에서 본다면 지루하기도 하지. 사랑은 깊고 차분해. 그리고 변하지 않지. 내 생각에 너는 분명히 캐시에게 사랑을 주었어. 진정한 의미에서의 사랑 말이야. 그런 사랑을 캐시가 되돌려줄 수 있는지 여부는 또 다른 문제지."

나는 앞에 놓인 화장지 상자를 노려보았다. 루스가 가고 있는 방향이 마음에 들지 않았다. 나는 방향을 바꾸려고 시도했다.

"양쪽 모두에 잘못이 있어요. 나도 아내에게 거짓말을 했습니다. 마리화나 말이에요."

루스는 슬픈 표정으로 웃었다. "다른 인간을 지속적으로 성적으로 감정적으로 배신한 것이 가끔 마리화나에 취했던 것과 같은 수준인지는 잘 모르겠구나. 그런 행동을 한다면 그 사람은 매우 다른 사람이라고 생각해. 반복적으로 거짓말을 잘하고 배우자를 그 어떤 후회도 하지 않고 배신할 수 있는 그런……"

"선생님은 모르세요." 내 목소리는 기분만큼이나 애처롭게 들렸다. "아내도 끔찍한 기분이었을지도 몰라요."

하지만 그 말을 하는 나조차 그 말이 믿기지 않았다.

루스도 마찬가지였다. "나는 그렇게 생각하지 않아. 내 생각에 캐시의 행동은 그녀가 상당히 망가진 사람이란 걸 보여주고 있어. 공감이나 진실성 그리고 그저 평범한 친절함도 없는 거야. 너는 그런 인품으로 넘치는 사람인데 말이야."

나는 고개를 흔들었다. "그건 사실이 아니에요."

"사실이야. 테오." 루스는 망설였다. "혹시 전에도 이런 상황을 겪었다는 생각이 들지 않니?"

"캐시하고요?"

루스는 고개를 흔들었다. "그런 말이 아니야. 네 부모와 말이다. 네가 더 어렸을 때. 혹시 어렸을 적 벌어졌던 심리적 현상이 되풀이되는 건지도 몰라."

"아니에요." 나는 갑자기 짜증이 났다. "캐시와의 사이에서 벌어진 일은 제 어릴 때 일과는 아무런 상관이 없어요."

"정말?" 루스는 믿지 못하겠다는 투였다. "예측할 수 없고, 감정적으로 얻어낼 수 없고, 신경도 쓰지 않는 불친절한 누군가를 즐겁게 하려고 애쓰는 일. 그런 사람들을 행복하게 하고 그들의 사랑을 얻어내려고 애쓰는 것. 전부 예전에 겪은 일 아니야, 테오? 익숙하지 않아?"

주먹을 꽉 쥐었지만 말은 하지 않았다.

루스는 머뭇거리며 말을 이었다. "네가 얼마나 슬플지 잘 알아. 하지만 네가 캐시를 만나기 아주 오래전에도 이런 슬픔을 느꼈을 가능성을 생각해봤으면 좋겠어. 네가 오랜 세월 떨치지 못했던 그런 슬픔 말이야. 있잖니, 테오. 인정하기 가장 어려운 것 가운데 하나는 가장 필요할 때 사랑받지 못했다는 사실이야. 끔찍한 느낌이지. 사랑받지 못했던 고통은."

루스가 옳았다. 나는 배신을 당했다는 어두운 감정, 끔찍하게도 텅 빈 고통을 표현할 정확한 단어를 더듬어 찾고 있었다. 그런데 루스가 그걸 "사랑받지 못했던 고통"이라고 말했다. 나는 그 말이 내 전체적인 의식 구석구석에 얼마나 배어 있는지, 내 과거 현재 그리고 미래의 이야기가 바로 그런 고통이라는 걸 즉시 알아차렸다. 이건 단지 캐시에 관한 이야기가 아니었다. 아버지 그리고 어릴 적 버려졌을 때의 내 감정들에 관한 이야기였다. 내가 절대로 가져보지 못했던, 그리고 마음속으로는 여전히 앞으로도 가져보지 못할 거라고 믿고 있는 모든 슬픔에 관한 이야기였다. 루스는 그런 이유로 내가 캐시를 선택했다고 말하고 있었다. 아버지가 옳았다는 것(내가 쓸모없고 사랑받을 수 없다는 것)을 증명하는 데 누군가 나를 절대 사랑하지 않을 사람을 얻으려고 애쓰는 것 이상으로 좋은 방법이 어디 있겠는가?

두 손으로 얼굴을 덮었다. "그러니까 이 모든 일이 필연적이었다는 건가요? 그런 말씀이세요, 제가 저를 이렇게 만들었다고요? 희망이라고는 전혀 없다고요?"

"희망이 없다는 게 아니야. 넌 더 이상 아버지의 처분에 휘둘리는 아이가 아니야. 지금 넌 성인이고 여러 선택을 할 수 있어. 이번 일을 네가 얼마나 하잘것없는지 확인하는 기회로 사용할 수도 있어. 아니면 과거를 떨쳐버릴 수도 있지. 끝없이 되풀이하는 너 자신에게서 자유로워지는 거야."

"어떻게 그렇게 하죠? 아내와 헤어져야 한다고 생각하세요?"

"이건 아주 어려운 상황이야."

"하지만 헤어져야 한다고 생각하시는 거죠?"

"거짓말과 사실에 대한 부정, 그리고 감정적인 학대로 이루어진 삶으로 돌아가기에 너는 너무 멀리까지 왔고 너무 열심히 노력했어. 넌 네게 좀 더 잘 해줄 수 있는, 훨씬 나은 사람을 만날 자격이……."

"그냥 말하세요, 루스. 말하라고요. 제가 아내와 헤어져야 한다고 생각하잖아요."

루스는 내 눈을 들여다보며 나와 시선을 맞췄다. "난 헤어져야만 한다고 생각해. 이건 네 옛 상담가로서 말하는 게 아니야. 네 오래된 친구로서 말하는 거야. 네가 원한다고 해도 돌아갈 수 있을 거라고 생각하지 않아. 어쩌면 조금 더 유지될 수 있을지는 모르지만 몇 달이면 또 다른 일이 벌어지고 넌 다시 이곳에 돌아와 소파에 앉게 되고 말 거야. 자신에게 솔직해져야 해, 테오. 캐시와 이 상황에 대해서 말이야. 그러면 거짓말 위에 쌓았던 모든 것은 너로부터 떨어져 나갈 거야. 진심을 담지 않은 사랑은 사랑이라고 불릴 자격이 없다는 걸 기억하렴."

나는 한숨을 내쉬었고 기가 꺾였고 풀이 죽었으며 피곤했다.

"솔직히 말해주셔서 고맙습니다, 루스. 큰 도움이 되었어요."

루스는 현관에서 떠나는 나를 안아주었다. 전에는 한 번도 하지 않았던 행동이었다. 내 품속 루스의 몸은 약했고 뼈는 연약했다. 나는 루스의 희미한 꽃향기와 카디건의 양모 속에서 숨을 들이마셨고, 또다시 울고 싶어졌다. 하지만 울지 않았다. 아니, 울 수 없었다.

우는 대신 나는 돌아보지 않고 그곳을 떠났다.

집으로 가는 버스에 올라탔다. 창가 자리에 앉아 밖을 내다보며 캐시를, 그녀의 하얀 피부를, 아름다운 녹색 눈을 생각했다. 나는 그녀를 향한 갈망으로 가득 찼다. 달콤한 그녀의 입술과 그녀의 부드러움. 그러나 루스가 옳았다. 진심이 아닌 사랑은 사랑이라고 불릴 자격이 없었다.

집에 가서 캐시와 마주해야 했다. 그녀와 헤어져야 했다.


## 10

집에 오니 캐시가 돌아와 있었다. 그녀는 소파에 앉아 문자를 보내고 있었다.

"어디 갔었어?" 캐시는 고개를 들지도 않고 물었다.

"그냥 산책. 리허설은 어땠어?"

"좋았어. 근데 너무 피곤해."

문자를 보내는 아내를 보면서 누구에게 보내고 있는 건지 궁금했다. 지금이 말해야 할 순간이라는 걸 알았다. 나 당신 바람피우는 걸 알고 있어. 이혼하고 싶어. 그렇게 말하려고 입을 열었다. 그러나 말이 나오지 않았다. 내가 목소리를 되찾기도 전에 캐시가 선수를 쳤다. 그녀는 문자 보내던 걸 멈추더니 전화기를 내려놓았다.

"테오, 얘기 좀 해."

"무슨 얘기?"

"나한테 할 말 없어?" 캐시의 목소리는 단호한 느낌을 풍겼다.

아내가 내 생각을 읽을까 봐 그녀의 얼굴을 보지 않았다. 부끄럽고 뭔가 숨겨야 할 것 같은 기분이었다. 마치 내가 비밀스러운 죄를 지은 것처럼. 그리고 캐시가 보기에는 내가 죄를 짓고 있었다. 캐시는 소파 뒤로 손을 뻗더니 뭔가를 집어 올렸다. 그 순간 가슴이 내려앉았다. 아내는 내가 마리화나를 보관해두던 작은 유리병을 들고 있었다. 손을 다친 뒤에 마리화나를 빈방에 다시 숨겨두는 걸 잊었던 것이다.

"이게 뭐야?" 캐시는 병을 들어 보였다.

"마리화나야."

"그건 알아. 왜 이게 여기 있는 거냐고?"

"좀 샀어. 해보고 싶어서."

"뭘 해보고 싶어? 약에 취하는 거? 당신 제정신이야?"

장난꾸러기 아이처럼 캐시의 눈길을 피하며 어깨를 으쓱했다.

"이런 빌어먹을. 아니, 맙소사……" 캐시는 격분해 고개를 흔들었다. "가끔은 당신을 도무지 모르겠어."

때리고 싶었다. 아내에게 달려들어 주먹으로 때리고 싶었다. 거실을 뭉개버리고 가구를 벽에 던져 부수고 싶었다. 눈물을 흘리고 울부짖으며 아내의 품에 안기고 싶었다.

하지만 아무 짓도 하지 않았다.

"잠이나 자자." 그렇게 말하고 침실로 들어갔다.

우리는 아무 말도 하지 않고 잠자리에 들었다. 어둠 속에서 아내 곁에 누웠다. 여러 시간 동안 잠을 이루지 못한 채 아내의 몸에서 열기를 느끼며 잠든 아내를 바라보았다.

왜 내게 오지 않았어? 그렇게 말하고 싶었다. 왜 내게 말하지 않은 거야? 나는 당신의 최고의 친구인데. 당신이 한마디만 해주었더라면 우리는 함께 헤쳐 나갈 수 있었을 텐데. 왜 내게 말하지 않았어? 난 여기 있어. 바로 여기에 있다고.

손을 뻗어 아내를 가까이 당기고 싶었다. 안고 싶었다. 그러나 그럴 수 없었다. 캐시는 떠났다. 내가 무척이나 사랑했던 사람은 영원히 사라졌고 그 자리에는 알 수 없는 사람만 남았다.

목구멍 깊은 곳에서 울음이 솟구쳤다. 마침내 눈물이 나와 뺨을 타고 흘러내렸다. 어둠 속에서 아무 소리도 내지 않고 울었다.

다음 날 아침 우리는 잠에서 깨 여느 때처럼 움직였다. 아내는 화장실로 갔고 나는 커피를 내렸다. 아내가 주방으로 나오자 커피를 담은 잔을 건넸다.

"당신 밤에 이상한 소리 내더라." 아내가 말했다. "잠꼬대를 하더라고."

"내가 뭐라고 했는데?"

"몰라. 아무것도 아니야. 앞뒤가 안 맞는 말이야. 아마 마리화나에 너무 취했나 보지." 아내는 기를 죽이는 표정으로 날 보더니 시계를 보았다. "가야 해. 늦겠어."

캐시는 커피를 다 마시더니 잔을 싱크대에 넣었다. 그러고는 내 뺨에 빠르게 키스했다. 아내의 입술이 닿자 내 몸이 움찔할 뻔했다.

아내가 나간 뒤 샤워를 했다. 델 것처럼 뜨거울 정도로 물의 온도를 높였다. 뜨거운 물이 울고 있는 내 얼굴에 채찍처럼 떨어지며 지저분하고 아기 같은 눈물을 태워 없앴다. 샤워를 마치고 몸을 말리면서 나는 거울에 비친 내 얼굴을 슬쩍 보았다. 충격적이었다. 잿빛 얼굴은 잔뜩 쭈그러졌고 하룻밤 새 30년은 늙은 것 같았다. 나는 늙고 지쳤고 젊음은 자취를 감추었다.

그 순간 그곳에서 나는 결정을 내렸다.

캐시와 헤어지는 건 팔다리를 잘라내는 것과 같았다. 난 그저 스스로 그런 식으로 불구가 될 준비가 되어 있지 않았다. 루스가 뭐라고 했든 상관없었다. 루스라고 해서 늘 옳은 건 아니다. 캐시는 내 아버지가 아니었다. 나는 과거를 되풀이할 운명이 아니었다. 미래를 바꿀 수 있다. 캐시와 나는 과거에 행복했다. 다시 행복해질 수 있었다. 언젠가 아내는 모든 걸 내게 털어놓을지도 몰랐다. 아내는 모두 말할 것이고 나는 용서할 것이다. 우리는 함께 상황을 헤쳐 나갈 것이다.

캐시를 떠나게 할 생각은 없었다. 그러지 않고 아무 말도 하지 않을 작정이었다. 이메일들을 전혀 보지 못한 것처럼 행동할 생각이었다. 어쨌든 잊게 될 것이다. 묻어버릴 것이다. 이대로 사는 것 말고는 방법이 없었다. 이런 상황에 포기할 생각은 없었다. 내 스스로 무너져 산산조각이 나는 건 거부했다.

어쨌거나 내가 나 자신만을 책임지고 있는 건 아니지 않은가. 내가 돌보는 환자들은 어쩌란 말인가? 내게 의지하고 있는 사람들도 있다. 그들을 실망시킬 수는 없었다.

## 11

"엘리프를 찾고 있어요. 어디 가면 찾을 수 있죠?"

유리는 궁금하다는 표정을 지어 보였다. "엘리프를 찾는 이유라도 있습니까?"

"그냥 짧게 인사나 하려고요. 모든 환자들을 만나보고 싶습니다. 내가 누구고 여기서 일하고 있다는 걸 알려주려고요."

유리는 미심쩍어하는 것 같았다. "그렇군요. 어쨌든 잘 받아주지 않더라도 감정적으로 생각하진 마세요." 유리는 벽에 걸린 시계를 바라보았다. "30분이 지난 시간이니까 막 미술 치료를 끝냈겠네요. 아마도 오락실에 있을 겁니다."

"고마워요."

오락실 구역은 낡은 소파들과 낮은 테이블, 너덜너덜해서 아무도 읽고 싶어 하지 않는 책들이 가득한 책장이 있는 커다란 원형 실내 공간이다. 모든 집기에 퀴퀴한 차와 오래 묵은 담배 연기 냄새가 배어 있는 곳이다. 한쪽 구석에서 환자 두 명이 주사위 놀이를 하고 있었다. 엘리프는 당구대에 혼자 있었다. 나는 웃으며 다가갔다.

"안녕하세요, 엘리프."

엘리프는 의심스러워하며 겁을 먹은 눈으로 나를 바라보았다. "뭐야?"

"걱정 말아요. 문제가 있는 게 아니니까요. 그냥 잠깐 얘기 좀 하고 싶어서요."

"당신, 내 의사 아니야. 난 의사 있어."

"나는 의사가 아니에요. 심리상담가죠."

엘리프는 얕잡아보듯 투덜거렸다. "그런 거 하는 사람도 있어."

나는 엘리프가 내 환자가 아니라 인디라의 환자라는 사실에 남몰래 안도하며 웃었다. 가까이에서 본 엘리프는 훨씬 더 위협적이었다. 거대한 덩치뿐 아니라 얼굴 깊숙이 새겨진 분노 때문이기도 했다. 아예 굳어버린 찌푸린 인상과 성난 듯한 검은 두 눈. 눈만 봐도 제정신이 아니라는 것이 명확해 보였다. 그녀에게서는 땀 냄새, 그리고 손으로 말아서 피우는 담배 냄새가 났다. 항상 담배를 피우고 있어서 손가락 끝은 시커멓고 손톱과 치아는 싯누런 색으로 변했다.

"괜찮으면 그냥 질문 몇 개만 하려고 해요. 앨리샤에 대해서요."

엘리프는 얼굴을 찌푸리더니 큐대로 탁자를 쾅 내리쳤다. 그러더니 새 게임을 하려고 당구공을 정리하기 시작했다. 그러다 멈추었다. 그리고 그냥 가만히 서서 뭔가에 정신이 팔린 사람처럼 아무 말도 하지 않았다.

"엘리프?"

대답이 없었다. 표정을 보니 뭔가 잘못된 것 같았다.

"무슨 목소리가 들려요, 엘리프?"

의심스러워하는 눈빛. 어깨를 으쓱하는 모습.

"무슨 말이 들리는 거예요?"

"당신은 안전하지 않아. 나더러 조심하래."

"그렇군요. 당연히 그렇죠. 나는 당신이 모르는 사람이니까. 그러니까 날 믿지 않는 것이 맞아요. 아직은 말이죠. 아마도 시간이 흐르면 바뀔 겁니다."

엘리프는 그럴 것 같지 않다는 식의 표정을 지어 보였다.

나는 당구대를 향해 고갯짓을 해보였다. "한 게임 할래요?"

"아니."

"왜요?"

엘리프는 어깨를 으쓱했다. "큐대가 또 부러졌어. 놈들이 아직 새 것을 안 가져왔다고."

"하지만 당신 큐대로 번갈아가며 칠 수 있지 않아요?"

큐대는 탁자 위에 놓여 있었다. 나는 그리로 걸어가며 손을 뻗었다. 그러자 엘리프는 내 손이 닿지 않도록 큐대를 홱 잡아당겼다.

"이건 빌어먹을 내 거야! 당신은 당신 걸 가져와!"

나는 사나운 반응에 겁이 나 뒤로 물러섰다. 엘리프는 굉장한 힘으로 당구공을 쳤다. 나는 그녀가 당구 치는 모습을 잠시 바라보았다. 그러다가 다시 시도했다.

"혹시 앨리샤가 처음 그로브에 들어왔을 때 있었던 일에 대해서 말해줄 수 있을까요? 기억하세요?"

엘리프는 고개를 흔들었다.

"앨리샤의 기록을 보니까 당신하고 식당에서 언쟁을 벌였다고 하던데. 당신이 공격을 당하는 쪽이었나요?"

"아, 그래, 그래. 그년이 날 죽이려고 했잖아. 빌어먹을 내 모가지를 따버리려고 했다니까."

"그때 간호사가 보고한 내용을 보면 공격이 시작되기 전에 당신이 앨리샤에게 무슨 말을 속삭였다고 하던데요. 그게 무슨 말이었죠?"

"아니야." 엘리프는 격렬하게 고개를 흔들었다. "난 아무 말도 안 했어."

"당신이 앨리샤를 화나게 했다는 말이 아니에요. 그냥 궁금해서 그래요. 무슨 말이었어요?"

"그냥 뭐 물어본 거야. 그래서 빌어먹을, 뭐?"

"뭘 물어봤죠?"

"그놈이 그럴 가치가 있느냐고 물었지."

"누구요?"

"그놈. 그년 사내 말이야." 엘리프는 웃었지만 그녀의 웃음은 진정한 웃음이 아니라 기형적으로 얼굴을 찡그린 모습에 가까웠다.

"앨리샤 남편 말이에요?" 내가 제대로 이해를 한 것인지 확신이 서지 않아 망설였다. "앨리샤한테 남편이 죽일 만한 가치가 있었느냐고 물어본 거예요?"

엘리프는 고개를 끄덕이고 공을 쳤다.

"그리고 그놈이 어떤 모습이었느냐고 물었지. 그년이 총으로 쏴서 그놈 머리가 박살나고 뇌가 온통 흩어졌을 때 말이야." 엘리프가 웃었다.

갑자기 욕지기가 밀려왔다. 엘리프가 앨리샤에게 불러일으켰던 느낌도 비슷했으리라 상상이 되었다. 엘리프는 누구에게든 혐오와 증오를 느끼도록 만든다. 그것이 엘리프의 병리적 현상이었고, 그녀의 어머니 역시 그런 식으로 엘리프를 작은 아이처럼 느끼도록 만들었다. 증오와 혐오를 통해서. 그러니까 엘리프는 자기도 모르게 사람들로 하여금 그녀를 증오하는 감정을 일으키게 하는 것이다. 그리고 대개의 경우 성공했다.

"그럼 지금은 상황이 어때요? 앨리샤와 좋은 관계를 유지하고 있어요?"

"아, 그럼, 친구. 우린 진짜 친해. 단짝이야." 엘리프는 다시 웃었다.

미처 대꾸를 하기도 전에 주머니 속 전화기의 진동이 느껴졌다. 상대 번호를 확인했다. 모르는 번호였다.

"전화를 좀 받아야겠어요. 고마워요. 큰 도움이 되었습니다."

엘리프는 이해할 수 없는 말을 중얼거리더니 다시 당구에 몰두했다.


복도로 나가 전화를 받았다. "여보세요?"

"테오 파버 씨인가요?"

"전데요. 누구십니까?"

"맥스 베런슨인데요, 전화하셔서 연락드렸습니다."

"아, 그렇군요. 안녕하세요. 연락 주셔서 감사합니다. 혹시 앨리샤에 관해서 이야기를 좀 할 수 있을까요?"

"왜요? 무슨 일입니까? 뭐가 잘못되었나요?"

"아뇨. 그러니까, 딱히 그런 건 아닙니다. 제가 앨리샤를 치료하고 있는데요, 그녀에 관해서 몇 가지 묻고 싶어서요. 언제든 편하실 때 말입니다."

"전화로는 할 수 없겠죠? 제가 좀 바빠서요."

"가능하다면 만나 뵙고 말씀을 나누었으면 합니다."

맥스 베런슨은 한숨을 내쉬더니 다른 누군가에게 중얼거리는 듯했다. 그러더니 말했다. "내일 저녁 7시에 제 사무실에서 뵙죠."

내가 막 주소를 물어보려는데 그는 전화를 끊었다.


## 12


맥스 베런슨 사무실의 접수 담당자는 감기가 심하게 걸렸는지 휴지로 손을 뻗더니 코를 풀고는 내게 기다리라는 손짓을 해보였다.

고개를 끄덕이고는 대기실에 있는 의자에 앉았다. 등받이가 수직인 불편한 의자 몇 개와 날짜 지난 잡지들이 쌓여 있는 커피 탁자가 있었다. 대기실은 전부 비슷하다는 생각이 들었다. 의사나 장의사를 만나기 위해 기다릴 때도 변호사를 만나기 위해 기다릴 때와 다를 것이 없었다.

복도 건너편 출입문이 열렸다. 맥스 베런슨이 나오더니 내게 손짓을 해보인 후 다시 사무실로 모습을 감추었다. 나는 일어서서 그를 따라 안으로 들어갔다.

전화로 느꼈던 퉁명스러운 태도에 나는 최악의 상황을 예상하고 있었다. 그러나 놀랍게도 그는 사과로 대화를 시작했다.

"통화했을 때 불편을 느끼셨다면 죄송합니다. 긴 일주일이었던 데다 몸이 좀 안 좋았습니다. 앉으시겠습니까?"

나는 책상 앞에 놓인 의자에 앉았다. "감사합니다. 그리고 만나주셔서 감사드립니다."

"글쎄요, 처음에는 어째야 하는지 확신이 없었습니다. 선생께서 기자인데 앨리샤에 관해서 뭘 캐내려 한다고 생각했습니다. 하지만 통화를 마치고 그로브에 전화를 걸어 선생께서 그곳에 일한다는 걸 확인했습니다."

"그렇군요. 그런 일이 자주 있나요? 기자 말입니다."

"최근엔 없었죠. 전에는 많았습니다. 그러다 보니 경계를 하게 되었는데……." 그는 뭔가 다른 얘기를 하려고 하더니 재채기를 했다. 그는 화장지 상자로 손을 뻗었다. "죄송합니다. 가족이 전부 감기가 걸렸어요."

그는 코를 풀었다. 좀 더 자세히 살펴보았는데, 그는 동생과 달리 외모가 매력적이지 않았다. 맥스 베런슨은 덩치가 크고 대머리에 얼굴에는 깊은 여드름 흉터가 많았다. 아버지가 사용하곤 했던 강한 냄새의 구식 남자 향수를 뿌렸다. 사무실 역시 구식이었고 불안감을 없애주는 가죽 가구와 나무, 책들의 냄새가 났다. 가브리엘이 살던 세상과는 더 이상 다를 수 없었다. 가브리엘의 세상은 아름다움을 위한 색과 아름다움으로 이루어진 세상이었다. 그와 맥스는 닮은 구석이 전혀 없었다.

책상 위에는 액자에 넣은 가브리엘의 사진이 있었다. 자연스러운 모습이었다. 혹시 맥스가 직접 찍은 걸까? 가브리엘은 카메라를 목에 걸고 산들바람에 머리를 흩날리는 모습으로 시골 들판의 울타리에 걸터앉아 있었다. 사진가라기보다는 배우처럼 보였다. 아니면 사진가 역할을 하는 배우거나.

맥스는 사진을 바라보는 나를 보더니 내 마음을 읽는 것처럼 고개를 끄덕였다.

"내 동생은 머리칼과 외모를 가졌죠. 난 머리를 가졌고." 맥스는 웃었다. "농담입니다. 사실 나는 양자예요. 가브리엘과 혈연관계가 아니죠."

"몰랐습니다. 두 분 모두 입양된 건가요?"

"아뇨, 나만 그렇습니다. 우리 부모님은 자식을 얻지 못할 거라고 생각했습니다. 하지만 나를 입양한 뒤 얼마 지나지 않아 두 분 사이에서 자식이 생긴 겁니다. 그런 일은 상당히 많은 것 같더군요. 스트레스가 풀리면서 그렇게 되는 것 같아요."

"가브리엘과 가까우셨습니까?"

"더할 나위 없이 가까웠죠. 물론 주인공은 녀석 차지였지만요. 나는 녀석의 그늘에 가려졌다고나 할까."

"왜 그랬죠?"

"글쎄요, 그러지 않기가 어려웠죠. 가브리엘은 아이 때도 특별했습니다." 맥스는 결혼반지를 만지작거리는 버릇이 있었다. 그는 말을 하면서 손가락에 낀 결혼반지를 계속 돌렸다. "가브리엘은 어딜 가나 카메라를 갖고 다니면서 사진을 찍었습니다. 아버지는 녀석이 미쳤다고 생각했지만, 알고 보니 동생은 천재성을 갖고 있던 거였죠. 녀석의 작품을 압니까?"

나는 인정한다는 식의 웃음을 지어 보였다. 가브리엘의 사진가로서의 수준에 대해 토론하고 싶은 열정은 없었다.

그러는 대신 나는 대화를 다시 앨리샤와 관련된 쪽으로 이끌었다. "그럼 앨리샤도 잘 알고 지내셨겠군요?"

"앨리샤요? 그래야 하나요?" 앨리샤의 이름을 거론하자 맥스는 뭔가 변했다. 따뜻한 태도는 사라져버렸다. 말투도 차가워졌다. "도와드릴 수 있는지 모르겠습니다. 나는 법정에서 앨리샤를 변호하지 않았습니다. 재판 내용을 자세히 알고 싶다면 동료인 패트릭 도허티와 연결시켜드릴 수 있습니다."

"제가 알고 싶은 정보는 그런 종류의 것이 아닙니다."

"그래요?" 맥스는 궁금하다는 표정을 지어 보였다. "심리상담가로서 환자의 변호사를 만나는 건 흔한 일이 아니죠?"

"환자가 스스로 말할 수 있다면 그래서는 안 됩니다."

맥스는 내 말을 깊이 생각하는 것 같았다. "그렇군요. 글쎄요, 말씀드린 것처럼 내가 어떻게 도움을 드려야 할지 알 수 없으니……."

"그냥 질문 몇 개만 하겠습니다."

"그러시죠. 물어보세요."

"당시 신문에서 봤는데 변호사님께서 살인이 벌어지기 전날 밤에 가브리엘과 앨리샤를 봤다고 했죠?"

"네, 우린 저녁을 함께했습니다."

"두 사람이 어떤 것 같던가요?"

맥스의 눈이 흐릿해졌다. 아마도 이 질문을 수백 번은 들었을 테고, 대답은 생각할 필요도 없이 자동으로 나왔을 것이다.

"정상이었어요. 완전히 정상이었습니다."

"앨리샤도요?"

"평범했어요." 그는 어깨를 으쓱했다. "평소보다 조금 흥분하기는 했지만……."

"했지만요?"

"아무것도 아닙니다."

나는 뭔가 더 있다는 걸 눈치챘다. 나는 기다렸다.

그리고 잠시 뒤 맥스는 말을 이었다. "선생께서 두 사람의 관계를 얼마나 알고 있는지 모르겠습니다."

"신문에서 읽은 것이 전부입니다."

"어떤 내용을 읽으셨죠?"

"두 사람이 행복했다는 내용이죠."

"행복해요?" 맥스는 차갑게 웃었다. "아, 두 사람은 행복했죠. 가브리엘은 앨리샤를 행복하게 해주기 위해 뭐든 했으니까."

"그렇군요."

하지만 나는 무슨 말인지 알지 못했다. 나는 맥스의 이야기가 어디로 가는지 몰랐다. 맥스가 어깨를 으쓱하는 걸로 봐서 내가 의아해하는 것처럼 보인 것이 틀림없었다.

"자세히 설명하지 않겠습니다. 소문을 듣고 싶은 거라면 내가 아니라 장 펠릭스랑 이야기하세요."

"장 펠릭스요?"

"장 펠릭스 마틴요. 앨리샤가 소속된 화랑의 대표 말입니다. 두 사람이 알고 지낸 지는 오래되었죠. 아주 친밀한 사이입니다. 솔직히 말하자면 별로 마음에 안 드는 친구죠."

"소문에는 관심 없습니다." 가능한 한 빨리 장 펠릭스와 이야기를 해봐야겠다고 머릿속에 적어두었다. "저는 당신의 개인적 의견에 더 관심이 많습니다. 직접적인 질문 좀 해도 될까요?"

"방금 한 줄 알았는데요."

"앨리샤를 좋아했습니까?"

맥스는 아무런 표정 없이 날 보며 말했다. "물론입니다."

그의 말이 믿어지지 않았다. "두 가지 역할을 모두 하시는 것 같군요. 한쪽은 변호사인데, 당연히 신중하게 행동합니다. 다른 쪽은 가브리엘의 형이죠. 제가 만나러 온 사람은 형입니다."

잠시 대화가 멈추었다. 혹시 맥스가 그만 가달라고 말하지 않을까 궁금했다. 그는 뭔가 말하려고 했는데 마음을 바꾼 것 같았다. 그 순간 갑자기 책상에서 일어나더니 창문으로 향했다. 그리고 창문을 열었다. 차가운 공기가 한 바탕 밀려들어왔다. 맥스는 마치 실내가 답답했던 것처럼 깊게 숨을 쉬었다.

마침내 그가 낮은 목소리로 말했다. "사실…… 나는 그녀를 증오했습니다. ……아주 구역질이 났죠."

나는 아무 말도 하지 않았다. 그가 말을 이어가길 기다렸다.

맥스는 계속 창밖을 보며 천천히 말했다. "가브리엘은 그냥 내 동생일 뿐 아니라 최고의 친구였습니다. 그렇게 친절한 사람은 만날 수 없었어요. 너무 친절했죠. 그리고 동생의 모든 재능과 착한 심성, 삶을 향한 열정 모두가 그년 때문에 사라져버렸어요. 그년이 망쳐놓은 것은 동생의 인생만이 아니었습니다. 내 인생도 망쳐놓았어요. 부모님이 살아서 그 꼴을 보지 않은 게 얼마나 다행인지."

맥스는 갑자기 감정이 넘쳐 목이 메었다. 그의 고통을 느낄 수밖에 없었고 그가 불쌍하게 느껴졌다.

"앨리샤의 변호 준비를 하는 건 당신에겐 정말이지 어려운 일이었겠군요."

맥스는 창문을 닫고 책상으로 돌아왔다. 그는 다시 제정신을 차렸다. 다시 변호사의 역할로 돌아간 것이다. 중립적이고 균형이 잡히고 감정이 없는.

그는 어깨를 으쓱했다. "가브리엘은 그걸 원했을 겁니다. 동생은 늘 앨리샤가 잘되길 바랐죠. 그 여자한테 미쳐 있었습니다. 그 여자는 미친년이었고요."

"앨리샤가 미쳤다고 생각합니까?"

"당신이 알겠죠. 당신이 그 여자 심리상담가라면서요."

"변호사님 생각은 어떻죠?"

"나는 내가 본 것만 압니다."

"보신 건 뭐였습니까?"

"툭하면 기분이 바뀌었죠. 화를 내고. 욱하면 폭력적으로 변했어요. 물건을 망가뜨리거나 때려 부수기도 했죠. 가브리엘은 그 여자가 몇 번이나 죽이겠다고 위협을 했다고 했습니다. 그 말에 귀를 기울이고 뭔가 했어야 했죠. 그 여자가 자살을 시도하고 나서 그 여자를 어떻게 해야 한다고 강하게 주장했어야 했는데. 하지만 나는 그러지 않았습니다. 가브리엘은 어떻게든 그 여자를 보호하려고 했고 나는 바보처럼 그러라고 그냥 둔 겁니다."

맥스는 한숨을 쉬고 시계를 보았다. 대화를 마무리하자며 보내는 신호였다. 하지만 나는 그저 멍하니 그를 바라보고만 있었다.

"앨리샤가 자살하려고 했어요? 그게 무슨 말씀이죠? 언제요? 살인을 저지르고 나서 말하는 겁니까?"

맥스는 고개를 저었다. "아뇨, 그보다 몇 년 전입니다. 모르세요? 아는 줄 알았습니다."

"언제 일이죠?"

"그 여자 아버지가 죽고 나서죠. 무슨 약인지를 잔뜩 먹었어요. 정확히 기억은 나지 않습니다. 무슨 쇠약증에 걸렸다고 했습니다."

뭔가 더 캐내려고 하는데 문이 열렸다.

접수 담당자가 나타나 코를 훌쩍이는 목소리로 말했다. "자기, 우리 가야 해. 이러다 늦겠어."

"그렇군. 가야지."

문이 닫혔다.

맥스는 미안하다는 눈빛을 보이며 일어섰다. "연극을 예매해두었거든요." 그가 웃는 걸 보니 내가 깜짝 놀란 모습으로 보인 것이 분명했다. "타냐하고는 작년에 결혼했습니다."

"아, 그렇군요."

"가브리엘의 죽음이 우리를 이어주었어요. 타냐 없이는 이겨내지 못했을 겁니다."

전화가 울리자 맥스가 그리로 시선을 보냈다.

나는 전화를 받으라는 뜻으로 고개를 끄덕여 보였다. "감사합니다. 아주 큰 도움이 되었습니다."

나는 사무실을 빠져나왔다. 접수대에 앉은 타냐를 좀 더 자세히 살펴보았다. 금발에 예쁘고 몸집이 작았다. 그녀는 코를 풀었는데, 왼손 약지에 커다란 다이아몬드 반지가 보였다. 놀랍게도 타냐는 일어서더니 인상을 쓰며 내게 다가왔다.

그녀는 다급하게 낮은 목소리로 말했다. "앨리샤에 대해 알고 싶으면 그 여자 사촌인 폴과 이야기하세요. 폴은 다른 그 누구보다 그 여자를 잘 알아요."

"앨리샤의 고모인 리디아 로즈와 통화를 시도했습니다. 딱히 말하려고 하는 것 같지 않더군요."

"리디아는 잊고, 케임브리지로 가세요. 폴과 얘기해요. 그 사람에게 앨리샤와 사고가 났던 다음 날 밤에 대해서 물어요. 그리고……."

사무실 문이 열리자 타냐는 바로 입을 다물었다. 맥스가 나오자 타냐는 활짝 웃으며 얼른 그에게 다가갔다.

"갈까, 자기?" 타냐가 말했다.

타냐는 웃고 있었지만 긴장한 목소리였다. 맥스를 두려워하고 있다는 생각이 들었다. 이유가 궁금했다.


# 13
## 앨리샤 베런슨의 일기

### 7월 22일

집에 총이 있다는 사실이 정말이지 싫다.

어젯밤에도 또 그걸 두고 싸웠다. 적어도 그것 때문에 싸웠다고 생각했다. 지금은 정말 그랬는지 모르겠다.

가브리엘은 내 실수 때문에 우리가 싸웠다고 했다. 그런 것 같았다. 그이가 그렇게 화가 나서 기분이 상한 눈으로 날 보는 게 너무 싫다. 그이에게 고통을 주었다는 사실이 너무 싫다. 그러면서도 가끔은 어떻게든 그이에게 상처를 주고 싶은데, 그 이유를 모르겠다.

그이 말로는 내가 끔찍한 기분으로 집에 왔고, 위층으로 올라가서 그이에게 소리를 지르기 시작했다고 했다. 그랬는지도 모르겠다. 아마 나는 화가 났을 것이다. 전체적으로 무슨 일이 있었는지 알 수 없다. 나는 공원에서 막 돌아온 참이었다. 산책을 했던 일은 대부분 기억이 나지 않았다. 나는 예수 그림에 대해서, 작업에 대해서 생각하며 공상을 했다. 집으로 돌아오는 길에 한 집을 지나친 건 기억났다. 사내아이 둘이 호스를 갖고 놀고 있었다. 아이들은 기껏해야 일곱 살이나 여덟 살쯤으로 보였다. 형으로 보이는 아이가 어린아이에게 물줄기를 쏘았고, 햇빛 속에서 무지개 색깔이 반짝거렸다. 완벽한 무지개. 어린아이가 양손을 뻗으며 웃었다. 아이들 옆을 지나면서 내 뺨이 눈물로 젖은 걸 알아차렸다.

그때는 무시했지만 지금 생각해보니 확실하다. 내 인생의 엄청난 부분이 사라졌다는 사실을 스스로 인정하고 싶지는 않았다. 내가 아이들을 원한다는 걸 부인한 채 아이를 가지는 일에 관심이 없고, 오직 그림 그리는 일에만 관심이 있는 척하고 있다는 사실을. 그건 진실이 아니었다. 핑계였을 뿐이다. 사실 나는 아이들을 갖는 게 두려웠다. 나는 아이들로부터 신뢰를 얻어낼 수 없을 것이다.

내 어머니의 피가 몸속에 흐르는 한.

의식적이든 무의식적이든 집에 왔을 때 그런 생각을 하고 있었다. 가브리엘이 옳았다. 나는 상태가 좋지 않았다.

하지만 그이가 총을 닦고 있지 않았더라면 나는 폭발하지 않았을 터였다. 그이가 총을 갖고 있다는 사실이 화가 났다. 그리고 아무리 애원해도 총을 없애지 않을 거라는 사실이 날 괴롭게 했다. 그이는 늘 같은 대답을 했다. 아버지가 농장에서 오래전에 사용하던 사냥총 가운데 하나이고 자기가 열여섯 살이 되었을 때 받은 것으로 추억이 묻어 있고 어쩌고저쩌고. 그이의 말을 믿지는 않는다. 총을 간직하고 있는 데는 다른 이유가 있을 것이다. 그래서 그렇게 말했다. 그랬더니 가브리엘은 안전을 원하는 것이 잘못된 것은 아니라고 말했다. 집과 아내를 보호하고 싶다는 것이다. 만일 누군가 침입한다면 어떻게 할 거야?

"그럼 경찰을 불러야지. 빌어먹을 총을 쏘지 말고!"

나는 목소리를 높였지만 그는 더 큰 목소리를 냈고 내가 미처 알아차리기도 전에 우리는 서로에게 소리를 질러대고 있었다. 어쩌면 내가 좀 정신이 나가버렸는지도 모르겠다. 하지만 나는 그저 그이에게 반응했을 뿐이다. 가브리엘에게는 공격적인 면이 있었다. 가끔 그이의 그런 성격의 일부를 마주하게 될 때마다 두려웠다. 그런 찰나의 순간에는 마치 낯선 사람과 살고 있는 것 같았다. 그리고 그런 생각을 하면 무시무시했다.

우리는 나머지 저녁 시간 내내 대화를 하지 않았다. 그리고 아무 말 없이 잠자리에 들었다.

오늘 아침 우리는 섹스를 하고 화해했다. 우리는 늘 침대에서 문제를 해결하는 것 같았다. 벌거벗은 채 이불 속에서 반쯤 잠들어 있을 때면 왠지 "미안해"라고 진심으로 속삭이기가 더 쉬웠다. 온갖 변명과 말 같지도 않은 이유들은 벗어던진 옷가지와 함께 바닥에 쌓여 있었다.

"어쩌면 앞으로 부부싸움은 늘 침대에서만 하기로 정해야 할 것 같아." 그이는 내게 키스했다. "사랑해. 총은 없앨게, 약속해."

"아니야." 내가 말했다. "괜찮아. 잊어버려. 갖고 있어도 돼. 정말이야."

가브리엘은 다시 키스를 하고 내 몸을 끌어당겼다. 나는 그이에게 다가가 벌거벗은 몸으로 껴안았다. 눈을 감고 내게 딱 맞는 모습의 상냥하면서도 바위처럼 단단한 그이의 몸 위에 몸을 쭉 뻗고 누웠다. 그리고 마침내 마음이 평화로워졌다.


## 7월 23일

'델 아르티스타' 카페에서 이 글을 쓰고 있다. 요새는 거의 매일 이곳에 온다. 집에서 나가 있어야 한다는 생각이 계속 든다. 다른 사람들 주변에 있으면, 그 사람이 겨우 이곳에서 따분해하는 웨이트리스에 불과하다고 해도 나는 어떤 식이든 세상과 연결된 듯한, 인간이 된 것 같은 기분이 든다.

그렇지 않으면 나는 소멸할 위험에 처한다. 마치 사라지기라도 할 것 같다.

가끔은 사라질 수 있으면 하고 바란다. 오늘 밤도 그렇다. 가브리엘은 저녁을 함께 먹자며 형을 초대했다. 오늘 아침에 불쑥 그 얘기를 했다.

"맥스하고 너무 오래 못 봤네. 조엘 집들이하고 못 봤지. 바비큐를 해야겠어." 가브리엘은 이상한 눈으로 나를 바라보며 말했다. "괜찮겠지?"

"내가 왜 안 괜찮겠어?"

가브리엘이 웃었다. "당신 정말 거짓말 못하는 거 알아? 난 당신 얼굴을 아주 얇은 책처럼 읽을 수 있다고."

"내 얼굴이 뭐라고 하는데?"

"당신이 맥스를 안 좋아한다고. 단 한 번도 좋아했던 적이 없다고."

"그렇지 않아." 얼굴이 빨개지는 느낌이 들었다. 어깨를 으쓱하고 고개를 돌렸다. "당연히 맥스를 좋아하지. 만나면 반가울 거야. 모델 노릇 언제 또 해줄 거야? 그림을 완성해야 해."

가브리엘이 웃었다. "이번 주말은 어때? 그리고 그림에 관해서 말인데, 한 가지 부탁이 있어. 맥스에겐 보여주지 마, 알았지? 형이 날 예수로 보는 건 원하지 않아. 그건 정말 창피해서 견딜 수 없다고."

"맥스가 볼 일 없어. 아직 준비가 되지 않았거든."

그리고 만일 그림이 완성된다고 해도 맥스는 내가 작업실에 절대 들이고 싶지 않은 사람이었다. 그렇게 생각했지만 입으로 말하지는 않았다.

이제 나는 집으로 돌아가기가 두렵다. 나는 이곳, 에어컨이 돌아가는 카페에 숨어서 맥스가 떠날 때까지 기다리고 싶다. 그러나 웨이트리스는 벌써부터 조금씩 조급한 헛기침을 하고 강조하듯 시계를 확인하곤 했다. 나는 머지않아 쫓겨날 것이다. 그리고 그 말은 밤새 미친 사람처럼 길거리를 헤매고 돌아다니지 않는 이상 집으로 가서 당하는 것 말고는 다른 선택을 할 수 없다는 뜻이다. 바로 맥스를 만나는 것이다.


## 7월 24일

다시 카페에 왔다. 누군가 내 테이블에 앉아 있고, 웨이트리스는 내게 동정의 눈길을 보냈다. 적어도 그녀는 그런 연대의 느낌을 통해 나와 의사소통한다는 생각이 들었다. 하지만 그건 나만의 생각일 수도 있다. 에어컨 옆에 있는 다른 테이블에 앉아 카페 바깥이 아닌 안쪽을 보고 앉았다. 별로 볕이 많이 들지 않아서 춥고 어두웠고 내 기분에 잘 어울렸다.

지난밤은 끔찍했다. 내가 예상했던 것보다 더 나빴다.

나는 집에 도착한 맥스를 알아보지 못했다. 전에 양복을 입지 않은 모습은 한 번도 본 적이 없는 것 같았다. 반바지 차림의 맥스는 약간 바보 같았다. 역에서 집까지 걸어오느라 어마어마하게 땀을 흘리고 있었다. 대머리가 벌겋게 빛났고 겨드랑이 아래에서는 거무튀튀한 자국이 커지고 있었다. 처음에 그는 나와 눈을 마주치지 않으려고 했다. 아니, 내가 그를 보려고 하지 않았던 걸까?

그는 집이 아주 달라 보인다는 둥 우리가 너무 오랫동안 초대를 하지 않아서 이제 다시는 초대하지 않으려나 보다 생각하기 시작했다는 둥 과장해 호들갑을 떨었다. 가브리엘이 나는 다가오는 전시 때문에, 그리고 그이는 작업으로 바빠서 그랬을 뿐 다른 사람들도 만나지 못했다면서 연신 사과를 했다. 가브리엘은 웃고 있었지만 맥스가 그런 말을 해 짜증이 났다는 걸 알 수 있었다.

처음에 나는 계속 기분이 좋은 척하고 있었다. 제대로 된 순간을 기다리고 있었다. 그러다가 그 순간을 찾아냈다. 맥스와 가브리엘이 정원으로 내려갔고 바비큐를 시작했다. 나는 샐러드를 만든다는 핑계로 주방에 남아 서성거렸다. 하지만 맥스가 구실을 만들어 안으로 들어와 날 찾을 거라는 걸 알았다. 그리고 내 생각이 옳았다. 5분쯤 지나자 맥스의 무겁게 쿵쾅대는 발소리가 들렸다. 그는 가브리엘과는 걸음걸이가 전혀 달랐다. 가브리엘은 정말 고양이처럼 조용했고, 나는 그이가 집 안에서 돌아다니는 소리를 한 번도 들어본 적이 없었다.

"앨리샤." 맥스가 말했다.

토마토를 썰던 나는 손이 떨리는 걸 깨달았다. 칼을 내려놓고 돌아서서 맥스와 마주 보고 섰다.

맥스는 텅 빈 맥주병을 들어 보이며 웃었다. "맥주 좀 더 가져가려고 왔어."

나는 말하는 대신 고개를 끄덕였다. 그는 냉장고를 열더니 맥주 한 병을 꺼냈다. 그는 두리번거리며 병따개를 찾았다. 나는 조리대 위에 놓인 병따개를 가리켰다. 맥스는 우스꽝스러운 웃음을 내게 보내며 맥주병을 땄다. 뭔가 말하려는 것 같았지만 내가 먼저 선수를 쳤다.

"무슨 일이 있었는지 가브리엘에게 말할 거예요. 당신도 알아두어야 할 것 같아서요."

맥스의 웃음이 멈추었다. 그는 처음으로 나를 바라보았다. 뱀 같은 눈이었다. "뭐?"

"가브리엘에게 말할 거라고요. 조엘 집에서 무슨 일이 있었는지."

"무슨 얘기를 하는지 모르겠군."

"몰라요?"

"기억 안 나. 유감이지만 상당히 취했었거든."

"거짓말."

"정말이야."

"내게 키스한 거 기억 안 나요? 날 주물러댄 거 기억이 안 나?"

"앨리샤, 이러지 마."

"뭘요? 야단 떨지 말라고요? 당신은 날 추행했어요."

점점 화가 나고 있음을 느낄 수 있었다. 목소리에서 힘을 빼고 고함을 지르지 않기 위해서 노력하는 건 쉽지 않았다. 창밖을 내다보았다. 가브리엘은 정원 끄트머리에서 고기를 굽고 있었다. 연기와 뜨거운 공기 때문에 그이는 제대로 보이지 않고 온통 뒤틀린 모습으로 보였다.

"남편은 당신을 존경하고 있어요." 내가 말했다. "당신이 형이잖아요. 내 말을 들으면 그이가 아주 괴로워할 거예요."

"그러니까 말하지 마. 말할 것도 없잖아."

"그이는 진실을 알아야 해요. 자기 형이 진짜 어떤 사람인지 알아야 한다고요. 당신은……."

내가 말을 끝내기도 전에 맥스는 내 팔을 꽉 움켜잡더니 나를 끌어당겼다. 몸의 균형이 무너지면서 나는 그에게 쓰러졌다. 그는 주먹을 들었고, 나는 그가 나를 때리려 한다고 생각했다.

"사랑해." 그가 말했다. "사랑해, 사랑한다고. 널 사랑……."

내가 반응을 보이기도 전에 맥스는 내게 키스했다. 그를 밀쳐내려고 했지만 그는 밀려나지 않았다. 그의 거친 입술이 내 입술을 덮치고 그의 혀가 입 안으로 밀고 들어오는 것이 느껴졌다. 본능이 내 몸을 지배했다. 맥스의 혀를 있는 힘껏 깨물었다.

맥스는 비명을 지르더니 날 밀쳐냈다. 고개를 드는 그의 입이 온통 피투성이였다.

"빌어먹을 년이!"

목소리는 이상하게 들렸고 치아는 빨갛게 물들었다. 그는 상처 입은 짐승처럼 나를 노려보았다.

맥스가 가브리엘과 형제라니 믿기지 않았다. 가브리엘이 갖고 있는 고귀한 성품이나 품위, 친절함을 그에게서는 도무지 찾아볼 수 없었다. 맥스는 구역질이 나는 존재였고, 나는 그렇다고 말했다.

"앨리샤, 가브리엘에게는 아무 말도 하지 마." 맥스가 말했다. "진짜야. 경고하는 거야."

나는 한마디도 더 하지 않았다. 혀에서 그의 피 맛이 느껴졌고 그래서 수돗물을 틀고 냄새가 사라질 때까지 입 안을 헹구었다. 그러고 나서 정원으로 걸어 나갔다.

저녁을 먹는 동안 가끔 맥스가 날 바라보는 걸 느꼈다. 고개를 들고 시선을 보내면 그는 얼굴을 돌렸다. 아무것도 먹지 않았다. 먹는다는 생각만 해도 속이 뒤집혔다. 계속 입에서 그의 피가 느껴졌다.

어떻게 해야 할지 모르겠다. 가브리엘에게 거짓말하고 싶지는 않다. 이 문제를 비밀로 간직하고 싶지도 않다. 그러나 만일 가브리엘에게 말한다면 그이는 맥스와 다시는 보려 하지 않을 것이다. 형을 믿고 살아온 일이 가치 없는 행동이었다는 걸 알면 가브리엘은 엄청난 충격을 받을 것이다. 그이는 진정으로 맥스를 신뢰해왔기 때문이다. 그이는 형을 숭배했다. 그러지 말았어야 했다.

날 사랑한다는 맥스의 말은 믿지 않는다. 내 생각에 그는 가브리엘을 미워하고 있고, 그게 전부였다. 내가 보기에 맥스는 미친 듯이 그이를 질투하고 있다. 그리고 가브리엘이 가진 모든 걸 빼앗고 싶어 한다. 날 포함해서. 하지만 이제 나는 그와 맞서 싸웠고, 그는 다시는 나를 괴롭히지 않을 것이다. 적어도 그러기를 바라고 있다. 당분간일 테지만.

그러니까 지금 당장은 침묵을 유지할 것이다.

물론 가브리엘은 마치 책처럼 나를 읽을 수 있다. 아니, 어쩌면 나는 그저 훌륭하지 않은 배우인지도 몰랐다. 전날 밤에 잠자리에 들려고 할 때 그이는 내가 맥스가 와 있는 내내 이상했다고 말했다.

"그냥 피곤해서 그랬어."

"아니야, 너무 동떨어져 있었어. 좀 더 노력할 수 있었을 텐데. 자주 만나지도 못하잖아. 도대체 형이랑 왜 어울리지 못하는지 모르겠네."

"그런 거 아니야. 맥스랑은 관련이 없다니까. 그냥 작업 생각을 하느라고 정신이 딴 데 가 있었어. 전시 준비 일정이 뒤처지고 있어서 그래. 지금 생각할 수 있는 건 그것뿐이야." 나는 최대한 진지하게 말했다.

가브리엘은 믿을 수 없다는 표정이었지만 일단은 그냥 넘어가 주었다. 우리가 다음에 맥스를 만날 때 이 문제는 다시 다뤄야 할 터였다. 하지만 왠지 당분간은 서로 볼 일이 없을 것 같았다.

이 이야기를 글로 적으니 기분이 나아지고 있다. 종이 위에 써놓으니 왠지 더 안전하게 느껴진다. 종이에 적힌 글은 뭔가 증언이자 증거라는 뜻이다.

써먹을 일이 생길지 모르겠지만.


## 7월 26일

오늘은 내 생일이다. 이제 서른세 살이다.

이상했다. 내가 생각하는 가장 나이 많은 내 모습보다 더 나이가 든 내 모습. 상상 속 내 모습은 여기까지밖에 존재하지 않았다. 이제 나는 어머니보다 더 나이를 먹었다. 어머니보다 더 나이를 먹다니 믿을 수 없다. 어머니는 서른두 살이 된 뒤에 나이 먹는 걸 멈췄다. 이제 나는 어머니보다 더 나이가 먹었고 멈추지 않을 것이다. 나는 앞으로 점점 더 나이가 들겠지만 어머니는 그렇지 않을 것이다.

가브리엘은 오늘 아침 무척 다정했다. 나를 키스로 깨우더니 장미 서른세 송이를 내밀었다. 아름다운 장미였다. 그이는 가시에 손가락을 찔렀다. 피 한 방울이 떨어졌다. 완벽했다.

그런 다음 그이는 나를 데리고 공원에 소풍을 나가서 아침 식사를 했다. 이제 막 해가 떠서 그런지 더위는 참을 만했다. 물가에서 시원한 바람이 불어오고 공기에서는 풀 깎은 냄새가 났다. 우리는 호숫가 수양버들 아래에 멕시코에서 산 파란 담요를 깔고 누웠다. 버드나무 가지들이 머리 위를 지붕처럼 덮었고 태양은 흐릿하게 나뭇가지 사이에서 이글거렸다. 우리는 샴페인을 마셨고 달콤한 토마토와 훈제연어, 길게 자른 빵을 먹었다. 머릿속 깊은 어딘가에서 익숙한 느낌, 기시감이 계속 느껴지는데 왜 그런지 이유를 알 수 없었다. 어쩌면 그저 어린 시절 들었던 이야기나 동화, 그리고 다른 세상으로 통하는 마법의 나무 같은 것들이 떠오른 것일 수도 있다. 아니면 뭔가 더 평범한 일상이었는지도 몰랐다. 그러던 순간 기억이 되살아났다. 아주 어린 내가 케임브리지에 있는 우리 집 정원 버드나무 가지 아래 앉아 있는 모습이 떠올랐다. 나는 여러 시간 동안 그곳에 숨어 있곤 했다. 어린 시절이 행복하지 않았는지도 모르지만 버드나무 가지 아래서 보냈던 시간은 지금 여기 가브리엘과 함께 누워 있는 것과 비슷한 만족감을 느끼게 해주었다. 그리고 지금은 마치 과거와 현재가 동시에 한 곳에 존재하는 것처럼 완벽했다. 이 순간이 영원했으면 했다. 가브리엘은 잠이 들었고 나는 그의 얼굴에 어른거리는 햇빛을 포착하려 애쓰며 그의 모습을 스케치했다. 이번에는 그의 눈을 잘 그려낼 수 있었다. 눈을 감고 있으니 좀 더 쉬웠다. 감은 눈이기는 해도 생김새를 제대로 그릴 수 있었다. 그는 작은 아이처럼 몸을 웅크린 채 입가에 빵가루를 묻히고 평온하게 숨을 쉬고 있었다.

우리는 소풍을 마치고 집으로 돌아와 섹스를 했다. 그리고 가브리엘은 나를 안은 채 뭔가 깜짝 놀랄 말을 했다.

"앨리샤, 여보. 잘 들어. 내가 생각하는 게 있는데 당신이 들어주었으면 해."

그런 식으로 말을 꺼내는 바람에 나는 금세 긴장했다. 최악의 상황이 두려워 단단히 각오를 했다. "말해봐."

"아기를 가졌으면 해."

금방 말이 나오지 않았다. 너무 깜짝 놀라서 뭐라고 말해야 할지 알 수 없었다.

"그렇지만, 당신은 아이 생각은 전혀 없다고 했잖아. 당신이……."

"그건 잊어. 마음이 바뀌었어. 함께 아이를 키우는 거야. 당신 생각은 어때?"

가브리엘은 내 대답을 기다리며 기대에 차서 희망을 품은 채 나를 바라보고 있었다.

눈에 눈물이 차오르는 것이 느껴졌다.

"좋아." 나는 말했다. "그래, 나도 좋아……."

우리는 서로 끌어안고 울음을 터뜨렸고 웃었다.

그이는 지금 침대에서 잠들어 있다. 나는 조심스레 빠져나와서 이 모든 이야기를 적어야 했다. 오늘을 남은 평생 동안 기억하고 싶다. 매 순간 순간까지.

기쁘다. 나는 희망에 가득 차 있다.

14

맥스 베런슨이 한 말이 머릿속에서 떠나지 않았다. 앨리샤가 아버지가 죽었을 때 자살을 시도했다는 이야기였다. 그녀의 파일에는 그런 이야기가 없었는데, 무슨 이유인지 궁금했다.

다음 날 맥스에게 전화를 했는데 그는 막 사무실을 나서던 참이었다.

"괜찮으시다면 몇 가지 질문을 추가로 했으면 합니다."

"진짜 막 걸어 나가던 참이었습니다."

"오래 걸리지 않을 겁니다."

맥스는 한숨을 내쉬더니 수화기를 내리고 뭔가를 타냐에게 말했는데 알아들을 수 없었다.

"5분 드리죠." 그가 말했다. "그 이상은 곤란해요."

"감사합니다. 그때 앨리샤가 자살을 시도했다고 말씀하셨는데요. 혹시 그때 치료받은 병원을 알 수 있을까요?"

"병원에 입원하지 않았습니다."

"그래요?"

"네. 집에서 안정을 취했습니다. 동생이 보살폈죠."

"하지만…… 의사가 봤을 것 아닙니까? 약을 먹었다고 하지 않았나요?"

"그랬죠. 그리고 물론 가브리엘이 의사를 불러왔습니다. 그리고 그…… 의사가 조용히 넘어가는 데 동의했습니다."

"의사가 누구였죠? 이름을 기억합니까?"

맥스가 기억을 떠올리는지 잠시 아무 말이 없었다. "미안합니다. 말씀드릴 수 없네요. 기억이 나질 않아요."

"그 지역에서 부부가 다니던 병원 의사였나요?"

"아뇨, 그건 분명히 아니었습니다. 동생과 나는 다니던 병원과 담당 의사가 같았어요. 가브리엘이 그 사건을 우리 담당 의사에게 말하지 말라고 했던 기억이 납니다."

"그런데 치료하러 왔던 의사 이름은 기억이 안 난다는 거죠?"

"미안합니다. 그게 전부인가요? 이제 가야겠습니다."

"한 가지만 더요. 가브리엘의 유언장 조항에 대해 궁금한 게 있습니다."

숨을 들이마시는 소리가 살짝 들렸고 맥스의 말투는 금세 날카로워졌다.

"유언장이라뇨? 그게 도대체 무슨 상관이……."

"앨리샤가 상속 지분이 가장 컸습니까?"

"정말이지 이상한 질문을 하시는군요."

"글쎄요, 저는 이해를 하려고 애쓰고 있는데……."

"뭘 이해한다는 거죠?" 맥스는 짜증이 난 듯 대답을 기다리지도 않고 말을 이었다. "내가 상속을 받게 되어 있었습니다. 앨리샤는 아버지로부터 막대한 유산을 물려받았거든요. 그래서 가브리엘은 앨리샤는 부족함이 없을 거라고 생각했습니다. 그래서 큰 부동산을 내게 남겼죠. 물론 동생은 자기가 죽고 나서 그 부동산이 엄청난 가치를 가질 거라고는 생각하지 않았습니다. 됐습니까?"

"그럼 앨리샤의 유언장은 어떻죠? 그녀가 죽으면 누가 상속을 받습니까?"

"그건 내가 해줄 수 없는 말이군요." 맥스는 단호하게 말했다. "그리고 진정으로 바라건대 이번이 우리의 마지막 대화였으면 좋겠습니다."

그가 전화를 끊으면서 찰칵 소리가 들렸다. 하지만 그의 말투에서 맥스 베런슨과 대화를 나누는 것이 왠지 이번이 마지막이 아닐 것 같다는 느낌이 들었다.

오래 기다릴 필요는 없었다.


점심 식사 후에 디오메디스가 나를 불렀다. 사무실로 들어가자 그가 고개를 들었지만 웃음기가 빠져 있었다.

"자네 뭐가 문제야?"

"문제요?"

"바보 같은 짓 말아. 오늘 아침에 누구한테서 전화를 받았는지 알아? 맥스 베런슨이야. 그 사람한테 두 번이나 연락해서 개인적인 질문을 잔뜩 했다면서."

"앨리샤에 대한 정보를 좀 물었습니다. 불편해하는 것 같지 않았는데요."

"글쎄, 지금은 불편한가 보지. 괴롭힘을 당했다고 하더군."

"무슨 말도 안 되는……."

"변호사가 난리를 치는 상황은 우리로서는 최악이야. 무슨 짓을 하든 그건 우리 병원 내부에서 내 감독을 받는다는 전제하에 이루어져야만 해. 알겠나?"

화가 났지만 고개를 끄덕였다. 나는 시무룩해진 10대처럼 바닥을 내려다보았다. 디오메디스는 그에 어울리는 반응을 보였다. 내 어깨를 아버지처럼 두드린 것이다.

"테오, 내가 조언을 좀 하지. 자네는 지금 잘못된 방식으로 움직이고 있어. 마치 형사들이 하는 것처럼 묻고 다니면서 증거를 찾고 있잖아." 그는 웃으면서 고개를 저었다. "그런 식으로는 알아내지 못할 거야."

"뭘 알아내요?"

"진실 말이야. 비온을 기억해. '기억도 욕구도 없어야 한다.' 계획을 세우지 마. 상담가로서 자네의 유일한 목표는 그냥 가서 그녀와 마주 앉아 감정을 받아들이는 거야. 그렇게만 하면 돼. 나머지는 저절로 이루어질 거야."

"압니다. 옳으신 말씀입니다."

"그래, 그렇지. 그리고 더 이상 앨리샤와 관련된 사람을 찾아갔다는 이야기가 나오지 않도록 해주게. 알겠지?"

"그렇게 하겠습니다."


15


그날 오후 앨리샤의 사촌 폴 로즈를 만나기 위해 케임브리지로 갔다.

기차가 역에 가까워지면서 주변 경관이 점점 평평해지더니 넓게 펼쳐진 들판에 차갑고 푸른빛이 비쳤다. 런던을 빠져나오니 기분이 좋았다. 하늘이 덜 답답하고 좀 더 쉽게 숨을 쉴 수 있었다.

몇 명의 학생 그리고 관광객들과 함께 기차에서 내려 전화기로 지도를 보며 움직였다. 길거리는 조용했다. 보도를 내디디며 울리는 내 발소리를 들을 수 있었다. 갑자기 도로가 끊겼다. 앞쪽은 버려진 땅 같았는데 진흙탕과 풀밭이 강으로 이어지고 있었다.

강가에 덜렁 집 한 채가 보였다. 고집 세고 인상적으로 보이는 모습이 마치 진흙에 커다란 붉은 벽돌이 박혀 있는 것처럼 보였다. 보기 흉한 빅토리아 시대의 괴물이었다. 벽은 웃자란 담쟁이덩굴이 덮였고 정원은 풀과 나무가 점령했는데 잡초가 대부분이었다. 자연이 한때 자신의 소유였던 곳을 잠식하며 되찾고 있는 모습 같았다. 이곳이 앨리샤가 태어난 집이었다. 그녀는 이곳에서 인생의 첫 18년을 보냈다. 이 담장 안에서 그녀의 인격이 형성되었다. 앨리샤의 어른이 된 이후 생활의 뿌리와 모든 이유, 그에 따른 선택들이 이곳에 묻혀 있었다. 가끔 이해하기 어려운 현재 상황에 대한 대답은 과거에 묻혀 있는 경우도 있다. 간단한 분석만으로도 도움이 될 수 있다. 성적 학대 분야에서 최고 실력을 자랑하는 한 심리 상담가는 30년 동안 광범위한 활동을 하면서 어려서 학대를 당하지 않았던 소아 성애증 환자는 단 한 번도 본 적이 없다고 예전에 말한 적이 있다. 학대받은 아이들이 모두 학대를 한다는 건 아니지만 학대를 당한 적이 없는 사람이 학대를 하게 되는 일은 불가능하다는 말이다. 악하게 태어나는 사람은 없다. 위니캇은 "아기는 어머니가 먼저 아기를 미워하지 않는 한 어머니를 미워할 수 없다"라고 말했다. 아기일 때 우리는 순수한 스펀지이자 빈 서판으로 가장 기본적인 욕구만을 갖고 있었다. 먹고 싸고 사랑하고 또 사랑을 받고자 하는. 하지만 각자가 태어난 상황에 따라, 어떤 집에서 성장하느냐에 따라 뭔가가 잘못되기도 한다. 고통을 겪고 학대를 당한 아이는 힘도 없고 몸을 지킬 수도 없는 현실에서는 절대로 복수할 수 없고 상상력 속에서 복수하는 상상을 할 수 있으며 또 해야만 한다. 두려움처럼 분노도 반발력을 갖고 있다. 아마도 앨리샤가 아주 어렸을 때 뭔가 끔찍한 일을 겪었고, 그 일이 오랜 세월이 지난 후에 모습을 드러내 살인 충동을 불러일으켰을 것이다. 어떤 자극이 있다고 해도 이 세상 모든 사람이 총을 가브리엘의 얼굴에 대고 발사하지는 않을 것이다. 대부분은 그럴 수 없다. 앨리샤가 그런 행동을 했다는 사실은 그녀의 내면세계에 뭔가가 장애를 일으켰다는 걸 의미한다. 그렇기 때문에 이 집에서 그녀가 어떻게 살았는지 이해하고 어떤 사건들이 현재의 그녀, 그러니까 살인이 가능한 사람을 형성하고 만들었는지 알아내는 일이 나에게는 아주 중요했다.

잡초와 바람에 흔들리는 들꽃들 사이를 뚫고 정원으로 좀 더 걸어 들어가 집의 옆면으로 이동했다. 집 뒤쪽에는 커다란 버드나무가 있었다. 거대하고 아름다운 나무의 길고 헐벗은 가지들이 땅바닥까지 늘어져 있었다. 어린 앨리샤가 버드나무 근처와 나뭇가지 아래의 비밀스럽고 마법과도 같은 세계에서 놀고 있는 모습을 떠올렸다. 웃음이 나왔다.

그 순간 갑자기 불편한 느낌이 들었다. 누군가 나를 보고 있는 기분이었다. 집을 올려다보자 위층 창문에 얼굴이 있었다. 늙은 여자가 창문 유리에 추한 얼굴을 갖다 대고 똑바로 나를 노려보고 있었다. 묘하고 설명할 수 없는 두려움의 전율이 느껴졌다. 뒤쪽에서 다가오는 발소리가 들렸을 때는 이미 늦어버린 뒤였다. 퍽. 둔탁한 소리와 함께 머리 뒤쪽에 찌르는 듯한 통증이 밀려왔다.

모든 것이 까맣게 변했다.


## 16

정신을 차려보니 딱딱하고 차가운 땅바닥에 누워 있었다. 처음 느낀 감정은 고통이었다. 머리가 지끈거리며 쑤셨다. 마치 머리가 쪼개진 것 같았다. 손을 들어 올려 조심스럽게 뒤통수를 만졌다.

"피는 안 나요." 목소리가 들렸다. "하지만 내일 끔찍하게 부어오를 겁니다. 엄청난 두통은 말할 것도 없고."

눈을 들어 처음으로 폴 로즈를 바라보았다. 그는 야구 방망이를 손에 들고 내려다보고 있었다. 나이는 나랑 비슷해 보였지만 키가 더 크고 덩치도 좋았다. 사내다운 얼굴에 앨리샤처럼 부스스 헝클어진 머리가 빨간색이었다. 그에게서 위스키 냄새가 났다.

일어나 앉으려고 해봤지만 잘되지 않았다.

"그냥 누워 있는 게 좋아요. 잠시 쉬라고요."

"뇌진탕이 온 것 같아요."

"그럴 수도 있죠."

"도대체 무슨 이유로 이런 짓을 한 거죠?"

"그럼 뭘 기대한 겁니까? 난 당신이 강도인 줄 알았어요."

"강도 아니에요."

"이제 알아요. 지갑을 좀 뒤졌거든. 당신 정신병자 상담하는 사람이더군요."

그는 자기 뒷주머니에서 내 지갑을 꺼내더니 나에게 던졌다. 지갑은 내 가슴에 떨어졌다. 손을 지갑으로 뻗었다.

"당신 신분증 봤어요. 그 병원에서 일하더군, 그로브인가?"

고개를 끄덕였다. 머리를 움직이니 두통이 밀려왔다. "그래요."

"그럼 당신은 내가 누군지 알겠군요."

"앨리샤의 사촌?"

"폴 로즈입니다." 그는 손을 내밀었다. "도와줄 테니 일어나봐요."

폴은 놀라울 정도로 쉽게 나를 일으켜 세웠다. 힘이 장사였다. 일어나기는 했지만 서 있기가 쉽지 않았다.

"사람 죽일 뻔했잖아요." 나는 투덜거렸다.

폴은 어깨를 으쓱했다. "당신이 무기를 갖고 있을 수도 있잖아요, 무단침입자잖아. 뭘 기대했어요? 왜 여기 온 거죠?"

"당신을 만나러 왔어요." 나는 통증에 얼굴을 찡그렸다. "괜히 왔다 싶네요."

"들어와요. 잠깐이라도 앉으라고요."

고통이 심해서 그가 안내하는 대로 가는 것 말고는 달리 방법이 없었다. 발걸음을 내디딜 때마다 머리가 울렸다. 우리는 뒷문을 통해 집으로 들어갔다.

집 내부는 바깥과 마찬가지로 망가진 상태였다. 주방 벽은 오렌지색 기하학적 무늬로 덮여 있었는데 시대에 40년은 뒤떨어진 모습이었다. 벽지는 여기저기서 벗겨지고 말리고 뒤틀려 있었고, 마치 불이라도 붙었던 것처럼 시커먼 색으로 변해 있었다. 천장 한쪽 구석 거미줄에는 말라비틀어진 벌레들이 매달려 있었다. 바닥에 먼지가 너무 두꺼워 마치 지저분한 카펫처럼 보였다. 전체적으로 깔려 있는 고양이 오줌 냄새에 속이 뒤집힐 것 같았다. 주방에서 잠을 자다가 깨어나는 고양이가 적어도 다섯 마리는 보였다. 바닥에 놓인 비닐봉지에서는 냄새 나는 고양이 먹이 빈 깡통들이 넘쳐흘렀다.

"앉아요. 차를 끓이죠."

폴은 야구 방망이를 문 옆의 벽에 기대어놓았다. 야구 방망이에서 눈길을 뗄 수 없었다. 그의 주변에서는 안전하다는 느낌을 가질 수 없었다. 폴은 내게 차가 가득 담긴 금 간 머그잔을 내밀었다.

"이걸 마셔요."

"진통제는 없어요?"

"찾으면 아스피린이 좀 있을 겁니다. 찾아봐야지. 여기요." 그러곤 위스키 병을 보여주었다. "이게 도움이 될 겁니다."

그는 머그잔에 위스키를 조금 부었다. 한 모금 마셨는데 뜨겁고 달콤하고 진했다. 폴이 차를 마시면서 나를 노려보는 사이 대화가 끊어졌다. 앨리샤와 꿰뚫어보는 듯한 그녀의 눈길이 새삼 떠올랐다.

"앨리샤는 어때요?" 한참 만에 폴이 물었다. 그리고 내가 대답하기도 전에 이어서 말했다. "가서 보질 않아서 말이죠. 여길 떠나기가 쉽지 않아요. 엄마가 아프니까 혼자 두고 싶지 않아서요."

"그렇군요. 앨리샤를 마지막으로 본 게 언제죠?"

"아, 몇 년 전이죠. 한참 못 봤어요. 우린 연락이 끊어졌거든요. 결혼식에 갔었고, 그다음에 몇 번 만났지만…… 가브리엘이 소유욕이 지나치게 강한 것 같아요. 어쨌거나 앨리샤는 결혼하더니 전화를 안 하더라고요. 찾아오지도 않고. 엄마는 솔직히 말하면 상당히 안 좋은 상태인데."

나는 아무 말도 안 했다. 머리가 지끈거려 제대로 생각할 수 없었다. 폴이 나를 지켜보고 있다는 건 느껴졌다.

"그래, 왜 날 만나고 싶었던 겁니까?"

"그냥 질문 좀 하려고요…… 당신한테 앨리샤에 대해서 물어보고 싶었어요. 그러니까…… 어릴 적 이야기요."

폴은 고개를 끄덕이고 자기 머그잔에 위스키를 조금 부었다. 그는 이제 편해진 것 같았다. 위스키는 나에게도 효과를 내기 시작해서 고통이 조금 누그러졌고 생각하는 것도 조금 나아졌다. 계속 이야기를 끌고 가야 해. 사실들을 알아내야 했다. 그런 다음 얼른 여기서 빠져나가는 것이다.

"함께 자랐나요?"

폴이 고개를 끄덕였다. "아버지가 죽고 나서 나는 엄마하고 같이 이리로 왔어요. 여덟 살인가 아홉 살인가 그랬죠. 그때는 그냥 임시라고 생각했는데, 앨리샤 엄마가 사고로 죽고 말았습니다. 그래서 엄마가 남아서 앨리샤와 버넌 외삼촌을 돌보게 된 겁니다."

"버넌 로즈라면 앨리샤의 아버지요?"

"그래요."

"그리고 몇 년 전에 이곳에서 버넌이 죽었죠?"

"그래요. 여러 해 지났죠." 폴이 얼굴을 찡그렸다. "자살했어요. 위층 다락에서 목을 맸지, 내가 시체를 발견했어요."

"끔찍했겠군요."

"네, 힘들었어요. 앨리샤가 그랬다는 거지만. 생각해보니 그때 앨리샤를 보고 못 봤네요. 버넌 삼촌 장례식 말이에요. 앨리샤는 상태가 아주 안 좋았어요." 폴이 일어섰다. "한 잔 더 줄까요?"

거절하려고 했지만 그사이에 폴이 위스키를 더 따라주었다. "난 믿지 않았어요. 앨리샤가 가브리엘을 죽였다는 거 말입니다. 내가 보기에는 전혀 말이 안 돼요."

"왜요?"

"글쎄, 앨리샤는 전혀 그런 사람이 아니에요. 폭력적인 사람이 아니라고."

지금은 폭력적이지. 그러나 생각만 했을 뿐 소리 내어 말하지는 않았다.

폴은 위스키를 홀짝거렸다. "아직도 말을 안 하고 있나요?"

"안 해요. 여전히 말을 안 합니다."

"앞뒤가 맞지 않아요. 하나도 말이죠. 그러니까, 내 생각에 앨리샤는……."

위층에서 쿵쿵거리며 두드리는 소리에 대화를 멈추었다. 위층에서 또렷하지 않은 여자 목소리가 들렸다. 무슨 말인지 알아들을 수는 없었다.

폴이 펄쩍 일어섰다. "잠깐만요."

그는 걸어 나가더니 서둘러 계단 아래쪽으로 향했다.

그는 목소리를 높였다. "괜찮아요, 엄마?"

위층에서 알아들을 수 없는 중얼거리는 소리가 들렸다.

"네? 아, 알았어요. 그냥…… 잠시만요." 폴의 목소리에서 불편한 기색이 느껴졌다.

폴은 복도 건너편에 있는 나를 보며 얼굴을 찡그렸다.

그는 내게 고갯짓을 해보였다. "엄마가 당신 올라오라는데요."

## 17

발걸음이 조금 안정되기는 했지만 여전히 어지러운 상태로 계단을 쿵쿵대며 오르는 폴을 따라갔다.

리디아 로즈가 꼭대기에서 기다리고 있었다. 창문으로 매섭게 쪠려보던 얼굴이었다. 허옇게 센 긴 머리가 마치 거미줄처럼 어깨 위로 늘어져 있었다. 어마어마하게 뚱뚱했다. 목이 부풀어 올랐고 팔은 두껍고 거대한 다리는 나무 밑동 같았다. 그녀는 지팡이에 몸을 잔뜩 기대고 있었는데, 몸무게에 휘어진 지팡이는 언제라도 부러져버릴 것처럼 보였다.

"누구야? 누구냐고?"

그녀는 나를 똑바로 보고 있으면서도 폴에게 새된 소리로 물었다. 내게서 눈을 떼지 않았다. 이번에도 앨리샤에게서 봤던 날카로운 눈길을 알아볼 수 있었다.

폴이 낮은 목소리로 말했다. "엄마, 화내지 마세요. 이 사람은 앨리샤를 치료하는 사람이에요. 그게 전부예요. 병원에서 왔대요. 나랑 얘기하러 왔어요."

"너랑? 왜 너랑 얘기를 하고 싶어 해? 무슨 짓을 한 거야?"

"이 사람은 그냥 앨리샤에 대해서 조금 알고 싶은 거예요."

"이 사람 기자야, 이 빌어먹을 바보 녀석." 여자의 목소리는 비명에 가까웠다. "가라고 해!"

"이 사람 기자 아니에요. 내가 신분증 봤다고요. 제발, 엄마, 제발요. 침대로 돌아가세요."

여자는 투덜거리면서도 폴에게 몸을 의지하며 침실로 되돌아갔다. 폴은 따라오라는 고갯짓을 해보였다.

리디아는 둔탁한 소리를 내며 털썩 앉았다. 그녀의 무게를 흡수하느라 침대가 흔들렸다. 폴이 엄마의 베개를 매만졌다. 엄청나게 늙은 고양이가 발치에 잠들어 있었는데 지금까지 본 고양이 중에서 가장 못생긴 모습이었다. 할퀸 상처에다 군데군데 털이 빠지고 한쪽 귀는 물렸는지 떨어져 나갔다. 고양이가 잠결에 그르렁 소리를 냈다.

실내를 둘러보았다. 잡동사니들로 가득 찬 방이었다. 오래된 잡지와 누렇게 변한 신문들이 잔뜩 쌓여 있고 오래된 옷들도 쌓여 있었다. 벽에는 산소통이 하나 놓여 있었고, 침대 옆 탁자 위에는 약으로 가득 찬 냄비가 보였다. 그러는 내내 나를 향한 리디아의 적대적인 눈길을 느낄 수 있었다. 그녀의 눈빛에는 광기가 서려 있었다. 그건 분명히 느낄 수 있었다.

"뭘 원한대?" 리디아는 나를 평가하는 동안 시선을 불안정하게 위아래로 움직였다. "이 사람 누구야?"

"방금 말했잖아요, 엄마. 앨리샤를 치료하는 데 도움이 된다면서 알아보고 싶은 게 있다고 왔어요. 앨리샤의 심리상담가래요."

심리상담가에 대한 리디아의 의견이 어떤지는 의심할 여지가 없었다. 그녀는 고개를 돌리더니 헛기침을 하고는 내 앞 바닥에 침을 뱉었다.

폴이 끙 소리를 냈다. "엄마, 제발요."

"닥쳐." 리디아는 나를 노려보았다. "앨리샤는 병원에 모셔둘 년이 아니야."

"그래요?" 내가 말했다. "그럼 어디에 있어야 하죠?"

"몰라서 물어? 당연히 교도소지." 리디아는 경멸하듯 나를 보았다. "앨리샤에 대해서 듣고 싶다고? 내가 말해주지. 그거 아주 나쁜 년이야. 늘 그랬지. 어릴 적에도 말이야."

리디아가 커져가는 분노와 함께 쏟아내는 이야기를 머리가 지끈거리는 상태로 들었다.

"불쌍한 오빠, 에바의 죽음에서 회복조차 하지 못했어. 내가 오빠를 돌보고, 앨리샤도 챙겼지. 그런데 고마워하기나 했니?"

대답을 듣기 위한 질문이 아니었다. 리디아도 누가 대답하기를 기다리지 않았다.

"앨리샤가 어떻게 보답했는지 알아? 내가 그렇게 친절하게 대했는데, 그년이 나에게 어떻게 했는지 아느냐고!"

"엄마, 제발요……."

"입 다물어, 폴!" 리디아는 내게 고개를 돌렸다. 그녀의 목소리에 너무 강한 분노가 담겨 있어 깜짝 놀랐다. "그년이 날 그렸어. 내가 알지도 못한 사이에 허락도 없이 나를 그렸다고. 내가 그년 전시회에 갔는데, 거기 그림이 걸렸더라고. 날 조롱한 거야. 구역질이 날 정도로 불쾌해."

리디아는 분노로 몸을 떨었고 폴은 걱정하는 것 같았다. 그는 내게 슬픈 표정을 지어 보였다.

"지금 가는 게 좋겠군요, 엄마가 흥분하는 게 좋지 않거든요."

나는 고개를 끄덕였다. 리디아 로즈가 정상이 아니라는 건 의심할 여지가 없었다. 이곳을 떠나게 되어 더할 나위 없이 행복했다.

집을 나와 부어오른 머리와 깨질 것 같은 두통을 안고 기차역으로 되돌아왔다. 빌어먹을 시간만 날렸다. 아무것도 알아내지 못했다. 앨리샤가 최대한 빠른 시기에 집을 빠져나왔던 이유는 명확해 보였다. 내가 열여덟 살이 되었을 때 집을 탈출해 아버지에게서 달아났던 일이 떠올랐다. 앨리샤가 누구한테서 달아났는지는 너무나도 확실해 보였다. 리디아 로즈였다.

앨리샤가 리디아를 그렸다는 그림에 대해 생각했다. 리디아는 "조롱"이라고 불렀다. 앨리샤의 화랑에 가서 그 그림이 왜 그렇게 고모를 화나게 했는지 알아봐야 할 때였다.

케임브리지를 떠나면서 마지막으로 든 생각은 폴이었다. 그런 괴물 같은 여자와 살아야 한다니 불쌍했다. 무료 봉사하는 머슴 신세였다. 외로운 삶이었다. 그에게는 친구도 많지 않을 것이다. 여자친구는 물론. 그가 아직 동정이라고 해도 놀랍지 않으리라. 큰 덩치에도 그는 뭔가 발달하지 못한 채 남아 있었다. 뭔가 어긋나 있었다.

나는 리디아를 보자마자 그녀가 싫었다. 어쩌면 아버지를 떠올리게 했기 때문인지도 몰랐다. 만일 집에 남아 있었더라면 나도 폴처럼 변했을지 몰랐다. 부모와 함께 서리에 남아 미친 사람이 시키는 대로 하고 있었더라면.

런던으로 돌아오는 내내 기분이 좋지 않았다. 슬프고 피곤하고 눈물이 나올 것 같았다. 폴의 슬픔을 느끼는 건지 내 자신의 슬픔인지 알 수 없었다.

## 18

집에 왔을 때 캐시는 없었다.

노트북을 열고 아내의 이메일에 접속해보려고 시도했지만 잘되지 않았다. 아내가 로그아웃을 한 상태였다.

아내가 같은 실수를 절대 반복하지 않을지도 모른다는 사실을 받아들일 수밖에 없었다. 지겹도록 시도를 하다가 집착에 빠지게 되고 스스로 미쳐버리게 되는 걸까? 내가 질투하는 남편이라는 뻔한 상황에 처했음을 인식할 정도의 자각은 충분히 갖고 있었다. 그리고 캐시가 요즘 오셀로 속 데스데모나 역할을 연습하고 있다는 얄궂은 상황이 머릿속에서 떠나질 않았다.

첫날 밤에 그 이메일들을 읽자마자 내게 따로 보내두었어야만 했다. 그랬더라면 확실한 물증이 있었을 텐데. 그건 내 실수였다. 어쩔 수 없이 내가 본 것들로 심문을 시작해야 했다. 내 기억력은 신뢰할 수 있을까? 나는 그때 마리화나에 취해 제정신이 아니었다. 내가 읽은 걸 오해한 건 아닐까? 내가 캐시의 결백함을 증명하기 위해 괴상한 이론들을 뒤섞고 있음을 발견했다. 어쩌면 그저 연기 연습이었는지도 몰랐다. 아내는 오셀로를 준비하는 과정에서 주인공이 되어 이메일을 쓰고 있던 것이다. 아내는 〈모두가 나의 아들〉을 준비할 때는 6주 동안 미국 악센트를 사용하기도 했다. 그때와 비슷한 상황인지도 몰랐다. 이메일 끝에 데스데모나가 아니라 캐시라는 이름을 쓴 것 말고는.

만일 내 상상 속에서 벌어진 일이라면 꿈을 잊는 것처럼 잊어버릴 수 있었다. 잠에서 깨면 꿈은 사라질 것이다. 하지만 나는 그러는 대신 이 끝없는 불신과 의심, 망상이라는 악몽에 갇혀 있었다. 표면적으로는 바뀐 것이 없었다. 우리는 일요일이면 여전히 함께 산책을 나갔다. 우리는 공원을 거니는 다른 커플과 똑같아 보였다. 어쩌면 침묵이 평소보다 더 길 수는 있지만 말을 안 해도 충분히 편안했다. 하지만 침묵 속에서도 내 머릿속에서는 일방적인 열띤 대화가 벌어지고 있었다. 나는 100만 개의 질문을 연습했다. 왜 바람을 피웠지? 어떻게 그럴 수 있었지? 아내는 왜 날 사랑한다고 말하고 나와 결혼하고 나랑 자고 함께 침대를 쓴 거지? 그러고 나서 왜 면전에서 거짓말을 하고 몇 년에 걸쳐서 계속 거짓말을 이어간 거지? 얼마나 오랫동안 그랬던 거지? 그 남자를 사랑하나? 아내는 나랑 헤어져서 그 남자한테 가려는 건가?

아내가 샤워를 할 때 몇 번 휴대전화 속 문자를 찾아봤지만 아무것도 찾아내지 못했다. 혹시 문제가 될 만한 문자를 받았을지도 모르지만 이미 삭제한 뒤였다. 아내는 가끔 부주의한지는 몰라도 바보는 아니었다.

결코 진실을 알 수 없게 될지도 몰랐다. 어쩌면 아예 알아내지 못할 수도 있다. 어떻게 보면 나는 알아내지 못하기를 바라는 것인지도 몰랐다.

캐시는 산책을 마치고 소파에 함께 앉아 있을 때 나를 쳐다보며 말했다. "당신 괜찮아?"

"무슨 말이야?"

"모르겠어. 당신 좀 맥이 빠진 것 같아."

"오늘?"

"오늘만이 아니야. 요즘."

나는 아내의 눈길을 피했다. "일 때문이지 뭐. 생각할 것이 많아."

캐시는 고개를 끄덕였다. 그리고 안타깝다는 듯 내 손을 꼭 쥐었다. 훌륭한 배우였다. 아내가 걱정하고 있다고 거의 믿을 뻔했다.

"연극 연습은 어때?"

"나아졌어. 토니가 몇 가지 좋은 아이디어를 냈어. 다음 주에는 새로운 아이디어를 적용하느라 늦게까지 연습해야 해."

"그렇군."

나는 더 이상 아내의 말을 믿지 않았다. 한마디 한마디를 환자가 한 말처럼 분석했다. 숨은 의미를 찾았고 미묘한 억양이나 얼버무림, 생략된 내용 등 행간의 비언어적 내용을 읽었다. 거짓말이었다.

"토니는 어떻게 지내?"

"잘 지내."

아내는 전혀 신경 쓰지 않는다는 걸 드러내는 것처럼 어깨를 으쓱했다. 믿기지 않았다. 아내는 연극 연출가인 토니를 숭배했고 늘 그에 관해 이야기했다. 전에는 그랬다. 최근에는 그에 관해서 별로 언급하지 않고 있었다. 아내와 토니는 연극과 연기, 극단에 관해서 이야기했다. 내가 알지 못하는 세상의 이야기였다. 토니에 대해서 많은 이야기를 들었지만 한 번 슬쩍 본 적밖에 없었다. 그것도 연습이 끝난 캐시를 만나러 갔을 때 잠깐이었다. 캐시가 나를 토니에게 소개하지 않다니 이상했다. 토니는 결혼했고 그의 아내도 배우였다. 내 느낌에 캐시는 그 여자를 그다지 좋아하는 것 같지 않았다. 어쩌면 토니의 아내도 나처럼 두 사람의 관계를 질투하고 있을지 몰랐다. 나는 네 사람이 함께 저녁을 먹자고 제안했지만 캐시는 그다지 내켜하는 것 같지 않았다. 가끔은 아내가 네 사람이 모이는 걸 막으려고 하는 건 아닌지 궁금했다.

캐시가 노트북을 여는 걸 지켜보았다. 타이핑을 하면서도 화면이 내게는 보이지 않도록 돌리고 있었다. 아내의 손가락이 자판을 두드리는 소리가 들렸다.

누구에게 보내는 글일까? 토니?

"뭐 해?" 나는 하품을 했다.

"사촌에게 이메일 쓰고 있어. 시드니에 사는 여동생."

"그래? 내 안부도 전해줘."

"그럴게."

캐시는 잠시 더 타이핑을 하더니 손을 멈추고 노트북을 내려놓았다. "목욕을 좀 해야겠어."

나는 고개를 끄덕였다. "그래."

아내는 기분 좋은 표정을 지어 보였다. "기운 좀 내, 여보. 당신 진짜 괜찮아?"

나도 웃으면서 고개를 끄덕였다.

아내는 일어서서 거실을 나갔다. 나는 욕실 문이 닫히고 물이 떨어지는 소리가 들릴 때까지 기다렸다. 아내가 앉아 있던 자리로 슬쩍 옮겨 앉았다. 노트북으로 손을 뻗었다. 노트북을 여는 내 손가락이 떨렸다. 브라우저를 다시 실행한 다음 아내의 이메일 로그인 창을 열었다.

하지만 아내는 로그아웃을 한 상태였다.

역겨움에 노트북을 밀쳐 버렸다.

이런 식으로 미쳐가는 걸까. 아니, 나는 벌써 미쳤을까?

내가 침대에 올라가 시트를 덮자 캐시가 이를 닦으며 침실로 들어왔다.

"말하는 걸 잊었는데, 다음 주에 니콜이 런던으로 돌아와."

"니콜?"

"니콜 알잖아. 걔 환송 파티에도 함께 갔는데."

"아, 그래. 그 친구 뉴욕으로 이사 가지 않았나?"

"그랬지. 그런데 이제 돌아온대." 잠깐 침묵. "목요일에 날 만나고 싶어 해. 목요일 연습 끝나고 나서."

왜 의심이 들었는지는 모르겠다. 캐시가 내 쪽을 바라보기는 하지만 나와 눈을 맞추지는 않아서? 아내의 거짓말을 느낄 수 있었다. 나는 아무 말도 안 했다. 아내도 마찬가지였다. 아내는 문밖으로 사라졌다. 아내가 욕실에서 치약 거품을 뱉고 입을 헹구는 소리가 들렸다.

어쩌면 거짓말이 아닐 수도 있다. 어쩌면 모든 말이 사실이고 캐시는 목요일에 진짜로 니콜을 만나는 것일 수도 있다.

어쩌면.

확인하는 방법은 한 가지뿐이었다.


19


이번에는 6년 전 알케스티스 그림을 보러 갔던 날과는 달리, 화랑 밖에 줄을 서 있는 사람들이 없었다. 지금은 창문에 다른 작가의 사진이 걸렸는데, 작가가 가진 재능의 가능성과는 상관없이 앨리샤처럼 악평이 존재하지 않는 작가였고 그래서 많은 사람을 끌어 모으지 못했다.

화랑에 들어서는 순간 몸이 떨렸다. 길거리보다 화랑 안이 더 추웠다. 온도뿐 아니라 분위기가 왠지 뭔가 싸늘했다. 겉으로 드러난 철제 빔과 노출 콘크리트 바닥의 냄새가 났다. 삭막한 곳이군. 텅 빈 곳이었다.

책상 뒤에 화랑 주인이 앉아 있었다. 내가 다가가자 사내가 일어섰다.

장 펠릭스 마틴은 검은 눈과 검은 머리의 잘생긴 40대 초반의 사내로 빨간색 해골이 그려진 몸에 달라붙는 티셔츠를 입고 있었다. 내가 누군지 왜 찾아왔는지를 설명했다. 놀랍게도 그는 앨리샤에 관해서 이야기하는 걸 정말 좋아하는 것 같았다. 말투에 악센트가 섞여 있어서 프랑스인이냐고 물었다.

"원래는 파리에서 왔죠. 하지만 여기서 학생 때부터 살았습니다. 아, 적어도 20년은 되었겠군요. 요즘은 영국인에 더 가깝다고 스스로 느끼고 있습니다." 그는 웃어 보이더니 안쪽에 있는 방으로 손짓을 해보였다. "들어오세요. 커피라도 한잔하시죠."

"감사합니다."

장 펠릭스는 사무실로 나를 데려갔다. 원래는 창고로 쓰는 곳인지 그림들이 잔뜩 쌓여 있었다.

"앨리샤는 어때요?" 그는 복잡해 보이는 커피 머신을 만지며 물었다. "아직 말을 안 하나요?"

나는 고개를 흔들었다. "네."

그는 고개를 끄덕이더니 한숨을 쉬었다. "슬프군요. 좀 앉으시겠습니까? 뭘 알고 싶으시죠? 솔직한 대답을 드릴 수 있도록 최선을

다 하겠습니다." 장 펠릭스는 내게 호기심 섞인 쓴웃음을 지어 보였다. "왜 저를 찾아오셨는지 확실하게 알지는 못하지만요."

"앨리샤와 가까운 사이라고 들었는데, 맞나요? 화가끼리의 관계 말고도……."

"누가 그러던가요?"

"가브리엘의 형인 맥스 베런슨입니다. 그 사람이 찾아가 이야기를 해보라더군요."

장 펠릭스는 눈을 굴렸다. "아, 그럼 맥스를 만나셨군요? 정말 지긋지긋한 사람이죠."

어찌나 무시하듯 말하는지 웃을 수밖에 없었다. "맥스 베런슨을 아십니까?"

"잘 알죠. 알고 싶은 이상으로 압니다." 그는 내게 커피를 담은 작은 잔을 내밀었다. "앨리샤하고는 가까운 사이였습니다. 아주 가까웠죠. 오랫동안 알고 지냈습니다. 앨리샤가 가브리엘을 만나기 훨씬 전부터죠."

"그건 몰랐습니다."

"아, 그렇군요. 우리는 미대를 같이 다녔죠. 그리고 졸업 후에는 함께 그림을 그렸습니다."

"공동 작업을 했다는 뜻인가요?"

"아, 그런 건 아니고요." 장 펠릭스는 웃음을 터뜨렸다. "함께 벽에 그림을 그렸죠. 집에 칠을 한 거죠."

나는 웃었다. "아, 그렇군요."

"알고 보니 저는 그림보다는 칠에 더 소질이 있더군요. 그래서 때

려치웠는데, 비슷한 시기에 앨리샤의 그림은 제대로 도약하기 시작했습니다. 그리고 제가 이곳을 운영하기 시작했을 때, 앨리샤의 작품을 전시하는 것이 좋겠다는 생각이 들었죠. 아주 자연스럽게 저절로 이루어진 과정이었습니다."

"네, 그런 것 같군요. 가브리엘에 관해서는 어떤가요?"

"뭐가요?"

나는 그의 대답에서 민감하게 방어하는 반응을 느꼈고 조사의 필요성을 느꼈다.

"글쎄요, 가브리엘은 두 사람 관계를 어떻게 봤는지 궁금하군요. 아마 가브리엘과도 잘 알고 지냈겠네요?"

"별로 그렇지는 않아요."

"아니라고요?"

"아닙니다." 장 펠릭스는 잠깐 머뭇거렸다. "가브리엘은 절 알아보기 위해서 시간을 투자하지 않았습니다. 그는 아주…… 스스로에게 갇혀 있었어요."

"가브리엘을 좋아하지 않았던 것 같네요."

"특별히 좋아하지는 않았죠. 그 사람도 절 좋아하지 않았을 겁니다. 사실 절 싫어했던 걸 알아요."

"왜요?"

"저도 모르겠습니다."

"혹시 질투를 했다고 생각하시나요? 앨리샤와의 관계에 대해서?"

장 펠릭스는 커피를 한 모금 마시고 고개를 끄덕였다. "네, 그랬죠. 그럴 수 있죠."

"어쩌면 당신을 위협적인 대상으로 봤겠군요?"

"모르겠습니다. 당신은 모든 대답을 알고 있는 것처럼 말씀하시네요."

나는 분위기를 눈치채고 더 이상 밀어붙이지 않았다. 대신 다른 방식으로 접근해보았다. "살인이 벌어지기 며칠 전에 앨리샤를 만났다고 알고 있습니다만?"

"그래요. 그녀를 만나기 위해 집에 찾아갔습니다."

"그때 일에 대해서 좀 얘기해주실 수 있나요?"

"글쎄요, 앨리샤는 전시를 앞두고 있었고, 준비가 늦어지고 있었어요. 당연히 신경을 쓰고 있던 상태였습니다."

"새로운 작품은 전혀 보지 못했습니까?"

"네. 계속 약속을 미루곤 하더라고요. 그래서 괜찮은지 확인을 좀 해봐야겠다고 생각했습니다. 정원 끝에 있는 작업실에 있을 줄 알았는데 없더군요."

"없었다고요?"

"네, 그녀는 집 안에 있었습니다."

"집에는 어떻게 들어가셨습니까?"

장 펠릭스는 내 질문에 깜짝 놀란 듯했다.

"네?"

내가 보기에 그는 머릿속으로 재빨리 판단을 하고 있는 것 같았다. 그러더니 그는 고개를 끄덕였다.

"아, 무슨 뜻인지 알겠습니다. 도로에서 뒷마당으로 통하는 출입문이 있습니다. 대개는 잠가두지 않아요. 그리고 정원에서 뒷문을 통해 주방으로 들어갔습니다. 그곳도 마찬가지로 열어두는 곳이죠." 그는 웃었다. "그런데, 선생은 정신과 의사라기보다는 형사 같네요."

"저는 심리상담가입니다."

"그게 다른 건가요?"

"저는 그저 앨리샤의 정신 상태를 이해하려는 것뿐입니다. 그때 앨리샤의 기분은 어땠나요?"

장 펠릭스는 어깨를 으쓱했다. "괜찮은 것 같았어요. 작업 때문에 조금 스트레스를 받고 있었지만."

"그게 전부인가요?"

"며칠 안에 남편을 총으로 쏴버릴 것처럼 보이지는 않았습니다. 그걸 묻는 거라면 말이죠. 괜찮은 것 같았어요." 그는 커피를 모두 마시더니 무슨 생각이 들었는지 머뭇거렸다. "앨리샤가 그린 그림을 좀 보시겠습니까?" 내 대답을 기다리지도 않고 장 펠릭스는 일어서서 문으로 걸어가며 따라오라는 손짓을 해보였다.

"오시죠."


20


장 펠릭스를 따라 창고로 들어갔다. 그는 커다란 상자로 가더니 경첩 달린 뚜껑을 열고 담요로 감싼 그림 세 점을 꺼냈다. 그리고 그림을 벽에 기대 세운 후 조심스럽게 하나씩 담요를 걷었다. 그러고는 뒤로 물러나며 첫 번째 그림을 요란하게 소개했다.

"어떻습니까?"

그림을 살펴보았다. 나머지 앨리샤의 작품과 마찬가지로 포토리얼리즘에 가까운 수준의 그림이었다. 어머니가 희생된 교통사고를 그린 작품이었다. 부서진 자동차에 여자의 시체가 운전대 위에 푹 쓰러져 있었다. 피투성이 모습을 보니 죽은 것이 분명했다. 여자의 영혼이 시신에서 솟아올라 마치 노란색 날개가 달린 커다란 새처럼 하늘로 날아가고 있었다.

"대단하지 않습니까?" 장 펠릭스가 그림을 보며 말했다. "이 노란색과 빨간색, 녹색을 좀 보세요. 그림 속에 푹 빠져버릴 것 같아요. 기쁨을 주죠."

나라면 기쁨이라는 단어는 쓰지 않았을 것이다. 불안감이라면 모를까. 그림을 보고 어떤 느낌인지 잘 알 수 없었다.

다음 그림으로 눈길을 옮겼다. 십자가에 매달린 예수의 그림이었다. 아닌가?

"가브리엘입니다." 장 펠릭스가 말했다. "꼭 닮았죠."

가브리엘이 맞았지만 머리에는 가시나무 관을 쓰고 십자가에 못 박혀 매달린 채 상처에서 피를 흘리는 예수처럼 그린 가브리엘이었다. 그는 눈을 내리깔고 있는 것이 아니라 앞을 쏘아보고 있었다. 깜박거리지 않고 극심한 고통에 시달리면서 부끄러워하지 않고 비난하는 눈빛이었다. 눈빛이 내 몸을 태우며 뚫어버리는 것 같았다. 나는 그림을 좀 더 자세히 들여다보았다. 가브리엘의 몸에는 어울리지 않는 물건이 매달려 있었다. 사냥총이었다.

"저게 가브리엘을 죽인 총입니까?"

장 펠릭스는 고개를 끄덕였다. "네. 아마 가브리엘의 총이었을 겁니다."

"그리고 이 그림은 살인 사건 전에 그린 것이고요?"

"한 달 전쯤 그렸을 겁니다. 앨리샤가 무슨 생각을 하고 있었는지 보여주지 않습니까?" 장 펠릭스는 세 번째 그림을 보여주었다. 다른 두 개보다 훨씬 큰 그림이었다. "이 그림이 가장 좋습니다. 뒤로 물러서면 더 잘 보입니다."

그가 시키는 대로 뒤로 몇 걸음 물러섰다. 그리고 돌아서서 바라보았다. 그림을 본 순간 나도 모르게 웃음이 나왔다.

그림의 대상은 앨리샤의 고모인 리디아 로즈였다. 리디아가 왜 그렇게 화를 냈는지는 명확했다. 리디아는 벌거벗은 채 작은 침대에 몸을 기대고 있었다. 몸무게에 침대가 휘어지고 있었다. 그녀는 거대한 괴물처럼 뚱뚱했고, 살이 폭발이라도 하듯 침대 밖으로 흘러넘쳐 바닥을 덮으며 방 전체로 퍼져나가고 있었다. 살은 마치 회색 커스터드 파도처럼 접히거나 물결쳤다.

"맙소사, 잔인하군."

"제가 보기엔 상당히 아름다운데요." 장 펠릭스는 흥미로운 듯 나를 바라보았다. "리디아를 아십니까?"

"네, 찾아가서 만났습니다."

"그렇군요." 그는 웃었다. "숙제를 좀 하셨군요. 저는 리디아를 한 번도 본 적이 없습니다. 앨리샤는 고모를 증오했거든요."

"네." 나는 그림을 응시했다. "그래요, 그림에서 알 수 있군요."

장 펠릭스는 조심스럽게 다시 그림을 포장하기 시작했다.

"그런데 알케스티스는요?" 내가 말했다. "그걸 볼 수 있을까요?"

"물론이죠. 따라오세요."

장 펠릭스는 좁은 통로를 따라 화랑의 제일 구석으로 향했다. 그곳에 알케스티스가 벽 하나를 차지한 채 걸려 있었다. 내가 기억하고 있는 그대로 아름답고 신비로웠다. 앨리샤는 벌거벗은 채 작업실에서 텅 빈 캔버스 앞에 서서 피처럼 붉은색 붓으로 그림을 그리고 있었다. 앨리샤의 표정을 면밀히 살펴보았다. 이번에도 해석은 불가능했다. 나는 얼굴을 찌푸렸다.

"표정을 읽을 수 없어요."

"그게 중요한 점이죠. 논평에 대한 거부입니다. 침묵에 대한 그림이죠."

"무슨 뜻인지 잘 모르겠군요."

"그러니까 모든 예술의 핵심에는 미스터리가 있습니다. 앨리샤의 침묵은 그녀의 비밀이자 종교적 의미에서 그녀의 미스터리입니다. 그래서 그녀는 알케스티스라는 제목을 붙인 겁니다. 읽어보셨습니까? 에우리피데스가 썼죠." 그는 궁금해하는 눈길을 보냈다. "읽어보세요. 그럼 이해하실 겁니다."

나는 고개를 끄덕였다. 그런데 그 순간 전에는 알아차리지 못했던 뭔가를 그림 속에서 발견했다. 좀 더 자세히 보려고 몸을 앞으로 숙였다. 그림 속 배경의 탁자 위에 과일이 한 접시 놓여 있었다. 사과와 배가 여러 개 담겨 있었다. 빨간 사과들 위로 뭔가 작고 하얀 얼룩 같은 것이 보였다. 반들거리는 하얀 얼룩이 과일 위와 주변을 기어 다니고 있었다.

손으로 그걸 가리켰다. "저것들이 혹시……?"

"구더기냐고요?" 장 펠릭스는 고개를 끄덕였다. "맞습니다."

"흥미롭군요. 어떤 의미인지 궁금하네요."

"아주 멋지죠. 걸작입니다. 정말이에요." 장 펠릭스는 한숨을 쉬더니 초상화를 사이에 두고 서 있는 내게 시선을 던졌다. 그는 마치 앨리샤가 들을 수 있기나 한 것처럼 목소리를 낮추었다. "그때 앨리샤를 알고 지내지 못했다니 유감이군요. 내가 태어나서 만나본 사람들 가운데 가장 재미있는 사람이었습니다. 아시겠지만 대부분 사람들은 진정으로 살아 있다고 볼 수 없죠. 몽유병 환자처럼 살아갈 뿐이니까요. 하지만 앨리샤는 엄청나게 활기찼어요. 그녀에게서 눈을 떼기가 어려웠죠." 장 펠릭스는 그림으로 고개를 돌리더니 앨리샤의 벌거벗은 몸을 응시했다. "너무 아름다워요."

나도 고개를 돌려 앨리샤의 몸을 보았다. 하지만 장 펠릭스가 아름다움을 본 곳에서 나는 고통만 보았다. 내가 본 것은 자초한 상처와 자해로 남은 흉터뿐이었다.

"자살을 시도했던 일에 관해서 말한 적이 있습니까?"

낚시질이었지만 장 펠릭스는 미끼를 물었다. "아, 그 일도 아시는군요. 물론 얘기한 적이 있습니다."

"아버지가 죽은 다음이었죠?"

"앨리샤는 심신이 무너졌어요." 장 펠릭스가 고개를 끄덕였다. "있는 그대로 말해서 앨리샤는 어마어마한 충격을 받았습니다. 화가로서가 아니라 인간으로서 너무나 연약해졌어요. 아버지가 목을 맸을 때는 그 정도가 지나쳤죠. 그녀는 견디지 못했습니다."

"정말 아버지를 사랑했나 보군요."

장 펠릭스는 숨이 막힐 것처럼 웃었다. 그러고는 내가 미친 사람이라도 되는 것처럼 바라보았다. "무슨 얘기를 하는 겁니까?"

"무슨 말씀이죠?"

"앨리샤는 아버지를 사랑하지 않았어요. 증오했죠. 경멸했고요."

그 말에 나는 깜짝 놀랐다. "앨리샤가 그렇게 말했습니까?"

"물론이죠. 앨리샤는 어렸을 때부터 아버지를 증오했습니다. 어머니가 죽은 다음부터요."

"하지만, 그렇다면 왜 아버지가 죽은 뒤에 자살하려고 했죠? 슬픔 때문이 아니었다면 이유가 뭘까요?"

장 펠릭스는 어깨를 으쓱했다. "죄책감일까요? 누가 알겠습니까?"

장 펠릭스가 뭔가 말하지 않고 있다는 생각이 들었다. 뭔가가 들어맞지 않았다. 뭔가 이상했다.

장 펠릭스의 전화가 울렸다. "잠깐 실례합니다." 그는 돌아서서 전화를 받았다. 상대편에서 어떤 여자 목소리가 들렸다. 두 사람은 잠시 대화를 나누며 만날 시간을 정했다. "내가 다시 연락할게, 자기." 그는 그렇게 말하고 전화를 끊었다.

장 펠릭스는 내게 고개를 돌렸다. "죄송합니다."

"괜찮습니다. 여자친구인가요?"

그는 웃었다. "그냥 친구죠…… 저는 친구가 아주 많습니다."

그렇겠지. 살짝 반감이 생겼다. 이유는 확실치 않았지만.

안내를 받아 밖으로 나오면서 마지막으로 질문을 했다. "한 가지만 더요. 앨리샤가 의사 이야기를 한 적이 있나요?"

"의사요?"

"자살 시도를 했을 무렵에 의사를 만난 것 같은데, 그게 누군지 알아내려는 중입니다."

"흠." 장 펠릭스는 얼굴을 찌푸렸다. "누군가 만난 적이야 있을 테지만……."

"의사 이름을 기억하십니까?"

그는 잠시 생각하더니 고개를 흔들었다. "죄송합니다, 기억이 안 나요."

"그럼 기억이 나면 제게 연락을 주실 수 있을까요?"

"그럼요. 하지만 기억이 날지 모르겠네요." 그는 나를 슬쩍 보더니 머뭇거렸다. "혹시 충고 좀 해도 될까요?"

"충고라면 언제나 환영입니다."

"진짜 앨리샤가 말하게 하고 싶으면 물감과 붓을 주세요. 그림을 그리게 하라고요. 그녀의 이야기를 들을 수 있는 유일한 방법입니다. 예술을 통하는 거죠."

"흥미로운 아이디어군요…… 아주 큰 도움이 되었습니다. 감사합니다, 마틴 씨."

"장 펠릭스라고 부르세요. 그리고 앨리샤를 만나면 제가 사랑한다고 전해주시고요."

그는 미소를 지었는데, 나는 이번에도 약간의 반감을 느꼈다. 그리고 장 펠릭스로부터 참아낼 수 없는 뭔가를 찾아냈다. 그는 정말로 앨리샤와 가까운 사이라고 말할 수 있었다. 두 사람은 오랫동안 서로 알고 지냈고 장 펠릭스는 앨리샤를 좋아했던 것이 분명했다. 그녀를 사랑했던 걸까? 확실히는 모르겠다. 장 펠릭스가 알케스티스 그림을 볼 때의 얼굴을 생각했다. 그렇다, 그의 눈에는 사랑이 있었다. 하지만 그림을 향한 사랑이지 화가에 대한 사랑은 아니었다. 장 펠릭스는 예술을 갈망했다. 그렇지 않았다면 그는 병원으로 앨리샤를 찾아왔을 터였다. 그리고 그녀의 곁을 지켰을 것이다. 그건 확실했다. 남자는 그런 식으로 여자를 버리지 않는다.

여자를 사랑하는 남자라면.


## 21

출근길에 워터스톤 서점에 들러 알케스티스 책을 샀다. 서문에는 현재 남아 있는 에우리피데스의 초기 비극이며 가장 적게 공연되는 작품 가운데 하나라는 설명이 있었다.

지하철에서 책을 읽기 시작했다. 딱히 술술 읽히는 책은 아니었다. 이상한 연극이었다. 주인공인 아드메토스는 운명의 여신에게 죽음을 선고받는다. 그러나 아폴로의 협상에 힘입어 빠져나갈 구멍을 찾게 된다. 만일 다른 사람을 설득해서 대신 죽게 만들 수 있다면 아드메토스는 죽음을 피할 수 있었다. 그는 어머니와 아버지에게 대신 죽어달라고 부탁하지만 두 사람은 그럴 수 없다고 딱 잘라 말한다. 아드메토스가 어떤 사람인지는 파악하기가 어렵다. 딱히 영웅적인 행동을 한 것 같지는 않고, 고대 그리스인들은 그를 약간 멍청이라고 생각한 것이 틀림없었다. 알케스티스는 남편보다 강인한 사람이었다. 그녀는 앞으로 나서서 남편 대신 죽겠다고 자처한다. 어쩌면 그녀는 아드메토스가 그녀의 제안을 받아들이지 않을 거라고 생각했을 것이다. 그러나 남편은 제안을 받아들였고 알케스티스는 죽어서 저승으로 떠나게 된다.

하지만 이야기는 그렇게 끝나지 않는다. 데우스 엑스 마키나에 의한 일종의 해피엔딩이다. 헤라클레스가 저승에서 알케스티스를 찾아내 의기양양하게 이승으로 데려온다. 알케스티스는 다시 살아난 것이다. 아내와 다시 만난 아드메토스는 감동해 눈물을 흘린다. 알케스티스의 감정은 읽어내기가 어렵다. 그녀는 침묵으로 일관한다. 그녀는 말하지 않는다.

이 대목을 읽고 나는 깜짝 놀라 몸을 세웠다. 믿을 수 없었다.

나는 극본의 마지막 페이지를 천천히 조심스럽게 다시 읽었다.

알케스티스는 죽음에서 되살아나 소생한다. 그리고 그녀는 침묵한다. 겪은 일을 말할 수 없거나 말할 생각이 없는 것이다. 아드메토스는 절망해서 헤라클레스에게 요구한다.

"제 아내는 여기 있는데 왜 말하지 않는 것입니까?"

대답은 없었다. 비극은 아드메토스가 알케스티스를 집 안으로 데려가는 것으로 끝난다. 침묵 속에서.

왜지? 왜 그녀는 말하지 않는 걸까?

## 22
## 앨리샤 베런슨의 일기

### 8월 2일

오늘은 더 더웠다. 아테네보다 런던이 더 더운 것 같았다. 하지만 그래도 아테네에는 해변이라도 있지.

오늘 폴이 케임브리지에서 전화를 걸었다. 그의 목소리에 깜짝 놀랐다. 몇 달 만에 듣는 목소리였다. 처음에는 리디아 고모가 죽은 줄 알았다. 살짝 안도감을 느꼈다고 해도 부끄럽지 않았다.

그러나 폴이 전화한 이유는 생각과 달랐다. 사실 나는 왜 폴이 전화를 했는지 여전히 잘 모르겠다. 그는 꽤나 얼버무리며 말했다. 무슨 얘기를 하려는 건지 계속 기다렸지만 폴은 얘기하지 않았다. 계속 내가 잘 지내는지, 가브리엘이 잘 있는지를 물었고 리디아 고모는 늘 똑같다나 뭐 그런 이야기를 중얼거렸다.

"한 번 찾아갈게." 내가 말했다. "한참 안 갔잖아. 한 번 가보려고 했는데."

사실 집에 간다는 것, 그리고 집에서 리디아 고모와 폴과 함께 있을 걸 생각하면 복잡한 감정이 들었다. 그래서 돌아가지 않았다. 그리고 결국 죄책감을 느끼게 되는 건 어쩔 수 없었다.

"소식도 서로 나누고 좋겠네. 한 번 들를게. 지금 막 나가려던 참이라서……."

그때 폴이 아주 작게 속삭였는데 알아들을 수 없었다.

"뭐라고? 다시 말해줄 수 있어?"

"나 문제 생겼다고, 앨리샤. 좀 도와주었으면 해."

"왜 그러는데?"

"전화로는 말 못 해. 만나야겠어."

"그게…… 내가 당장 케임브리지로 가는 건 어려울 것 같은데."

"내가 갈게, 오늘 오후에. 괜찮지?"

폴의 목소리에서 느껴지는 뭔가가 생각도 하지 않고 동의하게 만들었다. 그는 절박한 듯했다.

"좋아. 지금 당장은 말 못 하겠다는 거지?"

"나중에 봐." 폴은 전화를 끊었다.

나머지 오전 시간 내내 폴과 통화한 내용을 생각했다. 많고 많은 사람들 가운데 폴이 내게 연락할 정도로 심각한 문제가 뭘까? 리디아 고모에 관한 문제인가? 아니면 집이 문제일까? 말이 되지 않았다.

점심 식사 이후에도 작업은 전혀 진도가 나가지 않았다. 더위를 탓해봤지만 솔직히 내 생각은 다른 곳에 있었다. 주방에서 서성거리며 창문 밖을 내다보고 있는데, 길거리에 폴이 모습을 드러냈다.

그는 내게 손을 흔들었다. "앨리샤, 나 왔어."

처음 놀란 이유는 폴이 끔찍한 모습을 하고 있어서였다. 몸무게가 많이 빠졌고 특히 얼굴 주변, 관자놀이와 턱이 홀쭉해졌다. 뼈만 남아서 아파 보였다. 진이 다 빠지고 겁을 먹은 모습이었다.

우리는 선풍기를 틀어놓고 주방에 앉았다. 맥주를 권했지만 폴은 좀 더 센 술을 마셔야겠다고 말했다. 술을 많이 마시지 않는 폴이었기에 깜짝 놀랐다. 그에게 위스키를 조금 따라주었다. 그런데 그는 내가 안 보고 있다고 생각했는지 몰래 술을 잔에 가득 따랐다.

폴은 처음에는 아무 말도 하지 않았다. 우리는 잠시 주방에 아무 말도 없이 앉아 있었다. 그러다가 그는 전화로 했던 말을 되풀이했다. 똑같은 말이었다.

"나 문제가 생겼어."

그게 무슨 말이냐고 물었다. 집에 관한 이야기인가?

폴은 멍하니 나를 바라보았다. 아니, 집에 관한 일이 아니었다.

"그럼 뭐야?"

"내가 문제야." 그는 머뭇거리더니 이야기를 했다. "도박하고 있었어. 그런데 엄청 큰돈을 잃은 것 같아."

폴은 오랜 세월 꾸준히 도박을 해왔다. 처음에는 집에서 나가는 구실로 시작했다고 했다. 어딘가에 가서 뭔가를 한다는 약간의 재미도 있었다. 폴을 비난할 수 없었다. 리디아 고모와 함께 살면 재미있는 삶은 불가능했다. 하지만 폴은 돈을 점점 더 잃게 되었고, 이제는 통제가 불가능했다. 폴은 저축해둔 돈에도 손을 대기 시작했다. 게다가 애초에 저축 금액도 크지 않았다.

"얼마나 있어야 하는데?"

"2만."

내 귀를 믿을 수 없었다. "2만 파운드나 잃었어?"

"한 번에 그런 건 아니야. 그리고 어떤 사람들한테 돈을 빌렸어. 그런데 이제 돌려줘야 해."

"어떤 사람들?"

"만일 돈을 갚지 않으면, 나 큰일 나."

"어머니에게 말했어?"

질문을 했지만 나는 이미 답을 알고 있었다. 폴은 엉망으로 사는 사람이기는 해도 멍청하지는 않았다.

"당연히 안 했지. 엄마가 날 죽일걸. 나 좀 도와줘, 앨리샤. 그래서 왔어."

"그렇게 많은 돈은 없어, 폴."

"갚을게. 한 번에 다 있어야 하는 건 아니야. 조금이라도 좋아."

나는 아무 말도 하지 않았고 폴은 계속 빌었다. 그들이 오늘 밤 조금이라도 갚기를 원하고 있었다. 폴은 감히 빈손으로 돌아갈 수 없었다. 내게서 얼마라도 받아가야 했다. 어떻게 해야 할지 알 수 없었다. 폴을 도와주고 싶었지만 돈을 주는 것은 이 문제의 해결책이 아니었다. 게다가 폴이 빚을 지고 있다는 사실을 고모에게 숨기는 건 쉽지 않을 터였다. 내가 폴이라고 해도 어떻게 해야 할지 몰랐을 것이다. 리디아 고모는 어쩌면 사채업자들보다 더 맞서기 두려운 상대였다.

마침내 내가 말했다. "수표를 써줄게."

폴은 애절하게 고마워하며 계속 중얼거렸다. "고마워, 고맙다."

나는 2,000파운드를 현금으로 찾을 수 있는 수표를 써주었다. 폴이 원하는 것이 아님을 알지만 전체적인 상황이 내게는 미지의 영역이었다. 그리고 폴이 말한 전부를 믿을 수 있는지도 확실하지 않았다. 뭔가 사실로 들리지 않는 부분이 있었다.

"혹시 가브리엘에게 말하면 돈을 더 줄 수 있을지도 몰라. 아니면 다른 방식으로 문제를 해결할 수 있을지도 몰라. 가브리엘의 형이 변호사인 건 알지? 그 사람이 어쩌면……."

폴은 겁먹고 펄쩍 뛰며 고개를 저었다. "아니야, 안 돼. 절대 안돼. 가브리엘에게는 말하지 마. 매형을 끌어들이지 말라고. 제발, 내가 어떻게든 해볼게. 해결될 거야."

"고모한테는? 그래도 어머니한테는 이야기를……."

폴은 사납게 고개를 흔들더니 수표를 받았다. 액수에 실망한 것 같았지만 아무 말도 하지 않았다.

그러고 나서 그는 금세 떠났다.

폴을 실망시킨 것 같았다. 어렸을 때부터 나는 늘 폴에게 그런 감정을 가져왔다. 나는 늘 폴의 기대에 걸맞게 살지 못했다. 그는 내가 어머니 같은 존재가 되길 원했다. 폴이 나를 잘 모르는 것 같았다. 나는 어머니 역할을 해낼 수 있는 사람이 못 되었다.

가브리엘이 집에 돌아왔기에 폴의 이야기를 해주었다. 그이는 내게 짜증을 냈다. 내가 폴에게 빚진 것이 없으니 돈을 한 푼도 주어서는 안 된다면서. 그를 책임질 필요가 없다는 거였다.

가브리엘이 옳다는 걸 알았지만 죄책감이 드니 어쩔 수 없었다. 나는 그 집에서, 리디아 고모한테서 도망쳤지만 폴은 그러지 못했다. 그는 여전히 그곳에 갇혀 있었다. 폴은 여전히 여덟 살이었다. 그를 돕고 싶었다.

그러나 도울 방법을 알 수 없었다.

## 8월 6일

예수 그림 배경에 대해 시험을 해보는 작업으로 하루를 보냈다. 우리가 함께 멕시코에서 찍은 사진들을 보며 스케치를 했다. 갈라진 빨간 땅과 짙은 색의 가시투성이 관목들. 어떻게 하면 열기와 극단적인 건조함을 뽑아낼 수 있을지 고민하고 있는데 장 펠릭스가 내 이름을 부르는 소리가 들렸다.

순간적으로 집에 없는 척하고 무시할까 생각도 했다. 하지만 그 순간 문이 열리는 소리가 났고, 그러기에는 너무 늦어버리고 말았다. 밖으로 고개를 내밀고 보니 그는 정원을 가로질러 걸어오고 있었다.

그는 내게 손을 흔들어 보였다. "자기야, 방해된 거 아니야? 그림 그리고 있었어?"

"그래, 작업 중이었어."

"좋아, 좋아. 계속해. 전시까지 6주밖에 남지 않았으니까 말이야. 끔찍할 정도로 일정에 뒤처졌어." 장 펠릭스는 특유의 짜증스러운 웃음을 지어 보였다. 그가 재빠르게 덧붙여 말하는 걸 보니 내가 표정을 숨기지 못한 모양이었다. "농담이야. 진도 검사하려고 온 게 아닌데."

아무 말도 하지 않았다. 그냥 작업실로 되돌아갔고 장 펠릭스가 뒤따라왔다. 그는 의자를 가져와 선풍기 앞에 놓았다. 그는 담배를 피워 물었고 담배 연기가 바람에 그의 몸 주위를 휘감았다. 이젤로 돌아가 붓을 들었다. 장 펠릭스는 내가 작업을 하는 동안 말했다. 그는 런던이 이런 종류의 날씨를 견딜 수 있도록 만들어지지 않았다면서 더위에 대해 불평을 했다. 그는 런던을, 파리 그리고 다른 도시들과 비판적으로 비교했다. 한참 뒤부터는 아예 귀를 닫았다. 그는 계속해서 불평하고 자신을 정당화하고 자기 연민에 빠지고 죽고 싶을 정도로 나를 지루하게 만들었다. 내게 아무것도 묻지 않았다. 그는 사실 내게 아무런 관심이 없었다. 그렇게 오랜 세월을 보냈음에도 나는 그저 목적, 즉 장 펠릭스 쇼의 관객들로 통하는 수단에 불과했다.

몰인정한 태도일 수도 있다. 그는 오래된 친구였고 늘 날 위해 있어주었다. 그는 외로운 것뿐이었다. 나도 마찬가지였다. 사실 나는 별로인 사람과 함께 있느니 외로움을 택하는 사람이었다. 가브리엘을 만나기 전에 심각한 관계를 전혀 갖지 않았던 이유도 그런 이유에서였다. 나는 가브리엘을 기다리고 있었다. 가짜가 아닌 진실하고 속이 알찬 사람을. 장 펠릭스는 늘 우리 관계를 시샘했다. 그걸 감추려 했고 지금도 감추고 있지만 그가 가브리엘을 증오하는 건 분명했다. 그는 늘 가브리엘이 나보다 재능이 부족하다거나 허영심이 많고 이기주의적이라는 점을 암시하며 가브리엘에 대해 나쁘게 말하곤 했다. 내 생각에 장 펠릭스는 언젠가 나를 자기 발아래 꿇리고 자기 곁에 둘 수 있다고 믿는 것 같았다. 그러나 그가 가브리엘을 헐뜯고 흉볼 때마다 나를 점점 더 가브리엘의 품속으로 밀어넣고 있다는 사실은 깨닫지 못하고 있었다.

장 펠릭스는 늘 우리의 길고 긴 우정을 언급하곤 했다. 젊었을 때의 격렬함으로 '세상에 맞서던 우리' 둘만의 기억을 나와의 버팀목으로 삼았다. 하지만 장 펠릭스가 나의 불행했던 인생의 한 부분을 붙잡고 있다는 걸 스스로 깨닫지 못하고 있었다. 그리고 혹시라도 내가 장 펠릭스를 좋아했다면 그건 그때의 일이었다. 우리는 사랑이 식어버린 결혼한 부부 같았다. 오늘 나는 내가 얼마나 그를 싫어하는지 깨달았다.

"나 일하고 있어." 내가 말했다. "계속 작업해야 하니까, 혹시 괜찮다면……"

장 펠릭스는 얼굴을 일그러뜨렸다. "나더러 가라는 거야? 나는 네가 처음 붓을 들었을 때부터 작업하는 걸 지켜봤어. 그동안 내내 내가 방해가 되었던 거라면 네가 좀 더 일찍 말했겠지."

"지금 얘기하고 있잖아."

얼굴이 뜨거워지는 게 느껴졌고 점점 화가 났다. 걷잡을 수 없었다. 그림을 그리려고 했지만 손이 떨렸다. 장 펠릭스가 나를 지켜보는 걸 느낄 수 있었다. 그의 머리가 돌아가는 소리를 실제로 들을 수 있었다. 째깍째깍, 윙윙, 빙글빙글.

"널 화나게 했군." 마침내 그가 말했다. "이유가 뭐지?"

"방금 말했잖아. 이런 식으로 계속 불쑥 찾아올 수는 없어. 먼저 문자를 보내든지 전화를 해야지."

"친한 친구를 보러 가는데 초대장이 있어야 하는지는 몰랐네."

침묵이 흘렀다. 장 펠릭스는 침묵을 나쁜 쪽으로 받아들였다. 내가 보기에도 달리 받아들일 방법은 없었다. 이런 식으로 말할 생각은 아니었다. 좀 더 부드럽게 털어놓으려고 했지만 어쩌다 보니 멈출 수 없었다. 그리고 흥미로운 건 그를 괴롭히고 싶은 내 마음이었다. 나는 잔인해지고 싶었다.

"장 펠릭스, 들어봐."

"듣고 있어."

"이런 말을 꺼내기가 쉽지는 않은데, 이번 전시가 끝나면 변화를 주어야 할 것 같아."

"무슨 변화?"

"화랑을 바꾸는 것 말이야. 내가 활동할 화랑."

장 펠릭스는 깜짝 놀라 나를 보았다. 금방이라도 울음을 터뜨릴 어린아이처럼 보였다. 하지만 내가 느낄 수 있는 감정이라고는 짜증뿐이었다.

"새로운 출발을 해야 할 때야. 우리 두 사람 모두."

"그렇군." 그는 다시 담배를 피워 물었다. "이건 가브리엘의 생각인 것 같은데?"

"가브리엘은 이 일과는 상관없어."

"그 친구 날 끔찍이 싫어하잖아."

"바보 같은 소리 마."

"그 친구가 널 내게서 마음이 떠나게 만들었어. 내가 그러는 걸 봤다고. 오랜 시간 동안 그래왔잖아."

"그렇지 않아."

"달리 설명할 방법이 없잖아. 그것 말고는 네가 내 등에다 칼을 꽂는 데 무슨 이유가 있겠어?"

"너무 과장하지 마. 이건 그냥 화랑에 관한 이야기일 뿐이야. 우리 관계랑은 상관없어. 우린 여전히 친구야. 같이 어울릴 수 있다고."

"그래도 먼저 문자 보내거나 전화는 해야겠지?" 그는 웃더니 빠른 속도로 말하기 시작했다. 마치 내가 막기 전에 모든 걸 말하려는 것 같았다. "이런, 이런. 지금까지 내내 나는 그 뭐야, 너랑 나랑 뭔가가 있다고 진정으로 믿고 있었어. 그런데 이제 그게 아무것도 아니라는 거잖아. 이렇게 쉽게. 야, 나처럼 너 챙기는 사람은 없어. 아무도."

"장 펠릭스, 제발……."

"이렇게 쉽게 결정했다는 걸 정말 믿을 수 없다."

"말하고 싶은 지 제법 됐어."

하지 말았어야 했던 말임이 분명했다. 장 펠릭스는 충격을 받은 것 같았다.

"무슨 말이야? 제법? 얼마나?"

"몰라. 그냥 예전부터 그랬어."

"그런데도 날 위해서 연기하고 있었어? 그런 거야? 맙소사, 앨리샤. 이런 식으로 끝내지 마. 이런 식으로 날 버리지 말라고."

"널 버리는 게 아니야. 호들갑 떨지 마. 우리는 영원히 친구로 지낼 거야."

"좀 침착해지자고. 내가 왜 왔는지 알아? 금요일에 연극 보러 가고 싶어서야." 그는 재킷 안에서 표 두 장을 꺼내 내게 보여주었다. 내셔널 시어터에서 하는 에우리피데스의 비극이었다. "너랑 함께 가고 싶어. 훨씬 교양 있는 이별 방식이라고 생각하지 않아? 옛날식으로 말이야. 거절하지 마."

나는 망설였다. 진짜로 가고 싶지 않았다. 하지만 그를 더는 화나게 하고 싶지도 않았다. 장 펠릭스를 떼어내려면 그가 무슨 제안을 하든 동의해야 할 것 같았다. 그래서 그러겠다고 대답했다.


## 밤 10시 30분

가브리엘이 집에 돌아오자 나는 장 펠릭스와 있었던 일을 말해주었다. 그이는 어쨌거나 우리 둘의 우정을 절대 이해하지 못하겠다면서 장 펠릭스를 보면 섬뜩하고 그가 날 보는 시선이 마음에 들지 않는다고 했다.

"눈빛이 왜?"

"마치 당신을 소유하고 있는 것 같다고 할까. 내 생각에 당신, 전시회 전에 화랑을 바꿔야 할 것 같아."

"그럴 수는 없어. 너무 늦었어. 그 친구가 날 미워하게 만들고 싶지는 않아. 걔가 얼마나 앙심을 깊게 품는지 당신은 몰라서 그래."

"그 친구를 두려워하는 것처럼 들리네."

"그렇지 않아. 이러는 편이 더 쉬우니까 그렇지. 천천히 떼어내는 거야."

"빠를수록 좋아. 그 친구 당신을 사랑해. 그거 당신도 알잖아?"

하지만 가브리엘의 생각은 틀렸다. 장 펠릭스는 나를 사랑하지 않았다. 그는 나보다는 내 그림에 붙어 있는 사람이었다. 그것이 내가 그를 떠나는 또 다른 이유였다. 장 펠릭스는 내게는 전혀 신경을 쓰지 않았다. 그래도 가브리엘의 생각이 옳은 건 하나 있었다.

나는 그가 두려웠다.

## 23

디오메디스의 사무실을 찾아갔다. 그는 하프 앞 의자에 앉아 있었다. 하프의 커다랗고 화려한 목재 틀에 물줄기 같은 금빛 현들이 연결되어 있었다.

"아름다운 물건이군요." 내가 말했다.

디오메디스는 고개를 끄덕였다. "그리고 연주하기에 아주 어렵지." 그는 현을 손가락으로 다정하게 뜯어가며 연주하는 모습을 보여주었다. 하프의 여러 음이 폭포처럼 연구실에 울려 퍼졌다. "한번 해보겠나?"

나는 웃어 보이며 고개를 흔들었다.

그는 웃음을 터뜨렸다. "나는 자네가 마음을 바꾸리라는 희망에 계속 물어보는 거야. 나는 고집 빼면 아무것도 아니라고."

"음악하고는 거리가 멉니다. 학생 시절 음악 선생님에게 확실하게 들은 겁니다."

"상담처럼 음악도 관계에 관한 거야. 전적으로 어떤 선생님을 고르느냐에 달렸지."

"그럴 것 같군요."

교수는 창밖을 내다보더니 어두워지는 하늘을 보며 고개를 끄덕였다.

"저기 눈을 품고 있는 구름이군."

"제가 보기에는 비구름 같은데요."

"아니, 눈이야. 날 믿게. 그리스에서 우리 집안이 오랫동안 목동

일을 했거든. 오늘 밤에 눈이 올 거야."

디오메디스는 구름을 향해 한 번 더 희망 섞인 표정을 지어 보이더니 내게 고개를 돌렸다. "무슨 일로 나를 찾아왔나, 테오?"

"이겁니다."

극본을 책상 위로 내밀었다. 교수는 유심히 바라보았다.

"뭔가?"

"에우리피데스의 비극입니다."

"그건 알겠군. 왜 보여주는 거지?"

"이건 알케스티스라는 작품입니다. 앨리샤가 가브리엘을 살해하고 난 뒤 자신의 초상화에 붙인 제목이죠."

"아, 그래. 물론 그렇지." 디오메디스는 좀 더 관심을 가지고 책을 살펴보았다. "스스로를 비극의 주인공으로 묘사한 것이군."

"그럴 수도 있죠. 제가 당황했다는 사실을 인정할 수밖에 없네요. 교수님이라면 저보다 훨씬 나은 해석을 내놓으실 줄 알았거든요."

"내가 그리스인이라서?" 그는 웃음을 터뜨렸다. "자네는 내가 모든 그리스 비극에 대한 상세한 지식을 갖고 있으리라고 여긴 건가?"

"글쎄요, 어쨌거나 저보다는 나을 거라고 생각했습니다."

"이유를 모르겠군. 그건 마치 모든 영국인이 셰익스피어의 작품들에 익숙하다고 여기는 것과 같잖나." 그는 측은하다는 듯 날 향해 웃었다. "자네에게는 다행스럽게도 그 점이 바로 두 나라의 차이점일세. 그리스인은 모두 비극을 잘 알지. 비극은 우리의 신화이자 우리의 역사, 우리의 피야."

"그럼 이 내용과 관련해서 절 도와주실 수 있겠네요."

디오메디스는 책을 들더니 휙휙 넘겨보았다. "그래, 뭐가 어렵다는 건가?"

"어려운 점은 그녀가 말을 하지 않는다는 겁니다. 알케스티스는 남편을 위해 죽습니다. 그리고 결말에서 다시 살아납니다. 하지만 침묵을 지킵니다."

"아, 앨리샤와 같군."

"네."

"다시 한 번 질문을 하겠네. 어려운 점이 뭔가?"

"분명히 양쪽이 관련이 있습니다. 하지만 모르겠어요. 왜 결말에서 알케스티스는 말을 하지 않는 거죠?"

"글쎄, 자네는 어떻게 생각하나?"

"모르겠습니다. 감정에 압도된 것일 수도 있을까요?"

"그럴 수도 있지. 어떤 종류의 감정일까?"

"기쁨요?"

"기쁨?" 그는 웃음을 터뜨렸다. "테오, 생각을 해. 자네라면 어떤 기분이겠나? 자네가 세상에서 가장 사랑하는 사람이 겁을 집어먹고는 자네에게 사망 선고를 내렸어. 그건 완전한 배신이야."

"그럼 그녀가 화가 났다는 건가요?"

"배신을 당해본 적이 한 번도 없나?"

질문이 칼처럼 내 몸을 찔렀다. 얼굴이 벌게지는 것이 느껴졌다. 입술을 움직였지만 소리는 나오지 않았다.

디오메디스가 웃었다. "당해본 적이 있나 보군. 그럼…… 말해보게. 알케스티스는 기분이 어땠을까?"

이번에는 대답이 뭔지 알 수 있었다. "분노죠. 그녀는 화가 났습니다."

"그래." 디오메디스는 고개를 끄덕였다. "화난 것 이상이지. 격분해서 살의를 느꼈을 거야." 그러곤 낄낄대며 웃었다. "알케스티스와 아드메토스의 관계가 미래에 어떻게 될지 너무나 궁금했겠지. 한 번 사라져버린 신뢰는 회복하기 어렵거든."

나 자신을 믿고 다시 입을 열기까지는 약간의 시간이 걸렸다. "그럼 앨리샤는요?"

"앨리샤가 뭐?"

"알케스티스는 남편의 비겁함 때문에 사형 선고를 받았습니다. 그리고 앨리샤는……."

"아니, 앨리샤는 죽지 않았어…… 육체적으로는 말이야." 그는 뒷말을 흐렸다. "육체적으로는 그랬지만……."

"그렇다면 뭔가 일이 생겨서 그녀의 혼을, 생생하게 살아 있다는 느낌을 죽여버렸다는 건가요?"

"그럴 수도 있지."

만족스럽지 못한 느낌이었다. 극본을 들고 살펴보았다. 표지에는 고전적인 모습의 동상이 그려져 있었다. 대리석에 표현되어 영원의 삶을 얻은 아름다운 여인이었다. 나는 장 펠릭스가 내게 한 말을 생각하며 동상의 모습을 지켜보았다. "만일 앨리샤가 알케스티스처럼 죽은 것이라면 우리는 그녀를 다시 이승으로 데려와야 합니다."

"바로 그거야."

"만일 앨리샤의 그림이 그녀를 표현하는 수단이라면 그녀에게 목소리를 제공하는 것은 어떨까 하는 생각이 퍼뜩 듭니다."

"어떻게 목소리를 제공한다는 거지?"

"그림을 그리게 하면 어떨까요?"

디오메디스는 놀란 표정을 지어 보이더니 그만두라는 듯 손을 흔들어 보였다. "앨리샤는 이미 미술 치료를 받고 있어."

"미술 치료를 말씀드리는 것이 아닙니다. 앨리샤가 자신만의 조건으로 작업하는 걸 말하는 겁니다. 혼자서 자신만의 공간에서 그림을 그리는 거죠. 그녀 스스로 표현하게 하고 감정을 해소하도록 하는 겁니다. 기적을 낳을 수도 있습니다."

디오메디스는 고민을 하는지 잠시 대답이 없었다. "앨리샤의 미술 치료사와 협력을 해야 해. 아직 못 만나봤지? 로위나 하트? 호락호락한 친구는 아니지."

"그녀에게 말하겠습니다. 하지만 교수님의 허락을 얻고 싶은데요."

디오메디스는 어깨를 으쓱했다. "로위나를 설득할 수 있다면, 진행하도록 해. 지금 결과를 얘기해줄 수 있네. 그녀는 자네 생각을 좋아하지 않을 거야. 손톱만큼도 말이지."


24

"굉장히 좋은 생각 같아요." 로위나가 말했다.

"그래요?" 나는 놀란 것처럼 보이지 않으려고 애썼다. "정말요?"

"아, 그럼요. 유일한 문제는 앨리샤가 하려고 하지 않을 거라는 거죠."

"왜 그렇게 생각하죠?"

로위나는 비웃는 것처럼 코웃음을 쳤다. "앨리샤는 내가 지금까지 치료해본 환자들 가운데 가장 반응이 없고 말이 없으니까요."

"아."

나는 로위나를 따라 미술실로 들어갔다. 바닥에는 추상적인 모자이크처럼 페인트가 튀어 있었고 벽은 미술 작품들로 채워져 있었다. 그림 일부는 멋졌지만 대개는 이상하기만 했다. 로위나는 짧은 금발에 찌푸린 얼굴, 주름이 깊게 패었고 혹사당해 녹초가 된 모습이었는데, 협조라고는 모르는 수많은 환자 덕분에 그렇게 된 것이 분명해 보였다. 앨리샤는 그렇게 실망스러운 환자들 가운데 한 명이 확실했다.

"미술 치료에 참가하지 않아요?" 내가 말했다.

"안 옵니다." 로위나는 선반에 미술 작품을 쌓아 올리면서 말했다. "앨리샤가 치료 시간에 왔을 때는 기대가 컸어요. 환영한다는 느낌을 주기 위해서 온갖 짓을 다 해주었어요. 하지만 그녀는 그냥 앉아서 텅 빈 종이만 노려보고 있더군요. 아무리 설득해도 그림을 그리지 않았고 심지어 연필을 들어보지도 않았습니다. 다른 환자들에게 아주 나쁜 본보기가 되었어요."

나는 공감의 고갯짓을 해보였다. 미술 치료의 목적은 환자들로 하여금 그림을 그리고 색을 칠하게 하는 것이고 더 중요한 것은 자신의 작품을 자신의 감정 상태와 연결하여 설명하도록 하는 것이다. 자신들의 무의식 상태를 종이에 있는 그대로 표현하고 그것에 관해서 생각하고 대화를 하기에 가장 좋은 방식이다. 항상 그렇지만 미술 치료는 결국 치료사의 개인적인 역량에 달렸다. 루스는 솜씨가 좋거나 직관력이 뛰어난 미술 치료사가 너무 없고 대부분은 그냥 기술자에 불과하다고 말하곤 했다. 내가 보기에 로위나는 더할 나위 없는 기술자였다. 그녀는 앨리샤에게 무시당했다고 생각하는 것이 틀림없었다. 나는 최대한 그녀를 달래려고 애써보았다.

"어쩌면 너무 고통스러워서 그럴 수도 있죠." 나는 조심스럽게 말했다.

"고통요?"

"그녀 정도의 능력이 있는 화가가 다른 환자들과 함께 앉아서 그림을 그리는 일이 쉬울 수야 없겠죠."

"왜요? 자기가 더 잘나서요? 나도 그 여자 작품을 봤어요. 수준이 전혀 높지 않더군요." 로위나는 뭔가 불쾌한 걸 맛본 것처럼 입을 오므렸다.

로위나가 앨리샤를 싫어하는 이유가 바로 그것이었다. 질투.

"누구나 그런 식으로 그릴 수 있어요." 로위나가 말했다. "대상을 사진처럼 똑같이 그리는 건 그리 어렵지 않죠. 더 어려운 건 대상에 대한 관점을 갖는 거예요."

앨리샤의 작품에 대해 토론을 시작하고 싶지는 않았다. "그러니까 제가 앨리샤를 데려가 주면 마음이 놓이겠다는 말인 거죠?"

로위나는 나를 날카롭게 쳐다보았다. "그래주면 고맙죠."

"감사합니다. 제가 고맙죠."

로위나는 콧방귀를 뀌며 거만하게 말했다. "미술 재료를 지원 받아야 할 거예요. 제 예산으로 유화 물감은 못 사요."


## 25

"고백할 것이 있습니다."

앨리샤는 내 얼굴을 보지 않았다.

앨리샤를 조심스럽게 지켜보면서 말을 이었다. "며칠 전에 우연히 소호에 갔다가 당신 화랑을 지날 일이 있었어요. 그곳 대표가 친절하게도 당신의 작품 몇 점을 보여주더군요. 그 사람 당신하고 오래된 친구죠? 장 펠릭스 마틴?"

기다렸지만 대답은 없었다.

"당신이 사생활을 침해당했다고 생각하지 않았으면 좋겠군요. 먼저 당신에게 물어보고 갔으면 좋을 걸 그랬어요. 기분이 상하지 않았으면 합니다."

대답은 없었다.

"전에 보지 못했던 그림 두 점을 봤어요. 하나는 당신 어머니를 그린 그림이고…… 다른 하나는 고모인 리디아 로즈를 그린 그림이었습니다."

앨리샤는 천천히 고개를 들어 나를 바라보았다. 눈에서 느껴지는 표정은 전에는 본 적 없는 것이었다. 어떤 감정인지 알 수 없었다. 혹시…… 기쁨인가?

"당신을 상담으로 치료하는 입장에서 제가 갖고 있는 관심과는 상관없는 이야기지만, 개인적으로 그림들이 충격적이었습니다. 아주 힘이 넘치는 작품들이었어요."

앨리샤는 눈을 내리깔았다. 관심을 잃고 있었다.

재빨리 덧붙이며 말을 이었다. "몇 가지가 놀랍더군요. 당신 어머니의 자동차 사고를 그린 그림에서 뭔가가 빠져 있었어요. 당신이죠. 당신도 사고 현장에 있었으면서 당신은 자신을 그림 속에 그려 넣지 않았어요."

반응이 없었다.

"혹시 교통사고가 당신 어머니만의 비극이라고 생각할 수 있다는 걸 뜻하나요? 어머니가 돌아가셨기 때문에? 하지만 사실은 차 안에 어린 여자아이도 있었죠. 그 아이의 상실감은 인정을 받지도 못했고 그걸 제대로 소화하지도 못했을 겁니다."

앨리샤의 머리가 움직였다. 그녀는 나를 흘깃 바라보았다. 도전적인 표정이었다. 뭔가를 잡은 것 같았다.

나는 계속 말했다. "장 펠릭스에게 당신 초상화인 알케스티스에 관해 물었습니다. 그 의미를요. 그는 내게 이걸 보라고 했습니다."

나는 알케스티스의 연극 대본을 꺼냈다. 그리고 그걸 탁자 위로 밀었다. 앨리샤는 흘깃 책을 바라보았다.

"'왜 말을 안 하는 거지?' 아드메토스가 묻는 말입니다. 그리고 나도 당신에게 같은 질문을 하겠습니다. 앨리샤, 당신은 왜 말을 못하는 겁니까? 당신은 왜 침묵을 지켜야 합니까?"

앨리샤는 눈을 감았다. 나를 사라지도록 만들었다. 대화는 끝났다. 그녀의 뒤쪽 벽에 걸린 시계를 확인했다. 상담 시간이 거의 끝나가고 있었다. 겨우 몇 분 남았을 정도였다.

나는 비장의 카드는 아직 꺼내놓지 않고 있었다. 비장의 카드를 꺼내면서 긴장감을 드러내지 않으려고 했지만 실패했다.

"장 펠릭스가 제안을 하더군요. 내 생각에는 괜찮은 아이디어 같았습니다. 그는 당신에게 그림을 그릴 수 있도록 해주어야 한다고 했어요. 그림 그릴 마음이 있어요? 당신에게 혼자만 사용할 공간과 캔버스, 물감, 붓을 제공할 수 있습니다."

앨리샤는 눈을 깜박였다. 그리고 눈을 떴다. 눈 안쪽에서 꺼졌던 불이 켜지는 것 같았다. 크고 순수하고 비웃음이나 의심이 존재하지 않는 어린아이의 눈이었다. 그녀의 얼굴색이 되살아나는 것 같았다. 앨리샤는 갑자기 멋져 보일 정도로 생생해졌다.

"디오메디스 교수님과 이야기를 했습니다. 그분도 찬성했고 로위나도 동의했습니다. 그러니까 진짜 당신에게 달렸습니다, 앨리샤, 어떻게 생각하세요?"

기다렸다. 앨리샤는 나를 빤히 바라보았다.

그러다가 마침내 나는 원하던 걸 얻어냈다. 확실한 반응, 내가 옳은 방향으로 가고 있다고 말해주는 신호를.

작은 움직임이었다. 정말로 아주 작았다. 그럼에도 많은 걸 말해주는 움직임.

앨리샤는 웃었다.

## 26

식당은 그로브에서 가장 따뜻한 공간이다. 아주 뜨거운 라디에이터들이 벽을 따라 설치되어 있고, 늘 벽에서 제일 가까운 자리부터 자리가 채워졌다. 환자와 의료진이 같이 식사를 하는 점심 시간이 가장 붐볐다. 식사를 하는 사람들의 한층 커진 목소리가 모든 환자가 같은 공간에 모일 때 발생하는 불편한 흥분에서 비롯된 소음과 뒤섞이며 불협화음을 만들어냈다.

냄새만큼 맛이 나지 않는 소시지와 으깬 감자, 피시앤칩스, 치킨 카레를 배식하던 카리브해 출신의 명랑한 여직원들이 웃으며 수다를 떨었다. 세 가지 끔찍한 음식 가운데 그나마 나은 피시앤칩스를 선택했다. 자리를 잡으러 가다가 엘리프 옆을 지나게 되었다. 그녀는 함께 어울리는 무리에 둘러싸여 있었는데 모두가 험악하게 생기고 거칠기로 소문난 환자들이었다. 테이블 옆을 지나다 들으니 엘리프는 음식에 대해서 불평을 하고 있었다.

"이런 쓰레기는 안 먹어." 엘리프는 식판을 밀쳐버렸다.

오른쪽에 있던 환자가 엘리프의 손에서 넘겨받으려고 식판을 가까이 당겼지만 엘리프는 환자의 머리통을 때렸다.

"욕심쟁이 년아!" 엘리프가 소리 질렀다. "이리 내놔."

그러자 테이블에 몰려 있던 사람들 사이에서 와 하고 웃음이 터졌다. 엘리프는 식판을 다시 앞으로 당기더니 새삼 맛있다는 듯 음식을 입에 밀어 넣고는 우물거렸다.

앨리샤가 제일 안쪽에 혼자 앉아 있는 모습이 보였다. 그녀는 거

식증에 걸린 새처럼 생선살을 아주 조금 담았지만 포크는 접시 주위를 움직이기만 할 뿐 입으로 향하지는 않았다. 함께 앉을까 하는 생각도 있었지만 그러지 않기로 했다. 혹시 그녀가 고개를 들고 나와 눈을 마주쳤다면 그리로 걸어갔을지도 모르겠다. 하지만 그녀는 주변과 근처에 있는 사람들을 차단하려는 것처럼 눈을 내리깔고 있었다. 공연히 주제넘게 사생활을 침범하는 것 같은 느낌이 들어서 모든 환자들과 몇 자리 떨어진 곳, 다른 테이블 끄트머리에 앉아서 피시앤칩스를 먹기 시작했다. 촉촉한 생선살을 한 입 먹었지만 맛이 없었다. 다시 데운 음식인데다 가운데 부분은 여전히 차가웠다. 나는 엘리프의 평가와 같은 의견이었다. 음식을 쓰레기통에 던져 넣으려던 순간 누군가 내 맞은편에 자리를 잡고 앉았다.

놀랍게도 크리스티안이었다.

"문제없나?" 그는 고갯짓을 하며 물었다.

"네, 그쪽은요?"

크리스티안은 대답하지 않았다. 돌처럼 단단한 카레라이스를 힘주어 잘게 부수고 있었다.

"앨리샤가 그림을 그리게 한다는 자네 계획을 들었어." 그는 식사를 하며 말했다.

"소식 한 번 빠르군요."

"여기가 그런 곳이지. 자네 생각이었어?"

나는 머뭇거렸다. "그래요, 맞습니다. 앨리샤에게 좋을 거라고 생각했어요."

크리스티안은 미심쩍은 표정을 지어 보였다. "조심하라고, 친구."

"경고 고맙군요. 하지만 별 필요 없는 경고입니다."

"그냥 하는 말이야. 경계성 환자는 매력적이지. 지금 자네가 처한 상황이 그거야. 자네가 제대로 이해하고 있는 것 같지 않아서 말이야."

"앨리샤는 날 유혹하지 않아요, 크리스티안."

크리스티안은 웃음을 터뜨렸다. "이미 유혹하고 있는 것 같은데. 자네는 그녀가 딱 원하는 걸 주고 있잖아."

"필요한 걸 주는 거죠. 그건 달라요."

"그 여자한테 뭐가 필요한지 어떻게 알아? 자네는 그 여자에 대해 너무 많은 걸 알아내고 있어. 그건 확실해. 그 여자가 환자야. 자네가 환자가 아니고."

화난 걸 감추려고 시계를 들여다보았다. "가야겠습니다."

일어서서 식판을 들었다. 이미 움직이고 있는 날 향해 크리스티안이 뒤에서 말했다. "그 여자 자네한테 달려들 거야, 테오. 기다려봐. 내가 경고한 걸 잊지 말라고."

짜증이 났다. 그 시간 이후 온종일 불쾌감이 사라지지 않았다.


퇴근하고 그로브를 나선 나는 도로 끝에 있는 작은 가게에 가서 담배를 한 갑 샀다. 스스로 어떻게 행동하는지 거의 의식하지도 않은 채 입에 담배를 하나 물고 불을 붙인 다음 연기를 깊이 들이마셨다. 자동차들이 빠른 속도로 옆을 지나가는 동안에도 나는 크리스티안이 한 말을 머릿속에서 되새기고 있었다. 경계성 환자는 매력적이지. 그는 그렇게 말했다.

사실일까? 사실이라서 내가 그렇게 짜증이 났던 걸까? 앨리샤가 감정적으로 날 유혹하고 있었나? 크리스티안은 분명히 그렇게 생각했고, 디오메디스 교수도 그걸 의심하고 있다는 건 내가 봐도 분명해 보였다. 그 두 사람의 생각이 옳은 걸까?

양심껏 생각을 해봐도 그렇지 않다고 확신할 수 있었다. 내가 앨리샤를 돕고 싶은 건 맞다. 하지만 또한 완벽하게 그녀에 대해 객관적이고 조금의 방심도 없이 신중을 기하고 있고 경계선을 확실히 유지할 수 있었다.

내 생각은 틀렸다. 나 스스로 인정할 수 없기는 했지만 이미 너무 늦어버린 상태였다.


화랑에 있는 장 펠릭스에게 전화를 걸어 앨리샤가 사용하던 물감, 붓, 캔버스 같은 미술 재료는 어떻게 되었는지 물었다.

"전부 어딘가에 보관되어 있나요?"

잠깐 말이 없던 그가 대답했다. "그게, 아뇨…… 그녀의 물건은 제가 전부 갖고 있습니다."

"당신요?"

"네. 재판 후에 제가 그녀의 작업실을 치웠어요. 그리고 값이 나갈 만한 것들을 전부 가져왔습니다. 사전 스케치, 노트들, 이젤, 물감. 그녀를 위해 전부 보관하고 있어요."

"정말 친절하시군요."

"그럼 내 조언을 따르기로 한 겁니까? 앨리샤에게 그림을 그리게 하려고요?"

"네. 어떤 결과가 나올지는 알 수 없지만 두고 봐야죠."

"아, 뭔가 나올 겁니다. 두고 봅시다. 제가 부탁하고 싶은 건 마무리가 된 그림을 볼 수 있도록 해달라는 게 전부입니다."

그의 목소리에서 묘한 굶주림의 기운이 느껴졌다. 갑자기 창고에 아기처럼 담요로 감싸서 보관해두었던 앨리샤의 그림들이 떠올랐다. 이자는 정말 앨리샤를 위해 모든 걸 보관하고 있는 걸까? 아니면 도저히 내놓을 수 없었던 걸까?

"혹시 재료들을 그로브에 가져다주실 수 있을까요?"

"아, 저⋯⋯." 그는 잠시 머뭇거렸다.

그가 불안해하는 게 느껴졌다.

나도 모르게 그를 구해주려고 말을 꺼냈다. "아니면 제가 가서 가져오는 것이 나을까요?"

"네, 네. 그렇게 하는 편이 좋겠습니다."

장 펠릭스는 여기로 오는 걸, 앨리샤를 만나는 걸 겁내고 있었다. 왜지? 두 사람 사이에 뭐가 있는 거지?

그가 마주하고 싶어 하지 않는 것이 뭘까?




27


"친구 몇 시에 만나?" 내가 물었다.

"7시. 연습 끝나고." 캐시는 커피 잔을 내게 내밀었다.

"내 친구 이름을 기억 못 하네, 테오. 니콜이야."

"그래." 나는 하품을 했다.

캐시는 단호한 표정을 지어 보였다. "있잖아, 당신이 기억을 못하니까 약간 무시당하는 기분이야. 니콜은 내 가장 친한 친구 중한 명인데. 당신, 그 빌어먹을 환송 파티에도 갔었잖아."

"물론 니콜 기억하지. 그냥 잠깐 이름을 잊었을 뿐이야."

캐시가 눈을 굴렸다. "어쨌든. 중독자 아저씨, 난 샤워할래."

아내는 주방에서 나갔다.

나는 속으로 웃었다.

7시.


7시 15분 전, 나는 사우스뱅크에 있는 캐시의 연습실 방향으로 강을 따라 걷고 있었다.

연습실 길 건너편 벤치에서 혹시라도 캐시가 일찍 나서다가 나를 발견하지 못하도록 몸을 반대편으로 돌리고 앉아 있었다. 어깨너머로 고개를 자주 돌려서 확인했다. 하지만 연습실 문은 단단히 닫혀 있었다.

그러다 7시 5분이 되자 문이 열렸다. 배우들이 건물을 나서면서 활기찬 대화와 웃음소리가 들려왔다. 배우들은 두세 명씩 어울려 빠져나오고 있었다. 캐시의 모습은 보이지 않았다.

5분을 기다렸다. 10분. 드문드문 나오던 사람들도 이제 보이지 않고 아무도 나오는 사람이 없었다. 아내를 놓친 것이 분명했다. 내가 도착해 기다리기 전에 떠난 것이다. 아니면 아예 연습에 오지 않은 걸까?

연습 자체가 거짓말일까?

일어서서 연습실 입구로 걸어갔다. 확인해야 했다. 만일 아내가 아직 안에 있고 나를 본다면 어떻게 하지? 내가 여기 온 이유를 뭐라고 설명해야 할까? 놀라게 해주려고 왔다? 그래, 아내와 '니콜'에게 저녁을 사주려고 왔다고 해야겠다. 캐시는 어색해하면서 말도 안 되는 거짓 핑계로 빠져나가려 할 것이다. '니콜이 아프다면서 약속을 취소했어.' 결국 캐시와 나는 둘이서만 불편한 저녁 시간을 보내게 될 것이다. 그렇게 또 긴 침묵의 저녁 시간을 갖게 되리라.

입구에 도착했다. 녹슨 녹색 손잡이를 잡으면서 머뭇거리던 나는 문을 밀어서 열었다. 안으로 들어갔다.

노출 콘크리트인 내부에서 눅눅한 냄새가 났다. 캐시의 연습실은 5층에 있었다. 아내는 매일 계단을 타고 올라가야 한다고 불평을 해댔다. 중앙 계단을 따라 위로 올라갔다. 2층에 도착해서 막 3층으로 올라가려는데 위층에서 계단을 따라 내려오는 목소리가 들렸다. 캐시였다. 아내는 통화 중이었다.

"알아, 미안해. 곧 만나자고. 오래 안 걸려…… 응, 알았어. 안녕."

몸이 얼어붙었다. 아내와 맞닥뜨리기 몇 초 전이었다. 계단을 따라 뛰어 내려가 모퉁이를 돌아서 숨었다. 캐시는 나를 보지 못하고 지나쳐 내려갔다. 그녀는 출입문 밖으로 나갔다. 문이 쾅 닫혔다.

서둘러 아내를 따라가 건물을 나섰다. 캐시는 다리 쪽을 향해 빠른 속도로 걷고 있었다. 퇴근하는 사람들과 관광객들 사이로 몸을 숨기며 아내를 따라갔다. 시야에서 놓치지 않을 정도로 따라가면서도 거리를 유지하려고 애썼다.

아내는 다리를 건너 계단을 내려가 지하철 임벵크먼트 역으로 들어갔다. 몇 호선 지하철을 타려는 것인지 궁금해하며 아내를 따라갔다.

그러나 아내는 지하철을 타지 않았다. 그러는 대신 역을 곧장 가로질러 반대편으로 나갔다. 그녀는 계속 채링 크로스 로드 쪽으로 걸어갔다. 나는 그 뒤를 따라갔다. 건널목에서 기다릴 때는 몇 걸음 뒤에 서 있었다. 우리는 채링 크로스 로드를 건너 소호로 향했다. 좁은 도로를 따라서 아내를 뒤쫓았다. 아내는 오른쪽으로 돌아서 왼쪽, 다시 오른쪽으로 방향을 바꾸었다. 그러더니 갑자기 멈춰 섰다. 그녀는 렉싱턴 스트리트 모퉁이에 섰다. 그리고 기다렸다.

그러니까 여기가 만날 장소로군. 좋은 곳이었다. 중심지에다 사람이 많고 익명성이 보장된다. 머뭇거리다가 모퉁이에 있는 술집으로 들어갔다. 바에 자리를 잡고 앉았다. 창문을 통해 도로 건너편 캐시의 모습이 아주 잘 보였다. 수염을 아무렇게나 기른 바텐더가 따분해하다가 내게 눈길을 던졌다.

"뭐 드릴까?"

"기네스 작은 잔 하나요."

바텐더는 하품을 하더니 바의 반대편으로 가서 맥주를 컵에 따랐다. 캐시에게서 눈을 떼지 않았다. 아내가 이쪽을 바라본다고 해도 창문 안쪽에 있는 나를 보지 못할 거라고 확신했다. 한 번은 캐시가 내 쪽을 똑바로 바라본 적도 있다. 심장이 순간적으로 멈추었다. 아내가 날 분명히 알아볼 줄 알았다. 하지만 그렇지 않았다. 아내의 시선은 다른 곳으로 옮겨갔다.

시간이 지났지만 캐시는 여전히 기다렸다. 나도 마찬가지였다. 맥주를 천천히 마시면서 지켜보았다. 상대방 남자가 누군지 몰라도 여유를 부리고 있었다. 아내는 좋아하지 않을 터였다. 캐시는 기다리는 일을 좋아하지 않았다. 자기는 툭하면 늦으면서도 그랬다. 아내가 짜증이 나서 얼굴을 찌푸리고 시계를 확인하는 모습이 떠올랐다.

한 사내가 도로를 건너 아내에게 다가갔다. 도로를 건너는 몇 초 사이에 나는 이미 사내를 평가했다. 탄탄한 몸매였다. 금발을 어깨까지 기른 모습이 놀라웠다. 캐시는 늘 나처럼 검은 머리에 나와 같은 눈을 가진 남자들에게만 끌렸다고 했다. 그것도 또 다른 거짓말이었나.

그러나 사내는 아내를 스쳐 지나갔다. 아내는 사내에게 눈길을 주지도 않았다. 사내는 금세 시야에서 사라졌다. 그러니 그 남자가 아니었다. 나는 캐시와 내가 같은 생각을 하고 있는지 궁금했다. 혹시 바람을 맞은 건가?

그 순간 아내의 눈이 커졌다. 아내는 웃었다. 도로 건너편을 향해 손을 흔들었다. 누군지 내게는 아직 보이지 않았다. 드디어 왔군. 그놈이었다. 보려고 목을 빼고……

놀랍게도 야하게 차려입은 금발의 여자가 흔들리는 발걸음으로 캐시에게 다가왔다. 어마어마하게 짧은 치마에 별나게 보일 정도로 높은 하이힐을 신고 있었다. 나는 여자를 단번에 알아보았다. 니콜이었다. 두 사람은 껴안고 키스를 나누며 인사를 했다. 그리고 웃고 떠들면서 팔짱을 끼고 어디론가 사라졌다. 그러니까 캐시가 니콜을 만난다는 이야기는 거짓이 아니었다.

나는 충격을 받았다. 캐시가 진실을 말하고 있었다는 사실에 엄청나게 안심이 되어야 마땅했다. 다행이라고 생각해야 마땅했다. 하지만 그렇지 않았다.

나는 실망했다.


## 28

"어떻게 생각해요, 앨리샤? 빛이 잘 들죠? 마음에 들어요?"

유리는 새로 꾸민 작업실을 자랑스럽게 보여주었다. 어항 바로 옆에 사용하지 않는 방을 쓰자는 건 유리의 아이디어였고 나도 동의했다. 로위나가 사용하는 미술 치료실을 나누어 사용하자는 것보다 좋은 생각인 것 같았다. 로위나가 적대감을 드러낼 것이 뻔하고 어려움이 생겼을 터였기 때문이다. 이제 앨리샤는 자기만의 방이 생겼고, 그곳에서 방해 없이 자유롭게 원할 때마다 그림을 그릴 수 있었다.

앨리샤는 주위를 둘러보았다. 그녀가 쓰던 이젤의 포장을 풀어서 가장 햇빛이 많이 드는 창가에 설치해둔 모습이었다. 탁자 위에는 물감 상자가 열린 채 놓여 있었다. 앨리샤가 탁자로 다가가는 사이 유리가 내게 윙크를 해보였다. 유리는 이번 그림 그리기 작전에 매우 열심이었고, 나는 그의 도움이 고마웠다. 유리는 쓸모 있는 협력자였고 의료진 중에서 단연코 인기가 최고였다. 최소한 환자들 사이에서는 그랬다.

그는 내게 고갯짓을 해보이며 말했다. "행운을 빌어요. 이제부터는 알아서 하시면 됩니다."

그렇게 말하고 유리는 사라졌다. 그가 나가고 문이 쾅 닫혔다. 그러나 앨리샤에게는 들리지 않는 것 같았다.

허리를 탁자 위로 숙이고 살짝 웃으며 물감을 확인하는 앨리샤는 자기만의 세상에 있었다. 그녀는 담비 털로 만든 붓을 집어 들더니 마치 섬세한 꽃이라도 되는 것처럼 손가락으로 어루만졌다. 그리고 물감 세 가지(프러시안 블루, 인디언 옐로, 카드뮴 레드)를 나란히 늘어놓았다. 텅 빈 캔버스를 올려놓은 이젤을 향해 자세히 바라보았다. 그녀는 그렇게 한참 동안 서 있었다. 무아지경에, 환상에 빠진 것처럼 보였다. 그녀의 마음은 이곳을 빠져나가 멀리 다른 곳에 가 있는 것 같았다. 그러다 결국은 제정신을 차리고 탁자 앞으로 되돌아왔다. 앨리샤는 약간의 흰색 물감을 팔레트에 짜내더니 거기에 붉은색 물감을 조금 섞었다. 그녀는 붓으로 물감을 섞어야 했다. 그녀가 사용하던 팔레트 칼은 그로브에 도착하자마자 스테파니가 뻔한 이유로 압수했기 때문이었다.

앨리샤는 캔버스 위로 붓을 들어 한 군데 표시를 했다. 하얀 공간의 한가운데에 붉은색 점을 하나 찍었다.

그녀는 점을 한참 동안 바라보았다. 그러더니 또 다른 점을 찍었다. 그리고 또 하나. 앨리샤는 금세 쉬거나 머뭇거리지 않고 물이 흐르는 듯한 동작으로 그림을 그리고 있었다. 앨리샤와 캔버스 사이에 오가는 일종의 춤이었다. 나는 옆에 서서 그녀가 만들어내는 형상을 지켜보았다.

나는 감히 숨도 제대로 쉬지 못한 채 침묵을 지키고 있었다. 야생의 동물이 새끼를 낳는 은밀한 순간을 목격하는 느낌이었다. 앨리샤는 내 존재를 알고 있지만 신경 쓰는 것 같지 않았다. 그림을 그리는 사이 가끔 고개를 들고 나를 바라보기도 했다.

마치 나를 상세히 살펴보는 것 같았다.


이후 며칠에 걸쳐 그림은 천천히 모양을 잡아갔다. 처음에는 대략적인 스케치처럼 보였지만 점차 명확하게 변해갔다. 그러다가 갑자기 아주 깨끗한 사진처럼 현실적인 모습으로 캔버스에 자리를 잡았다.

앨리샤는 빨간 벽돌로 만든 병원을 그렸다. 그로브인 것이 틀림없었다. 건물에 불이 나서 전부 타버린 모습이었다. 비상구에 두 사람의 모습이 보였다. 남자 한 명과 여자 한 명이 불을 피해 달아나고 있었다. 여자는 불꽃과 같은 색깔인 붉은 머리인 걸로 봐서 앨리샤 본인이 틀림없었다. 내가 보기에 남자는 나였다. 나는 불길이 발목까지 핥고 있는 가운데 앨리샤를 두 팔로 안아서 들고 있었다.

내가 불에서 앨리샤를 구하고 있는 것인지, 아니면 그녀를 불길 속으로 던져 넣으려는 것인지는 알 수 없었다.


240

## 29

"이건 말도 안 돼요. 여기 여러 해를 다녔지만 아무도 미리 전화하라는 말은 안 했다고. 온종일 여기 서서 기다릴 수는 없어. 나는 정말이지 바쁜 사람이라고."

한 미국 여자가 접수 데스크 앞에 서서 스테파니 클라크에게 큰 소리로 항의하고 있었다. 살인 사건에 대한 신문기사와 TV 프로그램을 통해 본 적이 있는 바비 헬만이었다. 그녀는 햄스테드에서 앨리샤의 이웃에 사는 여자로 가브리엘이 살해되던 날 밤에 총성을 듣고 경찰에 신고했다.

바비는 캘리포니아 출신으로 금발의 60대 중반 여자였는데 나이는 더 많을 수도 있었다. 샤넬 넘버5의 향기를 잔뜩 풍겼고 성형수술도 상당히 많이 한 모습이었다. 이름이 어울렸다. 깜짝 놀란 바비 인형 같았다. 그녀는 자신이 원하는 바를 얻어내는 일에 익숙해 보였는데, 그래서 환자를 면회하려면 미리 예약해야 한다는 사실을 알게 되었을 때 접수 데스크에서 큰 소리로 항의하게 된 것이다.

"관리자 나오라고 해." 그녀는 이곳이 정신병원이 아니라 레스토랑이라도 되는 것처럼 당당한 몸짓을 해가며 말했다. "말도 안 돼. 관리자 어디 있어요?"

"제가 관리자입니다, 헬만 부인." 스테파니가 말했다. "우리 전에도 만난 적이 있죠."

조금이나마 스테파니가 불쌍하게 생각되기는 이번이 처음이었다. 바비의 맹공격을 받아내는 신세가 된 그녀를 보고 불쌍하게 여기지 않기는 어려웠다. 바비는 엄청나게 많은 말을 빠르게 했고 중간에 쉬지도 않았고 상대에게 대꾸할 시간도 주지 않았다.

"그러니까, 당신이 전에는 사전에 예약해야 한다는 식의 이야기는 전혀 하지 않았잖아요." 바비는 큰 소리로 웃었다. "이런 세상에, 아이비 레스토랑에서 자리를 얻어내는 편이 더 쉽겠네."

나는 두 사람 옆으로 가서 스테파니에게 천진난만하게 웃어 보였다. "도와드릴까요?"

스테파니는 짜증스러운 표정을 지어 보였다. "아니, 괜찮아요. 내가 해결할 수 있어요."

바비는 관심이 생겼는지 나를 위아래로 훑어보았다. "당신은 누구예요?"

"테오 파버라고 합니다. 앨리샤를 치료하고 있습니다."

"아, 그래요?" 바비가 말했다. "정말 흥미롭군요." 그녀에게 의료진은 병동 관리자와는 달리 말을 섞을 대상이 되는 모양이었다. 그 순간부터 그녀는 오직 나와만 이야기를 했고 스테파니를 마치 접수 담당자에 불과한 것처럼 대했는데, 짓궂게도 기분이 좋았다는 걸 인정해야겠다.

"지금까지 만난 적이 없다면 새로 오신 모양이군요." 나는 대답하려고 입을 열었지만 바비가 오히려 빨랐다. "나는 몇 달에 한 번씩은 오곤 해요. 이번에는 조금 오래 걸렸죠. 가족을 만나느라고 미국에 가 있었거든요. 하지만 돌아오자마자 꼭 앨리샤를 만나러 가야겠다고 생각했어요. 앨리샤가 너무 그리웠어요. 아시겠지만,

나랑 가장 친한 친구거든요."

"아뇨, 몰랐습니다."

"아, 그렇군요. 앨리샤와 가브리엘이 옆집으로 이사 왔을 때 내가 두 사람이 동네에 적응할 수 있도록 아주 큰 도움을 주었죠. 그래서 앨리샤와 나는 엄청나게 친한 사이가 되었어요. 모든 걸 서로 털어놓곤 했죠!"

"그렇군요."

유리가 접수처에 나타났고 나는 손짓으로 그를 불렀다.

"앨리샤를 면회하러 오신 헬만 부인이세요." 내가 말했다.

"바비라고 불러도 괜찮아요. 유리하고 나는 오랜 친구예요." 바비는 유리에게 윙크를 해보였다. "우리는 오래전부터 알고 지냈어요. 이 친구가 문제가 아니죠. 여기 계신 여자분이……."

바비는 오만한 표정으로 스테파니에게 손짓을 해보였고, 스테파니는 마침내 말할 기회를 포착했다. "죄송합니다, 헬만 부인. 하지만 작년에 다녀가신 후에 병원 정책이 변경되었습니다. 보안을 더 강화했어요. 지금부터는 면회를 오기 전에 미리……."

"맙소사, 이야기를 처음부터 다시 하자는 거예요? 그 얘기 한 번만 더 들으면 비명이라도 질러버릴 거예요. 그렇지 않아도 인생이 복잡해 죽겠는데."

스테파니는 포기했고 유리는 바비를 안내했다. 나는 두 사람을 따라갔다.

우리는 면회실에 들어가서 앨리샤를 기다렸다. 아무것도 없는 방에는 창문도 없이 테이블 하나와 의자 두 개를 창백한 노란색

형광등 불빛이 비추고 있었다. 나는 안쪽에 서서 앨리샤가 두 명의 간호사와 함께 반대편 문에서 들어오는 모습을 지켜보았다. 앨리샤는 바비를 보면서도 특별한 반응은 전혀 보이지 않았다. 테이블로 걸어와 쳐다보지도 않고 의자에 앉았다.

그에 비해서 바비는 훨씬 감정적인 것 같았다.

"앨리샤, 자기야. 보고 싶었어. 너무 말랐다. 살이 남은 게 없네. 너무 부럽다. 어떻게 지내? 그 끔찍한 여자가 면회를 막으려고 하더라니까. 정말 악몽이 따로 없는……."

그런 식으로 바비는 무의미한 수다를 끝없이 늘어놓으며 샌디에이고에 어머니와 오빠를 만나러 갔던 이야기를 상세하게 들려주었다. 앨리샤는 가만히 앉아서 마스크를 쓴 것 같은 얼굴로 침묵을 지키며 아무런 반응을 보이지 않았다. 20분쯤 지난 뒤 다행히도 독백은 끝났다. 앨리샤는 유리의 안내로 돌아갔는데, 들어올 때와 마찬가지로 아무런 관심도 없는 모습이었다.

나는 그로브를 떠나려는 바비에게 다가갔다. "이야기 좀 할 수 있을까요?"

바비는 기다리고 있었다는 듯이 고개를 끄덕였다. "나랑 앨리샤에 관해서 이야기하고 싶어요? 이제야 누군가 내게 망할 놈의 질문을 할 때가 되었군요. 경찰은 아무것도 들으려고 하지 않았거든. 미친 짓이지. 앨리샤는 항상 내게 모든 걸 얘기했어요, 알아요? 모든 일에 관해서요. 무슨 말을 했는지 들으면 당신은 믿지 못할 거예요." 바비는 분명하게 강조하면서 수줍어하는 듯한 웃음을 지어보였다. 그녀는 내 관심을 끌어냈다는 걸 알고 있었다.

"이를테면요?"

바비는 비밀을 숨긴 것처럼 웃고는 모피 코트를 입었다. "글쎄요, 여기서는 말할 수 없군요. 지금은 너무 늦어서. 오늘 저녁에 오세요. 6시?"

바비의 집으로 찾아가야 한다니 마음에 들지 않았다. 진정으로 디오메디스 교수가 알아내지 못하길 바랐다. 그러나 달리 방법이 없었다. 나는 바비가 뭘 알고 있는지 알아내고 싶었다.

억지로 웃어 보였다. "주소가 어떻게 되시죠?"


# 30

바비가 사는 집은 햄스테드 히스의 도로 건너편, 연못을 내려다보는 여러 집들 가운데 하나였다. 거대한 저택은 위치로 생각해보면 아마 어마어마하게 비쌀 터였다.

바비는 가브리엘과 앨리샤가 옆집으로 이사 왔을 때 이미 햄스테드에서 여러 해 살고 있었다. 그녀의 전남편은 투자은행에서 일했고 런던과 뉴욕을 오가며 일을 하다가 바비와 이혼했다. 그는 부인보다 더 젊고 머리가 더 금발인 여자를 찾았고, 바비는 집을 차지했다.

"그래서 모두가 행복해졌어요." 그녀는 웃으며 말했다. "특히 내가 행복했죠."

바비가 사는 집은 도로의 다른 하얀 집들과 달리 열은 파란색으로 칠했다. 집의 앞쪽 정원은 작은 나무들과 화분에 심은 식물로 장식한 모습이었다.

바비는 현관에 나와 나를 맞이했다. "아, 어서 와요. 시간에 맞춰 오다니 기쁘군요. 좋은 징조예요. 이쪽으로 오세요."

바비는 복도를 따라 거실로 나를 안내하면서도 내내 입을 다물지 않았다. 한쪽 귀로 듣고 흘리면서 집 안 내부를 살펴보았다. 집에서는 온실 냄새가 났다. 식물과 꽃이 집 안을 가득 채웠다. 눈이 가는 곳마다 장미, 백합, 난이 가득했다. 그림과 거울, 액자에 넣은 사진들이 벽을 꽉 채우고 있었다. 작은 조각상, 꽃병 그리고 다른 오브제들이 테이블과 옷장 위에서 자리를 놓고 다투고 있었다. 모두 비싼 물건들이었지만 이런 식으로 꽉 들어차 있으니 쓰레기처럼 보였다. 그런 모습을 바비의 머릿속이라고 본다면 아무리 좋게 본다고 해도 그녀의 내면세계는 엉망이라고 봐야 할 것이다. 집 안의 모습은 나로 하여금 혼란과 어수선함, 탐욕을 생각하게 했다. 채울 수 없는 굶주림도. 바비의 어린 시절은 어땠을까 궁금했다.

술로 장식한 쿠션 두 개를 치워 자리를 만들고 불편하고 커다란 소파에 자리를 잡고 앉았다. 바비는 술을 모아둔 장식장을 열더니 술잔 두 개를 꺼냈다.

"어떤 술로 하실래요? 내가 보기에는 위스키를 드실 것 같네요. 전남편은 하루에 위스키를 몇 병씩 퍼마셨어요. 날 참고 견디려면 술이 필요하다나." 바비는 웃음을 터뜨렸다. "나는 와인 전문가예요. 실은 프랑스 보르도 지역에서 공부도 했죠. 코가 훌륭하거든요."

바비는 숨을 쉬려고 잠시 말을 멈췄고, 나는 기회가 났을 때 말할 수 있는 순간을 포착했다.

"저는 위스키를 좋아하지 않습니다. 별로 술을 마시지 않기도 하고요……. 그냥 맥주나 한두 잔 하죠."

"이런." 바비는 상당히 짜증 난 듯했다. "집에 맥주는 없는데."

"아, 괜찮습니다. 술은 마시지 않아도……."

"어쨌거나 난 마셔야 해요. 정말 되는 일이 없는 날이군."

바비는 커다란 잔에 레드와인을 따르더니 한참이나 수다를 떨 것처럼 팔걸이의자에 자리를 잡고 앉았다.

"자, 이제 원하는 대로 해요." 그녀는 추파를 던지듯 웃었다. "뭐가 알고 싶은 거죠?"

"괜찮으시면 몇 가지 질문이 있습니다."

"물어보세요."

"앨리샤가 의사를 만났다는 이야기를 한 적이 있습니까?"

"의사?" 바비는 질문에 놀란 것 같았다. "정신과 의사를 말하는 거예요?"

"아뇨, 일반 병원 의사요."

"아, 그럼 잘……." 바비는 머뭇거렸다. "사실 말이 나왔으니까 생각나는데, 앨리샤가 진료를 보러 다니던……."

"이름을 아세요?"

"아뇨, 몰라요. 하지만 내가 의사를 소개해준 일은 기억이 나요. 내가 치료를 받던 의사인데, 몽크스 박사는 정말 끝내주는 의사예요. 그냥 한 번 보기만 하면 뭐가 문제인지 바로 알아낸다니까. 그리고 뭘 먹어야 하는지 정확히 말해주는 거예요. 정말 대단해요."

바비가 추천하는 의사의 다이어트 방법에 대한 길고 복잡한 설명이 뒤따랐고, 바비는 내가 얼른 그 의사를 만나봐야 한다고 주장했다. 인내심이 바닥을 드러내기 시작했다. 다시 원래 하던 이야기로 되돌아오기까지는 한참의 노력이 필요했다.

"살인 사건이 벌어지던 날 앨리샤를 만나셨나요?"

"네, 사건이 일어나기 겨우 몇 시간 전에 봤죠." 바비는 잠시 말을 멈추고 와인을 조금 더 마셨다. "내가 앨리샤를 보러 집에 갔었어요. 난 시도 때도 없이 커피를 마시러 가곤 했어요. 사실 앨리샤는 커피를 마셨고 난 대개 뭔가 한 병 들고 갔죠. 우린 몇 시간씩 얘기를 하곤 했어요. 알다시피 아주 가까운 사이였으니까요."

그건 당신이 계속 주장하는 거고. 그러나 나는 이미 바비를 거의 자아도취에 빠진 환자로 진단하고 있었다. 그녀가 자기 필요에 맞지 않는 경우에도 다른 사람과 관계를 맺을 수 있을까 의심스러웠다. 내 생각에 바비가 집에 찾아오면 앨리샤는 별로 말을 하지 않았을 것 같았다.

"그날 오후 앨리샤의 정신 상태가 어땠는지 말해줄 수 있나요?"

바비는 어깨를 으쓱했다. "괜찮은 것 같았어요. 두통이 아주 심했는데, 그게 전부죠."

"전혀 흥분한 상태가 아니었나요?"

"그랬어야 하나요?"

"글쎄요, 상황을 생각하면……."

바비는 놀란 표정을 지어 보였다.

"앨리샤가 유죄라고 생각하는 건 아니죠?" 그녀는 웃었다. "아, 이런…… 선생님은 좀 똑똑하신 줄 알았는데."

"그게 무슨 말씀이신지……."

"앨리샤는 애초에 누굴 죽일 수 있을 정도로 거친 사람이 아니에요. 살인자가 아니라고요. 믿어도 돼요. 그녀는 무죄예요. 100퍼센트 확신해요."

"증거가 있는데 어떻게 그리 단정하시는 건지 궁금……."

"증거는 무슨. 나도 나만의 증거가 있다고요."

"그래요?"

"당연하지. 하지만 우선…… 내가 당신을 믿을 수 있는지 알아야겠어요." 바비의 눈이 내 눈을 탐욕스럽게 탐색했다.

나는 흔들리지 않고 그녀의 시선을 받아냈다.

그러자 그녀가 아무렇지도 않게 말했다. "있잖아요, 남자가 있었어요."

"남자요?"

"그래요. 지켜보고 있었죠."

깜짝 놀란 나는 즉시 정신을 차렸다. "지켜보다니, 그게 무슨 뜻이죠?"

"말한 대로죠. 지켜봤다니까. 경찰한테도 말했는데 관심이 없는 것 같더라고. 경찰은 앨리샤가 가브리엘의 시체, 그리고 총과 함께 발견된 순간 모든 걸 결론지었어요. 그들은 다른 이야기는 전혀 듣고 싶어 하지 않았죠."

"정확히 무슨 이야기를 말하는 거죠?"

"말해줄게요. 듣고 나면 왜 내가 오늘 밤에 오라고 했는지 알게 될 거예요. 들어볼 만한 가치가 있다니까."

빨리 이야기나 해. 하지만 입은 다문 채 격려하듯 웃어 보였다.

바비는 술잔을 다시 채웠다. "살인 사건 몇 주 전부터 시작된 이야기예요. 내가 앨리샤를 만나러 갔고 우린 한잔씩 마시고 있었는데, 앨리샤가 평소보다 말이 없더라고요. 내가 말했죠. '자기, 괜찮아?' 그러자 앨리샤가 울기 시작하는 거예요. 그러는 건 전에 한 번도 본 적이 없었어요. 눈이 붓도록 울었다니까. 원래는 아주 내성적인 사람이잖아요…… 그런데 그날은 그냥 다 얘기하더라고. 앨리샤는 아주 엉망인 상황이었어요."

"뭐라고 하던가요?"

"동네에서 어슬렁거리는 사람을 본 적이 있느냐고 묻더라고요. 길거리에서 자기를 지켜보는 남자를 봤다면서." 바비는 머뭇거렸다. "내가 보여줄게요. 앨리샤가 이걸 보냈어요."

바비는 매니큐어를 칠한 손을 뻗어 전화기를 꺼내더니 사진들을 찾았다. 그녀는 내게 전화기를 내밀었다.

사진을 살펴보았다. 내가 뭘 보고 있는지 이해하는 데는 약간의 시간이 걸렸다. 흐릿하게 찍힌 나무 사진이었다.

"이게 뭐죠?"

"뭐처럼 보여요?"

"나무인가요?"

"나무 뒤에."

나무 뒤에 회색 얼룩이 보였다. 가로등이라고 해도, 커다란 개라고 해도 믿을 수 있었다.

"그거 사람이에요. 윤곽이 확실하게 보이잖아."

믿기지 않았지만 달리 주장하지 않았다. 바비가 다른 쪽으로 새지 않았으면 했다.

"계속 말씀하시죠."

"그게 다예요."

"하지만 무슨 일이 있었죠?"

바비는 어깨를 으쓱했다. "아무 일도 없었어요. 내가 앨리샤에게 경찰에 신고하라고 했죠. 남편에게도 말하지 않았다기에 신고하라 한 거죠."

"가브리엘에게 말하지 않았다고요? 왜죠?"

"몰라요. 남편하고 그다지 마음이 맞는 것 같지 않다는 느낌이 들었어요. 어쨌거나, 그래서 나는 경찰에 신고하라고 우겼죠. 왜냐하면 나는 어떻게 해? 내 안전도 문제가 되잖아요? 동네에 수상한 사람이 돌아다닌다니, 게다가 난 혼자 사는 여자 아니에요? 밤에 잠자리에 들 때 안전하다는 느낌이 들길 원하니까요."

"앨리샤가 시키는 대로 했나요?"

바비는 고개를 흔들었다. "아니, 그러지 않았어요. 며칠 뒤 말하길 남편하고 이야기를 했는데, 자기가 헛것을 본 것 같다고 하더라고요. 나더러 잊어버리라고 했어요. 그리고 혹시 가브리엘을 만나더라도 언급하지 말라고도 했고. 모르겠지만, 전체적으로 냄새가 났어요. 그리고 이 사진을 지워달라고 부탁도 했어요. 물론 지우지는 않았지만. 앨리샤가 체포되었을 때 내가 이 사진을 경찰에 보여줬거든요. 하지만 그들은 관심이 없었어요. 이미 모든 걸 결정해놓고 있더라고요. 하지만 분명히 뭔가가 더 있어요. 이렇게 말해도 될까?" 바비는 목소리를 낮추더니 극적으로 속삭였다. "앨리샤는 겁내고 있었어요."

바비는 말을 멈추고 침묵하더니 남은 와인을 모두 마셨다. 그녀는 병으로 손을 뻗었다. "진짜 한잔 안 할래요?"

재차 거절하고 고맙다고 인사한 뒤 핑계를 대고 집을 빠져나왔다. 더 오래 있어봐야 소용이 없었다. 그녀는 내게 해줄 말이 더는 없었다. 나는 생각해야 할 것이 너무 많았다.

집을 나서니 밖은 어두웠다. 나는 옆집, 앨리샤가 살던 집 앞에서 잠시 멈춰 섰다. 집은 재판이 끝나고 금세 팔렸고 지금은 일본인 부부가 살고 있었다. 바비에 따르면 일본인 부부는 아주 쌀쌀맞다고 했다. 바비가 여러 번 다가갔지만 그쪽에서 거부했다고. 바비가 옆집에 살면서 끝도 없이 불쑥 찾아오면 어떤 기분일지 궁금했다. 앨리샤는 바비를 어떻게 생각했을까.

담배를 하나 피워 물고 방금 들은 말에 대해 생각했다. 그러니까 앨리샤는 바비에게 자신이 감시를 당하고 있다고 말했다. 경찰은 아마도 바비가 관심을 끌고 싶어서 이야기를 지어냈다고 생각한 듯했다. 그래서 바비의 이야기를 무시했다. 놀랍지는 않았다. 바비는 심각하게 받아들일 만한 사람이 아니었기 때문이다.

그럼에도 앨리샤는 너무 두려운 나머지 그런 바비에게 도움을 요청했다. 그리고 나중에는 가브리엘에게도 말했다. 그래서? 앨리샤가 다른 사람에게도 이야기를 했을까? 그걸 알아야 했다.

갑자기 아이 모습의 내가 떠올랐다. 불안감에, 온갖 공포와 온갖 고통을 끌어안은 채 터지기 직전인 아이. 끝도 없이 서성거리고 가만히 있지 못하면서 두려워하는 모습. 혼자서 미치광이 아버지에 대한 두려움을 견뎌내는 아이. 얘기할 사람은 없었다. 들어줄 사람이 없었다. 앨리샤는 나와 비슷하게 절망적인 기분이었을 것이다. 그렇지 않았더라면 바비에게 털어놓았을 리 없다.

몸이 떨렸다. 머리 뒤에서 나를 쳐다보는 눈길이 느껴졌다.

휙 돌아섰다. 하지만 뒤에는 아무도 없었다. 나는 혼자였다. 텅 빈 도로는 어둡고 조용했다.


## 31

다음 날 아침 앨리샤를 만나 바비에게 들은 이야기를 해보겠다는 생각을 하면서 그로브에 도착했다. 하지만 출입구에 들어서자마자 여자의 비명이 들렸다. 고통스러워 울부짖는 소리가 복도에 울려 퍼졌다.

"뭐지? 무슨 일이에요?"

경비원은 내 질문을 무시하고 날 지나쳐 병동으로 뛰어갔다. 그를 따라가니 가까이 다가갈수록 비명은 점점 커졌다. 앨리샤가 괜찮기를, 그녀와 관계된 상황이 아니길 빌었다. 하지만 왠지 느낌이 좋지 않았다.

모퉁이를 돌았다. 간호사들과 환자들, 경비원들이 어항 밖에 모여 있었다. 디오메디스 교수가 전화기를 붙들고 구급대원을 부르고 있었다. 그의 셔츠에는 온통 피가 튀어 있었다. 하지만 그의 피가 아니었다. 간호사 두 명이 바닥에 무릎을 꿇고 비명을 지르는 여자를 보살피고 있었다. 여자는 앨리샤가 아니었다.

엘리프였다.

엘리프는 피투성이가 된 얼굴을 부여잡고 고통으로 비명을 지르며 몸부림치고 있었다. 눈에서 피가 쏟아져 나오고 있었다. 뭔가가 눈에 박혀 눈알을 꿰뚫은 것 같았다. 막대기처럼 보였다. 하지만 막대기가 아니었다. 그게 뭔지 단번에 알 수 있었다. 붓이었다.

앨리샤는 유리와 다른 간호사에게 붙잡힌 채 벽을 등지고 서 있었다. 하지만 육체적으로 그녀를 통제할 필요는 없었다. 그녀는 너무나 차분하고 완벽할 정도로 얌전했다. 마치 조각상 같았다. 그녀의 표정을 보자 그림이 선명하게 떠올랐다. 알케스티스. 멍하니 표정 없는 얼굴. 텅 비어 있었다. 그녀는 나를 똑바로 쳐다보고 있었다.

처음으로 두려움이 느껴졌다.

32

"엘리프는 어때요?" 어항에서 기다리고 있던 나는 응급실에서 돌아온 유리에게 물었다.

"안정됐어요." 그는 무겁게 한숨을 내쉬었다. "그나마 우리가 기대할 수 있는 건 그 정도죠."

"만나볼 수 있을까요?"

"엘리프요? 아니면, 앨리샤?"

"엘리프부터요."

유리는 고개를 끄덕였다. "오늘 밤은 쉬어야 한다니까, 아침이 되면 모시고 가죠."

"대체 어떻게 된 일이죠? 당신도 있었나요? 앨리샤를 화나게 한 모양이죠?"

유리는 다시 한숨을 쉬더니 어깨를 으쓱했다. "모르겠어요. 엘리프가 앨리샤의 작업실 밖에서 어슬렁거리고 있었죠. 뭔가 서로 다툼이 있었던 것이 분명해요. 둘이 뭘 가지고 싸웠는지는 모르겠습니다."

"열쇠 있어요? 가서 살펴보죠. 혹시 뭐라도 실마리를 찾아낼 수 있을지 모르니까."

우리는 어항에서 나와 앨리샤의 작업실로 걸어갔다. 유리가 문을 따고 열었다. 그가 불을 켰다.

그리고 그곳에 있는 이젤 위에 우리가 찾던 정답이 보였다.

앨리샤의 그림(그로브가 불길에 휩싸인 그림)을 누가 망쳐놓은 게 보였다. 붉은색 물감으로 '잡년'이라는 글씨가 마구잡이로 쓰여 있었다.

나는 고개를 끄덕였다. "설명이 되는군요."

"저걸 엘리프가 그랬다고 생각해요?"

"누구겠어요?"

나는 응급병동에 있는 엘리프를 만났다.

그녀는 수액을 꽂은 채 침대에 등을 받치고 앉아 있었다. 머리를 감은 두툼한 붕대가 한쪽 눈을 덮고 있었다. 그녀는 잔뜩 화가 났고 고통스러워했다.

"꺼져." 그녀는 날 보자마자 말했다.

나는 의자를 침대 옆으로 가져와 자리를 잡고 앉은 후 정중하고 점잖게 말했다. "정말 유감이에요, 엘리프. 정말 안됐어요. 이런 일이 생기다니 끔찍하군요. 비극이에요."

"당연한 말을 하고 지랄이야. 이제 꺼지고 날 혼자 좀 있게 해줘."

"무슨 일이 있었는지 말해주세요."

"그년이 내 눈깔을 파냈어. 그렇게 된 거야."

"왜 그런 거예요? 둘이 싸웠어요?"

"내가 잘못했다는 거야? 난 아무 짓도 안 했어!"

"당신 잘못이라는 게 아니에요. 난 그저 앨리샤가 왜 그랬는지 알고 싶을 뿐이에요."

"그년이 대가리가 돌아버렸으니까 그런 거지."

"그림이랑 관련이 있는 건 아니고요? 당신이 무슨 짓을 했는지 봤어요. 그림을 망쳤잖아요, 안 그래요?"

엘리프는 하나 남은 눈을 가늘게 뜨더니 질끈 감아버렸다.

"그건 아주 나쁜 행동이었어요, 엘리프. 그렇다고 앨리샤가 한 행동을 정당화할 수는 없지만 그래도……."

"그것 때문에 그년이 그런 게 아니야." 엘리프는 눈을 뜨더니 비웃는 것처럼 나를 바라보았다.

나는 망설였다. "아니라고요? 그럼 왜 앨리샤가 당신을 공격한 거죠?"

엘리프의 입술이 웃는 것처럼 뒤틀렸다. 하지만 아무 말도 하지 않았다. 우리는 그렇게 한참을 그냥 앉아 있었다. 막 포기하려던 순간에 엘리프가 말했다.

"내가 진실을 말해줬어."

"무슨 진실요?"

"당신이 그년한테 부드럽다고."

그 말에 나는 깜짝 놀랐다. 대꾸도 하기 전에 엘리프는 차갑게 무시하며 말을 이었다.

"당신 그년 사랑하잖아, 친구. 그년한테 그렇게 말했지. '그 사람 널 사랑해. 사랑한다고. 테오랑 앨리샤랑 둘이서 키스한대요⋯⋯.' 그렇게 말이야." 엘리프가 끔찍하게 들리는 새된 소리로 웃기 시작했다.

나머지는 상상할 수 있었다. 광분한 앨리샤는 붓을 들고 몸을 돌렸고⋯⋯ 붓을 엘리프의 눈에 꽂아버린 것이다.

"그거 완전 미친년이야." 진이 빠지고 고통스러워하는 엘리프는 거의 눈물을 흘릴 것 같은 목소리였다. "사이코 같은 년."

붕대로 감은 엘리프의 상처를 보면서 그녀의 말이 옳을지도 모른다는 생각이 들었다.

# 33

회의는 디오메디스의 사무실에서 진행했지만 처음부터 지휘권은 스테파니가 갖고 있었다. 이제 우리는 심리학의 관념적인 세상을 떠나 건강과 안전이라는 실체가 있는 영역에 들어섰고, 그녀의 관할 구역에 있었으며 그녀도 그런 사실을 알았다. 디오메디스가 시무룩하게 침묵을 지키는 것으로 보아 그 역시 알고 있음이 분명했다.

스테파니는 팔짱을 끼고 서 있었다. 틀림없이 흥분한 상태였다. 내 생각에는 이번 일, 그러니까 책임자 노릇을 하면서 최종 결정권을 갖는 걸 즐기고 있는 것 같았다. 우리가 전부 한통속이 되어 그녀를 제압했을 때 얼마나 화가 났겠는가? 이제 그녀는 복수를 즐길 수 있었다.

"어제 아침 사고는 도저히 있을 수 없는 일이었습니다." 그녀가 말했다. "내가 앨리샤에게 그림 그리기를 허락하면 안 된다고 경고했죠. 개인적인 특권은 늘 질투와 분노를 불러옵니다. 이런 일이 벌어질 줄 알았어요. 지금부터는 안전이 가장 중요시되어야만 합니다."

"그래서 앨리샤를 독방에 가둔 겁니까? 안전 때문에?"

"그녀는 자기 자신과 다른 사람들에게 위협이 되고 있습니다. 그녀는 엘리프를 공격했어요. 죽일 뻔했다고요."

"화나게 하니까 그런 겁니다."

디오메디스가 고개를 흔들더니 피곤한 듯 말했다. "아무리 화나게 했다고 해도 그런 식의 공격을 정당화할 수는 없네."

스테파니가 고개를 끄덕였다. "바로 그렇습니다."

"그건 한 번 일어난 사고였어요." 내가 말했다. "앨리샤를 독방에 가둔 건 잔인함을 넘어 미개한 행동입니다." 나는 브로드무어에서 환자들이 작고 창문도 없는 곳, 가구는 고사하고 침대 하나 간신히 놓을 수 있는 공간인 독방에 갇히는 걸 본 적이 있다. 독방에서 여러 시간이나 며칠을 보내면 이미 불안정한 사람은 말할 것도 없고 멀쩡한 사람도 충분히 미칠 수 있었다.

스테파니는 어깨를 으쓱했다. "병원의 관리자로서 나는 필요한 어떤 조치든 취할 수 있어요. 크리스티안에게 지침을 구했고, 그도 나랑 의견을 같이 했습니다."

"물론 그랬겠죠."

방 건너편에서 크리스티안은 나를 보고 잘난 체하며 웃었다. 디오메디스도 나를 바라보고 있는 걸 느낄 수 있었다. 나는 상황을 개인적인 공격으로 몰아가고 있었고 감정을 드러냈지만 신경 쓰지 않았다.

"그녀를 가두는 것이 답은 아닙니다. 우린 그녀가 계속 말하게 해야 합니다. 우리는 이해해야 할 필요가 있습니다."

"물론 이해합니다." 크리스티안은 마치 발달이 더딘 아이에게 말하는 것처럼 무겁고 선심을 쓰는 듯한 말투였다. "자네가 문제야, 테오."

"저요?"

"그럼 누구겠어? 자네가 문제를 일으키고 있잖아."

"문제를 일으키다니요?"

"사실 아니야? 자네가 앨리샤에 대한 투약을 줄이자는 작전을 벌였고……."

나는 웃었다. "작전이랄 것도 없었어요. 조정을 한 거지. 그녀는 눈알까지 약에 절어 있었습니다. 좀비였어요."

"말도 안 되는 소리."

나는 디오메디스에게 고개를 돌렸다. "정말 제 책임으로 돌리려고 이러는 겁니까? 지금 그러려고 회의하는 거예요?"

디오메디스는 고개를 흔들었지만 내 시선을 피했다. "물론 그렇지 않아. 하지만 상담 치료가 그녀를 불안정하게 만든 건 분명해. 너무 급하고 지나치게 자극을 가한 거야. 나는 이번에 일어난 불행한 사고의 원인이 그것이 아닌가 의심하고 있네."

"받아들일 수 없습니다."

"자네는 너무 가까이 접근해 있는 상태라 명확하게 볼 수 없어." 디오메디스는 양손을 들어 올리며 한숨을 내쉬었다. 패배자의 태도였다. "이렇게 중대한 시기에 더 이상의 실수는 용납할 수 없네. 자네도 알다시피 우리 병원의 미래가 걸려 있어. 우리가 실수를 할 때마다 보험공단에서 이곳을 폐쇄할 명분은 많아지니까."

그의 패배주의와 지쳐서 모든 걸 받아들이는 모습에 엄청나게 짜증이 났다.

"그렇다고 그녀를 약을 잔뜩 먹인 채 가두는 것이 답은 아닙니다. 우리가 교도관이 아니잖습니까."

"맞는 말이에요." 인디라가 지지하는 미소를 지으며 말을 이었다. "문제는 우리가 너무 위험을 회피하려고 하는 바람에 모험을 하지 못하고 약물만 지나치게 투여하고 있다는 점이에요. 우리는 광기를 잡을 수 있도록 마주 앉을 용기가 필요해요. 그냥 가둬두려고 애쓰는 대신 말이죠."

크리스티안이 눈을 굴리며 이의를 제기하려고 했지만 디오메디스가 고개를 흔들며 먼저 입을 열었다.

"그러기에는 너무 늦었지요. 이건 내 실수입니다. 앨리샤는 심리 상담에 알맞은 대상이 아니었습니다. 내가 허락하지 않았어야 했습니다."

디오메디스는 자신을 비난하고 있었지만 실제로는 나를 비난하고 있었다. 모두의 눈이 내게 쏠렸다. 디오메디스의 실망한 채 찌푸린 얼굴, 크리스티안의 비웃는 듯한 승리의 눈길. 스테파니의 적대적 눈초리와 인디라의 걱정스러워하는 표정.

애원하는 것처럼 들리지 않도록 애썼다. "꼭 그래야 한다면 앨리샤가 그림 그리는 걸 그만두게 하죠. 하지만 심리 상담은 계속해야 합니다. 그녀에게 다가갈 수 있는 유일한 길입니다."

디오메디스는 고개를 저었다. "어차피 다가갈 수 없는 존재라는 생각이 들기 시작했네."

"조금만 더 시간을 주시면······."

"안 돼."

디오메디스의 목소리에 깃든 더 이상 어쩔 수 없다는 분위기를 보니 더 이상의 논쟁은 무의미했다.

끝난 일이었다.

# 34

눈이 올 거라는 디오메디스의 예측은 틀렸다. 눈은 오지 않았다. 대신 오후부터 비가 억수같이 쏟아졌다. 화난 북소리 같은 천둥과 번개 불빛을 동반한 폭풍우였다.

나는 상담실에서 창문을 때리는 빗물을 보며 앨리샤를 기다렸다.

지치고 우울한 느낌이었다. 모든 일이 시간 낭비였다니. 도움을 주기도 전에 앨리샤를 놓쳐버리고 말았다. 이제 기회는 없었다.

문에서 노크 소리가 났다. 유리가 앨리샤를 데리고 상담실로 들어왔다. 생각했던 것보다 상태가 안 좋아 보였다. 창백하고 잿빛인 얼굴이 유령 같았다. 움직임이 어색했고 오른쪽 다리가 계속 떨렸다. 크리스티안, 이 빌어먹을 놈. 앨리샤는 약에 취해 정신이 없었다.

유리가 떠나고 난 뒤에도 한참 동안 아무 말이 없었다. 앨리샤는 나를 보지 않았다. 결국 내가 입을 열었다. 앨리샤가 확실히 이해할 수 있도록 큰 목소리로 명확하게 말했다.

"앨리샤, 독방에 갇히게 된 점 미안하게 생각해요. 그런 고통을 겪게 하다니 유감이에요."

반응은 없었다.

나는 머뭇거렸다. "당신이 엘리프에게 한 행동 때문에 우리 상담은 끝난 것 같아요. 제가 내린 결정이 아니에요. 하지만 제가 어떻게 해볼 방법이 없어요. 이번 상담을 통해서 무슨 일이 있었는지 말하고 당신이 왜 엘리프를 공격했는지 설명할 기회를 드렸으면 좋겠어요. 그리고 당신이 분명히 느끼고 있을 후회를 표현했으면 해요."

앨리샤는 아무 말이 없었다. 약 기운에 덮인 앨리샤에게 내 말이 전달되었는지 알 수 없었다.

"내 기분을 말해줄게요. 솔직히 말하면 화가 나요. 우리 상담이 제대로 시작하기도 전에 끝나게 되어 화가 나요. 그리고 당신이 좀 더 노력하지 않아서 화가 나요."

앨리샤의 머리가 움직였다. 그녀가 내 눈을 쏘아보았다.

"당신이 두려워한다는 거 알아요. 도우려고 했는데 당신이 허락하지 않았죠. 그리고 이제 나는 어떻게 해야 할지 모르겠어요."

나는 좌절감에 입을 다물었다.

그 순간 앨리샤가 내가 평생 잊지 못할 행동을 했다.

그녀가 떨리는 손을 날 향해 들어올렸다. 그녀는 뭔가를 들고 있었다. 가죽으로 된 표지의 작은 노트였다.

"뭐죠?"

대답은 없었다. 그녀는 노트를 내게 내밀고 있었다.

나는 호기심에 노트를 바라보았다. "이걸 가지라는 거예요?"

대답은 없었다. 나는 머뭇거리며 조심스럽게 그녀의 떨리는 손에서 노트를 받아들었다. 노트를 펼치고 페이지를 넘겼다. 손으로 쓴 일기, 일지였다.

앨리샤의 일기.

손으로 쓴 글씨 모양으로 볼 때 정신이 혼란스러운 상황에서 쓴 것 같았다. 특히 맨 뒤쪽 부분이 더 그랬는데, 뭐라고 쓴 것인지 거의 알아볼 수 없었다. 페이지 여기저기에 이런저런 방향으로 쓴 각각의 문장이 서로 화살표로 연결되어 있기도 했고, 어떤 페이지는 낙서와 그림으로 덮여 있기도 했다. 줄기 위에서 자라난 꽃들이 글씨 위를 뒤덮어서 뭐라고 썼는지 해독이 안 되기도 했다.

호기심에 불타오른 나는 앨리샤를 바라보았다. "이걸 내가 어떻게 해주기를 바라나요?"

사실 무의미한 질문이었다. 앨리샤가 원하는 건 명백했다.

그녀는 내가 노트를 읽길 원했다.

# 3부 앨리샤 베런슨의 일기

아무것도 아닌 걸 신기하게 묘사해서는 안 된다.
그것이 일기를 쓸 때 위험한 점이다. 모든 걸 과장하고,
경계하게 되고 진실을 계속 왜곡하게 된다.
_장 폴 사르트르

본바탕이 정직하진 않은 나지만 가끔 우연히 정직할 때도 있다.
_윌리엄 셰익스피어, 『겨울 이야기』

## 앨리샤 베런슨의 일기

### 8월 8일

오늘 이상한 일이 있었다.

주방에서 커피를 내리다가 창문 밖을 바라보았다. 일부러 본 것도 아니고 멍하니 아무 생각 없이 시선을 돌리다가 뭔가, 아니 누군가 밖에 있는 걸 알았다. 남자였다. 눈에 띈 이유는 남자가 동상처럼 꼼짝도 하지 않고 우리 집을 보고 있었기 때문이다. 도로 건너편 공원 입구 쪽에 서 있었다. 사내는 나무 그늘 아래 서 있었다. 키가 크고 체격이 좋았다. 선글라스와 모자를 쓰고 있어서 얼굴은 알아볼 수 없었다.

사내가 창문을 통해 날 볼 수 있는지 없는지는 알 수 없었지만 마치 나를 정면으로 바라보고 있는 것 같았다. 이상했다. 도로 건너편 버스 정류장에서 사람들이 서서 기다리는 건 익숙한 모습이었지만 사내는 버스를 기다리고 있지 않았다. 그는 우리 집을 쳐다보고 있었다.

창가에 한참 서 있었다는 걸 깨닫고 창가에서 물러섰다. 작업실로 가서 그림을 그리려고 했지만 집중할 수 없었다. 자꾸 길 건너의 사내 생각이 났다. 20분만 더 쉬기로 하고 주방으로 돌아가 살펴보았다. 아직 거기 있으면 어떻게 하지? 사내는 아무런 나쁜 짓도 하지 않았다. 강도질을 하려고 미리 답사하는 건지도 몰랐다. 처음에는 그런 생각이 들었다. 하지만 왜 그렇게 의심을 살 만한 모습으로 서 있기만 한단 말인가? 어쩌면 이 동네로 이사 오려고 생각하는 건가? 도로 끝에 팔려고 내놓은 집을 살 생각인가? 그러면 설명이 되었다.

하지만 내가 주방으로 돌아와 창밖을 내다봤을 때 사내는 사라지고 없었다. 길거리에 아무도 보이지 않았다.

사내가 왜 그런 행동을 했는지 내가 알아낼 방법은 전혀 없을 것 같다. 이상하기도 하지.


## 8월 10일

어젯밤에 장 펠릭스와 연극을 보러 갔다. 가브리엘은 가지 말라고 했지만 어쨌든 갔다 왔다. 두려운 생각이 들었지만 장 펠릭스가 원하는 대로 함께 연극을 구경하러 가면 관계를 끝낼 수 있을 것 같았다. 아니 그럴 수 있기를 바랐다.

　우리는 미리 만나서 먼저 술을 한잔 마시기로 했고(그의 생각이었다) 약속 장소에 도착했을 때는 아직 날이 환했다. 하늘에 낮게 걸린 태양이 강물을 피처럼 붉은색으로 물들였다. 장 펠릭스는 내셔널 시어터 밖에서 날 기다리고 있었다. 내가 먼저 그를 발견했다. 그는 인상을 찌푸린 채 사람들을 살펴보고 있었다. 관계를 끊는 것이 잘하는 걸까, 조금이나마 남았던 의구심이 그의 분노에 찬 얼굴을 보니 말끔히 사라졌다. 끔찍한 두려움이 차올라 그냥 돌아서서 달아날 뻔했다. 그러나 그러기 전에 그가 고개를 돌려 날 발견했다. 그는 손을 흔들었고 나는 그에게 다가갔다. 나는 웃는 척했고, 그도 웃는 척했다.

　"와서 다행이야." 장 펠릭스가 말했다. "안 올까 봐 걱정하고 있었어. 들어가서 한잔할까?"

　우리는 휴게실로 가서 술을 한 잔 마셨다. 과장이 아니라, 너무나 어색한 분위기였다. 우리 두 사람 모두 전에 있었던 일은 전혀 언급하지 않았다. 관계없는 이야기만 잔뜩 나누었고, 대개는 장 펠릭스가 말하고 나는 들었다. 우리는 술 두 잔씩을 마시고 일어섰다. 속이 비어 있던 터여서 살짝 취기가 돌았다. 이것이 장 펠릭스의 의도일지도 모른다는 생각이 들었다. 그는 어떻게든 내 관심을 끌려고 애썼지만 대화는 거북했다. 미리 계획하고 연출된 대화였다. 그의 입에서 나오는 모든 이야기는 "예전에 그거 재미있었잖아"라든가 "그때 기억나, 그 왜 우리가……" 같은 말로 시작했다. 내 마음을 약하게 만들고 우리가 얼마나 많은 추억을 공유하고 있으며 얼마나 친한 사이인지를 떠올리게 할 수 있으리라는 희망에 미리 추억담을 연습이라도 해온 것 같았다. 그는 내가 이미 결심했다는 사실을 깨닫지 못하고 있었다. 그가 무슨 말을 해도 내 결심은 바뀌지 않을 터였다.

결국 가기를 잘했다. 장 펠릭스를 만났기 때문이 아니라 연극을 볼 수 있어서였다. 알케스티스는 내가 들었던 비극이 아니었다. 가정에서 벌어지는 작은 이야기라서 잘 알려지지 않은 것 같았는데, 그래서 마음에 들었다. 연극은 현재 시대로 각색되었고, 아테네 교외의 어떤 집이 무대였다. 규모도 마음에 들었다. 친근한 일반 가정의 비극인 것이다. 한 남자가 죽음을 맞게 되었는데 아내인 알케스티스는 남편을 구하고 싶어 한다. 알케스티스 역을 연기한 배우는 그리스 조각상처럼 생겼는데 얼굴이 무척 아름다웠다. 계속 그녀를 그림으로 그리는 상상을 했다. 배우가 어떤 사람인지 알아내고 에이전트에게 연락해야겠다고 생각했다. 그런 말을 장 펠릭스에게 할 뻔했지만 그러지 않았다. 그가 내 인생과 연결이 되는 일은 어떤 식이든 원하지 않았다. 알케스티스가 죽고 다시 태어나는 마지막 장면에서 내 눈에 눈물이 고였다. 그야말로 그녀는 죽음에서 돌아왔다. 뭔가 생각해봐야 할 거리가 있었다. 아직은 그게 뭔지 정확하게 알 수 없다. 물론 장 펠릭스는 연극을 보고 온갖 반응을 보였지만 그 가운데 나와 공명이 되는 내용은 단 하나도 없었다. 그래서 나는 그의 말을 무시한 채 듣지 않았다.

알케스티스의 죽음과 부활을 마음속에서 지울 수 없었다. 다리를 건너 역까지 걸어서 돌아오는 내내 그 생각을 했다. 장 펠릭스는 한 잔 더 하지 않겠느냐고 물었지만 피곤하다며 거절했다. 또한 번 어색한 침묵이 흘렀다. 우리는 역의 출입구 밖에 섰다. 함께 보낸 저녁에 감사하다고, 재미있었다고 말했다.

"딱 한 잔만 더 하자. 한 잔만, 옛날 생각해서."

"아니, 나 가야 해."

내가 돌아서려 하자 그는 내 손을 잡았다.

"앨리샤." 그가 말했다. "내 말 잘 들어. 꼭 해줄 얘기가 있어."

"아니, 하지 마. 할 말도 없고, 사실……."

"듣기만 해. 네가 생각하는 그런 얘기 아니야."

그의 말이 옳았다. 생각지도 못했던 내용이었다. 나는 장 펠릭스가 우리 우정에 대고 호소하면서 화랑을 옮기는 일로 죄책감을 느끼게 할 거라고 생각했다. 하지만 그가 한 말을 듣고 깜짝 놀라고 말았다.

"너 조심해야 해. 넌 사람을 너무 믿어. 네 주위에 있는 사람들 말이야…… 네가 믿는 사람들. 그러지 마. 사람들 믿지 말라고."

나는 멍하니 그를 바라보았다. 잠깐 동안 말을 꺼낼 수 없었다.

"무슨 말을 하는 거야? 무슨 뜻이야?"

장 펠릭스는 그냥 고개만 흔들 뿐 아무 말도 하지 않았다. 그는 내 손을 놓고 걸어가 버렸다. 내가 불렀지만 그는 발길을 멈추지 않았다.

"장 펠릭스, 거기 서!"

그는 돌아보지 않았다. 그가 모퉁이를 돌아 사라지는 모습을 지켜보았다. 나는 굳어버린 것처럼 그 자리에서 움직이지 못했다. 어떻게 생각해야 할지 알 수 없었다. 무슨 말인지 모를 경고를 하고 그냥 저렇게 가버리다니 무슨 짓이지? 내 생각에 그는 나보다 우위를 점하고 내가 불안해하고 잘못한 것처럼 느끼게 하고 싶어 하는 것 같았다. 그의 작전은 성공했다.

게다가 그는 날 화나게도 했다. 이제 어떻게 보면 나는 쉽게 떠날 수 있었다. 나는 그를 내 인생에서 잘라내기로 마음먹었다. '주위에 있는 사람들'이라니 무슨 뜻일까? 아무래도 가브리엘이 아닐까? 하지만 왜?

아니야. 이러지 말아야지. 바로 이런 상황이 장 펠릭스가 원하는 거야. 내 머릿속이 복잡해지는 것. 내가 그에 관한 생각을 떨쳐내지 못하도록 하는 일. 나와 가브리엘 사이에 끼어드는 것.

함정에 빠지지 말아야지. 다시는 생각하지 않겠어.

집에 돌아오니 가브리엘은 잠들어 있었다. 그이는 새벽 5시에 촬영하러 가야 했다. 하지만 나는 그이를 깨웠고, 우리는 섹스를 했다. 그이에게 충분히 가까이 갈 수도, 내 속 깊숙이 그이를 느낄 수도 없었다. 나는 그이와 결합하고 싶었다. 그의 내면으로 기어 들어가 사라지고 싶었다.


## 8월 11일

그 남자를 또 봤다. 이번에는 조금 더 먼 곳이었다. 그는 공원 안쪽 조금 더 먼 곳 벤치에 앉아 있었다. 하지만 분명히 같은 사람이었다. 대부분 사람들은 반바지에 티셔츠, 그리고 날씨에 어울리는 가벼운 색깔의 옷차림이었지만 사내는 짙은 색 셔츠와 바지를 입고 검은 선글라스와 모자를 쓰고 있었다. 그는 우리 집을 향해 고개를 돌리고 집을 바라보고 있었다.

재미난 생각이 들었다. 어쩌면 사내는 강도가 아니라 화가일 수도 있었다. 어쩌면 나 같은 화가인데 우리 동네 거리나 집을 그려볼까 생각하고 있는 것이다. 하지만 이런 생각을 하자마자 그렇지 않을 거라는 생각이 들었다. 만일 진짜로 우리 집을 그림으로 그리려고 했다면 사내는 그냥 거기 앉아 있지 않고 스케치를 하고 있었을 것이다.

초조해진 나는 가브리엘에게 전화를 걸었다. 그건 실수였다. 그이는 바쁜 것 같았다. 어떤 사람이 우리 집을 쳐다보고 있다는 생각에 겁이 난다면서 전화를 거는 일이야말로 그이가 가장 원하지 않는 일이었다. 물론 사내가 우리 집을 쳐다보고 있다는 건 내 추측이었다.

사내는 날 지켜보고 있는 건지도 몰랐다.


## 8월 13일

그자가 또 나타났다.

오늘 아침 가브리엘이 떠나고 얼마 지나지 않았을 때였다. 샤워를 했는데 욕실 창문 밖으로 그자가 보였다. 이번에는 더 가까웠다. 그는 버스 정류장에 서 있었다. 아무렇지도 않게 버스를 기다리고 있었다.

사내가 누구를 속이려는 건지 알 수 없었다.

재빨리 옷을 입고 더 자세히 보려고 주방으로 갔다. 하지만 사내는 사라지고 없었다. 가브리엘이 집에 오면 말하기로 마음먹었다.

그이가 흘려들을 거라고 생각했는데 심각하게 받아들였다. 상당히 걱정하는 것 같았다.

"장 펠릭스 아니야?" 그이는 바로 그렇게 말했다.

"아니, 당연히 아니지. 어떻게 그런 생각을 할 수 있어?"

놀라고 화가 난 것처럼 굴려고 애를 썼다. 하지만 솔직히 말해서 나도 그런 것이 아닌가 궁금했다. 그자와 장 펠릭스는 체격이 비슷했다. 그자가 장 펠릭스일 수도 있지만, 그렇다고 해도 나는 그런 사실을 그냥 믿고 싶지 않았다. 그가 그런 식으로 날 두렵게 만들려고 할 리 없었다. ······아닌가?

"장 펠릭스 전화번호가 뭐야?" 가브리엘이 말했다. "당장 전화를 걸어봐야겠어."

"여보, 그러지 마. 분명히 그 사람은 아니야."

"확실해?"

"당연하지. 아무 일도 없었어. 내가 왜 이렇게 일을 크게 만드는 건지 모르겠네. 아무 일도 아니야."

"그자가 얼마나 오래 있었는데?"

"오래 있지 않았어. 한 시간쯤 됐나. 그러더니 사라졌어."

"사라지다니 무슨 말이야?"

"그냥 없어졌더라고."

"이런. 혹시라도 당신이 상상한 거 아니야?"

그이가 말하는 방식이 왠지 짜증이 났다. "상상한 거 아니야. 당신이 믿어줘야지."

"물론 당연히 믿지."

하지만 그이가 완전하게 날 믿지 않는다는 걸 알 수 있었다. 그이는 내 말의 일부만 믿고 있었다. 나머지에 대해서는 그저 내 비위를 맞추고 있을 뿐. 솔직히 말하자면 그런 부분이 화가 났다. 너무 화가 나서 여기까지만 써야 할 것 같다. 더 썼다가는 뭔가 후회할 내용을 쓰게 될지도 모른다.


## 8월 14일

일어나자마자 침대에서 빠져나왔다. 가브리엘도 볼 수 있도록 그자가 또 와 있길 바라며 창문 밖을 확인했지만 사내의 모습은 보이지 않았다. 그래서 나는 더 바보가 된 기분이었다.

오후에는 더위를 무릅쓰고 산책을 가기로 했다. 건물들과 도로와 다른 사람들한테서 벗어나 공원 안에 있고 싶었다. 그리고 그렇게 혼자 생각을 하고 싶었다. 도로 양쪽에 흩어져서 햇빛을 즐기는 사람들 사이를 지나 팔리어먼트 힐을 걸어서 올랐다. 빈 벤치를 발견하고 자리를 잡았다. 멀리서 반짝거리는 런던을 멍하니 바라보았다.

그곳에 있는 내내 나는 뭔가를 의식하고 있었다. 계속 등 뒤를 돌아보았지만 아무도 보이지 않았다. 하지만 그곳엔 누군가 있었다. 느낄 수 있었다. 누군가 날 지켜보고 있었다.

돌아오는 길에 연못가를 지났다. 어쩌다 고개를 들었는데, 거기 있었다. 그자였다. 그는 연못 너머 반대편에 서 있었다. 너무 멀어서 확실하게 볼 수는 없었지만 그자였다. 그자라는 걸 나는 알았다. 그자는 완벽하게 꼼짝도 하지 않고 가만히 서서 똑바로 나를 보고 있었다.

얼음장 같은 두려움으로 몸이 떨려 본능적으로 행동했다.

"장 펠릭스?" 나는 소리쳤다. "너야? 그러지 마. 그만 따라다녀!"

그자는 움직이지 않았다. 나는 최대한 빠르게 움직였다. 주머니에 손을 넣어 전화기를 꺼내 사내의 사진을 찍었다. 얼마나 제대로 찍힐지 알 수 없었다. 그런 다음 돌아서서 재빨리 연못 끄트머리로 걷기 시작했다. 그리고 큰 도로에 도착할 때까지 참고 돌아보지 않았다. 그자가 바로 등 뒤에 와 있을까 봐 무서웠다.

몸을 돌렸더니 사내는 사라지고 없었다.

그자가 장 펠릭스가 아니길 기도했다. 진심이었다.

집에 도착했을 때는 흥분한 상태였다. 블라인드를 내리고 조명을 껐다. 창문 밖을 내다보았더니 그자가 보였다.

사내는 도로에 서서 나를 올려다보고 있었다. 나는 얼어붙었다. 어떻게 해야 할지 알 수 없었다.

누군가 내 이름을 부르는 바람에 너무 깜짝 놀랐다.

"앨리샤? 앨리샤, 집에 있어요?"

옆집에 사는 끔찍한 여자였다. 바비 헬만. 창가에서 벗어나 안쪽으로 걸어가 뒷문을 열었다. 바비는 와인 한 병을 들고 쪽문으로 들어와서 정원에 서 있었다.

"안녕, 자기. 작업실에는 없더라고. 어디 있나 했네."

"나갔다가 방금 돌아왔어요."

"한잔해야지?"

바비는 가끔 아기 목소리를 냈다. 그럴 때마다 짜증이 났다.

"사실은 다시 작업을 해야 해서요."

"그전에 빨리 한잔만 해요. 나도 금방 가야 해. 오늘 밤에 이탈리아어 과외를 받아야 하거든. 괜찮죠?"

대답도 기다리지 않고 바비는 안으로 들어왔다. 그녀는 주방이 너무 어둡다는 둥 이야기를 하더니 묻지도 않고 블라인드를 올리기 시작했다. 말리려고 하는 순간 밖을 내다봤더니 길거리에 아무도 보이지 않았다. 그자는 사라지고 없었다.

왜 그자에 관한 이야기를 바비에게 했는지 모르겠다. 그녀를 좋아하지도 신뢰하지도 않았지만 나는 두려웠던 것 같다. 누군가 이야기를 나눌 사람이 필요했고, 마침 바비가 거기 있었을 뿐이다. 우리는 술을 함께 마셨고 나답지 않게 눈물을 터뜨렸다. 바비는 눈을 동그랗게 뜨고 처음으로 입을 다문 채 나를 바라보았다. 내가 울음을 그치자 그녀는 와인 병을 내려놓고 말했다.

"뭔가 더 강한 걸 마셔야겠네." 그녀는 위스키를 두 잔 따르더니 잔 하나를 내게 내밀었다. "자, 이걸 마셔야 해요."

그녀의 말이 옳았다. 나는 술이 필요했다. 술잔을 단번에 비웠더니 취기가 확 올랐다. 이제 바비가 이야기를 하고 내가 들어줄 차례였다. 그녀는 내게 겁을 주고 싶지 않다고 말했지만 듣기에 좋은 소리는 아니었다.

"이런 상황은 TV에서 수도 없이 봤어요. 그 사람은 자기네 집을 염탐하고 있는 거야. 뭔가 행동에 나서기 전에."

"그자가 도둑이라고 생각하세요?"

바비는 어깨를 으쓱했다. "아니면 강간범이거나. 그게 무슨 상관이에요? 그 사람이 뭐든 끔찍한 거지."

나는 웃었다. 누군가 내 말을 심각하게 들어준다고 생각하니 안심이 되고 고마웠다. 비록 그 사람이 바비라고 해도 말이다. 전화기로 찍은 사진을 바비에게 보여줬지만 그녀는 그다지 놀라지 않았다.

"나한테 사진을 보내봐요. 안경 쓰고 자세히 봐야겠어. 내가 보기에는 흐릿한 얼룩처럼 보이는데. 말해봐요. 이걸 남편한테 얘기했어요?"

나는 거짓말을 하기로 했다. "아뇨, 아직 안 했어요."

바비는 재미있다는 표정을 지어 보였다. "왜요?"

"몰라요. 아마 가브리엘이 내가 과장하고 있거나 헛것을 봤다고 생각할지도 몰라 걱정했나 봐요."

"헛것을 봤어요?"

"아뇨."

바비는 즐거워 보였다. "만일 가브리엘이 심각하게 받아들이지 않으면 나랑 같이 경찰서에 가요. 우리 둘이. 내가 사람 설득은 잘하거든. 진짜예요."

"고마워요. 하지만 그럴 필요는 없을 거예요."

"아뇨, 그럴 필요가 있어요. 상황을 심각하게 생각해요, 자기. 가브리엘이 집에 오면 얘기하겠다고 약속해줄래요?"

고개를 끄덕였다. 하지만 나는 이미 가브리엘에게는 더는 아무 말도 하지 않기로 결심한 뒤였다. 해줄 말이 없었다. 그자가 날 뒤쫓아왔다거나 날 지켜봤다는 증거는 없었다. 바비가 옳았다. 내가 찍은 사진도 아무 증거가 되지 못했다.

모든 것이 내 상상이었다. 가브리엘은 그렇게 말할 터였다. 공연히 또 화나게 하느니 아무 말도 하지 않는 편이 좋았다. 그이를 괴롭히고 싶지 않았다.

나는 모든 일을 잊을 생각이었다.


### 새벽 4시

끔찍한 밤이었다.

가브리엘은 진이 빠져서 10시쯤에 돌아왔다. 긴 하루를 보낸 그이는 얼른 잠자리에 들고 싶어 했다. 나도 자려고 해봤지만 잠이 오지 않았다.

그러다가 두 시간 전에 뭔가 소리가 들렸다. 정원에서 나는 소리였다. 일어나서 뒤쪽 창문으로 갔다. 밖을 내다보았다. 아무도 보이지 않았지만 누군가 날 보고 있다는 느낌이 들었다. 어둠 속에서 누군가 날 지켜보고 있었다.

간신히 창가에서 물러나 침실로 뛰어왔다. 가브리엘을 흔들어깨웠다.

"그 남자가 밖에 있어." 내가 말했다. "그자가 집밖에 있다고."

가브리엘은 내가 무슨 말을 하는 건지 알아듣지 못했다. 무슨 말인지 이해하자 그이는 화를 내기 시작했다.

"이런 빌어먹을, 그만 좀 해. 나 세 시간 있으면 일해야 해. 그놈의 이상한 놀이는 그만두라고."

"놀이가 아니야. 가서 봐, 제발."

그래서 우리는 창가로 갔다.

물론 당연하게도 그자는 보이지 않았다. 밖에는 아무도 없었다.

가브리엘이 밖에 나가서 확인을 했으면 했지만 그이는 그럴 생각이 없었다. 그이는 짜증을 내며 위층으로 돌아갔다. 설득하려고 해봤지만 그이는 나랑 말할 생각이 없다면서 다른 방으로 가서 잠들고 말았다.

나는 침대로 돌아가지 않았다. 그 시간 이후로 여기 앉아 기다리면서 무슨 소리가 나는지 긴장한 채 귀를 기울이고 창문을 확인하고 있다. 아직까지는 그자의 흔적이 보이지 않는다.

이제 두어 시간만 견디면 된다. 그러면 해가 뜰 것이다.


8월 15일


가브리엘은 촬영하러 갈 준비가 되었다면서 아래층으로 내려왔다. 창가에 있는 나를 보고 내가 밤을 새웠다는 걸 알아차리더니 그이는 말이 없어지고 이상하게 행동하기 시작했다.

"앨리샤, 앉아. 우리 이야기 좀 해."

"그래. 우린 이야기를 해야 해. 당신이 내 말을 안 믿는다는 사실에 대해서."

"당신이 진짜라고 생각한다는 걸 믿어."

"그건 다른 이야기잖아. 나는 빌어먹을 바보가 아니라고."

"당신이 바보라고 이야기한 적 없어."

"그럼 무슨 말을 하고 있는 거야?"

나는 우리가 부부싸움이라도 할 줄 알았다. 그래서 가브리엘이 한 말을 듣고는 깜짝 놀랐다.

그이는 속삭이듯 말했다. 간신히 알아들을 정도였다. "당신이 다른 사람이랑 이야기를 했으면 좋겠어. 부탁이야."

"그게 무슨 말이야? 경찰에 얘기하라고?"

"아니." 가브리엘이 다시 화난 것 같은 표정으로 말했다. "경찰이 아니야."

그이가 무슨 말을 하고 있는지 알아차렸다. 하지만 그이가 하는 말을 들어야 했다. 남편이 직접 말하는 걸 듣고 싶었다.

"그럼 누구?"

"의사."

"난 병원에 가지 않을 거야, 가브리엘."

"날 위해 해주었으면 좋겠어. 내가 있는 쪽으로 와줘야지." 그이는 같은 말을 반복했다. "당신이 내 쪽으로 좀 와줘야 해."

"무슨 말을 하는 건지 모르겠어. 내 쪽이라니? 난 여기 있어."

"아니, 그렇지 않아. 당신은 여기 없어!"

가브리엘은 너무 피곤하고 화가 난 것 같았다. 그이를 보호하고 싶었다. 그이를 편안하게 해주고 싶었다.

"괜찮아, 여보." 내가 말했다. "나 괜찮을 거야. 보면 알아."

가브리엘은 믿을 수 없다는 듯 고개를 저었다. "웨스트 박사에게 예약을 잡을게. 최대한 빨리 만나게 될 거야. 가능하면 오늘이라도." 남편은 머뭇거리다가 날 보았다. "괜찮겠지?"

가브리엘은 내게 손을 내밀었다. 철썩 때리든지 할퀴고 싶었다. 그이를 때리고 깨물고 테이블 위로 던지고 '당신은 빌어먹을 미친 년으로 생각하지만 난 미치지 않았어, 난 절대 미치지 않았다고!' 라고 소리를 지르고 싶었다.

하지만 단 한 가지도 실행에 옮기지 않았다. 대신 고개를 끄덕이고 가브리엘의 손을 꼭 잡았다.

"알았어, 여보. 당신이 하라는 대로 할게."


## 8월 16일

오늘 웨스트 박사를 만나러 갔다. 내키지 않았지만 갔다.

그리고 박사가 정말 싫다고 결론 내렸다. 그가 싫었고 그의 좁은 집이 싫었고 이상하고 작은 위층 방에 앉아 거실에서 그의 개가 짖는 소리를 듣는 것이 싫었다. 그놈의 개는 내가 있는 내내 멈추지 않고 짖었다. 닥치라고 소리치고 싶었고, 웨스트 박사가 뭐라고 하겠지, 계속 생각했지만 박사는 들리지 않는 것처럼 행동했다. 어쩌면 듣지 못하는 것일 수도 있었다. 그는 내가 하는 말도 전혀 듣지 못했다. 무슨 일이 있었는지 그에게 말했다. 우리 집을 지켜보는 사내에 대해서, 그리고 그 사내가 내 뒤를 따라서 어떻게 공원까지 왔는지 말했다. 그런 이야기를 모두 했는데도 그는 대꾸가 없었다. 그냥 앉아서 엷은 미소만 짓고 있었다. 나를 벌레나, 뭐 그런 것으로 보는 것 같았다. 아마도 가브리엘과 친구 사이일 텐데, 두 사람이 어떻게 친구가 되었는지 도무지 알 수 없었다. 가브리엘은 무척 따뜻한 사람인데 웨스트 박사는 따뜻함과는 정반대인 사람이었다. 의사가 그렇다는 건 이상한 일이었지만 그는 친절하지 않았다.

내가 사내에 관해 모든 이야기를 끝마친 뒤에도 그는 아주 오랫동안 아무 말도 하지 않았다. 침묵은 영원히 이어지는 것 같았다. 유일한 소리라고는 아래층에서 짖는 개뿐이었다. 개 짖는 소리에 마음속으로 귀를 기울이면서 일종의 최면 상태로 들어가기 시작했다. 웨스트 박사가 실제로 입을 열었을 때 나는 깜짝 놀랐다.

"우리 예전에도 경험이 있잖아요, 앨리샤. 그렇지?"

나는 박사를 멍하니 바라보았다. 무슨 말을 하는 건지 알 수 없었다. "우리가요?"

그는 끄덕였다. "그래요. 그랬잖아."

"제가 상상하고 있다고 생각하는 거 알아요. 상상이 아니에요. 진짜라고요."

"지난번에도 그렇게 말했어요. 지난번 기억해요? 무슨 일이 있었는지?"

대답하지 않았다. 박사에게 만족감을 주고 싶지 않았다. 그냥 앉아서 말 안 듣는 어린이처럼 박사를 노려보고 있었다.

웨스트 박사는 내 대답을 기다리지 않았다. 아버지가 죽고 무슨 일이 있었는지, 내가 어떻게 신경쇠약에 시달렸는지, 어떤 식으로 편집증적인 의심을 했는지 그치지 않고 설명했다. 나는 감시당하고 미행당하고 누군가 날 지켜본다는 생각이 든다고 했다.

"그러니까 우리 예전에도 이런 경험이 있는 거잖아요, 그렇지?"

"하지만 그건 달라요. 그건 느낌이었죠. 실제로 누군가를 본 적은 없어요. 이번에는 누군가를 봤다고요."

"누굴 봤는데요?"

"이미 말했어요. 어떤 남자라고."

"어떤 사람인지 설명해봐요."

나는 망설였다. "설명할 수 없어요."

"왜죠?"

"정확히 그를 볼 수 없었어요. 말했잖아요. 너무 멀리 있었다고."

"그렇군요."

"그리고 그 사람은 위장을 했어요. 모자를 쓰고 있었어요. 그리고 선글라스도."

"이런 날씨에는 많은 사람이 선글라스를 써요. 모자도 그렇고. 그 사람들도 모두 위장을 한 건가요?"

화가 나기 시작했다. "당신이 무슨 짓을 하려는 건지 알아요."

"그게 뭔데요?"

"내가 또 미칠 거라는 사실을 내가 인정하게 만들려고 하는 거잖아요. 아버지가 죽은 다음에 그랬던 것처럼."

"지금 내가 그러고 있다고 생각해요?"

"안 돼요. 그때는 내가 아팠어요. 이번에는 아프지 않아요. 난 아무 문제없어요. 누군가 날 감시하고 있고, 당신이 내 말을 믿지 않는다는 것 말고는!"

웨스트 박사는 끄덕였지만 아무 말도 하지 않았다. 그는 노트에 몇 가지 사항을 적었다.

"약을 다시 처방해드리죠. 예방 차원에서. 상황이 통제할 수 없게 되어버리면 안 되잖아요?"

고개를 저었다. "약은 절대로 안 먹어요."

"그렇군요. 만일 당신이 약을 거부한다면, 그 결과 무슨 일이 생길지 알아두는 것이 중요해요."

"무슨 일요? 날 협박하는 거예요?"

"나랑은 관련이 없어요. 당신 남편과 관련된 일이죠. 지난번 당신 상태가 안 좋았을 때 가브리엘이 그 상황을 겪으면서 어떤 기분이었다고 생각해요?"

나는 가브리엘이 아래층 거실에서 짖어대는 개와 함께 기다리고 있는 모습을 상상했다.

"모르겠어요. 그이에게 물어보시지그래요?"

"남편이 그 고통을 모두 다시 겪기를 바랍니까? 혹시 남편이 견딜 수 있는 한계가 있다는 생각은 들지 않아요?"

"무슨 말이에요? 가브리엘이 날 버려요? 그렇게 생각하는 거예요?"

말만으로도 속이 뒤집혔다. 가브리엘이 떠난다고 상상하는 것

조차 견딜 수 없었다. 그이를 붙잡으려면 무슨 짓이든 할 수 있었다. 스스로 멀쩡한 걸 알면서도 미친 척할 수도 있다. 그래서 포기했다. 나는 웨스트 박사에게는 내가 무슨 생각을 하고 뭘 느끼는지 '솔직해지기로' 동의했고 혹시 무슨 목소리가 들리면 그에게 말하기로 했다. 박사가 주는 약을 먹고 2주 뒤에 다시 검사를 받기로 약속했다.

웨스트 박사는 즐거워 보였다. 그는 이제 우리가 아래층으로 내려가서 가브리엘과 만날 수 있다고 했다. 나보다 앞서서 아래층으로 내려가는 그를 보면서 손을 뻗어 계단에서 그를 밀어버릴까 생각했다. 그랬더라면 좋았을걸.

집으로 돌아오는 길에 가브리엘은 기분이 훨씬 나아 보였다. 운전을 하면서 계속 나를 힐끔거리면서 웃었다.

"잘됐어. 당신이 자랑스러워. 우린 이번에도 잘 이겨낼 거야."

고개를 끄덕였지만 아무 말도 하지 않았다. 물론 말 같지도 않아서였다. '우리'는 이 상황을 함께 겪지 않을 것이기 때문이다.

나는 이 상황을 혼자서 해결해야만 할 터였다.

누구한테든 털어놓은 건 실수였다. 내일 바비에게 모든 걸 잊으라고 말할 것이다. 나는 그 일을 그냥 묻어두고 다시는 그 일에 대해 말하고 싶지 않다고 할 것이다. 바비는 이상하다고 생각할 테고 내가 극적인 일이 아니었다고 말하면 짜증을 내겠지만 내가 정상적으로 행동한다면 그녀도 금세 모든 걸 잊을 것이다. 가브리엘의 마음을 편하게 해줄 생각이었다. 모든 게 정상으로 돌아온 것처럼 행동할 생각이었다. 완벽하게 해낼 것이다. 한순간도 빈틈을 보이지 않을 것이다.

집으로 돌아오는 길에 약국에 들렀고, 가브리엘은 내 약을 지었다. 집에 돌아오자 우리는 주방으로 갔다. 그이는 내게 노란색 알약들과 물 한 잔을 건넸다.

"먹어."

"난 아이가 아니야. 당신이 챙겨주지 않아도 돼."

"당신 아이 아닌 거 알아. 그냥 당신이 약을 먹는지 확인하고 싶어서 그래. 혹시 버리지 않나 해서."

"먹을 거야."

"그럼 어서 먹어."

가브리엘은 내가 입에 약을 넣고 물을 마시는 걸 지켜보았다.

"착하네." 그이는 내 뺨에 키스했다. 그리고 주방에서 나갔다.

가브리엘이 등을 돌리는 순간 나는 알약들을 뱉어냈다. 싱크대에 약을 뱉고 물을 틀어 흘려보냈다. 나는 어떤 약도 먹지 않을 것이다. 지난번 웨스트 박사가 내게 준 약 때문에 거의 미칠 뻔했다. 나는 그런 위험을 다시는 감수하지 않을 것이다.

이제 정신을 바짝 차려야 했다.

준비가 되어 있어야 했다.


8월 17일


일기장을 숨기기 시작했다. 손님용 침실 바닥에 널빤지가 열리는 곳이 있다. 일기장은 그 널빤지 아래 공간에 보이지 않도록 넣어두고 있다. 왜냐고? 내가 일기장에 지나치게 솔직히 글을 쓰기 때문이다. 그런 내용이 적힌 걸 아무렇게나 두면 안전하지 않다. 가브리엘이 우연히 일기장을 발견하고 호기심을 참지 못하고 결국 펼쳐서 읽기 시작하는 모습을 계속 상상했다. 만일 내가 약을 안 먹고 있다는 걸 그이가 알게 된다면 배신감을 느끼고 상처를 받을 것이다. 그건 참아낼 수 없다.

일기를 쓰길 얼마나 잘했는지. 일기가 내 정신을 지키게 해준다. 달리 내가 털어놓고 말할 수 있는 사람은 없다.

아무도 믿을 수 없다.


## 8월 21일

사흘 동안 밖에 나가지 않았다. 가브리엘에게는 그이가 나갔을 때 오후에 산책을 할 거라고 말하곤 했지만 거짓말이었다.

밖으로 나간다는 생각만 해도 무서웠다. 너무 노출될 것이다. 적어도 여기 집에서는 내가 안전하다는 걸 알 수 있다. 창가에 앉아서 지나가는 사람들을 확인할 수 있다. 모든 사람의 얼굴을 확인해 그자의 얼굴과 비교해볼 수 있다. 그러나 그자가 어떻게 생겼는지 나도 모르는 것이 문제이긴 하다. 그자는 변장했던 모습을 치우고 전혀 눈에 띄지 않게 내 앞에 나타날 수도 있다.

두려운 생각이었다.

## 8월 22일

아직 사내는 보이지 않는다. 하지만 집중하지 않으면 안 된다. 그저 시간문제일 뿐이다. 조만간 그는 돌아올 것이다. 준비하고 있어야 한다. 조치를 취해야 한다. 오늘 아침에 일어나서 가브리엘의 총을 떠올렸다. 손님용 침실에 있는 총을 가져와야겠다. 아래층에 갖다 두고 쉽게 손에 잡을 수 있게 해야 한다. 창문 옆에 있는 주방 찬장에 넣어둘 생각이다. 그러면 필요할 때 쉽게 꺼낼 수 있다.

이 모든 게 미친 짓이라는 걸 알고 있다. 그저 아무 일도 벌어지지 않기를 바란다. 그자를 다시는 보지 않았으면 하고 바란다.

하지만 그자를 만나게 될 것 같은 끔찍한 느낌이 든다.

그자는 어디 있을까? 왜 여기 나타나지 않는 거지? 날 방심하게 만들려고 하는 건가? 절대 그래서는 안 된다. 창문 옆에서 계속 밤을 지새워야만 한다.

계속 기다리는 거야.

계속 지켜보면서.


## 8월 23일

모든 게 내 상상이었나 하는 생각이 들기 시작했다. 그랬을지도 모른다.

가브리엘은 나에게 계속 괜찮은지 묻는다. 계속 괜찮다고 말해도 그이는 여전히 걱정하고 있는 것 같다. 내 행동이 더 이상 그이를 안심시키지 못하는 것이다. 더 노력을 해야 한다. 작업은 머릿속에서 아예 사라져버렸음에도 온종일 작업에 열중하는 척한다. 그나마 남아 있던 작업을 마쳐야 한다는 생각은 사라졌고, 지금 내게 그림들을 완성할 추진력은 전혀 남아 있지 않다. 이 글을 쓰면서도 솔직히 내가 다시 그림을 그릴 수 있을 거라고는 생각하지 않는다. 어쨌든 이 모든 일이 해결되기 전까지는.

외출하기 싫다면서 계속 핑계를 댔지만 가브리엘은 오늘 밤은 달리 방법이 없다고 했다. 맥스가 함께 저녁을 먹자고 했기 때문이다.

맥스를 만나는 것보다 더 싫은 일은 없다. 가브리엘에게 작업을 해야 하니 제발 약속을 취소해달라고 부탁했지만 그이는 외식을 해야 내 몸에도 좋을 거라고 했다. 그이가 진정으로 그렇게 생각하며 우기자 방법이 없었다. 포기하고 그러겠다고 했다.

온종일 저녁 먹을 일을 걱정하며 보냈다. 그쪽으로 생각을 하기 시작하자 모든 것이 맞아 떨어졌기 때문이다. 모든 것이 이해가 되었다. 전에는 왜 그런 생각을 못했는지 모르겠지만 너무나도 분명했다.

이제 알 수 있었다. 그 사내, 나를 지켜보던 남자는 장 펠릭스가 아니었다. 장 펠릭스는 이런 짓을 할 정도로 사악하거나 교활한 사람이 아니다. 그럼 다른 누가 날 괴롭히고 겁을 주고 벌을 주려고 하겠는가?

맥스였다.

당연히 맥스였다. 맥스여야 했다. 그가 나를 미치게 하려는 것이다. 두렵지만 어떻게든 용기를 내야만 한다. 오늘 밤에 해낼 것이다.

나는 그와 맞설 것이다.


## 8월 24일

아주 오랫동안 집에만 있다가 외출을 하려니 어젯밤은 기분이 이상하고 약간 두렵기까지 했다.

바깥세상, 내 주변의 텅 빈 공간과 머리 위 넓은 하늘은 거대하게 느껴졌다. 스스로 너무 작게 느껴져서 가브리엘의 팔에 매달려 힘을 얻었다.

오래전부터 자주 가던 아우구스토에 갔지만 안전한 느낌은 없었다. 전에 그랬던 것처럼 편안하지도 익숙하지도 않았다. 왠지 레스토랑이 달라진 것 같았다. 그리고 냄새도 달랐다. 뭔가 타는 냄새가 났다. 가브리엘에게 혹시 주방에서 뭔가 타고 있느냐고 물었지만 그이는 아무 냄새도 나지 않는다면서 내가 상상하는 거라고 했다.

"모든 게 이상 없어." 그이가 말했다. "그냥 진정해."

"진정하고 있어. 내가 불안해 보여?"

가브리엘은 대답하지 않았다. 그이는 화가 났을 때 그러듯 그냥 입을 꽉 다물었다. 우리는 자리에 앉아서 아무 말도 없이 맥스를 기다렸다.

맥스는 변호사 사무실 접수 담당자를 데려왔다. 이름이 타냐였다. 아마 둘이 사귀기 시작한 모양이었다. 맥스는 양손으로 타냐를 어루만지고 끌어안고 키스를 하면서 그녀에게 푹 빠진 것처럼 굴었다. 그리고 그러는 내내 내게서 눈을 떼지 않았다. 질투하게 만들려는 생각인가? 끔찍하군. 토할 것 같았다.

타냐는 뭔가 있다는 걸 눈치챘다. 그녀는 나를 바라보는 맥스의 모습을 두어 번 포착했다. 그녀에게 맥스에 대해 경고를 해야 했다. 그녀가 무슨 일을 당하게 될지 말해야 했다. 내가 말해줘야겠지만, 지금 당장은 아니었다. 당장은 더 급한 일들이 있다.

맥스는 화장실에 가겠다고 말했다. 잠깐 사이를 두고 나는 기회를 잡았다. 나도 화장실에 다녀와야겠다고 말했다. 자리를 벗어나 맥스를 따라갔다.

막 모퉁이를 돌아가려는 맥스를 따라잡아서 그의 팔을 붙잡았다. 팔을 단단히 움켜잡았다.

"그만둬요." 내가 말했다. "그만하라고요!"

맥스는 어리둥절한 것 같았다. "뭘 그만둬?"

"날 몰래 지켜보고 있잖아요, 맥스. 날 감시하고 있어요. 당신이 그러는 거 알아요."

"뭐? 도대체 무슨 말을 하는 건지 모르겠네, 앨리샤."

"거짓말 말아요." 목소리를 작게 내기가 힘들었다. 비명을 지르고 싶었다. "내가 당신을 봤어요, 알아요? 사진도 찍었어요. 내가 당신 사진을 찍었다고!"

맥스는 웃음을 터뜨렸다. "무슨 말 하는 거야? 이것 좀 놔, 미친 소리 그만 하고."

나는 그의 뺨을 갈겼다. 호되게.

그리고 돌아섰는데 타냐가 그곳에 서 있었다. 그녀는 자신이 뺨을 맞은 사람처럼 보였다.

타냐는 맥스와 날 번갈아 봤지만 아무 말도 하지 않았다. 그녀는 레스토랑 밖으로 나가버렸다.

맥스는 나를 노려보더니 불만스럽게 말하고는 타냐를 따라갔다. "무슨 말을 하는 건지 알 수 없군. 난 당신을 감시하지 않았어. 빌어먹을, 어서 꺼져버려."

그렇게 화를 내면서 경멸하는 것처럼 말하는 걸 보니 맥스는 진실을 말하고 있는 것 같았다. 그의 말을 믿었다. 원하지 않는 바였지만 그를 믿었다.

하지만 맥스가 아니라면…… 대체 누구지?


## 8월 25일

방금 무슨 소리가 났다. 밖에서 소리가 들렸다. 창문을 확인했다. 그리고 누군가 어둠 속에서 움직이는 걸 봤는데…….

그자였다. 그자가 밖에 있다.

가브리엘에게 전화했지만 그이는 받지 않았다. 경찰을 불러야 할까? 어떻게 해야 할지 모르겠다. 손이 너무 떨려서 도저히…….

아래층에서 소리가 들린다. 그자는 창문과 문을 열려고 한다. 들어오려는 것이다.

여기서 나가야 한다. 탈출해야 한다.

오, 맙소사. 그자의 소리가 들려.

그자가 들어왔어.

그자가 집 안에 들어와 있어.

# 4부 알케스티스

상담 치료의 목표는 과거를 바르게 고치려는 것이 아니라

환자로 하여금 자신의 역사와 맞서서 슬퍼할 수 있도록 만드는 데 있다.

__앨리스 밀러

1

앨리샤의 일기장을 덮어 책상 위에 올려놓았다.

책상에 앉은 채 꼼짝하지 않고 창문 밖을 두드리는 빗소리를 들었다. 방금 읽은 내용을 이해하려고 애를 써보았다. 앨리샤 베런슨에게는 내가 생각했던 것보다 훨씬 많은 사연이 있었다. 내게 그녀는 덮어둔 책과 같았다. 이제 그 책이 펼쳐졌고 내용에 나는 깜짝 놀라고 있다.

의문점이 무척 많았다. 앨리샤는 스스로 감시를 당하고 있다고 생각했다. 그녀는 사내가 누군지 한 번이라도 확인했을까? 다른 누군가에게 말했을까? 알아내야 했다. 내가 아는 한 그녀는 오직 세 사람에게만 이야기했다. 가브리엘, 바비 그리고 이 누군지 알 수 없는 웨스트 박사. 그렇게 세 사람이 전부일까? 아니면 또 다른 사람에게도 말했을까? 또 다른 의문. 왜 일기가 이렇게 갑자기 끝났을까? 다른 곳에 써둔 내용이 더 있을까? 내게 넘겨주지 않은 다른 일기장이 있을까? 그리고 앨리샤가 내게 읽으라며 일기장을 건네준 의도도 궁금했다. 그녀는 분명히 뭔가 의사소통을 하고 있었다. 그리고 그 의사소통은 놀라울 정도로 친밀한 행동이었다. 선의의 행동일까? 나를 얼마나 믿는지 보여주는 걸까? 아니면 뭔가 사악한 의도일까?

다른 것도 확인해봐야 했다. 앨리샤를 치료했다는 웨스트 박사였다. 살인이 벌어지던 때 앨리샤의 정신 상태에 대한 필수적 정보를 갖고 있어서 그녀의 성격을 증언해줄 수 있는 중요한 증인이었다. 하지만 웨스트 박사는 앨리샤의 재판에서 증언하지 않았다. 왜지? 그에 대한 언급은 전혀 없었다. 앨리샤의 일기장에서 그의 이름을 볼 때까지 그는 마치 존재하지 않는 것 같았다. 그는 얼마나 많이 알고 있을까? 왜 나서지 않았을까?

웨스트 박사.

같은 사람일 리 없었다. 분명히 우연의 일치일 것이다. 알아내야만 했다.

일기장을 책상 서랍에 넣고 잠갔다. 하지만 바로 생각이 바뀌었다. 서랍을 열고 일기장을 꺼냈다. 갖고 있는 편이 더 나았다. 눈앞에서 사라지지 않도록 하는 편이 더 안전했다. 일기장을 코트 주머니에 넣었다.

사무실을 나왔다. 아래층으로 간 후 복도를 따라 걸어 복도 끝에 있는 출입문에 도착했다.

잠시 문을 보며 그곳에 서 있었다. 작은 명패에 이름이 새겨져 있었다.

'의학박사 C. 웨스트.'

노크할 필요도 없었다. 문을 열고 안으로 들어갔다.

## 2

크리스티안은 책상에 앉아서 포장해온 초밥을 젓가락으로 먹고 있었다. 그는 고개를 들더니 얼굴을 찌푸렸다.

"노크를 어떻게 하는지 몰라?"

"얘기 좀 하죠."

"지금은 안 돼. 점심 먹는 중이야."

"오래 안 걸릴 겁니다. 질문 몇 가지만 할게요. 예전에 앨리샤 베런슨을 치료한 적이 있어요?"

크리스티안은 입에 가득 밥을 물고 나를 멍하니 바라보았다. "그게 무슨 말이야? 치료하는 거야 당신도 알잖아. 내가 앨리샤를 치료하는 팀을 맡고 있어."

"여기서 말고요. 그녀가 그로브에 들어오기 전에 말입니다."

크리스티안을 자세히 살펴보았다. 그의 표정은 내가 필요한 모든 걸 말해주고 있었다. 그는 얼굴이 벌게지더니 젓가락을 내려놓았다.

"무슨 말을 하는 거야?"

주머니에서 앨리샤의 일기장을 꺼내 들어 보였다.

"이 물건에 관심이 있을지 모르겠군요. 앨리샤의 일기장입니다. 살인이 벌어지기 몇 달 전부터 적어온."

크리스티안은 놀랐고 조금은 두려워하는 것 같았다. "도대체 그걸 어디서 구한 거야?"

"앨리샤가 내게 줬어요. 다 읽었고."

"그게 나랑 무슨 상관이야?"

"여기에 당신 이야기가 나와요."

"내 얘기?"

"앨리샤가 그로브에 입원하기 전에 당신이 그녀를 개인적으로 만난 것 같더군요. 난 그건 몰랐어요."

"무슨 말인지 모르겠는데. 뭔가 오해하는 것 같아."

"아니, 당신은 그녀를 여러 해 동안 개인적인 환자로 치료했어요. 그런데도 자진해 재판에 나와 증언하지 않았죠. 당신이 갖고 있는 증거가 중요한데도 말이죠. 게다가 여기서 일하기 시작했을 때도 이미 앨리샤와 아는 사이라는 걸 인정하지 않았고. 아마도 앨리샤는 당신을 보자마자 알아봤겠죠. 그녀가 침묵을 지키는 일이 당신에게는 행운이었겠군요."

무미건조하게 말하긴 했지만 나는 극도로 화가 나 있었다. 이제야 나는 왜 크리스티안이 앨리샤의 입을 열게 만들려는 내 노력에 그렇게 반대했는지 알 수 있었다. 앨리샤의 입을 막는 것이 그의 이익에 부합되었기 때문이다.

"당신은 이기적인 개자식이야, 크리스티안. 그거 알아요?"

크리스티안은 점점 더 실망한 표정으로 나를 바라보았다.

"빌어먹을." 그는 나지막이 말했다. "빌어먹을, 테오. 들어봐. 상황은 보이는 것과는 달라."

"그래요?"

"일기장에 또 무슨 이야기가 있던가?"

"또 말해야 할 게 뭐가 있는데요?"

크리스티안은 질문에 대답하는 대신 손을 내밀었다. "일기장 좀 볼 수 있을까?"

"미안합니다." 나는 고개를 저었다. "그건 부적절한 행동인 것 같군요."

크리스티안은 말을 하면서 손으로 젓가락을 놀렸다. "내가 그렇게 하지 말았어야 했어. 하지만 전혀 거리낄 것이 없어. 내 말을 믿어줘야 해."

"믿을 수 없을 것 같아 걱정이군요. 만일 거리낄 것이 없다면 살인 사건이 벌어진 후에 왜 자진해서 나서지 않았죠?"

"왜냐하면 내가 앨리샤를 맡은 진짜 의사가 아니었기 때문이야. 그러니까 공식적으로는 그렇지 않다고. 난 그저 가브리엘의 부탁을 들어준 것뿐이야. 우린 친구였거든. 대학을 함께 다녔어. 그 두 사람 결혼식에도 갔었지. 한참 동안 만나지 못했는데 아내를 치료할 정신과 의사를 찾고 있다면서 전화가 왔더군. 앨리샤가 아버지가 죽은 뒤로 불안정해졌다면서."

"그래서 자원해서 진료를 했다?"

"아니, 전혀 그렇지 않아. 완전히 반대였지. 가브리엘에게 동료를 소개해주고 싶었지만 그는 내가 직접 앨리샤를 봐야 한다고 우겼어. 가브리엘은 앨리샤가 절대로 의사와 만나지 않으려고 한다면서 내가 남편 친구니까 그나마 협조를 할 수도 있다는 거였네. 나는 정말 마지못해 한 거야."

"퍽도 그랬겠군요."

크리스티안은 내게 괴로운 표정을 지어 보였다. "빈정거릴 필요는 없잖나."

"그녀를 어디서 치료했죠?"

그는 머뭇거렸다. "내 여자친구네 집이었어. 하지만 내가 말했던 것처럼 그건 비공식적이었네." 그는 재빨리 말했다. "나는 정식으로 그녀를 담당한 의사가 아니었어. 별로 보지도 않았어. 정말 가끔 만난 것이 다야."

"그리고 그렇게 이따금씩 만나면서 진료비를 청구했나요?"

크리스티안은 눈을 껌벅이고는 내 시선을 피했다. "글쎄, 가브리엘이 굳이 돈을 내겠다고 해서 어쩔 수……."

"현금으로 받았겠지?"

"테오……."

"현금이었나요?"

"그래, 하지만……."

"그럼 소득신고는 했어요?"

크리스티안은 입술을 깨물고 대답하지 않았다. 그러니까 대답은 아니라는 거였다. 그랬기 때문에 그는 앨리샤의 재판에 증인으로 나서지 못한 거였다. 앨리샤 말고도 얼마나 많은 환자를 '비공식적'으로 진료하고 생긴 수입을 신고하지 않았는지 궁금했다.

"이봐, 만일 디오메디스가 알게 되면 나는 직업을 잃게 돼. 그거 알잖아?" 내 동정심에 호소하는 크리스티안의 목소리에는 애원하는 느낌이 묻어 있었다.

그러나 나는 크리스티안을 동정하지 않았다. 오직 경멸할 뿐.

"교수님은 신경 쓸 일도 없어요. 의사협회는 어쩌고? 당신은 의사 면허를 박탈당할 겁니다."

"자네가 뭔가 말하면 그렇겠지. 다른 사람에게 이야기할 필요는 없잖아. 모든 것이 다 지나간 일이잖나, 안 그래? 그러니까, 내 경력 전부가 걸렸다고, 빌어먹을."

"그런 생각을 미리 했어야죠, 안 그래요?"

"테오, 제발……."

크리스티안은 이런 식으로 내게 비굴하게 구는 것이 죽기보다 싫을 터였다. 하지만 창피해하는 그를 지켜보는 일은 만족감을 주는 게 아니라 짜증만 불러일으켰다. 그와 관련된 일을 디오메디스에게 일러바칠 생각은 없었다. 어쨌든 아직은 그랬다. 크리스티안은 계속 안달복달하게 만들어두기만 하면 앞으로도 이용할 일이 많을 것이다.

"괜찮아요." 내가 말했다. "다른 사람이 알아야 할 필요는 없겠죠. 지금 당장은."

"고맙네. 정말 진심이야. 자네한테 빚졌어."

"맞아요, 빚졌어요. 계속 말해봐요."

"뭘 원하나?"

"말해줬으면 좋겠어요. 앨리샤에 대해서 말해주세요."

"뭘 알고 싶은 거야?"

"전부."


## 3

크리스티안은 손으로 젓가락을 놀리면서 나를 바라보았다. 그리고 말을 시작하기 전에 한참을 신중하게 생각했다.

"별로 말할 게 없어. 자네가 뭘 듣고 싶어 하는지 모르겠군. 아니면 어디서부터 시작하기를 바라는지도."

"처음부터 시작하시죠. 앨리샤를 여러 해 동안 봤다고 하셨죠?"

"아니, 맞는 말이긴 한데…… 이미 말했지만 자네가 말하는 것처럼 자주 봤던 건 아니야. 그녀 아버지가 죽은 뒤에 두세 번 봤어."

"마지막으로 본 게 언제죠?"

"살인 사건 일주일 전쯤이야."

"그럼 그녀의 정신 상태는 어땠습니까?"

"아……." 크리스티안은 의자에 앉은 채 몸을 뒤로 기댔다. 이제 조금 안심을 했는지 긴장이 풀린 것 같았다. "그녀는 엄청난 편집증에 망상을 품고 있었어. 정신병 수준이었지. 하지만 전에도 그런 적이 있었네. 오래전부터 기분이 오락가락하고 있었거든. 늘 기분이 좋았다가 나쁘길 반복했어. 전형적인 경계성이지."

"빌어먹을 진단은 집어치워요. 사실만 말하면 됩니다."

크리스티안은 상처 받은 표정을 지어 보였지만 말싸움을 벌이지 않기로 결심한 듯했다.

"뭘 알고 싶은 거야?"

"앨리샤는 자신이 감시당하고 있다고 털어놓았어요, 그렇죠?"

크리스티안은 멍하니 나를 바라보았다.

"감시를 당해?"

"누군가 그녀를 지켜보고 있었어요. 그 이야기를 하지 않던가요?"

크리스티안은 이상하다는 듯 나를 바라보았다. 그러더니 놀랍게도 웃음을 터뜨렸다.

"뭐가 그렇게 재미있어요?"

"그 말을 진짜로 믿는 건가? 관음증 환자가 창문으로 몰래 들여다본다는 거?"

"당신은 사실이 아니라고 생각해요?"

"완전한 상상이야. 분명히 그럴 거라고 생각할 수밖에 없었지."

나는 일기장을 향해 고갯짓을 해보였다. "아주 그럴듯하게 썼더군요. 나는 앨리샤의 말을 믿습니다."

"글쎄, 물론 설득력 있게 들리겠지. 나도 상황을 잘 알지 못했더라면 그 말을 믿었을 거야. 그녀는 정신병 증세를 보이고 있었네."

"계속 그렇게 말하는군요. 앨리샤는 일기 속에서 정신병 같지 않던데. 그냥 두려워하고 있을 뿐."

"전력이 있었네. 그들이 햄스테드로 이사하기 전에 살던 곳에서도 똑같은 일이 있었어. 그래서 이사를 해야만 했던 거야. 앨리샤는 도로 건너편에 있는 노인이 자기를 감시하고 있다고 신고했네.

어마어마한 난리가 났지. 알고 보니 그 노인은 눈이 보이지 않았기 때문에 앨리샤를 감시하기는커녕 그녀를 볼 수도 없었어. 그녀는 늘 심하게 불안정했어. 그런데 아버지의 자살이 못을 박은 거지. 절대로 회복하지 못했어."

"앨리샤가 당신에게 그런 얘기를 했어요? 아버지 얘기까지?"

크리스티안은 어깨를 으쓱해 보였다. "별로 그렇지는 않아. 그녀는 늘 아버지를 사랑했고 두 사람은 아주 정상적인 관계를 유지했다고 주장했네. 어머니가 스스로 목숨을 끊은 걸 고려하면 더할 나위 없이 평범한 관계였다는 거지. 솔직히 말해서 앨리샤에게서 뭐든 하나라도 알아내려면 운이 엄청 좋아야 했네. 그녀는 아주 비협조적이었거든. 그녀는⋯⋯ 글쎄, 자네 그녀가 어떤 사람인지는 잘 알잖아."

"당신만큼은 모르는 것 같네요." 나는 크리스티안이 끼어들기 전에 말을 이었다. "앨리샤는 아버지가 죽은 뒤에 자살을 시도했습니까?"

크리스티안은 어깨를 으쓱했다. "그렇게 볼 수도 있지. 나라면 그렇게 보지는 않겠지만."

"당신이라면 어떻게 해석할 겁니까?"

"자살 행동이었지만 죽으려는 의도는 아니었다고 생각하네. 너무 자기도취에 빠진 사람이어서 진짜로 자기 몸을 해치길 원했을 리 없어. 약을 잔뜩 먹은 건 그냥 보여주기 위한 것이었지. 자신의 괴로움을 가브리엘에게 전달하고 있었던 거야. 그녀는 늘 남편의 관심을 끌려고 애썼네. 불쌍한 친구 같으니. 만일 내가 환자의 비밀을 지킬 의무가 없었다면 가브리엘에게 얼른 달아나라고 경고했을 거야."

"가브리엘에게는 불행했지만 당신은 그렇게 도덕적인 사람이었던 거군요."

크리스티안은 얼굴을 찡그렸다. "테오, 자네가 이해심이 넘치는 사람인 걸 알아. 그러니 그렇게 훌륭한 상담가가 되었겠지. 하지만 자네는 앨리샤 베런슨과 관련해서는 시간을 낭비하고 있어. 살인 사건 이전에도 그녀는 자기성찰이나 마음을 읽는 일, 그걸 뭐라고 부르든 상관없이 그런 능력 자체를 갖고 있지 못한 사람이었네. 완전히 자기 자신과 예술에 잡아먹힌 사람이야. 자네가 아무리 그녀에게 공감하고 친절을 베풀어도 그녀는 그걸 되돌려줄 수 없어. 그녀는 가망이 없네. 완전히 나쁜 년이라고."

크리스티안은 경멸하듯 말했다. 정신적으로 상처를 입은 여자에 대한 공감이라고는 전혀 찾아볼 수 없는 말투였다. 순간적으로 앨리샤가 아니라 크리스티안이 미친 것 아닌가 하는 생각이 들었다. 그 편이 훨씬 그럴듯해 보였다.

나는 일어섰다. "앨리샤를 만나야겠어요. 대답을 좀 들어야겠습니다."

"앨리샤한테서?" 크리스티안은 깜짝 놀란 것 같았다. "도대체 어떻게 대답을 듣겠다는 거야?"

"물어봐야죠."

나는 사무실을 나왔다.

# 4

디오메디스가 사무실로 들어가고 스테파니가 보험공단과의 회의에 들어갈 때까지 기다렸다. 그런 다음 어항으로 슬며시 들어가 유리를 찾았다.

"앨리샤를 만나야겠어요."

"아, 그래요?" 유리는 이상하다는 표정을 지어 보였다. "하지만 상담은 중단된 줄 알았는데요?"

"그렇죠. 개인적인 대화가 필요한 것뿐입니다."

"그렇군요." 유리는 미심쩍어하는 것 같았다. "상담실이 사용 중입니다. 인디라가 오후 내내 환자들을 볼 거예요." 그는 잠깐 생각했다. "미술실은 비어 있습니다. 거기서 만나도 괜찮다면 말이죠. 그래도 빨리 마쳐야 해요."

자세히 설명을 듣지 않았지만 무슨 뜻인지 잘 알았다. 재빨리 끝내야 아무도 눈치를 채지 못하거나 스테파니에게 보고를 할 수 없을 터였다. 유리가 내 편을 들어주는 것이 고마웠다. 분명히 좋은 사람이었다. 처음 만났을 때 잘못 판단했던 일에 죄책감을 느꼈다.

"고마워요. 잊지 않겠습니다."

유리는 씩 웃어 보였다. "10분 안에 앨리샤를 그리로 데려갈게요."

유리는 약속을 잘 지켰다. 10분 뒤 앨리샤와 나는 미술실에서 물감이 튄 작업대를 사이에 두고 마주 보고 앉아 있었다.

부서질 것 같은 등받이 없는 의자에 앉은 나는 마음이 불안했다. 앨리샤는 더할 나위 없이 침착하게 앉아 있었다. 초상화 모델이 되기 위해 포즈를 취했거나 초상화를 그리려고 하는 것처럼 보였다.

"이거 고마워요." 그녀의 일기장을 꺼내 내 앞에 내려놓았다. "이걸 읽게 해줘서 말이에요. 이렇게 개인적인 물건을 날 믿고 건네준 건 정말 내게는 큰 의미가 있었습니다."

나는 웃었지만 앨리샤는 아무런 표정도 없었다. 앨리샤의 얼굴은 딱딱하고 단호했다. 내게 일기장을 넘겨준 것을 후회하고 있는지 궁금했다. 어쩌면 스스로 그렇게 완전할 정도로 드러낸 것을 부끄럽게 생각하는지도 몰랐다.

잠시 기다렸다가 말을 이었다. "일기가 결정적인 순간에 딱 끊어졌어요." 나는 일기장에서 남은 빈 페이지를 넘겨 보였다. "우리의 상담과 닮아 있네요. 불완전하고 마무리가 되지 않았죠."

앨리샤는 말이 없었다. 그냥 날 바라보고만 있었다. 내가 뭘 기대했는지 모르겠지만 적어도 이런 건 아니었다. 그녀가 내게 일기장을 건네준 것은 뭔가 변화를 뜻한다고 생각했으며, 초대나 시작, 입구를 뜻한다고 보았다. 하지만 지금 나는 출발점으로 다시 돌아와 뚫을 수 없는 벽을 마주하고 있었다.

"이렇게 간접적으로 일기장을 통해 이야기가 된다면, 한 걸음 더 나아가서 당신이 나와 개인적으로 이야기를 할 수 있을지도 모른다는 희망을 가졌어요."

대답은 없었다.

"당신이 나랑 의사소통을 원하기 때문에 이걸 내게 줬다고 생각해요. 그리고 당신은 의사소통을 했죠. 일기장을 읽고 나니 당신에 대해 많은 걸 알게 되었습니다. 당신이 얼마나 외롭고 고립되어 있었고 두려웠는지 말이죠. 전에 생각했던 것보다 당신이 처한 상황은 훨씬 더 복잡했더군요. 예를 들면 당신과 웨스트 박사와의 관계입니다."

크리스티안의 이름을 말하면서 앨리샤를 바라보았다. 눈을 가늘게 뜬다거나 턱을 악무는 것처럼 뭐든 반응이 있기를 기대했다. 하지만 앨리샤는 아무 반응도 없었고 눈도 깜박거리지 않았다.

"당신이 그로브에 입원하기 전에 크리스티안 웨스트와 알고 있었다는 건 생각도 못 했습니다. 당신은 그로부터 여러 해 동안 개인적인 치료를 받았더군요. 그가 처음 이곳에 일하러 왔을 때 당신은 분명히 그를 알아보았어요. 당신이 이곳에 온 지 몇 달 후였죠. 그가 당신을 모른 척했을 때는 무척 혼란스러웠겠군요. 그리고 어쩌면 대단히 화가 났겠죠?"

질문처럼 얘기했지만 대답은 없었다. 크리스티안에 대해서는 별로 관심이 없는 것 같았다. 앨리샤는 지루해하고 실망한 채 고개를 돌렸다. 마치 내가 뭔가 기회를 놓쳤고 엉뚱한 길로 샜다는 것처럼. 그녀는 내게서 뭔가를 기대했다. 그 뭔가를 짚는 데 내가 실패한 것이다.

하지만 나는 아직 끝나지 않았다.

"다른 것도 있어요. 일기장에 보면 몇 가지 의문이 있어요. 대답이 필요한 의문들이죠. 어떤 것들은 앞뒤가 안 맞아요. 내가 다른 곳에서 파악한 정보와 들어맞지 않는다는 겁니다. 이제 당신이 일기장을 읽을 수 있도록 해주었으니 좀 더 조사를 할 수밖에 없습니다. 당신이 이해해주었으면 좋겠어요."

앨리샤에게 일기장을 돌려주었다. 앨리샤는 일기장을 받아서 손을 그 위에 올려놓았다. 우리는 잠시 서로를 바라만 보고 있었다.

"나는 당신 편이에요, 앨리샤." 결국 나는 말했다. "당신도 그걸 알죠?"

그녀는 아무 말도 하지 않았다.

나는 그걸 긍정의 의미로 받아들였다.


# 5

캐시는 조심성이 사라지고 있었다. 어쩔 수 없었을 거라는 생각이 들었다. 그렇게 오래 바람을 피우다 보니 게을러지는 것이다.

집에 돌아오니 캐시는 막 나가려던 참이었다.

"산책 좀 하려고." 아내는 운동복 차림으로 말했다. "오래 안 걸릴 거야."

"나도 운동 좀 해야 하는데. 같이 가줄까?"

"아니야, 대본 연습도 해야 해서."

"내가 대본 보면서 확인해줄 수도 있는데."

"아니야." 캐시는 고개를 흔들었다. "혼자 하는 게 더 쉬워. 계속 같은 부분 반복만 할 거니까. 2막에서 이상하게 머리에 안 들어오는 부분이 있어서 말이야. 공원을 돌면서 소리 내서 계속 외우려고. 사람들이 이상하게 쳐다볼 거야."

어쩔 수 없었다. 캐시는 이런 대화를 눈길 한 번 피하지 않고 완벽할 정도로 성심껏 주고받았다. 엄청난 배우였다.

내 연기 역시 나아지고 있었다. 아내를 향해 따뜻한 웃음을 활짝 지어 보였다. "재미있게 걷고 와."

아파트를 나서는 아내의 뒤를 밟았다. 조심스레 거리를 유지했지만 아내는 한 번도 뒤를 돌아보지 않았다. 이미 말했듯 아내는 조심성이 사라지고 있었다. 아내는 5분가량 공원 입구까지 걸어갔다. 아내가 입구에 가까워지자 한 사내가 어둠 속에서 나타났다. 내게 등을 돌리고 있어서 얼굴을 볼 수 없었다. 검은 머리에 체격이 탄탄했고 키는 나보다 컸다. 아내가 다가가자 사내는 아내를 끌어당겼다. 두 사람은 키스하기 시작했다. 캐시는 허기진 사람처럼 사내의 키스를 빨아들였고 온몸을 그에게 맡겼다. 다른 남자 품에 안긴 아내를 보니, 좋게 말해서 이상했다. 사내의 손이 아내의 옷을 들추고 가슴을 더듬으며 애무했다.

숨어야 한다는 걸 알았다. 나는 너무 눈에 쉽게 띄는 곳에 있었다. 캐시가 돌아서면 분명히 나를 볼 수 있을 터였다. 하지만 움직일 수 없었다. 그 자리에 선 채 메두사를 쳐다보면서 돌로 바뀌고 말았다.

한참 후에야 두 사람은 키스를 멈추고 팔짱을 낀 채 공원 안으로 들어갔다. 나는 뒤를 따라갔다. 갈피를 잡을 수 없었다. 뒤쪽 멀리에서 보니 사내는 나와 다를 것이 없어 보였다. 순간적으로 혼란

312

스러운 유체이탈 현상이 일어나면서 내가 캐시와 공원을 걷는 모습을 지켜보고 있다는 생각이 들었다.

캐시는 사내를 이끌고 나무가 우거진 곳으로 향했다. 사내가 아내를 따라 숲으로 들어갔고 두 사람의 모습은 사라졌다.

배 속이 뒤집힐 것 같은 두려운 느낌이 들었다. 호흡이 거칠어지고 느려지고 무거워졌다. 온몸의 각 부분이 내게 떠나라고, 돌아가라고, 뛰라고, 달려서 멀어지라고 말하고 있었다. 하지만 나는 그러지 않았다. 두 사람을 따라서 숲으로 들어갔다.

최대한 소리를 내지 않으려고 애썼지만 발에 밟히는 잔가지들이 부러졌고 나뭇가지가 내 몸을 할퀴었다. 두 사람은 전혀 보이지 않았다. 나무들이 너무 빽빽해서 눈앞 몇 발자국밖에 보이지 않았다.

발걸음을 멈추고 귀를 기울였다. 나무들 속에서 버석거리는 소리가 들렸지만 바람 소리일 수도 있었다. 그 순간 뭔가 틀림없는 소리가 들렸다. 목구멍 안쪽에서 낮게 울려 나오는 소리는 즉시 알아들을 수 있었다.

캐시의 신음 소리였다.

좀 더 가까이 다가가려고 해봤지만 나뭇가지들에 가로막힌 나는 거미줄에 붙잡힌 파리처럼 움직일 수 없었다. 나는 어스레하게 빛이 비추는 그곳에 서서 퀴퀴한 나무껍질과 흙냄새를 맡고 서 있었다. 사내가 아내의 몸을 탐하는 사이 캐시가 내는 신음을 듣고 있었다. 사내는 짐승처럼 끙끙거렸다.

증오로 온몸이 불타올랐다. 어디서 나타났는지 알 수 없는 사내가 내 삶을 유린하고 있었다. 그는 내게 세상에서 유일하게 소중한 걸 훔치고 유혹하고 타락시키고 있었다. 도저히 말도 안 되는 불가사의한 상황이었다. 어쩌면 사내는 인간이 아니고 신이 내게 내리는 형벌의 도구일 수도 있었다. 하느님이 날 벌주는 건가? 왜? 내가 사랑에 빠진 것 말고 무슨 죄가 있단 말인가? 지나치게 깊이, 뭔가를 원하는 사랑을 해서? 너무 사랑해서?

이 남자는 아내를 사랑하는 걸까? 그럴 것 같지는 않았다. 내 방식으로는 사랑하지 않았다. 놈은 그저 아내를 이용할 뿐이다. 아내의 몸을. 놈은 내가 하는 것처럼 아내를 보살펴줄 수 없다. 나는 캐시를 위해 죽을 수도 있다.

아내를 위해서라면 살인도 할 수 있다. 아버지를 생각했다. 아버지라면 이런 상황에서 어떻게 했을까. 사내를 죽여버릴 것이다. 사내답게 굴어. 아버지가 외치는 소리가 들렸다. 강해지란 말이야. 그렇게 해야 하나? 놈을 죽여? 없애버릴까? 그러면 이런 엉망인 상황에서 벗어날 수 있다. 주문을 깨뜨리고 캐시를 해방시키고 우리는 자유로워질 수 있다. 아내가 일단 사내를 잃은 슬픔을 겪고 나면 모든 일은 끝날 것이다. 사내는 쉽게 잊을 수 있는 추억이 될 것이고 우리는 전처럼 지낼 수 있다. 지금 당장이라도 이곳 공원에서 그렇게 할 수도 있다. 놈을 연못으로 끌고 가서 머리를 물속에 처박아버릴 수도 있다. 머리를 물속에 박은 채 놈의 몸이 경련을 일으키다가 내 손아귀 속에서 축 늘어질 때까지 기다리는 것이다. 아니면 지하철을 타고 집에 가는 놈을 따라가서 플랫폼 위 놈의 바로 뒤에 서 있다가 다가오는 열차 앞으로 확 밀어버리는 것이다. 아니면 아무도 없는 길거리에서 놈에게 살금살금 다가가 벽돌을 들고 머리를 후려갈길 수도 있다. 안 될 이유가 있나?

갑자기 캐시의 신음이 커졌고, 절정에 도달해서 탄성을 뱉어내고 있음을 알아차렸다. 그러더니 침묵이 흘렀고…… 소리 죽여 킥킥거리며 웃는, 아주 익숙한 목소리가 들렸다. 두 사람이 숲을 걸어 나오면서 잔가지들이 부러지는 소리가 났다.

잠시 기다렸다. 그런 다음 주위의 나뭇가지를 꺾으면서 간신히 나무들 사이를 뚫고 나왔다. 양손이 온통 찢어지고 나무에 긁혔다.

숲에서 빠져나온 나는 눈물로 앞이 거의 보이지 않았다. 피가 흐르는 주먹으로 눈물을 닦았다.

휘청거리며 발길 가는 대로 걸었다.

미친 사람처럼 걷고 또 걸었다.

## 6

"장 펠릭스?"

접수 데스크는 비어 있었고 이름을 불러도 아무도 나타나지 않았다. 잠시 머뭇거리다가 화랑 안으로 들어갔다.

복도를 지나 알케스티스 그림이 걸린 곳으로 갔다. 그림을 바라보았다. 다시 한 번 그림을 읽으려고 했지만 이번에도 실패했다. 그림의 뭔가가 해석을 거부했다. 그게 아니면 아직 내가 파악하지 못한 일종의 의미를 갖고 있을 터였다. 하지만 그게 뭐지?

그 순간 뭔가를 알아차린 나는 숨이 훅 막히는 느낌이 들었다. 앨리샤의 뒤쪽 어둠 속, 눈을 가늘게 뜨고 그림을 열중해서 들여다보면 어둠 속에서도 가장 어두운 부분이 하나로 합쳐지면서 어둠 속에서 뭔가 모양이 튀어나오는 것처럼 보였다. 마치 2차원인 그림이 특정한 방향에서 보면 3차원 홀로그램으로 보이는 것처럼 어떤 사내의 모습이 드러났다. 한 사내가 어둠 속에 숨어 있었다. 지켜보고 있었다. 앨리샤를 감시하고 있었다.

"무슨 일입니까?"

목소리에 나는 깜짝 놀라서 돌아섰다.

장 펠릭스는 나를 보고 특별히 즐거워하지는 않는 것 같았다. "여기서 뭘 하는 겁니까?"

장 펠릭스에게 그림 속 사내의 모습을 지적하고 물어보려던 찰나, 뭔가 그러지 않는 편이 좋겠다는 생각이 들었다.

대신 웃어 보였다. "그냥 물어볼 것이 몇 개 더 있어서요. 지금 시간 괜찮으신가요?"

"별로요. 제가 아는 건 전부 말했습니다. 뭐가 다른 게 더 있겠어요?"

"사실은 새로 밝혀진 정보가 좀 있습니다."

"그게 뭔데요?"

"한 가지만 말씀드리면, 저는 앨리샤가 당신 화랑을 떠날 생각이었다는 걸 알지 못했습니다."

장 펠릭스는 대답하기 전에 잠시 말을 잇지 못했다. 끊어질 것 같은 고무줄처럼 목소리에 긴장감이 흘렀다.

"무슨 말씀을 하시는 거죠?"

"사실입니까?"

"그게 당신하고 무슨 상관입니까?"

"앨리샤는 제 환자입니다. 제 의도는 그녀가 다시 말하도록 하는 겁니다. 하지만 지금 보니 그녀가 침묵을 유지하고 있는 편이 당신에게 더 유리한가 보군요."

"그게 도대체 무슨 말입니까?"

"글쎄요, 그녀가 떠나고 싶어 했다는 사실을 아무도 알지 못한다면 당신은 그녀의 작품들을 무기한으로 전시할 수 있게 되겠죠."

"정확히 내가 무슨 죄를 지었다고 이러는 겁니까?"

"당신에게 죄가 있다는 게 아닙니다. 단지 사실을 말하는 것뿐입니다."

장 펠릭스는 웃음을 터뜨렸다. "어디 두고 봅시다. 변호사에게 연락하겠소. 그리고 병원에 정식으로 항의할 거요."

"그러실 것 같지 않군요."

"그렇게 생각하는 이유가 뭐요?"

"글쎄요, 아시겠지만 저는 앨리샤가 화랑을 떠나겠다는 계획을 갖고 있었다는 사실을 어떻게 듣게 되었는지 말하지 않았습니다."

"누가 말했는지 몰라도 그건 거짓말이오."

"앨리샤가 거짓말을요?"

"뭐?" 장 펠릭스는 충격을 받았다. "그럼…… 그녀가 말을 했다는 거요?"

"어찌 보면 그렇습니다. 자기 일기장을 읽어보라며 제게 줬습니다."

"일기장?" 장 펠릭스는 정보를 처리하는 데 문제가 생기기라도 한 것처럼 눈을 몇 번이나 깜박였다. "앨리샤가 일기를 쓰는 줄은 몰랐는데."

"쓰고 있었더군요. 당신하고 마지막으로 몇 번 만났던 일을 자세히 적어두었습니다."

다른 말은 하지 않았다. 그럴 필요가 없었다. 무거운 침묵이 흘렀다. 장 펠릭스는 침묵했다.

"연락드리죠." 내가 말했다.

나는 웃어 보이고 화랑을 나왔다.

소호 거리로 걸어 나온 나는 장 펠릭스의 신경을 건드린 일에 약간의 죄책감을 느꼈다. 하지만 그건 의도적인 행동이었다. 그를 도발하면 무슨 효과가 있을지, 그가 어떻게 반응하고 무슨 행동을 할지 보고 싶었다.

이제 기다리면서 확인하면 되었다.


소호 거리를 걸으면서 앨리샤의 사촌인 폴 로즈에게 전화를 걸어 내가 가고 있다는 걸 알렸다. 연락도 하지 않고 집에 갔다가 지난번과 비슷한 환영을 받는 위험을 감수하고 싶지 않았다. 머리에 입은 타박상이 아직 깨끗하게 낫지 않은 상태였다.

전화기를 귀와 어깨 사이에 끼우고 담배를 피워 물었다. 담배 연기를 한 번 마시기도 전에 벨이 울리자마자 상대방이 전화를 받았다. 리디아가 아니고 폴이길 바랐다. 운이 좋았다.

"여보세요?"

"폴. 테오 파버입니다."

"아, 안녕하쇼, 친구. 속삭여서 미안해요. 엄마가 낮잠을 자고 있어서 깨우면 안 돼서 그래요. 머리는 좀 어때요?"

"훨씬 나아요, 고맙습니다."

"다행이네요. 그런데 왜 전화한 거요?"

"저, 앨리샤에 관한 새로운 정보를 좀 얻었어요. 그래서 함께 이야기를 하고 싶어요."

"어떤 정보인데요?"

폴에게 앨리샤가 써온 일기를 받았다고 말했다.

"일기? 일기 쓰는지 몰랐네. 무슨 내용인데요?"

"만나서 얘기하는 편이 나을 수도 있어요. 오늘 시간 없어요?"

폴은 머뭇거리며 말했다. "집에는 오지 않는 편이 더 나을 것 같은데. ……지난번에 당신이 왔을 때 엄마가 그다지 좋아하지 않으셨거든요."

"네, 나도 그건 알겠더군요."

"길거리 끄트머리 로터리에 술집이 하나 있습니다. '하얀 곰'이라고 하는…….."

"네, 기억납니다. 거기 괜찮아요. 몇 시에 볼까요?"

"5시쯤? 그때쯤이면 잠깐 빠져나갈 수 있을 테니까요."

멀리서 리디아가 소리를 질렀다. 잠에서 깨어난 모양이었다.

"가야겠어요. 이따 봅시다." 폴은 전화를 끊었다.


몇 시간 뒤 나는 다시 케임브리지로 향하고 있었다. 기차에서 맥스 베런슨에게 전화를 걸었다. 전화를 걸기 전에 망설였다. 그는 이미 디오메디스에게 항의를 한 적이 있었으니 내게서 또 연락을 받는다면 기분 좋을 리 없었다. 하지만 나는 달리 방법이 없다는 걸 알았다.

타냐가 전화를 받았다. 감기는 나아진 것 같았지만 내가 누군지 알고 나자 그녀의 목소리가 긴장하는 걸 알 수 있었다.

"제 생각에는, 아니, 맥스는 바빠요. 온종일 회의를 하고 있어요."

"다시 전화하죠."

"그게 좋은 생각인지 모르겠네요. 제가……."

멀리서 맥스가 뭐라고 말하는 소리가 들리더니 타냐가 대답했다. "어떻게 그렇게 말해요, 맥스."

맥스가 수화기를 잡고 내게 직접 대놓고 말했다. "방금 타냐에게 지랄 말고 꺼지라고 하라고 했어."

"아."

"감히 여기에 다시 전화를 걸다니. 벌써 디오메디스 교수에게 항의도 했는데 말이야."

"네, 그건 알고 있습니다. 하지만 새로운 정보가 드러났는데 그 내용이 당신과 직접적으로 관련이 있어서요. 그래서 연락하는 것 말고는 달리 방법이 없었습니다."

"무슨 정보?"

"앨리샤는 살인 몇 주 전부터 일기를 쓰고 있었습니다."

수화기 건너편에서 침묵이 흘렀다. 나는 망설였다.

"앨리샤가 당신에 관한 내용을 상당히 자세히 써두었어요, 맥스.

그녀 말로는 당신이 그녀에게 애정을 품고 있었다더군요. 그래서 저는 혹시……."

맥스가 전화를 끊는 소리가 들렸다. 지금까지는 괜찮군. 맥스가 미끼를 물었어. 그러면 이제 기다리면서 그의 반응을 보면 되었다.

타냐가 그랬던 것처럼 나도 맥스 베런슨을 두려워하고 있다는 걸 깨달았다. 나는 타냐가 속삭이며 폴을 만나서 물어보라고 조언하던 일을 떠올렸다. 뭘 물어보라는 거였지? 앨리샤의 어머니가 죽은 날 밤에 일어난 이야기였다. 맥스가 나타났을 때 타냐의 표정과 그녀가 얼른 입을 다물고 그에게 웃으며 다가갔던 일도 기억했다. 아니야, 맥스 베런슨을 얕잡아봐서는 안 돼.

그건 위험한 실수가 될 터였다.

# 7

기차가 케임브리지에 가까워지면서 풍경은 평평해지고 기온은 떨어졌다. 코트 단추를 채우고 역을 나섰다. 바람이 얼음 칼날처럼 날아와 얼굴을 때렸다. 폴과 만나기로 한 술집으로 향했다.

'하얀 곰'은 금방이라도 무너질 것처럼 낡은 곳이었다. 오랜 세월 동안 원래 건물에 여러 번 증축을 거친 듯했다. 학생 두 명이 바람을 무릅쓰고 술잔을 들고 노천 탁자에 나와 앉아 목도리를 두른 채 담배를 피우고 있었다. 실내로 들어가니 맹렬하게 타오르는 여러 개의 난로 덕분에 온도는 훨씬 따뜻했다. 추위로부터 몸을 피할 수 있게 되어 반가웠다.

술을 주문하고 폴을 찾아 두리번거렸다. 가운데에 자리 잡은 바에서 여러 개의 작은 방들이 이어져 있고 조명은 어두웠다. 어두운 곳에 있는 사람들을 살펴봤지만 폴은 보이지 않았다. 부정한 만남에 좋은 곳이라는 생각이 들었다. 아마 지금이 그런 만남일 것이다.

작은 방에 홀로 있는 폴을 찾았다. 그는 문에서 고개를 돌린 채 난롯가에 앉아 있었다. 엄청난 덩치를 보고 즉시 그를 알아보았다. 거대한 등 때문에 난로가 거의 보이지 않을 정도였다.

"폴?"

그는 펄쩍 뛰어 일어나 뒤로 돌아섰다. 작은 방에 들어온 거인처럼 보였다. 천장에 머리가 닿지 않게 하려고 몸을 살짝 구부려야 했다.

"무슨 일 있는 겁니까?" 그가 말했다.

그는 의사에게서 나쁜 소식을 들을 준비를 단단히 마친 것 같았다. 그는 나를 위해 공간을 내주었고 나는 난로 앞에 앉아 얼굴과 양손에 온기를 느꼈다.

"여기는 런던보다 춥네요. 바람 때문에 더 그런 것 같아요."

"사람들이 그러는데 시베리아에서 곧장 불어오는 바람이래요." 폴은 멈추지 않고 이어서 말했는데, 잡담하고 싶은 기분이 아닌 것이 분명했다. "그런데 일기라니 어떻게 된 거죠? 앨리샤가 일기를 쓰고 있다는 건 전혀 몰랐는데."

"쓰고 있었어요."

"그런데 그걸 당신한테 줬다고요?"

나는 고개를 끄덕였다.

"뭐라고 쓰여 있는데요?"

"특히 살인 사건 전 마지막 몇 달을 자세히 설명하고 있어요. 그런데 몇 가지 들어맞지 않는 것이 있어서 물어보고 싶어요."

"뭐가 안 맞아요?"

"당신이 설명한 상황과 그녀의 설명요."

"무슨 말을 하는 겁니까?" 폴은 술잔을 내려놓고 나를 한참 동안 바라보았다. "무슨 뜻이죠?"

"글쎄요, 일단 한 가지 예를 들죠. 당신은 살인 사건 전에 몇 년 동안 앨리샤를 보지 못했다고 했죠."

폴은 망설였다. "내가 그랬나요?"

"일기를 보면 앨리샤는 가브리엘이 살해당하기 몇 주 전에 당신을 봤다고 했어요. 당신이 햄스테드에 있는 집에 왔다고 썼더군요."

폴이 기가 꺾이는 걸 감지하고 그를 한참 동안 바라보았다. 갑자기 그가 커다란 육체 속에 깃든 어린아이처럼 보였다. 폴은 두려워하고 있었다. 한참 동안 대답하지 않다가 교활한 표정을 지으며 나를 바라보았다.

"볼 수 있나요? 그 일기장?"

나는 고개를 저었다. "그건 적절하지 않은 것 같군요. 어차피 가져오지도 않았고."

"그럼 일기장이 있다는 걸 내가 어떻게 알아요? 당신이 거짓말 하는 걸 수도 있잖아요."

"거짓말 아닙니다. 하지만 당신은 나에게 거짓말을 했어요, 폴. 왜죠?"

"그건 당신이 알 필요가 없어요. 그게 이유죠."

"알아야 합니다. 앨리샤의 건강이 제 관심사거든요."

"앨리샤의 건강은 그 일과는 아무런 상관이 없어요. 난 앨리샤를 해치지 않았다고."

"해쳤다고 얘기한 적 없어요."

"그럼 된 거네요."

"무슨 일이 있었는지 말해주지그래요?"

폴은 어깨를 으쓱하더니 포기하며 입을 열었다. "이야기가 길어요." 그러곤 숨도 쉬지 않고 빠르게 말했는데 마침내 누군가에게 털어놓게 되어 안도하는 것 같았다. "나는 나쁜 길로 빠지고 있었어요. 문제가 있었죠. 도박을 했고 돈을 빌렸는데 갚을 능력이 없었던 거죠. 그래서 현금이 좀 필요했고. 모든 걸 해결하기 위해서 말이죠."

"그래서 앨리샤에게 부탁한 겁니까? 그녀가 돈을 주던가요?"

"일기에는 뭐라고 적혀 있는데요?"

"안 적혀 있어요."

폴은 망설이다가 고개를 저었다. "아니, 나한테 한 푼도 주지 않았어요. 돈이 없다고 하더라고."

폴은 또 거짓말을 하고 있었다. 왜지?

"그럼 돈을 어떻게 구한 거죠?"

"저축했던 걸 뺐죠. 이건 우리끼리만 알고 있었으면 좋겠어요. 엄마가 몰랐으면 하거든요."

"리디아를 이 문제에 끌어들일 이유는 전혀 없다고 봅니다."

"그렇죠?" 폴의 얼굴에 핏기가 조금 되돌아왔다. 약간 희망이 생긴 것처럼 보였다. "고마워요. 정말 고맙습니다."

"앨리샤가 감시당하는 것 같다는 말을 한 번이라도 한 적이 있어요?"

폴은 술잔을 내려놓고 이상하다는 듯 나를 보았다. 그런 말을 들어본 적이 없는 것 같았다.

"감시? 그게 무슨 말이죠?"

나는 일기장에서 읽은 이야기를 들려주었다. 앨리샤는 누군지 모르는 사람이 자신을 감시하고 있다는 의심을 했고 결국 자기 집에서 공격을 당하는 상황을 두려워하고 있었다고.

폴은 고개를 흔들었다. "앨리샤는 머리가 정상이 아니었어요."

"그냥 상상해낸 이야기라는 겁니까?"

"글쎄, 당연히 그렇지 않겠어요?" 폴은 어깨를 으쓱했다. "누가 앨리샤를 스토킹했다고 생각하는 건 아니겠죠? 물론 그럴 수도 있긴 하지만……."

"그래요, 가능은 하죠. 그러니까 그런 일에 관해서는 전혀 말하지 않았다?"

"전혀 안 했어요. 하지만 앨리샤랑 나는 거의 이야기를 하지 않았어요. 걔는 늘 입을 꾹 다물고 있었죠. 우리 가족 전부가 그랬어요. 앨리샤가 정말 이상하다고 하던 말이 생각나요. 친구네 집에 가보면 다른 가족들은 웃고 농담하고 이것저것 대화를 나누는데 우리 집은 너무 조용하다고 말하곤 했죠. 우린 대화라고는 없었어요. 엄마가 명령을 하는 것 말고는."

"그럼 앨리샤의 아버지는요? 버넌? 그는 어떤 사람이었죠?"

"외삼촌도 별로 말이 없었어요. 외삼촌도 머리가 정상이 아니었지. 에바 외숙모가 죽은 다음부터. 그 이후로 완전히 달라졌거든요. 그건 앨리샤도 마찬가지지만."

"그 말을 들으니까 묻고 싶었던 게 생각나네요. 타냐가 내게 했던 말이었어요."

"타냐 베런슨? 그 여자랑 얘기했어요?"

"잠깐이었어요. 당신하고 말해보라고 하더군요."

"타냐가?" 폴은 뺨이 붉어졌다. "나, 그 여자 잘 몰라요. 하지만 늘 나한테는 친절하더군요. 그 여자 아주 착한 사람이에요. 나랑 엄마를 몇 번 찾아왔었어요."

폴의 입가에 미소가 번졌다. 그는 잠시 먼 세상에 가 있는 것 같았다.

그 여자한테 반했군. 맥스가 어떻게 생각할지 궁금했다.

"타냐가 뭐라고 그랬는데요?" 그가 말했다.

"당신한테 가서 물어보라고 했어요. 자동차 사고가 있던 날 밤에 무슨 일이 있었는지. 자세히는 얘기하지 않았고요."

"그래, 그 여자가 무슨 말을 하는 건지 알아요. 내가 재판할 때 얘기해줬거든요. 내가 아무한테도 말하지 말라고 부탁했죠."

"나한테는 말하지 않더라고요. 당신이 말해줘야 아는 거죠. 말하고 싶다면. 물론 말하고 싶지 않으면……."

326

폴은 술잔을 비우고 어깨를 으쓱했다. "어쩌면 아무것도 아닐 겁니다. 하지만…… 어쩌면 앨리샤를 이해하는 데 도움이 될지도 몰라요. 그러니까……." 폴은 망설이다가 입을 다물었다.

"계속하세요."

"앨리샤…… 그러니까 앨리샤가 병원에서 돌아와, 아, 사고가 난 뒤에 병원에서 하룻밤을 지내야 했거든요. 어쨌든 돌아와서 처음으로 한 행동은 집 지붕으로 기어 올라가는 거였어요. 나도 기어 올라갔죠. 우리는 거의 밤새 지붕 위에 앉아 있었어요. 앨리샤랑 나는 늘 지붕 위에 올라가곤 했었거든요. 우리의 비밀 장소였죠."

"지붕 위가요?"

폴은 망설였다. 잠시 나를 쳐다보며 깊이 생각했다. 그러더니 결심했다.

"따라와요." 그는 일어섰다. "내가 보여줄 테니까."


## 8

우리는 어둠 속에 잠겨 있는 집으로 다가갔다.

"여기예요." 폴이 말했다. "따라와요."

집 옆에 철제 계단이 붙어 있었다. 우리는 계단 쪽으로 걸어갔다. 얼어붙어 울퉁불퉁해진 진흙이 발아래 밟혔다. 폴은 나를 기다리지 않고 계단을 타고 올랐다.

시간이 갈수록 점점 추워졌다. 이래도 괜찮은 건지 궁금했다. 폴을 따라서 사다리를 붙잡았는데 차갑고 미끄러웠다. 일종의 덩굴 식물이 잔뜩 웃자라 있었다. 아마도 담쟁이덩굴일 것이다.

한 칸씩 사다리를 타고 올랐다. 꼭대기에 올라갔을 때는 손가락에 감각이 사라졌고 바람이 얼굴을 칼로 베는 것 같았다. 사다리 꼭대기를 넘어 지붕으로 올라갔다. 폴이 어린아이처럼 흥분해 웃으며 날 기다리고 있었다. 머리 위에 얇디얇은 초승달이 걸려 있었다. 나머지 세상은 어두웠다.

폴이 갑자기 이상한 표정을 짓고 달려들었다. 그가 나에게 팔을 뻗는 순간 순간적으로 약간의 공포가 느껴졌다. 피하려고 몸을 틀었지만 그에게 붙잡히고 말았다. 그 순간 폴이 나를 지붕에서 내던지려 한다는 무시무시한 생각이 들었다.

하지만 그는 나를 자기 쪽으로 당겼다. "끝에서 너무 가까워요. 여기 안쪽으로 들어와요. 더 안전하게."

나는 숨을 고르며 고개를 끄덕였다. 좋은 생각이 아니었다. 폴 근처에 있으면 전혀 안전하다는 생각이 들지 않았다. 그만 내려가자고 말하려던 순간, 폴이 담배를 꺼내 내게 한 개비를 권했다. 망설이다 받아들었다. 내 라이터를 꺼내 담배에 불을 붙이는데 손가락이 떨렸다.

우리는 지붕에 서서 잠시 아무 말도 없이 담배를 피웠다.

"앨리샤하고 나는 여기 앉아 있곤 했어요. 거의 매일이었죠."

"그때 몇 살이었는데요?"

"나는 일곱 살이나 여덟 살이었어요. 앨리샤도 열 살은 넘지 않았을 거고."

"사다리를 타고 오르기에는 좀 어렸군요."

"그랬던 것 같아요. 그때는 아무렇지도 않았는데. 10대가 되고 나서는 함께 올라와서 담배를 피우고 맥주도 마셨죠."

아버지와 자신을 괴롭히는 고모에게서 숨으려는 10대의 앨리샤를 상상하려고 애써보았다. 귀여운 사촌동생 폴이 사다리를 따라 올라와 혼자 자기만의 시간을 가지려는 그녀를 귀찮게 하는 모습.

"숨기에 좋은 곳이군." 내가 말했다.

폴은 고개를 끄덕였다. "버넌 외삼촌은 사다리를 못 올라왔어요. 엄마처럼 덩치가 엄청 컸거든요."

"나도 간신히 올라왔어요. 담쟁이덩굴이 죽음의 덫이네요."

"담쟁이덩굴이 아니고 재스민이에요." 폴은 사다리 꼭대기를 감고 있는 녹색 줄기를 보며 말했다. "아직 꽃이 안 펴서 그렇지. 봄이 와야 피거든요. 꽃이 잔뜩 피면 향수처럼 냄새가 나요."

그는 잠시 추억에 잠긴 것처럼 보였다.

"웃기네요."

"뭐가요?"

"아니에요." 그는 어깨를 으쓱했다. "기억이라는 게…… 재스민 생각을 하고 있었어요. 그날, 에바 외숙모가 사고로 죽던 날 재스민이 활짝 피어 있었죠."

주위를 둘러보았다. "당신하고 앨리샤가 여기 함께 올라왔다는 겁니까?"

그는 끄덕였다. "엄마랑 버넌 외삼촌이 아래서 우릴 찾고 있었죠. 이름 부르는 소리를 들었어요. 하지만 우린 아무 말도 안 했어요. 그냥 숨어 있었죠. 그때 그 일이 벌어졌어요."

그는 담배를 비벼서 끄더니 내게 이상한 웃음을 지어 보였다. "그래서 당신을 이리로 데려온 거예요. 그래야 범죄 현장을 볼 수 있으니까."

"범죄?"

폴은 대답하지 않고 그냥 계속 날 보며 웃기만 했다.

"무슨 범죄요, 폴?"

"외삼촌의 범죄. 버넌 외삼촌은 착한 사람이 아니었다고 했잖아요. 전혀 착하지 않았죠."

"무슨 말을 하려는 겁니까?"

"그러니까 그때 외삼촌이 그 짓을 저질렀다니까요."

"무슨 짓을요?"

"그때 외삼촌이 앨리샤를 죽인 거예요."

들은 말을 믿을 수 없어서 멍하니 폴을 바라보았다. "앨리샤를 죽여요? 도대체 무슨 말을 하는 겁니까?"

폴은 아래쪽 땅바닥을 가리켰다. "버넌 외삼촌이 저기 아래 엄마랑 같이 있었어요. 술에 취해 있었죠. 엄마는 외삼촌을 집 안으로 데려가려고 했고. 하지만 외삼촌은 저기 서서 고함을 치며 앨리샤를 불렀어요. 앨리샤에게 아주 화가 나 있었죠. 미쳐 있는 상태였어요."

"앨리샤가 숨었기 때문에요? 하지만 앨리샤는 어렸고, 엄마가 죽은 지 얼마 안 되는 상태였는데."

"외삼촌은 잔인하고 나쁜 놈이었어요. 유일하게 신경을 써준 사람은 에바 외숙모뿐이었죠. 아마 그래서 그 말을 했을 거예요."

"무슨 말을요?" 더는 참을 수 없었다. "지금 무슨 말을 하는 건지 모르겠어요. 정확히 무슨 일이 있었던 겁니까?"

"외삼촌은 외숙모를 얼마나 사랑했는지 말하려던 거였어요. 어떻게 외숙모 없이 살아야 할지 말이에요. 계속 '내 사랑, 불쌍한 사람, 나의 에바……'라고 말했어요. '왜 당신이 죽어야 해? 왜 당신이어야 했냐고? 왜 앨리샤가 대신 죽지 않은 거야?'"

깜짝 놀라서 폴을 한참 동안 바라보았다. 제대로 들은 건지 알 수 없었다.

"'왜 앨리샤가 대신 죽지 않은 거야?'라고요?"

"그렇게 말했다니까요."

"앨리샤도 그 말을 들었습니까?"

"그럼요. 그리고 앨리샤는 내게 절대로 잊을 수 없는 말을 속삭였어요. '날 죽였어'라고요. '아빠가 방금 날 죽였어'라고 했어요."

할 말을 잃은 채 폴을 바라보았다. 머릿속에서 합창이라도 하듯 수많은 종이 땡그랑거리면서 떠나갈 것처럼 울었다. 내가 찾던 거였다. 이곳 케임브리지의 지붕 위에서 퍼즐 가운데 사라졌던 조각을 마침내 찾아낸 것이다.


런던으로 돌아오는 내내 내가 들은 말이 뭘 암시하는지 생각했다. 이제야 앨리샤가 알케스티스에 공감한 이유를 알 수 있었다. 아드메토스는 알케스티스에게 육체적인 사형 선고를 내렸다면 버넌 로즈는 자기 딸을 정신적으로 죽였다는 점만이 달랐다. 아드메토스는 그래도 어느 정도 알케스티스를 사랑했음이 틀림없지만 버넌 로즈는 오직 증오뿐 사랑이라고는 없었다. 그는 정신적인 유아 살해범이었다. 그리고 앨리샤는 그걸 알았다.

"날 죽였어." 그녀는 말했다. "아빠가 방금 날 죽였어."

마침내 이제야 해결의 실마리가 보이는 듯했다. 뭔가 내가 아는 분야의 내용이었다. 어렸을 때의 정신적 상처가 준 감정적 효과와 그것들이 나중에 어른이 되었을 때 어떻게 모습을 드러내는지. 상상해보라. 살아남기 위해서 의지할 수밖에 없는 단 한 사람인 아버지로부터 죽어버리라는 말을 들었다는 사실을. 아이는 얼마나 두렵고 얼마나 큰 충격을 받았겠는가. 자존감은 얼마나 내적으로 무너져 내릴 것이며 고통은 얼마나 크겠는가. 너무 큰 고통은 느낄 수 없으니 삼키고 누르고 묻게 될 것이다. 시간이 흐르면서 정신적 충격의 원천은 알 수 없게 되고, 충격을 준 뿌리는 분리되어 잊히게 될 것이다. 하지만 어느 날, 상처와 분노는 마치 용의 배 속에서 끓고 있는 불처럼 터져 나오고 당신은 손에 총을 들게 된다. 분노의 대상은 죽고 잊힌 채 만날 수 없는 아버지가 아니라 당신 삶에서 아버지의 자리를 대신하고 있는 사람인 남편이 된다. 당신을 사랑하고 당신과 잠자리를 함께하는 남편. 당신은 남편 얼굴에 총을 다섯 발이나 쏘면서도 왜 그래야 하는지 이유를 모를 수도 있다.

기차는 밤을 뚫고 달려 런던으로 돌아왔다. 마침내 나는 어떻게 하면 앨리샤에게 다다를 수 있는지 알아낸 것 같았다.

이제 우리는 시작할 수 있었다.

# 9

나와 앨리샤는 아무 말도 없이 앉아 있었다.

나는 이런 침묵과 침묵을 참아내는 일, 그리고 침묵 속에 자리를 잡고 이겨내는 일에 점점 더 솜씨가 좋아지고 있었다. 이렇게 작은 공간에서 앨리샤와 아무 말 없이 앉아 있는 것이 편안해지기까지 했다.

앨리샤는 양손을 무릎에 올리고 심장이 뛰는 걸 표현하는 것처럼 손을 규칙적으로 쥐었다 풀었다 반복했다. 그녀는 나를 향해 앉아 있었지만 나를 보는 것이 아니라 창살 사이로 창문 밖을 보고 있었다. 비는 그쳤고 잠시 구름이 걷히면서 창백한 파란 하늘이 모습을 드러냈다. 그러다가 또 다른 구름이 나타나 하늘을 잿빛으로 가렸다.

그 순간 내가 말했다. "내가 알아낸 것이 있어요. 당신 사촌 동생이 말해주더군요."

최대한 부드럽게 이야기했다. 앨리샤는 반응을 보이지 않았고 나는 계속 말을 이었다.

"폴이 그러는데 당신이 어렸을 때 아버지한테서 뭔가 끔찍한 말을 들었다더군요. 당신 어머니를 죽음으로 몰았던 교통사고가 난 뒤에 말이죠…… 아버지가 당신 어머니 대신 당신이 죽었으면 좋았을 거라고 한 말을 들었다고 했어요."

무릎 반사와도 같은 반응이 있을 거라고, 일종의 자백이 있을 거라고 생각했지만 아무런 반응도 없었다.

"폴이 나에게 그런 말을 했다는 게 어떤 느낌일지 궁금하네요. 믿음을 배신했다고 할 수도 있잖아요. 하지만 나는 폴이 당신의 이익을 최고의 가치로 삼았다고 믿어요. 어쨌거나 내가 당신을 돌보고 있으니까요."

묵묵부답. 나는 망설였다.

"이걸 말해주면 당신에게 도움이 될 수 있을지도 모르겠네요. 아니, 어쩌면 그건 솔직하지 못한 말이 될 수도 있어요. 어쩌면 나한테 도움이 될지도 모르죠. 사실 나는 당신이 생각하는 것보다 당신을 더 잘 이해해요. 너무 많은 걸 밝히고 싶지는 않지만 당신과 나는 비슷한 아버지 밑에서 비슷한 어린 시절을 경험했어요. 그리고 우리는 최대한 빨리 집에서 벗어났죠. 하지만 우리는 정신이라는 세계에서 지리적 거리는 크게 의미가 없다는 사실을 금세 알게 되었죠. 어떤 것들은 쉽게 버리고 떠날 수 없어요. 당신의 어린 시절이 얼마나 당신을 엉망으로 만들었는지 압니다. 이것이 얼마나 심각한지 당신이 이해하는 것이 중요해요. 당신 아버지가 한 말은 정신적 살인이나 마찬가지입니다. 그는 당신을 죽였어요."

이번에는 앨리샤가 반응을 보였다.

앨리샤는 날카로운 눈길로 나를 바라보았다. 불타는 눈이 나를 꿰뚫는 것 같았다. 만일 표정으로 사람을 죽일 수 있다면 나는 그 자리에서 죽었을 것이다. 나는 그녀의 살인적인 눈길에도 꿀리지 않았다.

"앨리샤, 이번이 마지막 기회예요. 지금 내가 여기 있는 건 디오메디스 교수가 알지도 못하거니와 허락도 해주지 않았어요. 만일 당신을 위해서 내가 계속 규칙을 어기게 된다면 난 잘리고 말 겁니다. 그렇기 때문에 지금이 우리의 마지막 만남입니다. 이해하겠어요?"

희망이 모두 고갈된 상태에서 어떤 기대나 감정도 없이 한 말이었다. 벽에 머리를 박는 일에도 진저리가 났다. 그 어떤 종류의 응답도 기대하지 않았다. 그리고 그 순간……

처음에는 상상인 줄 알았다. 환청을 듣고 있다고 생각했다. 나는 숨을 멈추고 앨리샤를 바라보았다. 가슴속에서 심장이 쿵쿵거리며 뛰었다.

마른 입술을 열고 말했다. "지금…… 지금 방금 뭔가 말한 겁니까?"

또다시 침묵. 내 착각인 것이 분명했다. 상상임이 틀림없었다. 하지만 그 순간…… 다시 똑같은 일이 벌어졌다.

앨리샤의 입술이 천천히 고통스럽게 움직였다. 그녀의 목소리는 기름칠이 필요한 삐걱거리는 출입문처럼 입 밖으로 나오면서 살짝 갈라졌다.

"뭘……." 그녀는 속삭이더니 멈췄다. 그리고 다시 입을 열었다. "무슨…… 뭘……."

순간적으로 우리는 서로를 바라보았다. 내 눈에 천천히 눈물이 차올랐다. 믿을 수 없다는, 흥분과 고마움의 눈물이었다.

"내가 뭘 원하느냐고요? 당신이 계속 말하는 거요. 말해요. 내게 계속 말해요, 앨리샤……."

앨리샤는 나를 쳐다보았다. 뭔가를 생각하고 있었다. 그리고 결심을 했다.

그녀는 천천히 고개를 끄덕였다.

"좋아요." 그녀가 말했다.


## 10

"뭐라고? 말을 했다고?"

디오메디스 교수는 충격에 어쩔 줄 모르는 표정으로 나를 바라보았다. 우리는 밖에서 담배를 피우고 있었다. 얼마나 흥분했는지 그는 땅에 시가를 떨어뜨리고도 알아차리지 못하고 있었다.

"말했어? 앨리샤가 진짜 말을 했어?"

"했습니다."

"믿을 수 없어. 그러면 자네가 옳았군. 자네가 옳았다고. 그리고 내가 틀렸어."

"그렇지 않습니다. 교수님의 허락도 없이 그녀를 만났던 제가 잘못한 겁니다. 죄송합니다, 그저 직감만 믿고……."

디오메디스는 사과할 필요 없다는 듯 손을 흔들며 내가 할 말을 대신 마무리했다.

"자네는 직감을 따른 거야. 나라도 그랬을 걸세, 테오. 잘했네."

지나친 축하는 하고 싶지 않았다. "아직 기뻐하기에는 이릅니다. 돌파구를 찾기는 했지만 보장할 수 없습니다. 앨리샤는 언제든 원래대로 되돌아갈 수 있거든요."

디오메디스는 고개를 끄덕였다. "정말 그렇지. 우리는 공식적인 심사위원회를 구성해서 가능한 한 빨리 앨리샤와 면담을 해야 해. 그녀를 위원회 앞에 불러와야만 한다고. 자네와 나 그리고 보험공단에서 나온 누군가를 포함한 위원회 말이야. 줄리언이면 되겠지. 그 사람이면 문제될 것이 없는……."

"너무 빠릅니다. 교수님은 제 이야기를 듣지 않으시네요. 그건 너무 급해요. 그런 식이라면 앨리샤는 겁을 먹고 말 겁니다. 우리는 천천히 움직여야 해요."

"글쎄, 중요한 건 보험공단 쪽에서 알고……."

"아뇨, 아직 아닙니다. 어쩌면 이건 한 번의 기회일 수도 있어요. 기다리죠. 아직은 발표하지 않는 겁니다. 아직은 안 돼요."

디오메디스는 내 말을 듣더니 고개를 끄덕였다. 내 어깨에 손을 뻗어 움켜쥐었다. "잘했네. 자네가 자랑스러워."

약간의 자부심을 느꼈다. 아버지의 인정을 받은 아들이 된 기분이었다. 디오메디스를 기쁘게 하고, 나에 대한 그의 신뢰를 증명하고 그가 자랑스러워하도록 만들고 싶은 내 욕구를 나 스스로 알고 있었다. 약간 감상적인 기분을 느꼈다. 그런 기분을 감추려고 담배에 불을 붙였다.

"이제 어쩌죠?"

"계속 진행해야지. 앨리샤와 계속 상담을 하는 거야."

"혹시 스테파니가 알아내면요?"

"스테파니는 신경 쓰지 마. 내가 알아서 하지. 자네는 앨리샤에게 초점을 맞추게."

나는 그의 말대로 했다.

다음 번 상담에서 앨리샤와 나는 쉬지 않고 이야기를 했다. 아니, 앨리샤가 이야기를 했고 나는 들었다. 그렇게 오래 지속된 침묵 뒤에 앨리샤의 이야기를 듣는 일은 낯설고 약간은 당황스러운 경험이었다. 그녀는 처음엔 머뭇거리며 말했다. 마치 한참 동안 쓰지 않던 다리로 걸으려 애쓰는 것 같았다. 그녀는 금세 익숙해졌고 말하는 속도와 민첩함을 되찾더니 한 번도 침묵에 빠지지 않았던 사람처럼 문장 사이를 넘나들었다. 사실 어떻게 보면 그녀는 침묵에 빠진 적이 없었다.

상담이 끝나자 나는 사무실로 갔다. 책상에 앉아서 머릿속에 기억이 생생할 때 내용을 옮겨 적었다. 모든 걸 들은 그대로 최대한 정확하고 꼼꼼하게 포착해서 적었다.

이제 모두 알게 되겠지만, 믿을 수 없는 이야기였다. 의심의 여지가 없었다. 믿거나 믿지 않거나 그건 당신에게 달려 있다.

## 11

앨리샤는 상담실 맞은편 의자에 앉아 있었다.

"시작하기 전에 몇 가지 질문이 있습니다. 몇 가지 명확하게 해놓고 싶은 것들이 있어요."

대답은 없었다. 앨리샤는 알 수 없는 표정으로 나를 바라보고만 있었다.

"특히 당신의 침묵을 이해하고 싶습니다. 왜 지금까지 말하기를 거부했는지 이유를 알고 싶습니다."

앨리샤는 질문에 실망했는지 고개를 돌리고는 창밖을 내다보았다. 우리는 그렇게 1분 정도 침묵 속에 앉아 있었다. 나는 느껴지는 긴장감을 누르려고 애썼다. 돌파구가 열렸지만 일시적이었던 건가? 이제 다시 전으로 되돌아간 걸까? 그렇게 둘 수는 없었다.

"앨리샤, 어려운 거 아닙니다. 하지만 일단 내게 이야기를 시작하면 점점 쉬워질 거라고 약속하죠."

대답은 없었다.

"해봐요, 제발. 진전이 있는데 포기하지 말아요. 계속 말해요. 내게 말하세요. 왜 말하지 않았는지 이유를 말하세요."

앨리샤는 다시 고개를 내게 돌려 차가운 시선으로 날 바라보았다. 그러고는 낮은 목소리로 말했다.

"없어요⋯⋯ 할 말이 없어요."

"그걸 믿을 수 있을지 모르겠군요. 내 생각에는 할 말이 무척 많을 텐데요."

잠시 침묵.

앨리샤는 어깨를 으쓱했다. "어쩌면요. 어쩌면⋯⋯ 당신 말이 맞겠죠."

계속해.

앨리샤는 망설였다. "처음에, 가브리엘이⋯⋯ 그이가 죽었을 때…… 나는 애를 썼지만…… 말을 할 수…… 없었어요. 입을 열었지만 소리가 나오지 않았어요. 꿈속인 것처럼……. 비명을 지르려고 하지만…… 소리를 낼 수 없는.”

“당신은 충격에 빠진 상태였어요. 하지만 며칠 지나면서 분명히 목소리를 되찾았을 텐데…….”

“그때는…… 의미가 없는 것 같았어요. 너무 늦었거든요.”

“너무 늦어요? 당신 입장을 방어하기에 늦었다는 건가요?”

앨리샤는 입가에 수수께끼 같은 웃음을 띠고 나를 바라보았다. 그녀는 말하지 않았다.

“왜 다시 말하기 시작했는지 이유를 말해주세요.”

“대답을 알잖아요.”

“내가요?”

“당신 때문이죠.”

“나요?”

나는 놀라서 그녀를 바라보았다.

“당신이 여기 왔기 때문이에요.”

“그래서 뭐가 달라졌나요?”

“모든 것이…… 모든 것이 달라졌죠.” 앨리샤는 목소리를 낮추고 눈을 깜박이지도 않은 채 나를 바라보았다. “내게 일어났던 일을 당신이 이해하길 원해요. 어떤 기분이었는지. 당신이 이해하는 게…… 중요해요.”

“이해하고 싶습니다. 그래서 당신이 나에게 일기장을 준 것 아니에요? 내가 이해할 수 있기를 원했기 때문에요. 당신에게 중요한 사람들은 당신이 말한 사내에 관해 믿지 않은 것 같더군요. 어쩌면 당신은…… 내가 당신을 믿어줄지 궁금했던 것 같아요."

"당신은 날 믿죠."

이건 질문이 아니라 단순한 사실을 담은 진술이었다.

나는 고개를 끄덕였다. "그래요, 난 당신을 믿습니다. 그럼 그것부터 시작하죠. 당신이 일기장 마지막에 썼던 이야기는 집에 침입한 사내에 관한 이야기였어요. 그다음에 어떻게 됐죠?"

"아무 일도 없었어요."

"아무 일도?"

앨리샤는 고개를 흔들었다. "그자가 아니었어요."

"아니었다고요? 그럼 누구였죠?"

"장 펠릭스였어요. 전시회에 관해 이야기하려고 왔던 거예요."

"일기장 내용으로 볼 때, 당신은 손님을 맞을 정신 상태가 아니었던 것 같은데요."

앨리샤는 어깨를 으쓱해 보이며 인정했다.

"그는 오래 머물렀나요?"

"아뇨, 그에게 가달라고 했어요. 그는 가고 싶지 않았고 화가 났어요. 그는 나에게 소리를 지르기도 했어요. 하지만 잠시 후에 돌아갔어요."

"그다음에는요? 장 펠릭스가 돌아간 다음에는 무슨 일이 있었죠?"

앨리샤는 고개를 흔들었다. "그건 말하고 싶지 않아요."

"싫다고요?"

"아직은 싫어요."

앨리샤의 눈이 잠깐 내 눈을 바라보았다. 그러더니 창밖을 보며 창살 너머 어두워지는 하늘을 주시했다. 고개를 기울이는 모습이 뭔가 교태를 부리는 것처럼 보였고 입꼬리에서는 웃음이 막 시작되려 하고 있었다.

즐기고 있군, 나를 마음대로 하는 걸 즐기고 있어.

"무슨 얘기를 하고 싶어요?" 내가 물었다.

"몰라요. 아무것도요. 그냥 말하고 싶어요."

그래서 우리는 이야기를 나누었다. 리디아와 폴에 관해서, 그리고 앨리샤의 어머니와 그녀가 죽은 해 여름에 관해서 이야기했다. 우리는 앨리샤의 어린 시절과 내 어린 시절에 대해 이야기했다. 나는 앨리샤에게 내 아버지, 그리고 그 집에서 자란 이야기를 들려주었다. 그녀는 내 과거와 무엇이 나를 형성하고 지금의 나를 무엇이 만들었는지 궁금해하는 것 같았다.

이제 돌아갈 수 없게 되었다고 생각한 기억이 난다. 우리는 상담가와 환자 사이에 존재하는 마지막 남은 모든 경계를 허물어뜨렸다. 머지않아 우리는 누가 누군지 구별하는 것이 불가능해질 것이다.

## 12

다음 날 아침 우리는 다시 만났다. 그날은 왠지 앨리샤가 달라 보였다. 좀 더 내성적이고 신중한 것 같았다. 가브리엘이 죽던 날에 관해서 이야기하기 위해 스스로 준비를 하고 있기 때문이라는 생각이 들었다.

내 맞은편에 앉은 그녀는 평상시와 다르게 나를 똑바로 보면서 내내 내게서 눈을 떼지 않았다. 앨리샤는 내 재촉도 없이 이야기를 시작했다. 생각에 잠긴 채 천천히 모든 단어를 조심스레 골랐는데, 마치 캔버스에 신중하게 붓질을 하는 것처럼 보였다.

"그날 오후 나는 혼자였어요. 그림을 그려야 한다는 걸 알았지만 너무 더워서 그림 앞에 앉을 엄두가 나지 않았죠. 하지만 시도해보기로 했어요. 그래서 사두었던 작은 선풍기를 정원에 있는 작업실로 가져왔는데, 그때……."

"그때?"

"전화가 울렸어요. 가브리엘이었어요 촬영을 마치고 늦게나 들어오겠다고 하더군요."

"자주 있는 일이었나요? 늦게 들어온다고 전화하는 일요."

앨리샤는 이상한 질문에 놀란 것처럼 묘한 표정으로 나를 바라보았다. 그러곤 고개를 흔들었다. "아니요, 왜요?"

"남편이 혹시 다른 이유로 전화를 했던 건 아닌지 해서요. 이를테면 당신 기분이 어떤지 보려고 그랬을까요? 당신이 쓴 일기에 따르면 남편은 당신 정신 상태에 대해서 걱정하고 있었으니까요."

"오." 앨리샤는 깜짝 놀라더니 천천히 고개를 끄덕였다. "그렇군요. 네, 맞아요. 그럴 수도……."

"미안합니다. 제가 방해를 했군요. 계속 말씀하세요. 전화 이후에 어떤 일이 있었죠?"

앨리샤는 망설였다. "그자를 봤어요."

"그자요?"

"그 남자였어요. 그러니까 그 남자가 비친 모습을 봤어요. 창문에 비친 모습요. 안에 있었어요. 작업실 안에. 바로 내 뒤에 서 있었죠."

앨리샤는 눈을 감고 꼼짝하지 않은 채 앉아 있었다. 침묵이 길게 이어졌다.

나는 부드럽게 말했다. "그 남자의 외모를 설명할 수 있겠어요? 어떻게 생겼죠?"

앨리샤는 눈을 뜨더니 잠시 나를 바라보았다. "키가 컸어요…… 힘이 세보이고요. 얼굴을 볼 수 없었어요. 얼굴에 검은 마스크를 쓰고 있었어요. 하지만 눈은 보였어요. 그자의 눈은 어두운 구멍이었어요. 빛이라고는 전혀 보이지 않았죠."

"그 사람을 봤을 때 어떻게 했나요?"

"아무것도 하지 않았어요. 너무 두려워서 그저 바라보기만 했어요. 손에 칼을 들고 있어서 뭘 원하느냐고 물어봤어요. 그는 말하지 않았어요. 나는 주방에 있는 가방에 돈이 있다고 했지만 그는 고개를 흔들고 말했어요. '돈은 필요 없어.' 그러더니 웃었어요. 마치 유리가 깨지는 것처럼 끔찍한 웃음이었어요. 칼을 목에 들이댔어요. 날카로운 칼끝이 내 목과 살갗에…… 그는 함께 집으로 가자고 했어요."

앨리샤는 기억을 떠올리며 눈을 감았다.

"그는 나를 끌고 작업실을 나와 잔디밭으로 나갔어요. 우리는 본채를 향해 걸어갔죠. 겨우 몇 걸음 떨어진 곳에 도로로 향하는 출입문이 보였어요. 바로 옆이었어요. 퍼뜩 그런 생각이 들었어요. 지금이 빠져나갈 수 있는 유일한 기회다, 하고요. 그래서 그자를 세게 걷어차고 몸을 빼냈어요. 그리고 뛰었죠. 출입문을 향해 달렸어요." 앨리샤는 눈을 뜨고 그 순간을 기억하며 웃었다. "잠깐 동안이었지만 나는 자유로웠어요."

그녀의 웃음이 사라졌다.

"그 순간 그자가 달려들었어요. 내 등을 덮쳤죠. 우리는 땅바닥에 쓰러졌어요. 그는 손으로 내 입을 막았고, 목에 차가운 칼날이 느껴졌어요. 움직이면 죽이겠다고 그자가 말했어요. 우리는 잠시 거기에 쓰러져 있었어요. 그자의 숨결이 얼굴에 느껴졌어요. 역겨운 냄새가 났죠. 그러더니 그는 나를 일으켜 세웠어요. 그리고 집으로 끌고 들어갔어요."

"그래서요? 어떻게 됐죠?"

"그는 문을 잠갔어요. 저는 그렇게 갇혔어요."

앨리샤는 숨이 거칠었고 뺨은 붉게 물들었다. 너무 힘들어하는 것 같아서 내가 너무 심하게 밀어붙이는 건 아닌지 조심스러운 생각이 들었다.

"잠시 쉴까요?"

앨리샤는 고개를 흔들었다. "계속하죠. 이 이야기를 하려고 너무 오래 기다렸어요. 끝내버리고 싶어요."

"괜찮겠어요? 잠깐 쉬는 게 좋을 수도 있어요."

그녀는 망설였다. "담배 피울 수 있나요?"

"담배요? 담배 피우는지 몰랐는데요?"

"안 피워요. 전에는 피웠죠. 하나 주실 수 있나요?"

"내가 담배 피우는 걸 어떻게 아셨나요?"

"몸에서 냄새가 나요."

"아." 나는 약간 부끄러운 생각에 웃어 보였다. "좋아요."

나는 일어섰다.

"밖으로 나갑시다."


## 13

안뜰은 환자들로 가득했다. 늘 모이던 사람끼리 모여서 잡담하거나 말다툼을 하거나 담배를 피웠다. 일부는 날씨가 추운지 앞으로 팔짱을 끼고 발을 굴렀다.

앨리샤는 입에 문 담배를 길고 가느다란 손가락으로 붙잡고 있었다. 내가 불을 붙여주었다. 끄트머리에 불꽃이 닿자 담배는 바삭 소리를 내며 빨갛게 빛났다. 앨리샤는 나를 바라보며 연기를 깊이 들이마셨다. 즐거워하는 표정 같았다.

"당신 담배 안 피울 거예요? 아니면 부적절한가요? 환자와 함께 담배를 피우는 일이?"

나를 놀리고 있군. 하지만 그녀의 말이 옳았다. 의료진이 환자와 함께 담배를 피우는 건 규정상 금지되어 있지는 않았다. 하지만 혹시 담배를 피운다고 해도 몰래 건물 뒤쪽에 있는 비상구에 가서 피우는 경향이 있었다. 환자들 앞에서는 절대로 피우지 않았다. 이곳 안뜰에서 앨리샤와 함께 담배를 피우는 건 마치 범죄처럼 느껴졌다. 상상에 불과한 건지는 알 수 없지만 우리가 감시당하고 있다는 느낌이 들었다. 크리스티안이 창문으로 우리를 지켜보는 게 느껴졌다. 그가 한 말이 다시 생각났다. "경계성 환자는 매력적이지." 나는 앨리샤의 눈을 들여다보았다. 유혹하는 눈은 아니었다. 심지어 우호적이지도 않았다. 그녀의 눈 뒤에는 무서운 생각이 자리를 잡고 있었고, 그녀의 날카로운 지성은 이제 막 깨어나기 시작했을 뿐이었다. 앨리샤 베런슨은 무시할 수 없는 상대였다. 나는 이제 그걸 알고 있었다.

어쩌면 그랬기 때문에 크리스티안이 앨리샤에게 진정제를 먹일 필요가 있다고 느꼈을지도 모른다. 그는 앨리샤가 무슨 짓을 할지 몰라, 무슨 말을 할지 몰라서 두려웠던 걸까? 나 역시 앨리샤가 조금 두려웠다. 정확히 말하자면 두려운 게 아니라 경계심이 들고 걱정스러웠다. 나는 신중을 기해야 한다는 걸 알고 있었다.

"왜 안 되겠어요?" 내가 말했다. "나도 한 대 피우죠."

나는 입에 담배를 물고 불을 붙였다. 우리는 바짝 붙어선 채 서로의 눈을 바라보면서 잠시 아무 말도 없이 담배를 피웠다. 그러다가 어린애처럼 이상하게 부끄러운 생각이 들어서 눈길을 피했다. 안뜰을 향해 손짓하며 내 행동을 숨기려 해보았다.

"걸으면서 이야기를 할까요?"

앨리샤는 고개를 끄덕였다. "좋아요."

우리는 안뜰을 둘러싸고 서 있는 벽을 따라 걷기 시작했다. 다른 환자들이 우리를 지켜보았다. 그들이 무슨 생각을 하는지 궁금했다. 앨리샤는 신경 쓰지 않는지 그들이 있다는 사실조차 알아차리지 못하는 것 같았다. 잠시 아무 말 없이 걸었다.

마침내 앨리샤가 말했다. "내가 계속 말하길 원하세요?"

"원하시면 그래야죠…… 네, 준비가 되었나요?"

앨리샤는 고개를 끄덕였다. "네, 됐어요."

"집 안으로 들어간 뒤에 무슨 일이 있었습니까?"

"사내가 말했어요. 술을 마시고 싶다고 하더군요. 그래서 가브리엘이 마시는 맥주를 하나 줬어요. 나는 맥주를 안 마셔요. 맥주 말고는 다른 술이 전혀 없었어요."

"그러곤요?"

"그가 말했어요."

"무슨 말이었죠?"

"기억 안 나요."

"기억이 안 난다고요?"

"네."

앨리샤는 침묵에 빠졌다.

나는 기다릴 수 있을 때까지 기다렸다가 말했다. "계속하죠. 당신은 주방에 있었어요. 기분이 어땠죠?"

"몰라요…… 어떤 기분이었는지 전혀 기억이 나지 않아요."

나는 고개를 끄덕였다. "이런 상황에서 드문 일은 아닙니다. 그냥 맞서 싸우거나 달아나는 것 중에서 꼭 선택해야 하는 건 아니니까요. 공격을 당했을 때는 세 번째 선택으로, 마찬가지로 흔한 대응을 할 수 있죠. 얼어붙는 겁니다."

"나는 얼어붙지 않았어요."

"그래요?"

"네." 앨리샤는 사나운 표정을 지어 보였다. "나는 준비하고 있었어요. 그러니까…… 싸울 준비 말이에요. 그자를 죽일 준비를 했습니다."

"그렇군요. 그럼 어떻게 그자를 죽일 생각이었습니까?"

"가브리엘의 총으로요. 일단 총을 손에 넣어야 한다는 걸 알았죠."

"총이 주방에 있었어요? 그곳에 넣어두었던 겁니까? 당신이 일기에 그렇게 썼죠."

앨리샤는 고개를 끄덕였다.

"네, 창문 옆 찬장에 있었어요." 그녀는 깊게 연기를 들이마시고는 길게 내뿜었다. "그자에게 물을 좀 마셔야겠다고 말했어요. 잔을 가지러 갔죠. 주방을 가로질러 걸어갔어요. 몇 걸음을 걷는데 영원한 시간이 걸린 것 같았죠. 한 걸음씩 찬장으로 다가갔어요. 손이 떨리고…… 찬장을 열었는데……."

"그래서요?"

"찬장이 비어 있는 거예요. 총이 사라지고 없었어요. 그 순간 그자가 말했어요. '잔은 오른쪽 찬장에 있어.' 돌아섰더니 그자가 총을 들고 있었어요. 그는 내게 총을 겨눈 채 웃고 있었죠."

"그런 다음에는요?"

"다음에요?"

"무슨 생각을 했습니까?"

"총이 내가 빠져나갈 마지막 기회였는데, 이제 그자가 날 죽이겠구나 생각했죠."

"그자가 당신을 죽일 거라고 믿었나요?"

"그럴 걸 알았어요."

"하지만 그럼 왜 시간을 끌었죠? 왜 집에 침입하자마자 죽이지 않았을까요?"

앨리샤는 대답하지 않았다. 나는 그녀를 바라보았다. 놀랍게도 그녀의 입가에 미소가 번졌다.

"내가 어렸을 때 리디아 고모에게 새끼 고양이가 있었어요. 얼룩 고양이요. 나는 별로 좋아하지 않았어요. 제멋대로 구는 녀석인데다 가끔은 할퀴기도 했거든요. 사납고 잔인한 놈이었어요."

"동물은 본능에 따라 행동하지 않나요? 동물이 잔인할 수 있을까요?"

앨리샤는 나를 빤히 바라보았다. "동물도 잔인할 수 있어요. 그 고양이가 그랬죠. 들판에서 잡은 쥐나 새들을 물고 들어오기도 했어요. 잡힌 놈들은 늘 죽지 않은 상태였어요. 상처를 입었지만 살아 있었죠. 놈은 일부러 죽이지 않고 가지고 놀았어요."

"그렇군요. 당신이 그 남자의 먹잇감이었다고 말하는 것처럼 들리는데요? 그자가 당신을 두고 가학적인 장난을 쳤다고 말이죠. 맞습니까?"

앨리샤는 담배꽁초를 땅바닥에 떨어뜨리고 발로 밟았다. "담배 하나 더 주세요."

나는 담뱃갑을 건넸다. 앨리샤는 한 개비를 꺼내 직접 불을 붙였다. 그러곤 잠시 담배를 피웠다.

"가브리엘은 8시에 집에 돌아올 예정이었어요. 두 시간이 남았죠. 나는 계속 시계를 쳐다봤어요. '뭐가 문제야?' 사내가 말했어요. '나랑 시간을 보내는 게 마음에 안 들어?' 그러더니 총으로 내 몸을 건드렸어요. 팔을 따라 위아래로 오가면서요." 앨리샤는 기억을 떠올리며 몸을 떨었다. "나는 가브리엘이 곧 집에 돌아올 거라고 말했어요. '그래서, 그놈이 널 구할 거라고?' 사내가 물었어요."

"당신은 뭐라고 했습니까?"

"아무 말도 안 했어요. 난 그냥 계속 시계만 봤어요. 그런데 그때 내 전화기가 울렸어요. 가브리엘이었어요. 그자는 전화를 받으라고 했어요. 그리고는 내 머리에 총구를 들이댔죠."

"그러고는요? 가브리엘이 뭐라고 했습니까?"

"그이는…… 사진 촬영이 악몽이 되어가고 있다면서 나 혼자 저녁을 먹으라고 하더군요. 아무리 빨라도 10시 전에는 집에 못 온다면서. 전화를 끊었어요. '남편이 집으로 오고 있대요. 이제 곧 남편이 올 거예요. 남편이 오기 전에 지금 당장 가세요.' 내 말을 듣고도 사내는 그냥 웃기만 했어요. '남편이 10시까지는 못 온다고 말하는 걸 내가 들었는데? 몇 시간 더 때워야겠군. 밧줄을 좀 가져와. 아니면 테이프나 뭐 그런 거. 당신을 좀 묶어야겠어.' 그가 시키는 대로 했어요. 이제 아무 희망이 없다는 걸 알았죠. 나는 일이 어떻게 끝날 건지 알았어요."

앨리샤는 말을 멈추고 나를 바라보았다. 그녀의 눈에서 원초적인 감정을 볼 수 있었다. 내가 너무 몰아붙인 걸까.

"우리 잠깐 쉬어야 할 것 같네요."

"아뇨, 이야기를 끝내야죠. 난 이야기를 해야 해요." 그녀는 빠른 속도로 말을 이어나갔다. "밧줄이 없었어요. 그래서 그자는 내가 캔버스를 매달 때 사용하는 철사를 가져왔어요. 그는 나를 거실로 끌고 갔어요. 등받이가 있는 식탁 의자 한 개를 가져왔어요. 나에게 의자에 앉으라고 하더니 내 발목을 의자 다리에 묶었어요. 철사가 살을 파고드는 느낌이었어요. '제발, 제발⋯⋯' 하지만 그는 제 애원을 듣지 않았어요. 내 양쪽 손목을 몸 뒤로 묶었어요. 그때 그자가 날 죽이려 한다고 확신했어요. 그랬다면⋯⋯ 날 죽였더라면 얼마나 좋았을까요."

그녀가 격렬하게 내뱉은 말을 듣고 나는 깜짝 놀랐다.

"왜 그런 생각을 했죠?"

"그자가 한 짓은 더 끔찍했으니까요."

순간적으로 나는 앨리샤가 울음을 터뜨릴 거라고 생각했다. 그녀를 품에 안고 키스하고 안심시키고 안전할 거라고 약속해주고 싶은 갑작스러운 욕구와 싸워야 했다. 내 자신을 억눌렀다. 담배를 붉은 벽돌담에 눌러서 껐다.

"당신은 보살핌을 받아야 해요. 내가 당신을 보살펴주고 싶어요, 앨리샤."

"아뇨." 앨리샤는 단호하게 고개를 저었다. "당신에게서 원하는 건 그런 게 아니에요."

"뭘 원하죠?"

앨리샤는 대답하지 않았다. 그녀는 돌아서서 건물 안으로 걸어 들어가 버렸다.

## 14

상담실 불을 켜고 문을 닫았다. 돌아서서 보니 앨리샤는 이미 자리에 앉아 있었다. 하지만 그녀 자리가 아니라 내 의자에 앉아 있었다.

대개 나는 이런 식으로 뭔가를 드러내는 몸짓을 보면 그 의미를 탐구하곤 했다. 하지만 이번에는 아무 말도 하지 않았다. 만일 내 의자에 앉는 것이 그녀가 우세한 상황임을 의미한다면, 그렇다고 해두면 되었다.

나는 앨리샤의 이야기의 끝을 알고 싶어 견딜 수 없었고, 이제 우리는 거의 마지막에 도달하고 있었다. 그래서 그냥 앉아서 앨리샤가 이야기하기를 기다렸다. 그녀는 눈을 반쯤 감고 완벽할 정도로 꼼짝도 하지 않았다.

마침내 그녀가 말했다. "나는 의자에 묶여 있었고 내가 몸을 꿈틀거릴 때마다 철사는 더 깊이 다리를 파고들어서 묶인 곳에서 피가 났어요. 머릿속으로 상상하지 않고 상처에 집중하는 것이 오히려 더 안심이 되었죠. 머릿속 생각은 너무 무서워서…… 가브리엘을 다시는 보지 못할 것 같다는 생각이 들었어요. 내가 죽을 거라는 생각요."

"그다음엔 무슨 일이 있었죠?"

"우리는 그냥 앉아 있었는데, 마치 영원히 시간이 흐른 것 같았어요. 웃기더라고요. 나는 늘 두려움이 차가운 감각이라고 생각했거든요. 하지만 그렇지 않았어요. 두려움은 불길처럼 타올랐어요. 창문도 닫았고 블라인드도 내려둔 상태라 실내는 무척 더웠어요. 통풍이 되지 않아 질식할 것 같은 공기가 무거웠죠. 이마에서 떨어진 땀방울이 눈에 들어가서 따가웠어요. 사내가 술을 마시고 이야기하는 동안 그에게서 알코올 냄새와 땀 냄새가 풍겼어요. 그자는 계속 이야기를 했지만 별로 귀 기울여 듣지 않았어요. 커다랗고 뚱뚱한 파리 한 마리가 블라인드와 창문 사이에서 윙윙거리는 소리를 들을 수 있었죠. 파리는 사이에 갇힌 채 유리에 쿵, 쿵, 쿵 몸을 부딪혔어요. 사내는 나와 가브리엘에 대해 물었어요. 우리가 어떻게 만났는지, 얼마나 오래 함께했는지, 행복했는지를요. 나는 사내가 계속 얘기하도록 한다면 조금이라도 더 살아 있을 가능성이 높아진다고 생각했어요. 그래서 사내의 질문에 대답했어요. 나, 가브리엘 그리고 내 작업에 대해서. 나는 그자가 원하는 모든 것에 대해 이야기했어요. 단지 시간을 벌기 위해서였죠. 계속 시계에 집중하고 있었어요. 째깍거리는 소리에 귀를 기울였죠. 그러다 갑자기 10시가 되었고…… 다시…… 10시 반이 되었어요. 그런데도 가브리엘은 집에 돌아오지 않았어요.

'남편이 늦는군.' 사내가 말했어요. '어쩌면 안 들어올지도 모르겠어.'

'그이는 와요.' 내가 말했어요.

'글쎄, 내가 여기서 당신하고 함께 있어줄 수 있으니 다행이군.'

그러는 순간 시계가 11시를 알렸고 밖에서 자동차 소리가 났어요. 사내는 창문으로 다가가 밖을 내다봤어요. '완벽한 타이밍이야.' 사내가 말했어요."

앨리샤의 말로는 그 이후 상황은 빠르게 벌어졌다고 했다.

사내는 앨리샤를 붙잡고 그녀가 앉은 의자를 돌려서 문을 등지고 앉게 했다. 그리고 한마디라도 말을 하거나 조금이라도 소리를 내면 가브리엘을 총으로 쏘겠다고 한 뒤 사내는 사라졌다. 잠시 후 조명이 모두 꺼졌고 온통 깜깜해졌다. 복도 쪽에서 현관문이 열렸다가 닫혔다.

"앨리샤?" 가브리엘이 그녀를 불렀다.

대답은 없었고 가브리엘은 그녀의 이름을 다시 불렀다. 그는 거실 안으로 걸어 들어왔다. 그리고 난로 앞에 등을 보인 채 앉아 있는 그녀를 발견했다.

"왜 어두운 곳에 앉아 있어?" 가브리엘이 물었다.

대답은 없었다.

"앨리샤?"

앨리샤는 소리를 내지 않기 위해 애썼다. 울부짖고 싶었지만 어둠에 익숙해진 그녀 눈에 앞쪽 방 한구석 어둠 속에 사내가 들고 있는 총이 반짝이는 모습이 보였다. 사내는 총을 가브리엘에게 겨누고 있었다. 앨리샤는 남편을 위해 침묵을 지켰다.

"앨리샤?" 가브리엘은 그녀에게 걸어왔다. "무슨 일이야?"

가브리엘이 손을 내밀어 앨리샤의 몸을 만지려는 순간 사내가 어둠 속에서 튀어나왔다. 앨리샤가 비명을 질렀지만 너무 늦었다. 가브리엘은 바닥에 쓰러졌고 사내가 가브리엘을 깔고 앉았다. 총이 망치처럼 위로 올라갔다가 역겨운 쿵 소리를 내며 가브리엘의 머리로 떨어졌다. 한 번 두 번 세 번. 가브리엘은 정신을 잃고 쓰러진 채 피를 흘리고 있었다. 사내는 가브리엘을 일으켜서 의자에 앉힌 후 철사를 이용해 의자에 묶었다. 가브리엘은 의식을 되찾으면서 몸을 움직였다.

"이게 뭐야? 무슨……"

사내가 총을 들어 올려 가브리엘을 겨누었다. 총성이 울렸다. 또 한 발. 그리고 또 한 발. 앨리샤는 비명을 지르기 시작했다. 사내는 계속 총을 쐈다. 그는 가브리엘의 머리에 여섯 발을 발사했다. 그런 다음 총을 바닥에 내던졌다.

사내는 아무 말도 없이 사라졌다.


15


그렇게 된 거였군. 앨리샤 베런슨은 남편을 죽이지 않았다. 얼굴 없는 침입자가 집에 들어왔고, 아무런 동기 없는 악의적 행동으로 가브리엘에게 총을 쏴 그를 죽이고 어둠 속으로 사라진 것이다. 앨

356

리샤는 아무런 죄가 없었다.

앨리샤의 설명을 믿는다면 그렇다.

나는 믿지 않았다. 한마디도 믿을 수 없었다.

내용이 일치하지도 정확하지도 않은 것만이 문제가 아니었다. 이를테면 가브리엘이 맞은 총상은 여섯 발이 아니라 다섯 발뿐이었고, 한 발은 천장을 향해 발사되었다. 또, 앨리샤는 의자에 묶인 채 발견된 것이 아니라 거실 한가운데 손목을 칼로 그은 채 서 있었다. 앨리샤는 사내가 그녀를 풀어주었다는 말을 하지도 않았고, 왜 처음부터 경찰에게 지금까지 내게 말한 대로 들려주지 않았는지에 관해서도 설명하지 않았다. 앨리샤는 거짓말을 하고 있었다. 아무 의미도 없이 내게 대놓고 끔찍한 거짓말을 하는 그녀에게 화가 났다. 순간적으로 궁금했다. 앨리샤는 내가 그 이야기를 믿는지 시험하는 걸까? 만일 그런 거라면 나도 아무 얘기를 하지 않기로 마음먹었다.

나는 침묵을 지킨 채 앉아 있었다.

다른 때와 달리 앨리샤가 먼저 입을 열었다. "피곤하네요. 그만 이야기하고 싶어요."

나는 고개를 끄덕였다. 반대할 수는 없었다.

"내일 계속하죠." 그녀가 말했다.

"아직 남은 얘기가 있습니까?"

"네. 마지막 한 가지요."

"알겠습니다. 그럼 내일."

복도에서 유리가 기다리고 있었다. 그는 앨리샤를 병실로 데려갔고 나는 사무실로 올라갔다.

전에도 말했지만 나는 상담 치료가 끝나자마자 내용을 적어두는 걸 오랫동안 실천해왔다. 지난 50분 동안 나눈 이야기를 정확하게 기록하는 일은 상담가에게 가장 중요한 능력이었다. 그렇게 하지 못한다면 상세한 내용의 대부분은 잊어버리게 되고 감정의 직접적인 느낌은 사라질 것이다.

책상에 앉아 최대한 빨리 우리 둘 사이에 일어난 일을 적었다. 기록을 끝낸 후 내가 쓴 내용을 손에 들고 복도로 나섰다.

디오메디스 교수의 사무실 문을 두드렸다. 대답이 없어서 재차 노크를 했다. 여전히 대답이 없었다. 문을 살짝 열어보았다. 디오메디스는 좁은 소파에서 단잠에 빠져 있었다.

"교수님?" 다시 한 번 더 크게 불렀다. "디오메디스 교수님?"

교수는 깜짝 놀라며 잠에서 깨더니 재빨리 일어나 앉았다. 그는 날 보고 눈을 깜박였다.

"뭐야? 뭐가 잘못됐나?"

"말씀드릴 것이 있습니다. 나중에 다시 올까요?"

디오메디스는 얼굴을 찌푸리더니 고개를 저었다.

"잠깐 낮잠을 자고 있었네. 점심 먹고 늘 그래왔지. 오후를 견딜 수 있도록 도와주거든. 나이가 들수록 자네도 낮잠이 필요할 거야." 그는 하품을 하고 일어섰다. "들어오게, 테오. 앉아. 표정을 보니 중요한 일이군."

"그런 것 같습니다."

"앨리샤 일인가?"

고개를 끄덕였다. 나는 책상 앞에 앉았다. 디오메디스는 책상 안쪽에 앉았다. 그는 머리가 한쪽으로 몰려서 여전히 절반쯤은 잠든 것 같았다.

"정말 나중에 다시 와서 말씀드리지 않아도 될까요?"

디오메디스는 고개를 흔들었다. 그는 주전자에서 물 한 잔을 따랐다. "이제 다 깼어. 말하게. 뭔가?"

"지금까지 앨리샤와 대화를 했습니다. 조언을 해주셨으면 합니다."

디오메디스는 고개를 끄덕였다. 그는 이제 좀 더 정신을 차렸고 관심도 더 커진 것 같았다. "계속하게."

상담 일지의 내용을 읽기 시작했다. 디오메디스에게 상담 내용 전체를 보고했다. 앨리샤가 한 말을 최대한 정확하게 되풀이해 들려주었고 그녀가 해준 이야기를 그대로 전했다. 그녀를 감시하던 사내가 어떻게 집에 침입해 그녀를 붙잡았는지, 그리고 어떻게 총을 쏴서 가브리엘을 죽였는지. 이야기를 마치고 나자 우리는 한참 말을 꺼내지 못했다. 디오메디스의 표정에서는 아무것도 드러나지 않았다. 그는 책상 서랍에서 시가 상자를 꺼냈다. 그러곤 작은 은제 절단기를 꺼내더니 시가의 끄트머리를 절단기에 넣고 싹둑 잘라냈다.

"그럼 역전이부터 시작하지. 자네의 감정적 경험을 이야기해주게. 처음부터 말이야. 그녀가 이야기를 들려주었을 때 어떤 감정이 생겼나?"

잠시 생각해보았다. "……흥분했던 것 같습니다. 그리고 불안했죠. 두려웠고요."

"두려웠다? 그것은 자네의 두려움이었나, 아니면 그녀의 두려움이었나?"

"양쪽 모두의 두려움이었던 것 같습니다."

"그럼 자네는 뭐가 두려웠지?"

"잘 모르겠습니다. 아마도 실패에 대한 두려움이겠죠. 아시겠지만 저는 이 건에 많은 걸 걸었습니다."

디오메디스는 고개를 끄덕였다. "다른 건?"

"절망감도 느꼈습니다. 상담하는 동안에 절망감을 자주 느꼈습니다."

"그리고 화도 났겠지?"

"네, 그랬던 것 같습니다."

"자네는 문제가 있는 자식을 다루는 절망한 아버지처럼 느꼈군?"

"네, 그녀를 돕고 싶었지만 그녀가 도움을 원하고 있는지 모르겠습니다."

교수는 고개를 끄덕였다. "분노의 감정을 유지하도록 해. 분노에 대해서 좀 더 이야기하고. 분노는 어떤 식으로 나타나나?"

나는 망설였다. "글쎄요, 가끔 상담이 끝나면 머리가 깨질 것처럼 아픕니다."

디오메디스는 고개를 끄덕였다. "그래, 바로 그렇지. 분노는 어떤 식으로든 드러나야만 하지. '불안해하지 않는 교육생은 병이 난다.' 이 말을 누가 했더라?"

"모르겠습니다." 나는 어깨를 으쓱했다. "저는 아프고 불안합니다."

디오메디스는 웃었다. "자네는 교육생이 아니기도 하지. 그런 감정들은 절대로 완전하게 사라지지 않지만 말이야." 그는 시가를 집어 들었다. "밖으로 나가서 담배나 피우지."

우리는 비상구 쪽으로 나갔다. 디오메디스는 잠시 시가를 피우면서 곰곰이 생각했다. 그러더니 결론을 내렸다.

"자네도 알겠지만 앨리샤는 거짓말을 하고 있어."

"가브리엘을 죽인 남자 말인가요? 저도 그렇게 생각합니다."

"그것만이 아니야."

"그럼 뭐죠?"

"전부. 전체 이야기가 엉터리라는 거지. 나는 그녀가 한 말 중에 단 한마디도 믿지 않아."

나는 깜짝 놀란 것처럼 보였을 터였다. 교수가 앨리샤의 이야기 일부를 믿지 않을 거라고 추측은 했었다. 하지만 그가 전체 이야기를 거부할 거라고는 기대하지 않았다.

"그 사내의 존재를 믿지 않으십니까?"

"그래, 안 믿어. 그런 사람이 애초에 있었다고 보지 않아. 환상이야. 처음부터 끝까지."

"왜 그렇게 확신하시죠?"

디오메디스는 내게 이상한 웃음을 지어 보였다. "내 직감이라고 해두지. 아주 오랫동안 상상과 관련된 직업적 경험을 쌓았으니까." 그의 말을 막으려고 했지만 교수는 손을 흔들며 내 말을 미리 막았다. "물론 자네가 동의할 거라고는 생각하지 않아, 테오. 자네는 앨리샤와 관계가 깊고 자네의 감정은 마치 엉킨 털실처럼 그녀의 감정과 묶여 있어. 그래서 이런 식의 감독 행위가 필요한 거야. 자네가 털실 가닥을 풀어낼 수 있도록 돕기 위해서지. 그래야 어떤 쪽이 자네 것이고 어떤 쪽이 그녀의 것인지 알 수 있으니까. 그리고 일단 얼마간 거리를 두고 명료하게 보면 자네는 앨리샤 베런슨 과의 경험에 관해 사뭇 다른 느낌을 갖게 될 거야."

"무슨 말씀인지 잘 모르겠군요."

"글쎄, 사실대로 말하자면 나는 그녀가 자네를 위해 연기를 하고 있는 게 아닌지 걱정스럽네. 자네를 조종하는 거지. 그리고 그 녀의 연기는 자네의 기사도적이고 뭐라고 말할까, 로맨틱한 본성에 호소하기 위해 특별히 매만진 것이라고 믿고 있어. 내가 볼 때 처음부터 자네가 그녀를 구하려고 한 건 확실해. 그건 앨리샤도 명백히 알고 있었어. 그러니까 그녀가 자네를 유혹한 거야."

"크리스티안과 같은 말을 하시네요. 그녀는 저를 유혹하지 않았습니다. 저는 환자의 성적인 접근을 견뎌낼 수 있는 완벽한 능력을 갖고 있습니다. 절 과소평가하지 마십시오, 교수님."

"앨리샤를 과소평가하지 말아야지. 그녀는 뛰어난 연기를 보여주고 있어." 디오메디스는 고개를 흔들더니 잿빛 구름을 쳐다보았다. "공격을 받아 보호가 필요한 취약한 여성. 앨리샤는 자신을 희생자로 묘사했고 이 알 수 없는 사내를 악당으로 등장시켰네. 사실은 앨리샤와 사내가 똑같은 사람인데도 말이야. 그녀가 가브리엘을 죽였어. 그녀는 유죄야. 그리고 그녀는 여전히 자신이 유죄라는 걸 받아들이길 거부하고 있어. 그래서 그녀는 두 사람으로 갈라지고 스스로 분리하고 상상을 하는 거야. 앨리샤는 결백한 희생자가 되고 자네는 그녀의 보호자가 되는 거지. 그리고 이런 환상과

결탁해서 자네는 그녀가 모든 책임에서 빠져나가도록 허락하고 있는 걸세."

"동의할 수 없습니다. 앨리샤가 거짓말을 하고 있다고 생각하지 않습니다. 어쨌거나 의식적으로 그렇지는 않아요. 적어도 앨리샤 본인은 자신의 이야기를 진실로 믿고 있습니다."

"그래, 그녀는 믿고 있어. 앨리샤는 공격을 받고 있네. 하지만 공격을 하는 건 외부 세계가 아니라 그녀 자신의 정신이야."

사실이 아니라는 건 알았지만 더 싸워봐야 의미가 없었다. 나는 담배를 비벼 껐다.

"제가 어떻게 해야 한다고 생각하십니까?"

"그녀가 진실을 마주할 수 있도록 강제해야지. 그래야만 그녀는 회복할 희망을 갖게 될 걸세. 자네는 그녀의 이야기를 받아들일 수 없다고 딱 잘라서 말해야 해. 그녀에게 도전해. 진실을 말하라고 요구하란 말이지."

"그러면 그녀가 받아들일 거라고 보십니까?"

그는 어깨를 으쓱했다. "그걸 누가 알겠나." 그러면서 시가를 물고 길게 한 모금을 빨았다.

"잘 알겠습니다. 내일 그녀와 얘기하죠. 그녀에게 맞서겠습니다."

디오메디스는 약간 꺼림칙한 듯 뭔가 더 말하려고 입을 열었다가 마음을 바꾸었다. 그는 고개를 끄덕이고 단호한 태도로 시가를 비벼 껐다.

"내일."

# 16

퇴근 후 또 캐시의 뒤를 밟아 공원에 갔다. 당연히 아내의 연인이 지난번에 두 사람이 만났던 장소에서 기다리고 있었다. 두 사람은 키스를 하고 10대인 것처럼 서로 더듬었다.

캐시는 내 쪽으로 고개를 돌려서 순간적으로 날 봤나 했지만 아니었다. 아내 눈에는 그놈만 보였다. 이번에는 놈의 모습을 좀 더 자세히 보려고 애썼다. 그러나 체격이 뭔가 익숙함에도 여전히 그의 얼굴은 제대로 볼 수 없었다. 어디선가 본 것 같은 느낌이었다.

두 사람은 캠던 쪽으로 걸어가더니 한 술집 안으로 사라졌다. '장미와 왕관'이라고 지저분해 보이는 곳이었다. 나는 길 건너편 카페에서 기다렸다. 한 시간 정도 지나자 두 사람이 나왔다. 캐시는 사내에게 온통 달라붙어서 키스를 퍼부었다. 두 사람은 길거리에서 한참 키스를 했다. 나는 타오르는 증오에 속이 뒤집히는 기분으로 지켜보았다.

마침내 아내가 사내에게 작별 인사를 건넸고 두 사람은 따로 떨어졌다. 아내는 걸어가기 시작했다. 사내는 반대 방향으로 돌아서서 걸었다. 나는 캐시를 따라가지 않았다.

사내의 뒤를 밟았다.

사내는 정류장에서 버스를 기다렸다. 나는 사내의 뒤에 섰다. 놈의 등과 어깨를 살펴보았다. 그에게 달려드는 상상을 했다. 녀석을 달려오는 버스 앞으로 밀어버리는 것이다. 하지만 나는 그를 밀지 않았다. 사내는 버스에 올라탔다. 나도 올라탔다. 사내가 곧바로 집에 갈 거라고 생각했지만 그렇지 않았다. 그는 버스를 두 번 갈아 탔다. 나는 멀찌감치 떨어져 뒤를 쫓았다. 그는 이스트엔드로 가더니 어떤 창고 속으로 사라져 30분 동안 보이지 않았다. 그리고 또 다시 다른 버스를 타고 이동했다. 전화를 두 통 걸었는데 낮은 목소리로 말하면서 자주 킥킥거렸다. 캐시와 통화하는 걸까. 나는 점점 더 절망하고 낙담했다. 하지만 한편으로는 고집이 생겼고 포기하기가 싫어졌다.

마침내 그는 집으로 방향을 잡았다. 버스에서 내리더니 나무가 길게 늘어선 조용한 길로 들어섰다. 그는 여전히 전화로 이야기하고 있었다.

나는 거리를 유지하면서 따라갔다. 길거리에는 아무도 보이지 않았다. 만일 그자가 고개를 돌렸다면 나를 봤을 것이다. 하지만 그는 돌아보지 않았다.

돌과 선인장 종류의 식물로 정원을 꾸민 집 앞을 지났다. 나는 생각하지 않은 채 움직이고 있었다. 내 몸은 저절로 움직이는 것 같았다. 팔이 낮은 담 넘어 정원으로 들어가더니 돌멩이 하나를 잡았다. 양손으로 무게를 가늠해보았다. 내 손은 스스로 무슨 일을 해야 할지 알고 있었다. 내 양손은 놈을 죽이기로, 아무 가치도 없는 쓰레기 같은 녀석의 머리를 부수기로 작정했다. 돌을 들고 아무 생각 없는 무아지경 속에서 몰래 사내의 뒤를 따라가며 조용히 거리를 좁혔다. 금세 충분히 가까워졌다. 있는 힘껏 내려칠 준비를 하며 돌을 들어 올렸다. 녀석을 땅바닥에 쓰러뜨린 다음 머리를 짓뭉갤 것이다. 충분히 가까웠다. 만일 놈이 전화로 이야기하는 중이 아니었더라면 내가 다가가는 소리를 들었을 것이다.

이제 돌을 들어올리고, 바로…….

내 바로 뒤 왼쪽에서 현관문이 열렸다. 여러 사람들이 집을 나서면서 갑자기 웅성거리는 소리가 들렸고, 큰 목소리로 고맙다 잘 있어라 인사를 건네는 소리가 들렸다. 나는 얼어붙었다. 바로 내 앞에서 캐시의 연인이 멈춰 서더니 소리가 나는 집 쪽을 바라보았다. 나는 옆으로 비켜나서 나무 뒤에 숨었다. 녀석은 나를 보지 못했다.

그는 다시 걷기 시작했지만 나는 뒤따라가지 않았다. 행동이 가로막히자 깜짝 놀란 나는 환상에서 깨어났다. 손에 든 돌멩이가 쿵 소리를 내며 땅바닥에 떨어졌다. 나는 놈을 나무 뒤에서 지켜보았다. 그는 어떤 집 현관문 앞으로 다가서더니 문을 열고 안으로 들어갔다.

잠시 후 주방에서 불이 켜졌다. 창문 바로 옆에 서 있는 사내의 옆모습이 보였다. 길거리에서는 실내의 절반밖에 보이지 않았다. 그는 내가 볼 수 없는 누군가에게 말하고 있었다. 그들이 이야기하는 동안 사내는 와인을 한 병 땄다. 그들은 앉아서 저녁을 함께 먹었다. 그 순간 나는 사내와 함께 있는 사람을 흘깃 볼 수 있었다. 여자였다. 부인일까? 여자를 제대로 볼 수는 없었다. 사내는 여자에게 팔을 두르고 키스했다.

그러니까 배신당한 사람은 나만이 아니었다. 놈은 내 아내에게 키스하고 나서 집으로 돌아가 마치 아무 일도 없었던 것처럼 자신을 위해 식사를 준비한 여자와 함께 저녁을 먹었다. 그냥 그대로 내버려둘 수 없었다. 뭔가 해야만 했다. 하지만 어떻게 해야 하지?

사람을 죽인다는 최고의 판타지에도 나는 살인자가 아니었다.

나는 그를 죽일 수 없었다.

그것보다는 뭔가 더 똑똑한 것을 생각해내야 했다.


# 17


아침에 출근하면 가장 먼저 앨리샤와 결판을 짓기로 계획했다. 그녀로 하여금 가브리엘을 죽인 남자에 대해 한 거짓말을 인정하게 하고, 그녀를 진실과 맞서도록 만들 생각이었다.

불행하게도 그런 기회는 가질 수 없었다.

유리가 접수처에서 나를 기다리고 있었다.

"테오, 저랑 이야기를 좀……."

"뭐죠?"

나는 좀 더 가까이 다가가 그를 살펴보았다. 그의 얼굴은 밤새 늙은 것 같았다. 쪼그라들고 창백한 얼굴에는 핏기가 없었다. 뭔가 끔찍한 일이 생긴 것이다.

"사고가 났어요. 앨리샤가 약을 잔뜩 먹었어요."

"네? 그럼 혹시……."

유리는 고개를 흔들었다. "아직 살아 있어요. 하지만……."

"맙소사, 다행이군요."

"하지만 혼수상태 빠졌어요. 상태가 좋지 않은 것 같아요."

"지금 어디 있죠?"

유리는 잠금장치가 달린 복도 여러 개를 지나 집중치료 병동으로 나를 안내했다. 앨리샤는 일인용 병실에 있었다. 심전도계와 산소 호흡기를 몸에 착용한 상태였다. 눈은 감고 있었다.

크리스티안과 다른 의사 한 명이 보였다. 크리스티안은 선탠을 잔뜩 한 응급실 의사와 비교하니 얼굴이 창백했다. 응급실 소속 여의사는 휴가에서 돌아온 지 얼마 지나지 않은 것 같았다. 그러나 원기를 회복한 모습으로 보이지는 않았다. 진이 빠진 것 같았다.

"앨리샤는 어때요?" 내가 물었다.

의사는 고개를 흔들었다. "안 좋아요. 혼수상태로 유도할 수밖에 없었어요. 호흡기 계통이 제대로 작동하지 않아요."

"무슨 약을 먹은 거죠?"

"오피오이드 계통이에요. 히드로코돈일 수도 있고."

유리가 고개를 끄덕였다. "앨리샤의 방 책상에 텅 빈 약병이 하나 있었습니다."

"누가 환자를 발견했죠?"

"접니다." 유리가 말했다. "침대 옆 바닥에 쓰러져 있더군요. 숨을 쉬는 것 같지 않아서 처음에는 죽은 줄 알았습니다."

"약을 어떻게 손에 넣었는지 알아요?"

유리는 크리스티안을 바라보았고, 그는 어깨를 으쓱했다.

"병동에서 약을 거래하는 경우가 많다는 걸 모르는 사람은 없지."

"엘리프가 약을 팔죠." 내가 말했다.

크리스티안이 고개를 끄덕였다. "맞아, 나도 그렇게 생각해."

인디라가 들어왔다. 그녀는 눈물을 터뜨릴 것 같았다. 앨리샤의 옆에 서서 그녀를 잠시 내려다보았다. "다른 환자들에게 끔찍한 영향을 끼칠 겁니다. 이런 사건이 벌어질 때마다 다른 환자들은 몇 달씩 과거로 돌아가곤 해요."

그녀는 의자에 앉아 앨리샤의 손을 잡고 주물렀다. 나는 산소 호흡기가 오르락내리락하는 걸 지켜보았다.

잠시 침묵이 흘렀다.

"내 잘못이에요." 내가 말했다.

인디라는 고개를 흔들었다. "당신 잘못이 아니에요, 테오."

"내가 그녀를 좀 더 잘 돌봐야 했어요."

"당신은 최선을 다 했어요. 그녀에게 도움을 주었죠. 다른 그 누구보다도 큰 도움을 준 거예요."

"누가 디오메디스에게 보고했나요?"

크리스티안이 고개를 흔들었다. "아직 연락이 닿지 않았어."

"휴대전화로 해봤어요?"

"집으로도 전화했지. 여러 번."

유리가 얼굴을 찌푸렸다. "하지만, 디오메디스 교수님을 아까 봤습니다. 출근하셨어요."

"그래요?"

"네, 오늘 아침 일찍 봤어요. 복도 반대편에 있었는데, 급해 보이더군요. 적어도 제가 보기에는 교수님 같았습니다."

"이상하군. 분명히 집에 갔을 텐데. 다시 연락을 해봐요, 네?"

유리는 고개를 끄덕였다. 하지만 왠지 그는 생각이 다른 곳에 있는 것 같았다. 멍하니 정신을 놓고 있었다. 충격이 큰 모양이었다. 딱하다는 생각이 들었다.

크리스티안이 자신의 호출기가 울리자 깜짝 놀랐다. 그는 급히 병실을 나섰고 유리와 응급실 의사도 그 뒤를 따랐다.

인디라는 머뭇거리더니 낮은 목소리로 물었다. "앨리샤와 잠깐 둘이 있고 싶어요?"

말할 자신이 없어서 고개만 끄덕였다. 인디라가 일어서더니 손으로 내 어깨를 잠깐 꼭 쥐었다. 그러더니 밖으로 나갔다.

나는 앨리샤와 둘만 남았다.

침대 옆 의자에 앉았다. 손을 뻗어 앨리샤의 팔을 잡았다. 손등에 수액 바늘이 꽂혀 있었다. 부드럽게 그녀의 손을 잡고 손바닥과 손목의 안쪽을 어루만졌다. 손가락으로 그녀의 손목을 만지면서 그녀의 살갗 아래 핏줄과 자살 시도로 생긴 두껍게 튀어나온 흉터를 느꼈다.

이거였군. 이렇게 끝날 일이었어.

앨리샤는 다시 침묵에 빠졌고, 그녀의 침묵은 이제 영원히 이어질 터였다.

디오메디스가 뭐라고 할지 궁금했다. 크리스티안이 그에게 뭐라고 보고할지 상상할 수 있었다. 크리스티안은 어떻게든 나를 비난할 방법을 찾아낼 것이다. 내가 상담하면서 감정을 지나치게 흔들어 앨리샤는 감당할 수 없었다고. 그래서 그녀는 스스로 달래고 스스로 치료하려는 시도로 히드로코돈을 먹은 것이다. 너무 많은 양을 먹은 건 사고였겠지만 행동 자체가 자살이나 마찬가지야. 디오메디스의 말이 들리는 것 같았다. 그리고 상황은 그렇게 끝날 것이다.

하지만 그걸로 끝날 수는 없다.

뭔가 간과한 것이 있었다. 뭔가 중요하고 누구도 눈치채지 못한 뭔가가 있었다. 심지어 침대 옆에 의식을 잃고 쓰러진 앨리샤를 발견한 유리조차 알아차리지 못했다. 텅 빈 약병은 그녀의 책상에 있었고, 바닥에 알약 몇 개가 떨어져 있었다. 그러니까 그녀가 약을 너무 많이 먹은 것으로 보일 수밖에 없었다.

하지만 내 손가락 아래 만져지는 앨리샤의 손목에는 약간의 멍이 있고 전혀 다른 상황을 보여주는 흔적이 남아 있었다.

혈관을 따라 주사한 흔적이었다. 피하주사기 바늘이 남긴 작은 구멍은 진실을 드러내고 있었다. 앨리샤는 자살하겠다는 몸짓으로 약을 병째로 먹은 것이 아니었다. 누군가 그녀에게 많은 양의 모르핀을 주사했다. 이건 약물 과용이 아니었다.

살해 시도였다.


# 18


디오메디스는 30분 뒤에 나타났다. 그는 보험공단에 회의를 하러 갔었고, 돌아오는 길에 신호기가 고장 난 지하철에 묶여 있었다고 했다. 그는 유리를 시켜서 날 찾았다.

유리는 내 사무실로 찾아왔다. "디오메디스 교수님이 오셨어요.

스테파니와 함께 있습니다. 당신을 기다리고 있어요."

"고마워요. 곧 가죠."

최악의 상황을 가정하고 디오메디스의 사무실로 향했다. 책임질 희생양이 필요할 터였다. 전에도 브로드무어에서 자살 사건이 벌어졌을 때 본 적이 있다. 상담가든 의사든 간호사든 가리지 않고 희생자와 가장 가까운 의료진이 책임을 뒤집어쓰는 것이다. 스테파니가 내 피를 원하고 있음은 의심할 필요가 없었다.

문을 두드리고 안으로 들어섰다. 스테파니와 디오메디스가 책상 양쪽에 서 있었다. 긴장 속 침묵으로 판단해볼 때 두 사람이 논쟁을 벌이던 중에 내가 방해를 한 것 같았다.

디오메디스가 먼저 입을 열었다. 흥분한 것이 분명해 보이는 그는 손을 사방으로 흔들어대며 말했다. "끔찍한 일이야. 끔찍해. 이런 일이 벌어지기에 최악의 시기라는 건 명백하군. 보험공단에 우리 병원을 폐쇄할 완벽한 구실을 준 거야."

"지금 눈앞의 문제는 보험공단이 아닌 것 같습니다." 스테파니가 말했다. "환자들의 안전이 우선이죠. 우리는 정확히 무슨 일이 있었는지 알아야 해요." 그녀는 내게 고개를 돌렸다. "인디라가 그러는데 당신은 엘리프가 약을 팔고 있다고 의심했다죠? 그래서 앨리샤가 히드로코돈을 손에 넣을 수 있었다고요?"

나는 망설이며 말했다. "글쎄요, 증거는 없습니다. 몇몇 간호사가 말하는 걸 들었을 뿐이죠. 하지만 사실은 당신이 알아야 할 다른 문제가……."

스테파니는 고개를 흔들며 내 말을 막았다. "무슨 일이 벌어졌는지 알아요. 엘리프가 아니었어요."

"아니라고요?"

"크리스티안이 간호사실을 지나다가 우연히 봤는데 약장 캐비닛이 활짝 열린 채 있더랍니다. 방에는 아무도 없었고요. 유리가 캐비닛을 잠그지 않은 거예요. 누구든 들어가서 마음껏 가져갈 수 있게. 그리고 크리스티안은 앨리샤가 모퉁이 너머에 숨어 있는 걸 봤대요. 그때는 거기 숨어서 뭘 하나 생각했다고 합니다. 이제 보니 앞뒤가 들어맞는 일이었지만요."

"크리스티안이 그걸 전부 목격했다니 정말 다행이군요."

내 목소리는 빈정거리는 투였지만 스테파니는 신경 쓰지 않는 듯했다.

"유리가 부주의하게 군 걸 본 사람은 크리스티안만이 아니에요. 나도 유리가 보안에 대해 너무 느슨하게 생각한다고 자주 느꼈어요. 환자들하고 너무 친했죠. 인기를 얻는 일에 지나치게 신경을 쓰고. 이런 일이 더 일찍 벌어지지 않은 게 놀라워요."

"그렇군요."

알 것 같았다. 이제야 왜 스테파니가 내게 친절하게 구는지 알았다. 나는 처벌을 면한 것 같았다. 그녀는 유리를 희생양으로 고른 것이다.

"유리는 늘 꼼꼼했습니다." 나는 디오메디스가 개입할까 싶어 그를 슬쩍 바라보았다. "제 생각에는 전혀 그렇지 않을……."

디오메디스는 어깨를 으쓱했다. "내 개인적인 의견으로 앨리샤는 늘 자살을 저지를 가능성이 높았네. 우리가 아는 바대로 누군가 죽고 싶어 한다면, 아무리 다른 사람들이 보호하려고 해도 그런 행동을 막는 건 불가능할 때가 많아."

"그게 우리가 하는 일 아닌가요?" 스테파니가 쏘아붙였다. "자살을 막는 거요."

"그렇지 않아." 디오메디스는 고개를 흔들었다. "우리가 하는 일은 그들이 나을 수 있도록 돕는 거지. 우리는 신이 아닐세. 삶과 죽음을 결정할 힘이 우리에겐 없어. 앨리샤 베런슨은 죽기를 원했네. 언젠가는 성공하고 말았을 거야. 아니면 부분적으로 성공하든지."

나는 망설였다. 지금이 아니면 기회가 없었다.

"그게 사실이라고 확신할 수 없습니다. 저는 이번 사건이 자살 시도라고 생각하지 않습니다."

"그럼 사고였다고 생각하나?"

"아뇨, 사고라고도 생각하지 않습니다."

디오메디스는 호기심에 찬 표정을 지어 보였다. "무슨 말을 하고 싶은 건가, 테오? 그밖에 다른 가능성이 있을 수 있나?"

"우선 저는 유리가 앨리샤에게 약을 줬다는 걸 믿지 않습니다."

"크리스티안이 잘못 알고 있다는 거야?"

"아뇨." 내가 말했다. "그는 거짓말을 하고 있습니다."

디오메디스와 스테파니는 깜짝 놀라 나를 바라보았다. 나는 그들이 말하는 능력을 회복하기 전에 재빨리 앨리샤의 일기장에서 읽은 모든 내용을 말했다. 가브리엘이 살해당하기 전에 크리스티안이 개인적으로 앨리샤를 치료해왔다는 것, 그녀는 크리스티안이 비공식적으로 치료했던 여러 환자들 가운데 한 명이었다는 사실,

그가 재판에 나와서 증언하지 않은 것은 물론 앨리샤가 그로브에 입원했을 때도 모르는 척했다는 것까지.

"그러니 앨리샤로 하여금 다시 입을 열게 하려는 시도에 반대할 수밖에 없었겠죠. 만일 그녀가 입을 열면 그의 비밀을 폭로할 수 있는 위치에 서게 될 테니까요."

스테파니는 멍하니 나를 바라보았다. "……무슨 말을 하는 거죠? 설마 지금 크리스티안이……."

"네, 그렇다고 생각합니다. 약물 과용이 아니에요. 그녀를 살해하려고 했던 겁니다."

"앨리샤의 일기장은 어디에 있나?" 디오메디스가 내게 물었다. "자네가 갖고 있는 거야?"

나는 고개를 저었다. "아뇨, 지금은 아닙니다. 다시 앨리샤에게 돌려주었어요. 분명히 그녀 방에 있을 겁니다."

"그럼 반드시 우리가 찾아야 해." 디오메디스는 스테파니에게 고개를 돌렸다. "하지만 우선 경찰을 불러야 할 것 같군. 안 그런가?"


## 19

그때부터 모든 일이 빠르게 진행되었다.

경찰관들이 그로브 전체에 깔려서 질문을 하고 사진을 찍고 앨리샤의 작업실과 병실을 봉쇄했다. 수사 지휘는 스티븐 앨런 경감이 많았다. 덩치가 크고 대머리인 그는 커다란 돋보기안경 때문에 눈이 왜곡되어 보였다. 그의 눈은 관심과 호기심으로 가득 차 실제보다 더 크게 보였다.

앨런은 내 이야기를 조심스럽게 들었다. 나는 그에게 디오메디스에게 한 말을 모두 들려주었고, 교수에게 지도를 받았던 상담 일지도 보여주었다.

"정말로 감사드립니다, 파버 씨."

"테오라고 부르시죠."

"공식 진술을 해주셨으면 합니다. 그리고 적절한 때에 저랑 따로 말씀 나누시죠."

"네, 그러죠."

앨런 경감은 디오메디스의 사무실을 사용했다. 그는 나를 밖으로 안내했다. 앨런의 부하 경관에게 진술을 하고 복도에 서서 기다렸다. 곧 크리스티안이 다른 경관의 안내를 받아 사무실로 들어갔다. 그는 죄를 지은 것처럼 불편하고 겁을 먹은 듯했다. 그가 곧 처벌을 받을 거라고 생각하니 만족스러웠다.

이제 기다리는 것 말고는 달리 할 일이 없었다. 그로브에서 나오는 길에 어항 곁을 지났다. 안쪽을 슬쩍 쳐다본 나는 뜻밖의 장면에 발길을 멈췄다.

엘리프가 유리에게서 약을 슬쩍 건네받더니 그의 주머니에 현금을 집어넣고 있었다.

엘리프는 뛰어나오다가 한쪽만 남은 눈으로 나를 발견했다. 경멸과 증오의 표정이었다.

"엘리프." 내가 말했다.

"꺼져." 그녀는 의기양양하게 걸어서 모퉁이를 돌아 사라졌다.

유리가 어항에서 나왔다. 그는 나를 보자마자 입이 떡 벌어지더니 놀라서 말을 더듬었다. "아, 여기 서계신 걸 못 봤네요."

"못 보셨겠지."

"엘리프가 약을 깜박했나 봅니다. 그래서 약을 준 거였어요."

"그렇군."

그러니까 유리가 돈을 받고 엘리프에게 약을 공급해온 것이다. 유리가 또 무슨 짓을 하고 있었을지 궁금했다. 어쩌면 나는 너무 성급하고 단호하게 스테파니 앞에서 그를 옹호한 것인지도 몰랐다. 그를 주시하는 것이 좋을 듯했다.

"물어보고 싶은 게 있어요." 그는 나를 데리고 어항에서 멀어지며 물었다. "마틴 씨는 어떻게 해야 하죠?"

"무슨 말이죠?" 나는 놀라 유리를 바라보았다. "장 펠릭스 마틴 말이에요? 그가 왜요?"

"그게…… 그 사람, 몇 시간 전부터 여기 와 있습니다. 오늘 아침에 앨리샤를 만나러 왔어요. 그리고 그때부터 기다리고 있습니다."

"네? 왜 나한테 얘기하지 않은 겁니까? 그 사람이 내내 여기에 있었다고요?"

"미안합니다. 여러 가지 일이 벌어지는 바람에 깜박했습니다. 그 사람은 지금 대기실에 있어요."

"그렇군요. 내가 가서 이야기를 하는 게 좋겠습니다."

방금 들은 이야기에 대해 생각하며 서둘러 아래층 접수처로 내려갔다. 장 펠릭스가 여기서 뭘 하고 있는 거지? 그가 뭘 원할지, 그리고 그게 무슨 뜻일지 궁금했다.

대기실 안으로 들어가 둘러보았다.

하지만 안에는 아무도 없었다.


## 20

그로브에서 나와 담배에 불을 붙였다. 내 이름을 부르는 남자 목소리가 들렸다. 고개를 들어 쳐다보며 장 펠릭스일 거라고 생각했다. 하지만 그가 아니었다.

맥스 베런슨이었다.

그는 차에서 내려 나를 향해 뛰어오고 있었다.

"빌어먹을, 뭐야? 무슨 일이야?" 맥스의 얼굴은 분노로 뒤틀려 선홍색으로 물들어 있었다. "지금 전화가 와서 앨리샤의 상태를 알았어. 무슨 일이 생긴 거냐고?"

나는 뒤로 한 걸음 물러섰다. "일단 진정을 좀 하셔야겠어요, 베런슨 씨."

"진정해? 당신들 과실로 제수였던 사람이 빌어먹을 혼수상태로 누워 있는데……."

맥스가 주먹을 꽉 쥐었다. 주먹이 올라갔다. 내게 주먹을 날리려 하는 것 같았다.

하지만 그를 타냐가 막아섰다. 서둘러 뛰어온 그녀는 맥스만큼이나 화가 난 상태로 보였다. 하지만 내가 아니라 맥스에게 화가 나 있었다.

"그만해요, 맥스! 이러지 않아도 이미 끔찍하잖아요. 이건 테오의 잘못이 아니라고요!"

맥스는 타냐를 무시한 채 다시 내 쪽으로 돌아섰다. 눈빛이 사나웠다.

"앨리샤를 당신이 돌보고 있었잖아." 그는 소리쳤다. "어떻게 이런 일이 벌어지게 둘 수 있어? 어떻게?"

맥스의 눈에 분노의 눈물이 차올랐다. 그는 감정을 숨기려고 애쓰지 않았다. 그곳에 선 채 울고 있었다. 나는 타냐를 바라보았다. 그녀는 남편의 앨리샤에 대한 감정을 알고 있는 것이 분명했다. 충격을 받았고 진이 빠진 것처럼 보였다. 한마디도 더 하지 않고 그녀는 돌아서서 그들이 타고 온 차로 가버렸다.

가능한 한 빨리 맥스에게서 멀어지고 싶었다. 나는 계속 걸었다. 맥스는 계속 욕설을 퍼붓고 있었다. 나를 따라올 거라고 생각했지만 그는 따라오지 않았다. 그는 그 자리에서 굳어버린 채 실의에 빠져 애처롭게 내 뒤에 대고 소리를 질러댔다.

"네 책임이야. 불쌍한 앨리샤, 내 사랑…… 불쌍한 앨리샤…… 너, 대가를 치러야 될 거야! 알았어?"

맥스는 계속 소리를 질렀지만 나는 무시했다. 금세 그의 목소리는 침묵 속으로 사라졌다. 그리고 나는 혼자 남았다.

나는 계속 걸었다.

# 21

걸어서 캐시의 연인이 사는 집으로 갔다. 한 시간 동안 서서 지켜보았다. 마침내 문이 열리더니 그자가 나왔다. 그자가 떠나는 모습을 지켜보았다. 어딜 가는 거지? 캐시를 만나러 가는 건가? 망설였지만 그를 따라가지 않기로 했다. 그러는 대신 그곳에 서서 계속 집을 지켜보았다.

창문을 통해 사내의 부인을 지켜보았다. 지켜보면서 나는 그녀를 돕기 위해 뭔가를 해야겠다는 생각이 점점 더 들었다. 그녀는 나였고 나는 그녀였다. 우리는 속아 넘어가고 배신을 당한 두 명의 억울한 희생자였다. 그녀는 남편이 자신을 사랑한다고 믿었지만 그렇지 않았다.

어쩌면 여자가 남편의 불륜을 전혀 알지 못한다고 생각하는 내가 틀린 것이 아닐까? 어쩌면 여자는 알고 있을지도 모른다. 어쩌면 두 사람은 성적으로 개방된 관계를 즐기고 있고 여자도 마찬가지로 문란하게 살고 있는 것은 아닐까? 하지만 왠지 그렇지 않다는 생각이 들었다. 여자는 한때 내가 그랬던 것처럼 천진난만해 보였다. 그녀에게 사실을 알리는 건 내 의무였다. 여자와 함께 살면서 침대를 함께 쓰는 남자에 대한 진실을 밝혀야 했다. 어쩔 수 없었다. 그녀를 도와야 했다.

그다음 이어진 며칠 동안 나는 계속 그 집을 찾아갔다. 하루는 여자가 집을 나서더니 산책을 했다. 멀찌감치 그녀를 따라갔다. 어쩌다 나를 보지 않을까 걱정스러웠지만 혹시 그런다고 해도 나는 그녀에게 그저 낯선 사람일 뿐이었다. 지금으로서는.

다른 곳으로 가서 몇 가지 물건을 샀다. 그리고 다시 돌아왔다.

도로 건너편에 서서 집을 지켜보았다. 창문 옆에 서 있는 여자를 다시 봤다.

정확한 계획은 없었고 그저 내가 뭘 해야 할 필요가 있다는 희미하고 마무리 짓지 못한 생각을 품고 있을 뿐이었다. 경험이 적은 예술가처럼 스스로 원하는 결과는 알고 있지만 어떻게 그 결과를 만들어내야 하는지는 알지 못했다. 한참을 기다렸다가 집으로 걸어갔다. 현관문을 열어보았다. 잠겨 있지 않았다. 문이 활짝 열렸고 나는 정원으로 들어갔다. 갑자기 아드레날린이 쏟아져 나왔다. 다른 사람 집에 침입하는 불법적인 행동에서 스릴이 느껴졌다.

그 순간 뒷문이 열리는 게 보였다. 숨을 곳을 찾았다. 잔디밭 너머에 작은 별채가 보였다. 소리를 내지 않고 잔디밭을 가로질러 안으로 숨어들었다. 그곳에 잠시 서서 숨을 골랐다. 심장이 쿵쿵거리며 뛰었다. 여자가 날 봤을까? 다가오는 여자의 발소리가 들렸다. 되돌아 나가기에는 이제 늦었다. 뒷주머니에 손을 넣어 아까 사둔 얼굴 전체를 가리는 검은색 모자를 꺼냈다. 머리에 모자를 뒤집어썼다. 장갑도 꼈다.

여자가 걸어 들어왔다. 그녀는 통화 중이었다.

"알았어, 여보. 8시에 봐. 그래…… 나도 사랑해."

여자는 통화를 마치더니 선풍기를 켰다. 선풍기 앞에 선 여자의 머리칼이 바람에 흔들렸다. 그녀는 붓을 들더니 이젤 위에 놓인 캔버스로 다가갔다. 그녀는 내게 등을 보이고 서 있었다. 그 순간 여자는 창문에 비친 내 모습을 발견했다. 아마 내가 들고 있는 칼을 먼저 본 것 같았다. 그녀는 몸이 굳더니 천천히 돌아섰다. 두려움에 눈이 커졌다. 우리는 침묵 속에서 서로를 바라보았다.

내가 처음으로 앨리샤 베런슨과 얼굴을 마주 보고 만났던 순간이다.

나머지는 흔한 말로 다 지난 일이다.

# 5부 얼굴 없는 침입자

가령 내가 의로울지라도 내 입이 나를 정죄하리니.

_욥기 9:20

1

앨리샤 베런슨의 일기

## 2월 23일

테오가 방금 떠났다.

나는 혼자 남았고 이 글은 최대한 빨리 쓰고 있다. 시간이 별로 없다. 아직 힘이 남아 있을 때 이걸 해두어야만 한다.

처음에는 내가 미친 줄 알았다. 모든 것이 사실이라고 믿는 것보다 내가 미쳤다고 생각하는 편이 더 쉬웠다. 하지만 나는 미치지 않았다. 결코.

처음에 그를 상담실에서 만났을 때, 나는 확신하지 못했다. 뭔가 익숙한 느낌이었지만 달랐다. 그의 눈을 알아볼 수 있었다. 단지 눈 색깔뿐 아니라 모양을 알 수 있었다. 그리고 같은 담배 냄새와 흐릿한 애프터셰이브 로션 냄새까지. 그리고 그자가 말하는 방식, 말할 때 느껴지는 리듬감. 그러나 말씨는 왠지 다른 것 같아서 확신하지 못했다. 하지만 그다음에 만났을 때, 그는 자신을 드러내고 말았다. 그는 같은 말을 사용했다. 집에서 사용했던 것과 똑같은 문장은 내 머릿속에 새겨져 있었다.

"돕고 싶어요. 당신이 제대로 볼 수 있도록 돕고 싶습니다."

그 말을 듣자마자 내 머릿속에서 뭔가 찰칵 소리가 나더니 퍼즐 조각이 들어맞으며 그림이 완성되었다.

그자였다.

그리고 내 몸속의 뭔가가, 일종의 들짐승과도 같은 본능이 날 압도했다.

그를 죽이고 싶었다. 죽이지 못하면 죽임을 당할 것이다. 그에게 뛰어올라 목을 조르고 눈알을 파내고, 머리를 박살내 바닥에 뿌리고 싶었다. 그러나 그를 죽이는 데 실패했고, 병원 사람들이 바닥에 날 넘어뜨리고 진정제를 주사하고 가두었다. 그리고 그 일이 있은 이후에는 기가 죽고 말았다. 나는 다시 자신을 믿지 못하게 되었다. 어쩌면 내가 실수를 한 것인지도 몰랐다. 어쩌면 내가 상상한 것인지도 몰랐다. 어쩌면 그자가 아닐지도 몰랐다.

어떻게 테오가 그자일 수가 있겠는가? 그가 여기까지 와서 이런 식으로 나를 조롱할 이유가 뭐가 있겠는가? 그리고 그 순간 나는 깨달았다. 나를 돕겠다는 모든 헛소리가 가장 역겨운 부분이었다. 그는 쾌감과 흥분을 느끼고 있었다. 그래서 여기에 나타난 것이다. 그는 만족감을 느끼기 위해 돌아왔다.

"돕고 싶어요. 당신이 제대로 볼 수 있도록 돕고 싶습니다."

이제야 확실히 알 수 있었다. 나는 내가 알고 있다는 사실을 그가 알기를 원했다. 그래서 가브리엘이 어떻게 죽었는지에 대해 거짓말을 했다. 내가 이야기하는 동안 거짓말을 하고 있다는 걸 알아차리는 모습을 볼 수 있었다. 우리는 서로 마주 보았고, 그는 내가 그를 알아보았다는 사실을 알아차렸다.

그의 눈에 전에는 한 번도 본 적이 없는 뭔가가 보였다. 두려움. 그는 나를, 내가 말할지도 모르는 것을 두려워하고 있었다. 그는 내 목소리를 겁내고 있었다.

그랬기 때문에 그는 몇 분 전에 돌아온 것이다. 그는 이번에는 아무 말도 하지 않았다. 더 이상 대화는 없었다. 그는 내 손목을 붙잡고 혈관에 바늘을 꽂아 넣었다. 나는 몸부림치지 않았다. 저항하지 않았다. 그를 그냥 내버려두었다. 그래야 마땅했다. 나는 이렇게 처벌을 받는 것이다. 나는 유죄였다. 하지만 그 역시 유죄였다. 그래서 나는 지금 이 글을 쓰고 있다. 그도 빠져나갈 수 없을 것이다. 그 역시 처벌받을 것이다.

서둘러야 한다. 이제 느낌이 오고 있다. 그가 내게 주사한 약물이 퍼지고 있다. 너무 졸린다. 눕고 싶다. 자고 싶다…… 하지만 안 돼. 아직은 안 된다. 정신을 차려야 한다. 이야기를 끝내야 한다. 그리고 이번에는 진실을 말할 것이다.

그날 밤 테오는 우리 집에 침입해 날 묶었다. 그리고 가브리엘이 집에 돌아오자 때려눕혔다. 처음에는 그이를 죽인 줄 알았다. 하지만 그 순간 나는 가브리엘이 숨 쉬는 모습을 확인했다. 테오가 그이를 일으켜서 의자에 앉히고 묶었다. 그리고 내게로 끌고 와서 가브리엘과 나를 등을 맞대고 앉혔다. 그이의 얼굴을 볼 수 없었다.

"제발." 내가 말했다. "제발 남편을 해치지 말아요. 제발 부탁해요. 뭐든 할게요. 원하는 건 뭐든지 할게요."

테오는 웃음을 터뜨렸다. 차갑고 텅 빈 그의 웃음은 증오스러웠다. 냉혹한 웃음이었다.

"해친다고?" 그는 고개를 저었다. "죽여버릴 거야."

진심이었다. 공포에 사로잡힌 나는 눈물을 참을 수 없었다. 울면서 애원했다.

"원하는 건 뭐든지 할 테니, 뭐든…… 제발, 제발 남편을 살려주세요. 남편은 죽기엔 억울한 사람이에요. 더할 나위 없이 친절한 최고의 남자예요. 그이를 사랑해요. 남편을 너무 사랑해요."

"말해봐, 앨리샤. 남편에 대한 사랑을 말해봐. 남편이 당신을 사랑한다고 생각하나?"

"그이는 날 사랑해요." 내가 말했다.

어디선가 시계가 째깍거리는 소리가 들렸다. 그가 대답을 할 때까지 영원의 시간이 흐른 것 같았다.

"어디 보자고." 그가 말했다.

그의 검은 눈이 잠깐 내 눈을 바라보았고 나는 어둠에 사로잡힌 것 같은 느낌이었다. 나를 보고 있는 건 인간이라고 할 수도 없는 괴물이었다. 악마였다.

그는 의자 뒤쪽으로 돌아서 가브리엘을 보고 섰다. 최대한 고개를 돌렸지만 그이의 모습은 보이지 않았다. 끔찍하게 둔탁한 소리가 났다. 나는 그자가 가브리엘의 얼굴을 때리는 소리를 듣고 움찔했다. 그는 가브리엘이 의식을 찾고 더듬거리며 말하기 시작할 때까지 그이를 때리고 또 때렸다.

"안녕하신가, 가브리엘." 그가 말했다.

"빌어먹을, 넌 뭐야?"

"난 결혼한 사람이야. 그러니까 누군가를 사랑하는 게 뭔지 아는 사람이지. 그리고 실망하는 게 뭔지도 알아."

"무슨 헛소리를 하는 거야?"

"사랑하는 사람을 배신하는 건 배신자들이나 하는 짓이야. 자네 겁쟁이인가, 가브리엘?"

"지랄하지 마."

"난 널 죽일 거야. 하지만 앨리샤가 네 목숨을 살려달라고 빌었어. 그래서 너에게 선택권을 주려고 해. 너희 두 사람 중 한 명은 죽는다. 네가 결정해."

그자의 말투는 냉담하고 침착하고 자신감에 차 있었다. 감정은 없었다. 가브리엘은 바로 대답하지 않았다. 그는 얻어맞은 것처럼 숨 가쁜 소리를 냈다.

"안 돼……."

"왜 안 돼. 앨리샤가 죽든지 네가 죽는 거야. 네 선택이야, 가브리엘. 네가 아내를 얼마나 사랑하는지 보자고. 아내를 위해서 죽겠나? 10초 줄 테니 결정해. 10…… 9……."

"자기야, 그 사람 말 믿지 마. 우리 모두를 죽일 거야. 사랑해……."

"8…… 7……."

"당신이 날 사랑하는 걸 알아, 가브리엘……."

"……6…… 5……."

"당신 날 사랑하잖아……."

"……4…… 3……."

"가브리엘, 날 사랑한다고 말해줘……."

"……2……."

그 순간 가브리엘이 말했다. 처음에는 그이의 목소리를 알아듣지 못했다. 너무 멀리서 작게 들리는 목소리였다. 어린 사내아이의 목소리. 삶과 죽음을 결정하는 힘을 손끝에 갖고 있는 아주 작은 어린이.

"죽고 싶지 않아." 그이가 말했다.

그 순간부터 침묵이 흘렀다.

모든 것이 멈추었다. 내 몸속 모든 세포가 쪼그라들었다. 꽃에서 죽어 떨어지는 꽃잎처럼 세포는 시들었다. 재스민 꽃이 바닥에 흘렀다. 어디선가 재스민 향이 나는 걸까? 그래, 맞아. 재스민 향이. 아마 창문턱에서 풍기는 것 같은데…….

테오는 가브리엘에게서 멀어지더니 내게 말하기 시작했다. 그가 하는 말에 집중하기가 어려웠다.

"봤어, 앨리샤? 내가 가브리엘이 겁쟁이일 줄 알았지. 내 등 뒤에서 내 아내와 그 짓거리를 해댔으니까. 이놈은 내가 가진 유일한 행복을 파괴했어." 테오는 몸을 숙여 내 얼굴을 똑바로 바라보았다. "이런 짓을 하게 되어 미안해. 하지만 솔직하게 말해서 이제야 당신은 진실을 알게 된 거야. 죽는 편이 낫다는 걸."

그는 총을 들어 내 머리를 겨누었다. 눈을 감았다. 가브리엘이 비명을 지르는 소리가 들렸다.

"쏘지 마, 쏘지 마, 제발……."

딸칵. 그 순간 총성이 울렸다.

총성이 너무 커서 다른 모든 소리를 삼켰다. 몇 초 동안 침묵이 흘렀다. 나는 내가 죽은 줄 알았다.

하지만 나는 그렇게 운이 좋지 않았다.

눈을 떴다. 테오는 여전히 내 앞에 서 있었다. 총구는 천장을 겨누고 있었다. 그는 웃었다. 입술에 손을 가져다 대면서 내게 조용히 하라고 했다.

"앨리샤?" 가브리엘이 소리쳤다. "앨리샤?"

가브리엘이 의자에 묶인 채 몸부림치며 무슨 일이 벌어졌는지 돌아보려고 애쓰는 소리가 들렸다.

"무슨 짓을 한 거야, 개자식? 이 빌어먹을 새끼. 오, 맙소사……."

테오는 내 손목을 풀었다. 그는 총을 바닥에 떨어뜨렸다. 그러더니 더할 나위 없이 부드럽게 내 뺨에 입을 맞췄다. 그는 걸어 나갔고 현관문이 쾅 닫히는 소리가 들렸다.

가브리엘과 나만 남았다. 그이는 소리를 지르며 우느라 말을 잇지 못했다. 그이는 계속 내 이름을 부르며 울기만 했다.

"앨리샤, 앨리샤……."

나는 계속 침묵을 지켰다.

"앨리샤? 이런, 빌어먹을, 젠장."

나는 침묵을 지켰다.

"앨리샤, 대답해. 앨리샤. 오, 하느님……."

나는 침묵을 지켰다. 내가 어떻게 말할 수 있겠는가? 가브리엘은 내게 사형을 선고했다.

죽은 자는 말하지 않는다.

나는 묶인 발목을 풀고 의자에서 일어섰다. 바닥으로 손을 뻗었다. 손가락이 총을 움켜쥐었다. 손으로 잡은 총은 뜨겁고 무거웠다. 의자를 빙 돌아서 가브리엘을 마주 보고 섰다. 그이의 뺨 위로 눈물이 흘러내리고 있었다. 그의 눈이 커졌다.

"앨리샤? 살아 있었네. 오, 하느님 감사합니다. 당신이……."

패배한 사람들을 위해 주먹 한 방을 날렸다고 말할 수 있으면 얼마나 좋았을까. 배신당한 사람들과 상심한 사람들을 위해서 일어선 거라면. 가브리엘이 아버지처럼 폭군의 눈을 갖고 있었던 거라면. 하지만 이제 나는 거짓말은 하지 않겠다. 진실은 갑자기 가브리엘이 내 눈을, 그리고 내가 그의 눈을 갖고 있었다. 여기까지 오는 어디선가 우리는 서로의 위치가 뒤바뀐 것이다.

이제 알 수 있었다. 나는 절대로 안전하지 못할 것이다. 절대로 사랑받지 못할 것이다. 내 모든 희망은 꺾이고 모든 꿈은 부서져 아무것도 전혀 남지 않았다. 아버지 말이 옳았다. 나는 살 가치가 없었다. 나는 보잘것없었다. 가브리엘이 나에게 그렇게 한 것이다.

그것이 진실이었다. 나는 가브리엘을 죽이지 않았다. 그가 날 죽였다.

내가 한 행동은 방아쇠를 당긴 것뿐이었다.

2

"누군가의 소지품 전부가 종이 상자 하나에 들어 있는 걸 보는 것만큼 초라한 일도 없어요." 인디라가 말했다.

나는 고개를 끄덕였다. 슬픈 표정으로 실내를 둘러보았다.

"정말 놀라워요." 인디라가 계속 말했다. "앨리샤가 가진 게 이렇게 없었다니. 다른 환자들이 잡동사니를 엄청나게 모아두는 걸 생각하면 말이죠…… 그녀가 가진 거라고는 책 몇 권, 그림 몇 개, 옷가지뿐이에요."

인디라와 나는 스테파니의 지시를 받아 앨리샤의 방을 치우고 있었다.

"앨리샤는 깨어나지 못할 것 같아요." 스테파니가 말했다. "그리고 솔직하게 말하자면 우린 입원실이 필요하죠."

우리는 대부분 시간 동안 뭘 보관하고 뭘 버려야 할지 결정하면서 침묵 속에 일했다. 나는 조심스럽게 앨리샤의 소지품을 뒤졌다. 유죄임을 드러내는 뭔가가 없다는 걸 확실하게 확인하고 싶었다. 내 발목을 잡을 만한 것은 전혀 없어야 했다.

앨리샤가 어떻게 그리 오랫동안 일기장을 숨겨둘 수 있었는지 의아했다. 모든 환자는 그로브에 입원할 때 약간의 개인 소지품을 갖고 들어올 수 있었다. 앨리샤는 스케치 그림들을 묶어서 가지고 들어왔는데, 아마도 그 속에 일기장을 숨겨서 들어온 것 같았다. 스케치북을 열고 그림을 뒤적여보았다. 대부분 완성이 되지 않은 연필 스케치나 대충 그린 그림들이었다. 선 몇 개가 그려져 있는

데, 보자마자 그림이 활기를 띠면서 누구를 닮았는지 알아볼 수 있었다.

인디라에게 스케치를 보여주었다. "당신이네요."

"네? 아니에요."

"맞아요."

"그래요?" 인디라는 기쁜 듯 그림을 유심히 바라보았다. "나라고 생각해요? 한 번도 날 그리는 걸 알아차린 적이 없었어요. 언제 그렸는지 모르겠네요. 잘 그린 것 같지 않아요?"

"네, 잘 그렸네요. 선생님이 보관하셔야 할 것 같아요."

인디라는 얼굴을 찡그리며 그림을 돌려주었다. "그럴 수는 없죠."

"왜 안 돼요? 앨리샤도 괜찮다고 할 거예요." 나는 웃었다. "아무도 모를 테고요."

"안 그럴 것 같아요."

그녀는 벽에 기댄 채 바닥에 둔 그림을 흘깃 바라보았다. 불타는 건물의 비상구에 있는 나와 앨리샤를 그린 걸 엘리프가 망쳐버린 바로 그 그림이었다.

"저건요?" 인디라가 물었다. "저 그림 가질 거예요?"

나는 고개를 흔들었다. "장 펠릭스를 부를 겁니다. 그 사람이 알아서 하겠죠."

인디라는 고개를 끄덕였다. "저걸 가져갈 수 없다니 아쉽네요."

그림을 잠시 바라보았다. 마음에 들지 않는 그림이었다. 앨리샤의 모든 그림 가운데 유일하게 내가 싫어하는 그림이었다. 내가 등장하는 그림이라는 걸 생각하면 이상했다.

확실히 해두고 싶다. 나는 앨리샤가 가브리엘을 총으로 쏠 거라고는 전혀 생각하지 못했다. 이건 중요한 내용이다. 나는 절대로 앨리샤가 가브리엘을 죽이길 의도했거나 기대하지 않았다. 오직 내가 원했던 것은 앨리샤가 그녀의 결혼 생활에 대해 내가 그랬던 것처럼 진실에 눈뜨도록 하는 거였다. 가브리엘이 그녀를 사랑하지 않는다는 것, 그녀의 삶이 거짓이었다는 것, 그들의 결혼 생활이 속임수였다는 걸 보여주는 것이 내 의도였다. 그럴 수 있어야만, 앨리샤는 내가 그랬던 것처럼 돌무더기 위에 새로운 삶을 세울 수 있을 터였다. 거짓말이 아닌 진실에 바탕을 둔 삶을.

나는 앨리샤의 과거 병력이나 불안정한 정신 상태를 알 수 없었다. 만일 알았다면 절대로 상황을 그렇게까지 밀어붙이지는 않았을 것이다. 그녀가 그런 식으로 반응할 거라고는 전혀 생각하지 못했다. 그리고 사건 내용이 온통 언론에 드러나고 앨리샤가 살인죄로 재판을 받게 되자 나는 개인적으로 깊은 책임감을 느꼈고, 내 죄를 속죄하고 벌어진 일에 있어서 내게 책임이 없다는 걸 증명하고 싶었다. 그래서 그로브에 자리가 생겼을 때 지원했다. 나는 살인으로 인한 후유증에 시달리고 있는 앨리샤를 돕고 싶었다. 무슨 일이 벌어진 것인지 이해하고 헤쳐나가고 자유로워질 수 있도록 돕고 싶었다. 냉소적인 사람이라면 내가 사람들이 흔히 말하듯 내 흔적을 감추기 위해 범죄 현장을 다시 찾아갔다고 말할 것이다. 그건 사실이 아니다. 그런 노력에 위험이 따른다는 걸 알았고, 실제로 체포될 가능성도 있었고 상황이 재앙으로 마무리될 수도 있었지만 내게는 달리 방법이 없었다. 나는 그런 사람이었기 때문이다.

내가 정신과 상담사라는 걸 기억해야 한다. 앨리샤는 도움이 필요했고, 오직 나만이 그녀를 도울 방법을 알았다.

복면을 쓰고 목소리를 다르게 냈지만 앨리샤가 알아볼까 봐 긴장이 되었다. 그러나 그녀는 날 알아본 것 같지 않았고, 나는 그녀의 삶에서 새로운 부분의 역할을 맡을 수 있게 되었다. 그러다가 케임브리지에서의 그날 밤에 마침내 내가 나도 모르게 어떤 상황을 재현해냈는지 알게 되었다. 오랫동안 잊고 있던 지뢰를 터뜨린 것이다. 가브리엘은 앨리샤에게 두 번째로 사형을 선고한 남자였다. 이렇게 본래 품고 있던 정신적 충격을 다시 꺼내자 앨리샤는 참지 못했다. 그랬기 때문에 그녀는 총을 들고 아버지가 아니라 남편에게 오랫동안 기다려온 복수를 행한 것이다. 내가 의심했던 것처럼 이번 살인은 내 행동이 아닌 훨씬 오래되고 깊은 원인에 의한 것이었다.

그러나 앨리샤가 가브리엘이 어떻게 죽었는지에 대해서 내게 거짓말을 했을 때, 그녀가 날 알아봤고 나를 시험하고 있다는 것이 명확해졌다. 어쩔 수 없이 앨리샤의 입을 영원히 막을 행동을 취해야만 했다. 책임은 크리스티안에게 떠넘기면 되었다. 인과응보라는 생각이 들었다. 그에게 죄를 덮어씌우는 일에 가책을 느끼지는 않았다. 크리스티안은 앨리샤가 가장 그를 필요로 할 때 모른 척했다. 그는 처벌받아 마땅했다.

앨리샤의 입을 막는 일은 그리 쉽지는 않았다. 그녀에게 모르핀을 주사하는 일은 지금까지 했던 가장 힘든 일이었다. 그녀가 죽지 않고 혼수상태에 빠진 건 더 잘된 일이었다. 이렇게 되면 나는 여전히 매일 그녀를 찾아가 침대 옆에 앉아 손을 잡아줄 수 있었다. 그녀를 잃지 않은 것이다.

"끝났나요?" 인디라의 질문에 나는 상념에서 깨어났다.

"그런 것 같네요."

"좋아요. 난 가야 해요. 12시에 환자 약속이 있어서."

"얼른 가보세요." 내가 말했다.

"점심 식사 때 볼까요?"

"그러죠."

인디라는 내 팔을 한 번 손으로 쥐더니 사라졌다.

시계를 내려다보았다. 일찍 조퇴해서 집에 갈까 생각했다. 진이 모두 빠진 것 같았다. 불을 끄고 방을 나서려다가 갑자기 든 생각에 내 몸이 뻣뻣해졌다.

일기장. 어디 있을까?

내 눈은 깔끔하게 정리해서 모든 물건을 상자에 담은 실내를 둘러보았다. 방은 모두 뒤졌다. 앨리샤의 개인 소지품에 속한 건 모두 살펴보고 깊이 생각해보았다.

일기장은 없었다.

내가 어쩌다 그렇게 부주의했지? 빌어먹을 인디라가 수다를 떠는 바람에 정신이 팔려서 집중하지 못한 것이다.

어디 있지? 여기 어디에 있을 것이다. 일기장이 없으면 크리스티안을 유죄로 몰아넣을 쓸 만한 증거가 별로 없었다. 찾아야만 했다.

점점 더 필사적이 되는 것 같은 기분으로 방을 뒤졌다. 종이 상자를 거꾸로 뒤집어도 보고 안에 들어 있는 물건들을 바닥에 쏟기도 했다. 잡동사니를 샅샅이 뒤졌지만 일기장은 보이지 않았다. 앨리샤의 옷가지를 뜯어보기도 했지만 아무것도 찾아내지 못했다. 그림이 그려진 스케치북을 바닥에 대고 흔들어봤지만 일기장이 들어 있지는 않았다. 붙박이 찬장을 뒤지고 서랍을 모두 빼냈지만 속은 텅 비어 있어서 옆으로 던져버리고 말았다.

일기장은 없었다.


## 3

보험공단에서 나온 줄리언 맥마흔이 접수처에서 나를 기다리고 있었다. 그는 덩치가 크고 연한 적갈색 머리의 사내로 우리끼리 얘기지만이나 결국 중요한 건이나 핵심은 같은 말을 사용하길 좋아했는데, 대화를 하는 도중에 그런 말이 자주 등장했고 같은 문장에 여러 번 나오기도 했다. 기본적으로 상냥한 사람이었다. 보험공단의 친근한 얼굴인 셈이다. 그는 내가 퇴근하기 전에 나랑 이야기를 나누고 싶어 했다.

"방금 디오메디스 교수를 만나고 왔습니다. 그분이 사표를 내신 건 아실 겁니다."

"아, 그렇군요."

"일찍 은퇴하기로 하셨죠. 우리끼리 얘기지만 그렇게 하지 않으면 이 난리에 대해서 조사를 받을 수밖에 없겠죠." 줄리언은 어깨를 으쓱했다. "그분에 대해서는 정말이지 유감입니다. 오랫동안 성공 가도를 달리던 경력에 그다지 영광스러운 마무리는 아니니까요. 하지만 적어도 이런 식으로 하면 언론에 나가거나 온갖 소동은 겪지 않아도 되겠죠. 그건 그렇고 교수님이 당신 이야기를 하더군요."

"교수님이?"

"네. 그분은 당신을 후임으로 추천했습니다." 줄리언이 윙크를 했다. "교수께서는 당신이 가장 적임자라고 했습니다."

나는 웃었다. "아주 친절한 말씀이군요."

"유감스럽게도 결국 중요한 건 그로브의 운영 여부에 대해서는 의문의 여지가 없다는 사실입니다. 앨리샤에게 벌어진 일과 크리스티안이 체포된 걸 고려하면 말이죠. 우리는 이곳을 영구적으로 폐쇄할 겁니다."

"놀랐다고 말씀드릴 수는 없군요. 그러니까 사실 후임 책임자 자리라는 것 자체가 없다는 건가요?"

"글쎄요, 핵심은 이겁니다. 앞으로 몇 달 이내에 우리는 이곳에 새롭고 훨씬 적은 비용으로 효과를 낼 수 있는 정신병 치료 시설을 마련할 겁니다. 그리고 우리는 당신이 그 시설을 맡아주었으면 좋겠습니다, 테오."

흥분을 감추기가 어려웠다. 기쁜 마음으로 동의했다.

"우리끼리 얘기지만." 나는 그가 잘 쓰는 말을 빌렸다. "이건 내가 꿈꾸던 기회라고 할 수 있습니다." 그리고 그건 그저 환자들을 치료하는 것뿐만 아니라 사람들을 실제로 도울 수 있는 기회였다. 내가 그래야 한다고 믿는 방식으로 그들을 돕는 것이다. 루스가 날 도왔던 것처럼. 내가 앨리샤를 도우려고 애썼던 것 같은 방법으로.

상황은 나에게 유리하게 돌아갔다. 그걸 모른다면 나는 감사할 줄 모르는 사람일 것이다.

내가 원하는 건 모두 얻어낸 것 같았다. 거의.

캐시와 나는 작년에 런던 중심부에서 서리로 이사했다. 내가 자란 곳으로 돌아온 것이다. 돌아가신 아버지는 내게 집을 남겼다. 돌아가실 때까지 그 집에서 살 수 있는 어머니는 우리에게 집을 넘겨주고 요양원으로 들어가기로 결정했다.

캐시와 나는 좀 더 넓은 집과 정원이라면 런던까지 통근할 만한 가치가 있다고 생각했다. 내 생각에도 우리를 위해 좋을 것 같았다. 집을 새로 고치기로 하고 실내 장식을 새로 하고 집을 깔끔하게 만들 계획을 세웠다. 그러나 이사해 들어간 지 1년이 거의 다 되도록 마무리를 하지 못한 채 집은 절반쯤 장식을 마친 상태였고 포토벨로 마켓에서 산 그림과 볼록 거울은 아직도 페인트를 칠하지 못한 벽에 비스듬히 기대둔 채로 남아 있었다. 집은 내가 자랄 때와 별로 달라진 것이 없었다. 하지만 그런 식으로 살아도 상관은 없었다. 역설적인 상황이지만 진짜로 집에 돌아온 기분이었다.

집에 도착해 안으로 들어섰다. 재빨리 코트를 벗었다. 집이 온실처럼 더워서 복도에 있는 온도 조절기로 온도를 낮추었다. 캐시는 덥게 사는 걸 좋아했고 나는 시원한 걸 훨씬 좋아했기 때문에 실내 온도는 우리의 작은 전쟁 가운데 하나였다. 복도에서도 TV 소리가 들렸다. 캐시는 요즘 TV를 엄청나게 많이 보는 것 같았다. 이 집에서의 우리 삶을 특징적으로 보여주는 건 끝없이 이어지는 쓰레기 같은 배경음악이었다.

캐시는 거실 소파 위에 몸을 웅크리고 앉아 있었다. 엄청난 크기의 새우과자 봉지를 무릎 위에 놓고 끈적거리는 빨간 손가락으로 과자를 입으로 퍼 나르고 있었다. 아내는 늘 저런 쓰레기들을 먹는다. 최근에 몸무게가 늘어난 것도 놀랄 일은 아니다. 지난 몇 년 동안은 일도 별로 하지 않았고 내향적으로 변했으며 심지어 우울증도 있어 보였다. 의사는 아내에게 우울증 약을 먹이고 싶어 했지만 나는 반대했다. 그 대신 상담가를 만나서 아내의 감정을 이야기해보는 것이 좋겠다고 생각했다. 심지어 내가 직접 정신과 의사를 찾아보겠다고까지 말했다. 그러나 캐시는 말하고 싶어 하는 것 같지 않았다.

가끔은 아내가 나를 이상하게 바라볼 때도 있다. 그럴 때면 아내가 무슨 생각을 하는지 궁금하다. 아내는 가브리엘에 대해서, 그리고 바람을 피운 일에 대해서 내게 말하기 위해 용기를 내려는 걸까? 그러나 아내는 한마디도 하지 않는다. 그냥 앨리샤가 그랬던 것처럼 침묵 속에 앉아 있다. 아내를 도울 수 있으면 좋겠지만, 내가 닿을 수 없을 것 같았다.

끔찍한 역설이었다. 나는 캐시를 지키기 위해서 모든 짓을 했다. 그런데도 나는 그녀를 잃었다.

팔걸이에 엉덩이를 걸치고 앉아 아내를 잠시 바라보았다.

"내가 보던 환자 한 명이 약을 많이 먹었어. 혼수상태에 빠졌어." 반응은 없었다. "의료진 가운데 다른 누군가가 일부러 약을 많이 먹게 한 것 같아. 동료지." 무반응. "내 말 듣고 있어?"

캐시는 짧게 어깨를 으쓱했다. "뭐라고 말해야 할지 모르겠어."

"가엾게 여겨주면 좋겠지."

"누굴? 당신?"

"내 환자. 개별적으로 상담을 하면서 오래 지켜봤거든. 그 환자 이름은 앨리샤 베런슨이야."

이 말을 하면서 나는 캐시를 바라보았지만 아내는 반응이 없었다. 순간적인 감정의 동요도 없었다.

"유명한 여자야. 악명이 높다고 할까? 몇 년 전에는 모두가 그 여자 이야기를 했지. 그 여자가 남편을 죽였는데…… 기억나?"

"아니, 별로." 캐시는 어깨를 으쓱하고는 채널을 바꿨다.

그렇게 우리는 우리만의 '아닌 척' 놀이를 계속했다.

요즘 나는 나를 포함한 많은 사람들에게 가식적으로 행동하고 있다. 그래서 이 글을 쓰고 있는 것 같기도 하다. 괴물 같은 내 자아를 우회해서 내 자신에 대한 진실에 접근하려는 시도였다. 그런 일이 가능하다면.

술이 필요했다. 주방에 가서 냉장고에서 보드카를 한 잔 따랐다. 삼킨 술에 목이 불타는 것 같았다. 한 잔을 더 따랐다.

6년 전처럼 다시 내가 찾아가 이 모든 일을 고백한다면 루스가 뭐라고 말할지 궁금했다. 하지만 그런 일은 불가능하다. 이제 완전히 다른, 더 큰 죄를 지은 존재가 되어버린 내게 진실을 기대하는 건 힘들었다. 약하고 늙은 여인의 맞은편에 앉아서 그렇게 오랜 시간 동안 나를 안전하게 지탱해준 촉촉한 파란 눈을 들여다보면서 내가 얼마나 더럽고 잔인하고 복수심에 불타고 있으며 사악한지, 루스 그리고 그녀가 날 위해 애썼던 모든 것과 비교해 얼마나 가치가 없는지 어떻게 밝힐 수 있겠는가? 루스는 나를 예의 바르고 친절하고 진실하게 대했다. 내가 세 사람의 삶을 망쳤다는 말을 어떻게 그녀에게 할 수 있단 말인가? 내게 도덕률이라고는 없다는 것, 내가 가차 없이 최악의 행동들을 할 수 있으며 오직 내 일만 신경 쓴다는 걸 어떻게 말할 수 있을까?

내 이야기를 듣는 동안 루스의 눈에서 보게 될 표정 중에서 충격이나 혐오감, 심지어 두려움보다 끔찍하게 보일 수 있는 건 슬픔과 실망, 그리고 자책감이었다. 왜냐하면 내가 그녀를 실망시킨 것만이 아니라 그녀는 그녀가 나를 실망시켰을 거라고 생각할 것이기 때문이었다. 그리고 나뿐만 아니라 대화 치료 자체가 실망스러웠다고 생각할 것이다. 루스는 그 어떤 상담가보다 더 좋은 기회를 갖고 있었다. 상처를 받은 무척 어린 환자. 소년에 불과하지만 변하려는 의지를 가진 환자. 더 나아지고 치료를 받으려는 사람과 오랜 세월 상담을 해온 것이다. 그러나 수백 시간에 걸쳐 대화를 하고 이야기를 듣고 분석하는 심리 치료에도 루스는 소년의 영혼을 구하지 못했다. 어쩌면 내가 틀렸을 수도 있다. 어쩌면 우리 가운데 일부는 그냥 악마로 태어났으며 아무리 노력해도 그걸 바꿀 수 없는 것인지도 몰랐다.

현관문에서 벨이 울리는 소리에 생각에서 깨어났다. 저녁에 손님이 찾아오다니 자주 있는 일이 아니었다. 서리로 이사를 온 뒤로는 처음이었다. 마지막으로 친구가 집에 찾아온 일이 언제였는지 기억도 나지 않았다.

"누구 올 사람 있어?"

내가 큰 소리로 물었지만 대답은 없었다. 캐시는 아마도 TV 소리에 내 말을 듣지 못했을 것이다.

현관으로 가서 문을 열었다. 놀랍게도 손님은 앨런 경감이었다. 목도리와 코트로 무장했음에도 뺨이 빨갛게 얼어 있었다.

"안녕하십니까, 파버 씨."

"앨런 경감님? 여긴 무슨 일로 오셨습니까?"

"근처에 왔다가 들러볼까 생각했습니다. 말씀드리고 싶은 진전 상황도 몇 가지 있고요. 지금 괜찮으십니까?"

나는 망설였다. "솔직히 말씀드리면 막 저녁을 준비하려던 참이라서……."

"오래 걸리지 않을 겁니다."

앨런이 웃었다. 안 된다는 대답은 원하지 않는 것이 분명했다. 옆으로 비켜서서 그를 안으로 들였다. 그는 안으로 들어오게 되어 행복한 것 같았다. 그는 장갑과 코트를 벗었다.

"날씨가 정말 추워지네요. 눈이 올 정도로 추운 것 같습니다."

그는 김이 서린 안경을 벗어서 손수건으로 닦았다.

"집이 너무 덥죠." 내가 말했다.

"전 괜찮습니다. 제게 너무 덥다는 건 존재하지 않아요."

"저희 집사람과 잘 맞으시겠군요."

때맞춰 캐시가 복도에 나타났다. 그녀는 나와 형사를 의아한 표정으로 바라보았다.

"무슨 일이야?"

"캐시, 이쪽은 앨런 경감님이야. 내가 말한 환자 사건을 담당하고 계셔."

"안녕하십니까, 파버 부인."

"앨런 형사님께서 나랑 할 얘기가 있으시대. 오래 걸리지는 않을 거야. 위층에 가서 목욕하고 있어. 저녁 준비되면 부를게." 나는 형사를 향해 주방으로 가자는 고갯짓을 해보였다. "이쪽으로 가시죠."

앨런 형사는 다시 한 번 아내를 쳐다보고는 돌아서서 주방으로 향했다. 나는 복도에서 꾸물거리는 캐시를 남겨두고 형사의 뒤를 따랐다. 잠시 후에 천천히 위층으로 올라가는 발소리가 들렸다.

"뭐 마실 것 좀 드릴까요?"

"감사합니다. 아주 친절하시군요. 차 한 잔만 주시면 좋을 것 같습니다." 형사의 눈길이 카운터에 놓인 보드카 병으로 향하는 걸 보았다.

나는 웃었다. "아니면 좀 더 강한 걸로 하시겠습니까?"

"아뇨, 괜찮습니다. 차 한 잔이 제게는 딱 맞습니다."

"어떻게 타드릴까요?"

"진하게 부탁드립니다. 우유는 빛깔만 나도록 넣어주시고요. 설탕은 넣지 말아주세요. 끊으려고 노력하는 중입니다."

형사가 말하는 동안 내 마음은 헤매고 있었다. 이 사람이 여기서 뭘 하는 건지, 내가 긴장을 해야 하는지 궁금했다. 형사의 태도가 무척 상냥해서 불안감을 느끼기는 어려웠다. 게다가 내 발목을 잡을 뭔가가 있기나 했던가?

주전자 전원을 켜고 돌아서서 형사를 마주 보았다.

"그래서요, 경감님? 제게 무슨 말씀이 하고 싶으셨죠?"

"그러니까, 대부분은 마틴 씨에 관해서입니다."

"장 펠릭스요? 정말입니까?" 놀라운 말이었다. "그 사람이 왜요?"

"글쎄요, 그가 앨리샤의 그림 자료들을 챙기려고 그로브에 왔습니다. 그래서 우리는 이런저런 이야기를 하게 되었습니다. 재미있는 사람이더군요. 마틴 씨 말입니다. 그는 앨리샤의 회고전을 계획하고 있었습니다. 아마도 앨리샤를 화가로서 재평가하기에 좋은 때라고 생각하는 것 같았습니다. 이렇게 언론의 주목을 받았으니 그의 말이 옳을 겁니다." 앨런은 나를 평가하듯 바라보았다. "선생께서도 앨리샤에 대해서 글을 써보면 좋을 겁니다. 책이나 그와 비슷한 거면 분명히 관심이 많을 겁니다."

"그런 생각은 해보지 않았습니다. 장 펠릭스의 회고전이 정확히 저와 무슨 상관이 있습니까?"

"글쎄요, 마틴 씨는 새로운 그림을 보더니 특별히 흥분했습니다. 엘리프가 그림을 망친 건 별로 신경 쓰지 않는 것 같더군요. 오히려 그림에 특별한 가치를 보탰다고 말했습니다. 그가 정확하게 뭐라고 했는지는 기억할 수 없네요. 저는 그림에 대해서는 그다지 아는 것이 없어서요. 어떠십니까?"

"저도 그렇습니다."

형사가 요점을 언급할 때까지 얼마나 걸릴 것인지 궁금했고 점점 더 불편해지는 기분이었다.

"어쨌거나 마틴 씨는 그림을 아주 마음에 들어 했습니다. 그리고 좀 더 자세히 살펴보려고 그림을 들어 올렸는데 거기서 발견된 겁니다."

"뭐가요?"

"이겁니다."

형사는 뭔가를 재킷 속에서 꺼냈다. 단번에 알아볼 수 있었다.

일기장이었다.

주전자의 물이 끓었고 날카로운 소리가 주변을 채웠다. 주전자의 전원을 끄고 끓는 물을 머그잔에 부었다. 차를 타는 손이 살짝 떨리는 걸 알 수 있었다.

"아, 잘됐군요. 어디로 갔는지 궁금했었는데."

"그림 뒤쪽, 캔버스 틀의 왼쪽 위 구석에 꽂아두었더군요. 아주 꽉 끼워둔 상태였습니다."

거기에 숨겨두었던 거로군. 내가 그렇게 싫어했던 그림의 뒤였어. 내가 살펴보지 않은 곳.

형사는 주름지고 색이 바랜 검은 표지를 두드리며 웃었다.

그리고 일기장을 펼치고 내용을 살펴보았다. "아주 흥미로워요. 화살표에다 아주 복잡합니다."

나는 고개를 끄덕였다. "이상이 있는 정신을 보여주는 거죠."

앨런 경감은 일기장의 맨 끝까지 페이지를 넘겼다. 그러고는 큰 소리로 읽기 시작했다.

"……그는 내 목소리를 겁내고 있었다…… 내 손목을 붙잡고 혈관에 바늘을 꽂아 넣었다."

갑자기 두려움이 엄습했다. 내가 모르는 말이었다. 내가 읽어보지 못한 내용이었다. 내가 찾고 있던 범죄의 증거였고, 엉뚱한 사람의 손에 들려 있었다. 앨런의 손에서 일기장을 낚아채서 그 부분을 찢어내고 싶었다. 하지만 움직일 수 없었다. 덫에 걸렸다.

나는 말을 더듬기 시작했다. "저, 그게 그러니까…… 이러면 어떨까요. 제가……."

내가 너무 불안해하며 말하는 바람에 앨런 경감은 내 목소리에서 두려움을 읽고 말았다.

"네?"

"아닙니다."

나는 앨런 형사를 제지할 더 이상의 시도는 하지 않았다. 어떤 행동을 한다고 해도 죄를 지은 것처럼 보일 것이다. 빠져나갈 방법이 없었다. 정말로 이상한 것은 안도감이 느껴졌다는 것이다.

"그러니까, 근처에 올 일이 있었다는 건 믿기지 않네요." 나는 그에게 차를 내밀었다.

"아, 그 말씀이 맞습니다. 현관에서 왜 왔는지 밝히는 것이 최선은 아니라고 생각했습니다. 중요한 건 이 일기장이 전혀 다른 상황을 보여주고 있다는 점입니다."

"무슨 내용인지 궁금하군요." 나는 말했다. "소리 내서 읽어주시겠습니까?"

"그러죠."

창가 의자에 앉자 이상하게 차분해졌다.

앨런 형사는 헛기침을 하더니 읽기 시작했다. "테오가 방금 떠났다. 나는 혼자 남았고 이 글은 최대한 빨리 쓰고 있다……."

일기장 내용을 들으면서 흘러가는 하얀 구름을 쳐다보았다. 마침내 눈이 내리기 시작하면서 눈송이가 떨어지고 있었다. 창문을 열고 손을 내밀었다. 눈송이 하나를 잡았다. 손가락 끝에서 눈송이가 사라지는 모습을 지켜보았다. 웃음이 나왔다.

나는 계속해 또 다른 눈송이를 잡았다.

| 감사의 말 |

이 모든 걸 이루어내는 동안 내 에이전트인 샘 코플런드에게 많은 빚을 졌습니다. 이 책을 훨씬 좋게 만들어준 편집자들(영국의 벤 윌리스, 미국의 라이언 도허티)에게 특별히 감사를 드립니다. 또한 소중한 의견을 보태준 핼 젠슨, 이반 페르난데스 소토에게도 감사를 드리고 싶습니다. 케이트 화이트는 수년간 훌륭한 상담이 어떻게 효과를 내는지 보여주었습니다. 노스게이트의 젊은이들과 직원들, 그리고 그들이 내게 가르쳐준 것들에 감사드립니다. 조용히 글을 쓸 수 있도록 집을 사용하게 해준 다이앤 메닥에게도 감사합니다. 우마 서먼과 제임스 하슬럼은 나를 더 좋은 작가로 만들어주었습니다. 그리고 에밀리 홀트, 빅토리아 홀트, 바네사 홀트, 네디 안토니아데스, 조 애덤스에게도 조언을 들을 수 있어서 고마웠습니다.

알렉스 마이클리디스

그리스 비극에 대한 사랑이 만들어낸
환상적인 데뷔작

이 소설은 에우리피데스의 그리스 비극 〈알케스티스〉의 내용으로 이야기가 시작된다. 이 작품을 통해 소설가로 데뷔한 알렉스 마이클리디스는 사이프러스에서 태어나 그곳에서 어린 시절을 보냈는데, 어려서부터 연극을 쉽게 접하면서 그리스 비극에 매료되었다. 그 가운데서도 에우리피데스의 여자 주인공들에 많은 관심을 갖게 되었고, 특히 죽음에서 돌아와 입을 열지 않았던 알케스티스에 사로잡혔다고 한다.

〈알케스티스〉에서 남편인 아드메토스는 소설에서와는 달리 헤라클레스가 데려온, 베일을 두른 누군지 모를 여인을 집에 맞아들이길 거부한다. 자기 대신 죽은 아내와의 의리를 지키기 위해서였다. 새 여자를 들이느니 차라리 죽겠다고도 하지만 부모에게 대신 죽어달라고 매달리다가 아내를 대신 사지로 보낸 건 결국 마찬가지라 할 수 있다. 헤라클레스의 도움으로 지옥에서 되돌아온 알케스티스는 말을 하지 않는다. 아드메토스가 왜 아내가 말없이 서 있기만 하는 것이냐고 묻자 헤라클레스는 마음을 달래는 제사를 올려야 하며 세 번째 햇빛이 다가와야 말을 할 수 있을 것이라고 대답한다. 아마도 죽었다가 되살아온 여인이라 다시 산 사람이 되려면 어느 정도 시간이 필요하다는 것으로 들리는데, 마이클리디스는 비겁한 남편 대신 사망 선고를 받고 지옥의 문턱까지 갔다가 가까스로 목숨을 건진 여인의 배신당한 마음을 순간적으로 포착해 이 소설의 주인공 앨리샤를 만들어냈다고 할 수 있을 것이다.

마이클리디스는 그리스 비극에 대한 지식과 관심, 그리고 젊은 시절 정신병원에서 일했던 경험, 나중에 직업 시나리오 작가로 일한 뒤 그 능력을 뒤섞어서 이 데뷔작을 썼다. 그는 대학원에서 심리학을 전공하고 정신과 의사인 누나의 도움으로 정신병원에서 2년 동안 일한 경험이 있다. 그 과정에서 유명인들을 많이 만났는데 그들 중 일부의 공감 능력이나 상식이라고는 전혀 없는 모습에 심리 치료 분야에 대한 정이 떨어져 일을 그만두게 되었다. '그로브'에서의 환자들과 의료진의 생활상이 생생하게 다가올 수밖에 없는 이유이기도 하다.

이 작품은 다 읽고 나면 마지막의 반전 때문에 다시 처음으로 돌아가 차근차근 읽을 수밖에 없다. 그러다 보면 과연 내가 읽고 있는 이 소설에 환상이나 거짓이 전혀 섞여 있지 않다고 할 수 있을까 고민하게 만든다.

이 소설의 화자는 두 명인데, 한 명은 심리상담가이고 다른 한 명은 화가였다가 살인 혐의로 정신병원에 갇힌 사람이다. 두 사람은 어린 시절 부모로부터 감정적인 학대를 받았다는 공통적인 경험을 갖고 있다. 그런데 내용이 진행되면서 한 사람은 마리화나와 젊은 시절 겪었던 정신병의 재발 가능성 때문에, 또 다른 사람은 정신병으로 약물을 복용하다가 멈춘 상태에서 다시 재발하는 상황에 처하게 된다.

심리상담가인 테오 파버는 바람을 피우는 아내의 뒤를 밟으면서 과연 자신이 목격하고 있는 이 장면이 현실일까 스스로 의심을 하고, 심지어는 아내와 바람을 피우는 사내가 낯모를 누구인지, 아니면 나 자신인지 헷갈린다는 말을 한다. 결정적인 단서를 잡을 때마다 그는 늘 마리화나에 취해 있었고, 증거를 잡기 위해 멀쩡한 정신으로 아내를 미행했을 때는 증거를 잡지 못하고 오히려 아내의 결백함을 목격하기도 한다. 또 앨리샤는 의사가 먹으라는 약을 남편 몰래 버려가면서 스스로 자신의 병을 깊게 만든다. 식당에서 뭐가 타는 냄새가 난다는 이야기를 하고, 웨스트 박사와의 대화도 순조롭지 않으며 남편에게도 횡설수설하기 일쑤다. 이렇게 되면 독자는 이 두 사람의 화자가 하는 말을 과연 속속들이 믿을 수 있는지 의심할 수밖에 없게 된다. 물론 결말에서 그런 가능성을 전혀 허락하고 있지는 않지만, 어릴 적 받은 감정적 상처로 인해 몽롱한 상태로 살아가는 두 사람이 번갈아가면서 이끌어가는 이야기는 독자들로부터 묘한 긴장감과 상상력을 불러일으킨다. 반전을 확인한 뒤에 혹시 다시 읽게 되면 그런 점도 생각하면서 또 다른 재미를 느껴보시길 바란다.

시나리오 작가임에도 영화화를 염두에 두지 않고 소설로서의 이야기에 치중해 이 소설을 썼다는 마이클리디스. 다음 작품에서는 케임브리지의 대학에서 벌어지는 연쇄 살인을 다룬다고 하는데, 마찬가지로 그리스 비극에서 많이 찾아볼 수 있는 소름 끼치는 내용을 담고 있다고 하니 또 기대해봐도 좋을 것 같다.

2019년 5월
남명성

사일런트 페이션트

초판 1쇄  2019년 5월 22일
초판 10쇄  2021년 8월 30일

**지은이** | 알렉스 마이클리디스
**옮긴이** | 남명성
**펴낸이** | 송영석

**주간** | 이혜진
**기획편집** | 박신애 · 최예은 · 조아혜
**외서기획편집** | 정혜경 · 송하린 · 양한나
**디자인** | 박윤정 · 기경란
**마케팅** | 이종우 · 김유종 · 한승민
**관리** | 송우석 · 황규성 · 전지연 · 채경민

**펴낸곳** | (株)해냄출판사
**등록번호** | 제10-229호
**등록일자** | 1988년 5월 11일(설립일자 | 1983년 6월 24일)

04042 서울시 마포구 잔다리로 30 해냄빌딩 5 · 6층
**대표전화** | 326-1600  **팩스** | 326-1624
**홈페이지** | www.hainaim.com

ISBN 978-89-6574-689-8

파본은 본사나 구입하신 서점에서 교환하여 드립니다.